KATE MOORE

［英］凯特·摩尔 —— 著

刘畅 —— 译

发光的骨头

The Radium Girls

The Dark Story of
America's Shining Women

上海教育出版社
SHANGHAI EDUCATIONAL
PUBLISHING HOUSE

致全体表盘画工
及那些热爱她们的人们

我无法忘记你……
那知你的心，爱着你
那双唇轻启，带给你笑语
而他们已步入自己的人生，或有悲伤或有甜蜜
要去寻找世上失落的梦想
在远离你的地方

《渥太华高中年鉴》，1925 年
(*Ottawa High School Yearbook*)

目 录

主要人物	1
引子	5
上篇　认知	7
中篇　力量	145
下篇　正义	283
尾声	382
后记	402
作者的话	405
致谢	410
阅读思考	414
参考文献	416

主要人物

新泽西州,纽瓦克和奥兰治

表盘画工

阿尔比娜·马贾·拉里切

阿米莉亚·马贾,昵称"莫莉",阿尔比娜·马贾·拉里切的妹妹

埃德娜·博尔兹·胡斯曼

埃莉诺·埃克特,昵称"埃拉"

艾琳·科比·拉波特

艾琳·鲁道夫,凯瑟琳·肖布的表妹

格蕾丝·弗赖尔

海伦·昆兰

黑兹尔·文森特·库瑟

吉纳维芙·史密斯,约瑟芬·史密斯的妹妹

简·斯托克,昵称"詹妮"

金塔·马贾·麦克唐纳,阿尔比娜和阿米莉亚的妹妹

凯瑟琳·肖布,艾琳·鲁道夫的表姐

玛格丽特·卡洛,莎拉·卡洛·梅勒费尔的妹妹

梅·卡伯利·坎菲尔德,女培训师

莎拉·卡洛·梅勒费尔,玛格丽特·卡洛的姐姐

约瑟芬·史密斯,吉纳维芙·史密斯的姐姐

美国镭公司

埃德温·莱曼,首席化学家

安娜·鲁尼,女领班

哈罗德·维尔特,副总裁

霍华德·巴克,化学家,副总裁

克拉伦斯·B. 李,副总裁

乔治·威利斯,与萨宾·冯·索科基联合创建镭公司

萨宾·冯·索科基,公司创始人,表盘涂料的发明者

萨沃伊先生,工作室经理

亚瑟·罗德,财务主管

医　　生

弗朗西斯·麦卡弗里,纽约医疗专家,治疗格蕾丝·弗赖尔

弗雷德里克·弗林,公司医生

哈里森·马特兰,纽瓦克医生

罗伯特·汉弗莱斯,奥兰治骨科医院的医生

西奥多·布卢姆,纽约牙医

约瑟夫·克内夫、沃尔特·巴里、詹姆斯·戴维森,当地牙医

詹姆斯·尤因、劳埃德·克雷弗、爱德华·克伦巴尔,委员会医生

调　查　员

埃瑟伯特·斯图尔特,美国劳工统计局局长

爱丽丝·汉密尔顿博士,就职于哈佛大学公共卫生学院,凯瑟琳·威利的盟
　　友,塞西尔·K. 德林克的同事

安德鲁·麦克布莱德,劳工部部长

弗雷德里克·霍夫曼,保诚保险公司调查统计专家

凯瑟琳·德林克博士,哈佛大学公共卫生学院,塞西尔·K.德林克的妻子

凯瑟琳·威利,新泽西州消费者联盟执行秘书

勒诺·扬,奥兰治卫生官员

萨玛托洛斯基博士,劳工部化学顾问

塞西尔·K.德林克博士,哈佛大学公共卫生学院心理学教授,凯瑟琳·德林克的丈夫

斯文·克亚尔,华盛顿特区美国劳工统计局国家调查员

约翰·罗奇,劳工部副部长

伊利诺伊州,渥太华

表盘画工

奥利芙·韦斯特·威特

弗朗西丝·格拉钦斯基·奥康奈尔,玛格丽特·格拉钦斯基的姐姐

海伦·芒奇

凯瑟琳·沃尔夫·多诺霍

玛格丽特·格拉钦斯基,弗朗西丝·格拉钦斯基·奥康奈尔的妹妹

玛格丽特·鲁尼,昵称"佩格"

玛丽·艾伦·克鲁斯,昵称"埃拉"

玛丽·贝克尔·罗西特

玛丽·达菲·罗宾逊

玛丽·维奇尼·托涅利

珀尔·佩恩

夏洛特·内文斯·珀塞尔

伊内兹·科科伦·瓦莱特

镭表盘公司

鲁弗斯·福代斯,副总裁
鲁弗斯·里德,副主管,默西迪丝·里德的丈夫
洛蒂·默里,主管
默西迪丝·里德,女培训师,鲁弗斯·里德的妻子
威廉·甘利,总裁
约瑟夫·凯利,总裁

医　生

查尔斯·洛夫勒,芝加哥医生
劳伦斯·邓恩,凯瑟琳·多诺霍的内科医生
沃尔特·达利奇,牙科专家
西德尼·韦纳,X光专家

引 子

法国,巴黎
1901年

这位科学家早已经将镭忘得一干二净。他的马甲口袋褶缝里,藏着一根细小的玻璃管,里面装的就是镭,但由于总量微乎其微,他几乎感觉不到镭的存在。他将要在英国伦敦发表演讲。在他漂洋过海的整个旅程中,那一小瓶镭就一直放在口袋中阴暗的角落里。

纵观整个世界,拥有镭的人屈指可数,而他便是其中之一。1898年12月底,玛丽·居里(Marie Curie)和皮埃尔·居里(Pierre Curie)共同发现了镭。由于从铀矿石中提取镭的难度相当大,即便将世界各地所有的镭全都统计到一起,其总量也就几克而已。不过,这位科学家真是个幸运儿。居里夫妇在自己都没有足够的镭可以继续各项实验的情况下,竟然匀给了他一点点,以便他在演讲中使用。

居里夫妇的慷慨大方倒也没有影响整个实验的进展。他们每天都会发现与镭相关的新知识。"镭穿透了包裹底片的黑纸,在底片上留下了星星白点,"居里夫妇的女儿后来写道,"如果把镭包在纸张或棉絮里,它就会渐渐地腐蚀外包装,并将其腐蚀成粉末状物质……还有什么是镭无法做到的呢?"玛丽将镭称为"我那美丽动人的镭"——事实的确如此。镭虽然就放在科学家口袋的最深处,却早已经穿透了黑暗,放射出无尽的奇异光芒。玛丽在对镭的荧光效应进行描述时如此写道:"镭发射出来的道道光芒好像悬浮在夜空中,犹如永葆新鲜的情感和永不消退的魔力,令我们激动不已。"

魔力——隐含着一种魔法的威力,几乎是一种超自然的力量。难怪美国公共卫生署(Public Health Service)署长在谈到镭的时候表示"它让人想起了神话中的超人",而英国的一位内科医生则将其巨大的放射性比作"未知的神"。

众神可以是仁慈亲切的。然而,正如剧作家萧伯纳(George Bernard Shaw)曾经写的那样:"旧时崇拜的众神不断要求人们献祭。"在过去的传说中,魔力也可能意味着诅咒。

因此,尽管这位科学家已经将镭抛诸脑后,但镭却没有忘了他。在他朝着异国海岸长途跋涉时,镭无时无刻不在朝着他那苍白柔软的皮肤发射威力强大的射线。几天后,他发现腹部出现了大片红斑,这令他百思不得其解。红斑看上去就像是皮肤被灼烧后留下的痕迹,但他根本就不记得自己曾经接近过任何火源,更不用说能造成这种烫伤的火源。随着时间的推移,红斑的疼痛变得越发难耐,虽然并没有蔓延的趋势,但不知怎么的,那灼烧感似乎正朝着内部深层发展,仿佛烈火仍然在炙烤着他的身体,而他却无处躲藏一般。转眼间,红斑处起了大片水泡,肌肉烫伤的刺痛感更加明显,而且有愈演愈烈之势,这令他疼痛难忍,连呼吸都变得急促起来。疼痛让他的大脑越发清醒,他开始思索,到底是什么东西能够在他毫无知觉的情况下对自己造成如此之大的伤害。

就在此时,他想起了镭。

上篇
认知

美国,新泽西州,纽瓦克
1917 年

凯瑟琳·肖布(Katherine Schaub)步履轻盈地走在上班的路上。她的家离公司很近,只有四个街区远。那天是 1917 年 2 月 1 日,天气依旧寒冷,她却不以为意;她对家乡的冬雪一直情有独钟。不过,在那个天寒地冻的早晨,天气并非她心花怒放的原因:今天,她就要在镭光材料公司(Radium Luminous Materials Corporation,坐落在新泽西州纽瓦克市的第三大街)的表盘厂开启全新的职业生涯。

凯瑟琳能补上这个空缺多亏了一位闺中密友及时跟她通了消息。凯瑟琳生性活泼,为人随和,朋友众多。正如她自己后来回忆所说:"一个朋友跟我讲了'手表工作室'的事,说表盘上的数字和指针都涂有一种发光物质,这样一来,即便在黑暗中人们也能看得清时间。她还跟我说,这份工作不会令人感到厌倦,而且比起一般工厂里那些乏味的工作可要有意思多了。"尽管她对这份工作的描述不过三言两语,但听起来却魅力十足,令人向往——毕竟工作地点甚至都不是一家工厂,而是一间"工作室"。凯瑟琳具有"非凡的想象力",对她而言,"工作室"听起来就像是个可能发生任何奇迹的地方。这份工作肯定比她以前的工作要好上百倍。凯瑟琳此前在班伯格百货公司里负责包装商品,但那家百货商店却无法承载她远大的理想。

凯瑟琳年方十四,容貌俏丽,再过 5 个星期她就要满 15 岁了。她身高 5 英尺 4 英寸(约 1.63 米),是个典型的"金发碧眼小美女"。她五官精致,湛蓝的双眸顾盼生姿,留着一头时尚的短发,外表清秀。她只拿到了小学毕业证——在她那个时代,跟她有着相同工人阶级背景的女孩子所受到的教育程度大多如此。即便如此,她却绝顶聪慧。《大众科学》(Popular Science)杂志后来撰文道:"凯瑟琳·肖布……珍藏一生的夙愿……就是走上文学创作的道路。"凯瑟琳当然胸怀远大的志向。她后来写道,当朋友跟她提到手表工作室的工作机会时,"我就去见了负责人萨沃伊(Savoy)先生,要求得到这份工作"。

就这样,凯瑟琳得到了这个很多女孩子梦寐以求的职位。现在她就站在第三大街上,站在这家工厂的门外。她伸手敲了敲门。进门后,有人带着她穿过工作室去见女领班安娜·鲁尼(Anna Rooney)。她发现很多表盘画工都在一丝不苟地进行手头的任务,眼前的情景令她震撼。这些衣着普通的姑娘成排坐着,画表盘的速度极快。在凯瑟琳这个外行看来,她们的手速快到原本真实存在的手都已经变成了模糊的影像。每个姑娘的身边都摆放着一个扁平的木托盘,上面装满了表盘。纸质的表盘事先涂上了黝黑的底色,只有上面的数字是白色的,等着姑娘们描画。不过,吸引凯瑟琳目光的并非那些表盘,而是她们描画数字时使用的材料——镭。

镭,所有人都知道这是一种神奇的元素。凯瑟琳以前在各种报刊上读到过很多有关镭的文章。几乎所有文章对镭的优点和价值毫不吝惜使用各种赞扬之词。除此之外,还会大张旗鼓地宣传推广各种涉及镭的新产品。然而,对于像凯瑟琳这样出身寒微的女孩而言,那些产品价格昂贵,远远超出她所能承受的范围。她从来没有亲眼见过镭。当时镭是全世界最昂贵的物质,每克的售价高达 12 万美元(现约 220 万美元)。出乎预料的是,镭比凯瑟琳想象的还要美丽。

每一位表盘画工都有自己的涂料,不过全都是自行调配:先在一个白色的小盘子里撒上少许镭粉,接着倒入一点水以及阿拉伯胶。调配好的荧光混合涂料白中泛绿,人们将其称为"夜光涂料(Undark)"。镭粉是一种精细的黄色粉末,只含有极少量的镭;它与硫化锌混合后产生化学反应,镭便发出耀眼的光芒,夜光效果令人拍案叫绝。

凯瑟琳发现这种粉末到处都是,工作室里粉尘弥漫。甚至就像她看到的,缕缕粉尘飘起,像是悬浮在空中,而后又慢慢地飘落,落在正全神贯注于手头活计的表盘画工的头发上、肩膀上,让这些姑娘看起来熠熠生辉。此情此景令凯瑟琳瞠目结舌。

跟大多数女孩子一样,凯瑟琳也对镭如痴如醉。这并不仅是因为镭可以放射出光芒,而是因为其无所不能的威名。几乎从镭问世之日起,这种新元素就被誉为"历史上最伟大的发现"。当科学家们在19世纪、20世纪之交发现镭可以摧毁人的细胞组织时,很快就用它对抗癌变的肿瘤,并取得了令人瞩目的效果。因此,人们普遍认为镭是一种可以拯救生命、给人类带来健康的化学元素。于是,遵循着这一宗旨,人类围绕着镭进行各种开发利用。在凯瑟琳生活的那个时代,镭早已经被视为无所不医的灵丹妙药。人们不但用镭治疗癌症,而且还用来治疗花粉症、痛风、便秘……只要是你能想到的病症,治疗过程中几乎都会用到镭。药店里出售具有放射性的创面用敷料和药片;还有专门为负担得起高消费的人所设置的镭诊所和镭温泉浴场。对于镭的问世,人们欢呼雀跃。这场景就像《圣经》里的预言:"必有公义的日头出现,其光线有医治之能。你们必出来跳跃如圈里的肥犊。"

对于镭,还有一种说法,它可以令人恢复活力。对于上了年纪的人来说,镭可以让"他们返老还童"。一位镭的狂热爱好者如此写道:"有时候我几乎可以确信,我能感觉到身体内部迸射出来的火花。"镭散发的光芒,"就像善举照亮了这个糟糕的世界"。

企业家们很快就注意到了镭的好处。凯瑟琳曾经见过其中一款热销产品的系列广告。这款产品是一个内壁涂有镭的罐子，只要把水倒进罐子里，水就可以变得具有放射性。家境殷实的顾客们就把这种水当作奎宁水*来饮用；广告推荐的饮用量是每天5—7杯。不过，一些型号的水罐零售价高达200美元（现约3700美元），这岂是凯瑟琳所能消费得起的？能够喝得起镭水的人非富即贵，来自纽瓦克工人阶级的普通女孩没有这样的福分。

　　然而，她也清楚地感觉到镭已经走进了美国民众的生活，而且无处不在。用"狂热"这个词来描述美国人对镭的态度绝对恰如其分。人们给镭取了个"液体阳光"的外号。镭所照亮的不仅是美国大大小小的医院和有钱人家的客厅，还照亮了大大小小的剧院、音乐厅、杂货店和书店。各类动画片和小说都不遗余力地对镭进行刻画。凯瑟琳喜欢唱歌，还弹得一手漂亮的钢琴，她最熟悉的歌曲就是《镭舞》(*Radium Dance*)。这首歌曲最早出现在百老汇一出名为《噼！啪！砰！》(*Piff! Paff! Pouf!*)的音乐喜剧里，一经问世，立刻成为红极一时的流行歌曲。市场上畅销的产品，有镭紧身衣和镭内衣、镭黄油、镭牛奶、镭牙膏（保证每刷一次都会让使用者的笑容更加灿烂），甚至还有镭日化系列，包括含有镭元素的面霜、口红、粉饼和香皂。其他产品相比之下则更为朴实，其中有一则广告宣传道："镭射喷雾器，可快速杀灭苍蝇、蚊子和蟑螂，也是最佳的家具、瓷器、瓷砖清洁剂。使用方便，对人体无害。"

　　实际上，并非所有这些产品都含有镭，毕竟镭的价格过于昂贵而且非常稀有。不过，各行各业的制造商都宣称自己的产品含镭，主要是因为每个人都想尝一尝镭这块美味的蛋糕。

　　现在，凯瑟琳几乎按捺不住激动的心情，因为只要开始这份工作，便意味着这块蛋糕已经摆在了自己面前。她沉醉在眼前这个眩目的场景

---

* 奎宁水，一种汽水类的软性气泡饮料，使用奎宁为主的香料调味，味微苦。——译者注

里。然而,鲁尼小姐却将她领进了主工作室隔壁的一个房间。没想到自己和镭以及那些闪闪发光的表盘画工之间竟然有了一墙之隔,这令凯瑟琳大失所望。尽管她迫切希望成为隔壁工作室里那些魅力四射的表盘画工中的一员,但凯瑟琳在当天却未能如愿,而此后她的美梦也一直没能成真。她成了一名质检学徒,负责检查那些闪着光芒的表盘画工画好的表盘。

按鲁尼小姐的话说,这份工作至关重要。因为尽管公司的主营产品是表盘,但公司也跟政府签订了一份利润丰厚的合同,生产飞机专用的夜光仪表。鉴于欧洲大陆的战争打得正酣,这单生意也做得蒸蒸日上。公司还将荧光涂料涂在枪炮的瞄准器和各种船舶的罗盘上,令其在黑暗的环境中也能发光。在命悬一线的时刻,表盘上的夜光数字必须完美无缺。凯瑟琳后来回忆说:"[我的工作就是]检查数字轮廓是否涂得均匀并及时查漏补缺。"

鲁尼小姐把凯瑟琳引荐给了培训师梅·卡伯利(Mae Cubberley)后便转身离开,继续在一排排的表盘画工中间来回巡视。她的脚步虽然缓慢,但目光却很锐利,紧盯着姑娘们手中的活计。

梅微笑着跟凯瑟琳打了个招呼。26岁的梅在前一年秋天加入公司,也是个表盘画工。刚入职时,她对这个行业一无所知,但如今已经成为一位出类拔萃的画工,每天可以按时完成8到10个托盘的表盘描画工作(表盘大小不同,每个托盘里装有24个或48个表盘)。很快公司便提升她为培训师,让她负责培训其他女工,提高她们的工作效率。现在,在工作室隔壁的小房间里,梅拿起一支画笔向凯瑟琳传授所有表盘画工和质检员应该掌握的技能。

她们使用的是纤细的骆驼毛木杆画笔。一位表盘画工后来回忆说:"我从来没有见过如此精致的画笔。我觉得笔头的骆驼毛也就30根左右,简直小巧至极。"然而,尽管画笔精致,但笔头的硬毛却总会分叉,这让女画工们在干活时很受困扰。她们所画的最小怀表表盘的直径只有3.5厘米,这就意味着可供描画的指针只有1毫米宽。此外,涂料不能溢出纤细的指针边框,否则她们将面临巨额罚款。她们的解决方法就是让画笔的笔尖变得更细。她们知道,要想做到这一点,只有一种方法。

"这种方法就是充分发挥嘴唇的作用。"凯瑟琳简明扼要地说。这种技巧被称为"抿笔尖"。发明这一技巧的是第一批从事这一行的表盘画工,她们都有在瓷器彩画厂工作的经验。

这些姑娘有所不知的是,画表盘这一行当在欧洲已经存在了十多年,而那里的表盘画工的工作方式却与美国的截然不同。每个国家所采用的技术各有千秋,但没有一个国家采用过抿笔尖的方法。究其原因,很有可能是因为欧洲各国根本就不用画笔。瑞士使用的是实心的小玻璃棒;法国采用的是木质小棉签;其他欧洲国家的工作室则运用了削尖的木笔或金属细针。

然而,美国的表盘画工也并不是毫不犹豫地直接采用抿笔尖的技巧。据梅回忆,工作室创立于1916年,她最初采用这一技巧时,工作室才成立没多久。她和同事们都对此提出了质疑,因为吞下镭还是让她们觉得"有些忐忑"。她回忆道:"我们提出的第一个疑问就是'这东西有毒吗',他们对此的答复是'没毒'。萨沃伊先生表示镭非常安全,还说我们根本就没必要担心。"说到底,镭是一种神奇的药物;如果说真会有什么影响,那一定是姑娘们从中受益,因为她们可以跟镭亲密接触。很快,表盘画工们习惯了用嘴唇抿笔尖,心里的疑虑随即也烟消云散了。

不过,对于凯瑟琳来说,当她在第一天的工作中不停地抿笔尖以修正那些有瑕疵的表盘时,心里却产生了一种不可名状的感觉。然而,这个动作却值得坚持不懈地做下去:抿笔尖可以不断提醒她为什么要选择在这里工作。凯瑟琳的质检工作需要在两种条件下进行:日光下和暗室里,而且只有在暗室里才能见证奇迹的发生。她会把姑娘们全都叫进暗室以便讨论她们交上来的表盘,让她们自己仔细观察。"在这间完全隔绝光线的暗室里,可以清楚地看到姑娘们浑身上下沾满了夜光涂料,衣服上、脸上、嘴唇上、手上,到处都是。她们站在黑暗中浑身发着光。"她们一个个看上去闪闪发光,就像是一群超凡脱俗的天使。

随着时间的推移,她对同事们的了解也越来越多,尤其是一个名叫约瑟芬·史密斯(Josephine Smith)的姑娘。约瑟芬,16岁,圆脸、塌鼻子,留着一头棕色的短发。她原来在班伯格百货公司做售货员,换了表盘画工的工作后,周薪比原来高出一大截。姑娘们赚取的并非计时工资,而是计件薪酬。她们按照完成的表盘个数领取工资,平均每画完一个表盘就可以赚取1.5美分。这就意味着工作效率最高的姑娘可以拿到总额颇为可观的工资。有些人的收入是普通车间工人工资的三倍多;有些人甚至比她们的父辈赚得还要多。在女性工薪阶层中,表盘画工的收入排名居于前5%,平均每周收入20美元(现约370美元)。效率最高的表盘画工可以轻而易举地赚得更多,有时甚至翻倍。收入最高的画工年薪可达到2 080美元(现约4万美元)。从事这个工作的姑娘都认为自己太幸运,得到了上帝的格外眷顾。

凯瑟琳在跟约瑟芬聊天时,得知她跟自己一样都是德裔美国人。实际上,大多数表盘画工都是移民的后裔。在纽瓦克这座城市里,移民随处可见。他们分别来自德国、意大利、爱尔兰等国。庞大的移民社区为各类工厂提供了劳动力,而这也是公司首先选择在纽瓦克开设工作室的一个原因。新泽西州因其农业发达而被冠以"花园之州"的名号,但其工业生产同样充满了勃勃生机。正如这群女孩子所看到的,纽瓦克的商业发展在19世纪末20世纪初的那几年里遥遥领先,于是该市便又有了个"机会之城"的名号。这个名号并没有夸大其词。

这一切造就了一个繁华的大都市。大大小小的工厂下班后,城市的夜生活就开始焕发出活力。纽瓦克也是啤酒之乡,仅就人均啤酒沙龙的数量而言,全美任何一座城市都无法与之相比。当地的工人充分享受着自己的休闲时光。表盘画工同样也拥抱美好的生活:她们在纽瓦克工厂的工作室里坐在一起共进午餐,在满是粉尘的桌子旁一边分享着三明治,一边闲聊解闷。

几个星期后,凯瑟琳注意到画表盘这份工作的确很有吸引力,也更具挑战性。鲁尼小姐在工作室里来来回回走动,一刻不停地在盯着姑娘们手里的活计。她的存在让姑娘们感到担惊受怕,她们害怕因为工作表现不佳而被叫进暗室受训斥。最重要的是,她们害怕被指责浪费了价格昂贵的涂料,因为这个过错可能会导致她们被公司解雇。凯瑟琳尽管目睹了这份工作的缺憾,但她还是渴望成为工作室里那些表盘画工中的一员,因为她梦寐以求的就是成为一个闪闪发光的女孩。

凯瑟琳冰雪聪明,学东西一点就透,因此很快就在质检工作中崭露头角,不但修正表盘缺陷的技术掌握得日臻完美,而且徒手清除粉尘或用指甲剔除多余涂料的技巧也日益完善。她渴望升职,于是工作起来不遗余力。

最终,就在3月即将过去的时候,她坚持不懈的努力付出得到了回报。她激动万分地写道:"公司问我是否愿意画表盘,我的回答是:我愿意试试。"

凯瑟琳实现自己的理想的确跟自身付出的努力分不开,但在1917年的春天,还有更多的促成因素。表盘画工的需求量出现了前所未有的井喷状态,公司对所有女工都来者不拒。

2

在过去的两年半里,欧洲大陆的战争几乎没有给美国带来任何恶劣的影响,反而促进了美国经济的蓬勃发展。大多数美国人当然乐于远离战争,大西洋彼岸爆发的堑壕战是那么令人触目惊心。欧洲虽然距离美国很远,但与战事相关的消息还是毫厘不爽地传了过来。然而,到了1917 年,美国采取的中立立场开始动摇。4 月 6 日,大约就在凯瑟琳升职后的一个星期,国会投票表决,同意美国参战。众所周知,"这将是一场终结所有战争的战争"。

国会的决定立刻对第三大街的表盘工作室产生了影响。产品的需求量激增,而纽瓦克的工作室规模太小,无法满足市场爆发出来的巨大需求。于是,为了迎合市场需求,凯瑟琳的老板关闭了第三大街上的工作室,在离纽瓦克不远的新泽西州的奥兰治开设了一家新工厂。如今,在新工厂里做工的可不仅是表盘画工了。公司发展的速度非常迅猛,已经开始同时兴建几间实验室和加工厂,以便自主完成镭的提取工作。镭光材料公司正在大规模扩张,新厂址有好几座大楼,就位于居民区。

凯瑟琳是第一批走进这座两层砖结构大楼楼门的工人之一。该楼是公司技术应用部门的所在地。眼前的景象让凯瑟琳以及其他表盘画工都感到欢欣鼓舞。不仅因为奥兰治是一座迷人、繁荣的城市,还因为二楼工作室的环境令人陶醉,四面都是巨大的窗户,就连天花板上都开有天窗。春日的阳光倾泻而下,为画表盘的工作提供了绝佳的光线。

就在美国宣布参战的四天后,公司为了满足战时需求,决定招收新工人。格蕾丝·弗赖尔(Grace Fryer)果断应聘。跟大多数人相比,她有更加充分的理由为战争做贡献:她的两个哥哥即将与几百万美国士兵一起远赴法国参战。很多表盘画工都是出于支援军队行动的心理从事这一工作。凯瑟琳写道:"大多数姑娘都认为自己的工作能为参战'贡献自己的一份力量'。"

格蕾丝具有强烈的公民意识。她的一个童年伙伴写道:"还在校读书时,格蕾丝就计划着等自己长大成人后成为一个真正的公民。"格蕾丝的家庭有着浓郁的政治氛围。她的父亲丹尼尔(Daniel)是木匠工会的代表。无论是谁在这样的家庭中长大,都会受到他所坚守的各项原则的影响。在丹尼尔的时代,工会组织并不受欢迎,因此他经常找不到活干。尽管一家人的日常花销经常没着落,但家庭成员之间一直相亲相爱。格蕾丝一共有九个兄弟姐妹,她排行老四。也许因为是最大的女儿,她跟母亲的关系也最亲密。母亲跟她同名,也叫格蕾丝。家里有十个孩子,其中六个男孩、四个女孩。格蕾丝跟所有兄弟姐妹的关系都很好,不过最喜欢的还是比自己小一岁的妹妹阿德莱德(Adelaide)和小弟弟阿特(Art)。

当奥兰治镭公司的招工广告在报纸上刊登出来时,格蕾丝已经有工作了,而且工资水平跟表盘画工的收入不相上下。不过,她还是选择辞职加入镭公司。她家就住在奥兰治。格蕾丝不但聪颖过人,而且容貌出众,双眸淡褐色,五官立体鲜明,留着一头栗色的小卷发。很多人都认为她长得妩媚动人,但格蕾丝却不怎么在乎自己的外貌。相反,她具有强烈的事业心,虽然只有18岁,却已经开始奋斗,为创造富裕的生活做准备。简而言之,她是个"对生活满怀热情的姑娘"。很快,她就在画表盘的工作中脱颖而出,成为公司里效率最高的女画工之一,平均每天可以完成250个表盘。

那年春天,公司新来的员工中还有一个名叫艾琳·科比(Irene

Corby)的姑娘。她是当地一个帽匠的女儿,17岁,性格活泼,讨人喜爱。她的妹妹玛丽(Mary)透露说:"她生性幽默乐观,总能让人开心。"艾琳马上就跟其他同事打成一片,跟格蕾丝的关系则更加亲密。而同事们都认为艾琳的技术和熟练工没有区别。

培训新员工的任务落到了梅·卡伯利和约瑟芬·史密斯的身上。姑娘们肩并肩坐在几张长长的工作台边,工作台纵贯整个工作室。每两张工作台之间都有一条过道,这样鲁尼小姐仍然可以在工作室里走来走去,巡视每个人的工作状况。梅和约瑟芬担任了指导工作,她们指导姑娘们如何将微乎其微的材料(姑娘们一直将镭称为"材料")轻轻地撒在小盘子里,"就像空气中的一缕烟",然后小心翼翼地混合水和阿拉伯胶搅拌。然而,即便搅拌的动作再轻盈,扬起来的微尘也会落到大部分姑娘裸露的手上。

接着,等涂料混合搅拌均匀后,两位培训师就指导姑娘们用嘴唇抿笔尖。凯瑟琳在回忆培训时光时描述道:"她要求我仔细观察,认真模仿。"于是,格蕾丝、凯瑟琳和艾琳一丝不苟地按照各种指令行事。她们先用嘴唇抿一下驼毛笔尖……然后在镭里蘸一下……最后再画表盘。整个过程完全遵循着"抿、蘸、画"这三个步骤逐一进行。表盘画工们的动作完全一致,一整天工作下来,重复的也全都是"抿、蘸、画"这三个动作。

姑娘们很快就发现,时间长了,镭会在笔尖上凝固。于是,公司又给大家提供了一个小盘子,表面上是为了清洗毛笔尖,但实际上小盘子里的水一天只换一次,水很快就会变得浑浊不堪,因此也谈不上任何清洁作用。有些表盘画工发现小盘子里的水就像分叉的驼毛笔尖一样,反而会降低她们的工作效率。因此,她们转而选择用唾液润湿毛笔尖。不过,有的姑娘还是选择在水里涮一下毛笔尖。一个表盘画工表示:"我必须得拿水涮笔,我可受不了一嘴沙子味。"

涂料的味道也是大家争论的话题。格蕾丝坦言："这涂料尝起来没什么怪味，实际上根本就没什么味道。"不过，因为喜欢镭而专门吃涂料的人也不在少数。

那年夏天，品尝到神奇元素味道的还有一位新员工，她就是16岁的埃德娜·博尔兹（Edna Bolz）。后来《大众科学》（*Popular Science*）杂志在提到她时如此描述："这是一个生来就具有阳光气质的姑娘。"虽然她只有5英尺5英寸（约1.65米）高，但比起大多数同事还是要高一些。她留着一头蓬松迷人的金色长发，皮肤白皙如雪，别人给她起了个绰号："德累斯顿宝贝（Dresden Doll）"。她牙齿整齐洁白，笑起来也格外灿烂迷人。随着时间的推移，埃德娜与女领班鲁尼小姐建立了亲密的友谊。鲁尼对她的评价是："一个心地非常善良的姑娘；家教严格，洁身自好。"埃德娜对音乐充满了热情，还是个虔诚的教徒。她加入公司的时间是7月。当时由于战时需求暴涨，公司的生产正处于飞速发展的状态。

那年夏天的镭工厂呈现出一片活力四射的景象。"这里简直就是个疯人院！"一个表盘画工如此惊呼。为了满足市场需求，姑娘们早就开始加班加点地工作，每周七天，天天如此。如今更是通宵达旦地工作。在窗外如漆夜幕的衬托下，表盘画工的身上散发出来的光芒比以往更甚，她们像一群光芒四射的精灵在工作室里彻夜不眠。

尽管工作节奏快到令人产生了压迫感，但从很多方面来说，为了支援国家战争而画表盘，这件事本身还是给她们带来了不少乐趣。大多数表盘画工都是正值青春年华的妙龄少女——"一群无忧无虑的女孩"——她们总能找到零星的时间享受生活。她们最喜欢的一种游戏就是把自己的名字和地址刻到表盘上，这样就可以给佩戴这只手表的士兵传达讯息。有时候，士兵会给她们写来短函。随着新员工源源不断地加入，姑娘们的社交机会也不断增加。以前，大约有70个表盘画工在纽瓦克的工作室里干活，但在战争期间，这一数字就增加了两倍多。如今，这些表盘画工全都挤在工作台的两边,相隔只有几英尺远。

黑兹尔·文森特(Hazel Vincent)也是她们中的一员。跟凯瑟琳·肖布一样,她也来自纽瓦克。黑兹尔长着一张鹅蛋脸,翘鼻子,发色金黄,发型时尚。还有一位新员工是21岁的阿尔比娜·马贾(Albina Maggia)。阿尔比娜是意大利移民的后裔,家里总共有7个女儿,她排行老三。她身形圆润,身高只有4英尺8英寸(约1.42米)。她有典型的意大利人的外貌特点,黑头发、黑眼睛。两个姐姐都已经出嫁,因此当母亲卧病在床时,她便辞去了为帽子镶边的工作回家照料母亲。不幸的是,母亲在前一年病故。如今,阿尔比娜能够重返职场自然高兴,不过,她很快就意识到自己的工作效率不是很高。她发现驼毛笔用起来"颇不顺手",因此一天下来自己只能画完一盘半的量。即便如此,她还是竭尽全力,后来她表示,"为了公司我一直不遗余力"。

和阿尔比娜一起坐在长长工作台边的是她的小妹妹阿米莉亚·马贾(Amelia Maggia),不过大家都亲昵地称阿米莉亚为莫莉(Mollie)。莫莉在工作室的状态简直如鱼得水,效率出奇地高。19岁的莫莉比姐姐高出足有1英尺,宽脸盘,蓬松的棕发。她为人随和,经常和同事们一起说说笑笑。她与一位名叫埃莉诺·埃克特(Eleanor Eckert,昵称埃拉[Ella])的新雇员交情颇深,两个人的关系可以说亲密无间。埃拉人缘极佳,长相甜美,是典型的金发碧眼美女,头发微卷,笑容非常灿烂。不论是工作还是休息,跟她在一起的人都会感到快乐。姑娘们互相交流,共进午餐,但即便隔着桌子分享食物时,也很少会停下手里的活计。

公司也会组织各种集体活动,最受欢迎的莫过于野餐。工作室边上有一条小河,一座临时搭建的窄桥横跨河面。表盘画工到那里野餐时都会穿上洁白的短袖连衣裙,戴上宽檐帽。她们脸朝小河坐在桥上,一边在河面上晃荡着双腿,一边吃着蛋卷冰激凌,或者紧紧抓住身边姑娘的胳膊以免掉进河里。所有员工都可以参加野餐会。在这些集体活动中,姑娘们可以和那些平时几乎没机会谋面的同事——也就是那些在实验室和提炼室里工作的小伙子们——相识相知。没过多久,"办公室恋情"就开始上演,梅·卡伯利开始和一个名叫雷·坎菲尔德(Ray Canfield)的实验室工作人员约会。恋情并非只此一对,很多姑娘都有自己的心上人,只不过,大多数姑娘并不是与公司同事走到一起。比如,黑兹尔·文森特爱上的是小时候的青梅竹马,一个名叫西奥多·库瑟(Theodore Kuser)的机修工。西奥多一头金发,双眸湛蓝。

公司创始人萨宾·冯·索科基(Sabin von Sochocky)生于奥地利,34岁,是个医生。人们经常可以看到萨宾在野餐会上和员工们打成一片。他一般都会不拘小节地脱掉外套,手里拿着一杯冷饮,和员工们一起坐在毯子上。姑娘们很少能在工作室里看到萨宾的身影,因为他总是在实验室里忙忙碌碌,没时间在她们面前优雅地亮相。因此,野餐会对双方来说都是难得的交流机会。表盘画工们如今所使用的夜光涂料正是萨宾在1913年发明的。对他而言,这一发明是一次巨大的成功。他在第一年便售出了2 000只夜光手表;现在手表的总产量已经达到了数百万只。从很多方面看,萨宾都不可能成为一个企业家,因为他的专业是医学。起初,他打算用夜光涂料这种"粗制滥造的产品"筹集资金以资助医学研究,但市场的需求量变得越来越大,迫使他不得不考虑采取一种更加务实的态度认真对待。他与乔治·威利斯(George Willis)医生见面后,感觉"志同道合",于是,两位内科医生联手创建了公司。

根据他同事的描述,冯·索科基"非同凡响"。大家都直接称他为"医生"。他一旦做起事来便不屈不挠:"有的人或许起步晚,但坚持不懈,直到最后一刻。"杂志《美国人》(American)称他为"在镭的领域,全世界最伟大的权威人士之一"。冯·索科基师出名门,居里夫妇都曾经做过他的老师。

根据从居里夫妇那里学习的知识以及从他所研究过的专业医学文

献来看,冯·索科基清楚地知道镭具有极大的危险性。在他师从居里夫妇时,有人就曾经听到皮埃尔说过"自己竟然待在一间存放着一公斤纯镭的房间里,这简直让他难以置信,因为镭不但会烧伤他浑身上下的皮肤,而且会导致失明,甚至会令他丧命"。截至当时,居里夫妇对于镭的危害已经了如指掌,而且他们自己也深受其害。镭的确可以通过破坏病变组织达到治愈肿瘤的目的,但镭并不具备区分好坏组织的能力,因此也会同时破坏健康组织。冯·索科基自己也受到了沉默但危险的镭的侵害:镭曾经侵入他的左手食指,他发现后只好把指尖截掉。如今那根食指看起来就像是"让一只动物给咬掉了一样"。

当然,外行对于这一切毫不知情。绝大多数人信奉的主流观点认为镭有百利而无一害,不光是报纸杂志持有如此论调,印刷在各种商品外包装上的文案也口径一致,甚至百老汇的戏剧演出也对此大肆宣传。

尽管如此,冯·索科基在奥兰治所创办的工厂还是给所有实验室人员都提供了防护设备。他给每个人都发放了带铅衬的围裙以及用于取放装有镭的试管的镊子。后来,冯·索科基在1921年1月写道,"只有采取最严格的防护措施后",人才能处置镭。

尽管他对此一清二楚,而且他自己的食指也受了伤,但冯·索科基显然被镭迷住了心智,所有的报道都说他丝毫不以为意。他在把玩镭的时候表现得漫不经心,除了徒手拿着装有镭的试管观察夜光效果外,还会将整个前臂全都浸泡在含有镭的溶液里。这些场景大家早已司空见惯。公司合伙人乔治·威利斯同样麻痹大意。他根本不愿意费力去拿把镊子,而是伸出拇指和食指直接把装有镭的试管拿起来。或许这可以解释为什么公司里的同事都学着他们俩的样子。没有人会在乎托马斯·爱迪生(Thomas Edison)多次提出的警告。爱迪生的工作地点与奥兰治的镭公司只隔着几英里。爱迪生曾经说过:"很有可能会出现这样一种状况:镭即便没有进入人体,也会产生可怕的后果。因此每个人在与镭打交道时都应该加倍小心。"

然而,在二楼阳光明媚的工作室里,描画表盘的姑娘们似乎对世界上的一切都毫不在意。这里找不到带铅衬的围裙,也看不到象牙尖镊子,更没有医疗专家的身影。人们都认为涂料中镭的含量微乎其微,根本没有必要采取任何防护措施。

当然,至于到底需不需要防护措施,姑娘们自己也不甚明了。毕竟她们每天面对的是具有"神奇药物"之称的镭。当她们一边说说笑笑,一边埋头苦干时,无不认为自己幸运之至。这当中也包括格蕾丝、艾琳、阿尔比娜、埃德娜、黑兹尔、凯瑟琳和梅。

她们拿起画笔,就像培训师当初指导的那样,灵活娴熟地重复着每个动作。

抿……蘸……画……

3

　　战争就像一台不知饥饱的机器——人们喂给它的食物越多,它的胃口就越大。1917年的秋天渐渐远去,但对工厂产品的需求却丝毫没有减少的迹象。工厂在鼎盛时期,为了完成画表盘的订单,一共招募了375个画工。当公司宣布人手不足,需要招募更多的画工时,姑娘们都会急不可耐地向朋友、自家姐妹以及亲戚家的女孩推荐这份工作。没过多久,很多家庭中的所有女孩就都坐到了工作台边,兴高采烈地一起画表盘。阿尔比娜和莫莉·马贾姐妹的身边很快就多了一个妹妹做同事,16岁的金塔·马贾(Quinta Maggia)。

　　她魅力十足,引人注目,有一双灰色的大眼睛,头发又黑又长;她认为自己最迷人的地方就是一口漂亮的牙齿。她为人善良体贴,做事脚踏实地,最喜欢的消遣方式包括玩纸牌、跳棋和多米诺骨牌。她也大大咧咧地坦白:"我本来应该经常去做礼拜,但其实我不怎么去。"她和格蕾丝·弗赖尔一见如故,两个人的关系好到了"形影不离"的地步。

　　格蕾丝也把自己的小妹妹阿德莱德·弗赖尔介绍过来做工。阿德莱德非常善于交际,喜欢和各种人打交道,因此这份工作所带来的社交机会正合其意。然而她不像大姐格蕾丝那么通情达理,结果,她因为话多嘴碎被公司解雇了。姑娘们或许都愿意跟别人聊天,但手里的活计该做还是要做的。要是她们干活的时候态度不认真,那么面临的一定就是被淘汰出局的命运。这份工作远没有想象中那么容易。正如凯瑟琳·肖布在纽瓦克工作室所注意到的,表盘画工在工作中面临着巨大的压力。如果干活的速度赶不上工友，就会遭到当面批评；如果速度总是提不上来，最终就得卷铺盖走人。姑娘们难得见萨沃伊先生一面，因为他的办公室在楼下。他上来唯一的目的就是训斥她们工作不利。

最大的问题是涂料的浪费。鲁尼小姐每天都会发放一定量的镭粉，用于完成固定数目的表盘描画工作，而姑娘们也必须要做到物尽其用。她们既不能提出额外的材料需求，也不可能节省出多余的材料。如果用光了所发放的材料却无法完成相应数目的产品，在质检阶段就会暴露无遗。于是，姑娘们就养成了互相帮助的习惯，要是有人发现自己还剩了一点镭，就会拿出来跟大家分享。还有就是盛水的盘子里会有沉淀下来的镭粉，这也成了额外的材料来源。

然而，公司的老板们也注意到了涮笔盘子里那浑浊的水。不久，涮毛笔的小水盘就被逐一收掉，公司给出的解释是材料价格昂贵，用水涮笔太浪费材料。这样一来，表盘画工们若想除掉在笔头上凝固的镭粉，只能选择抿笔尖这一个办法。正如埃德娜·博尔兹所说："要是不这么做，就没法干活了。"

姑娘们本身也成为杜绝浪费的目标。每次下班回家之前，她们都要被叫进暗室，专门有人把她们衣服上沾的镭粉掸下来，然后再把落到地板上的"闪闪发光的粉末"扫到簸箕里，留待第二天使用。

然而，即便掸粉末的人再细致，也无法将所有粉末清除干净。姑娘们浑身上下都沾满了镭粉：她们的"手、胳膊、脖子、连衣裙、内衣，甚至还有紧身胸衣，都闪闪发光"。埃德娜·博尔兹记得很清楚，在将沾上的粉末全都掸掉后，"等我夜晚回家时，衣服在黑暗里就会发光……我走到哪里别人都看得到，我的头发和脸都清晰可见"。姑娘们"就像暗室里的夜光手表一样熠熠生辉"，仿佛她们本身就是计时器，倒数着自己的生命里所剩无几的秒数。当她们穿过奥兰治的大街小巷回家时，她们就像幽灵一样发着荧光。

没有人不会注意到表盘画工的存在,因为她们已经精致到无懈可击的地步。城里的居民不但注意到她们身上发出的幽灵般的荧光,还注意到她们身上那些价格昂贵、优雅得体的服饰,因为姑娘们穿的不是丝绸就是貂皮,这让她们看上去"更像是午后慵懒惬意的阔太而不是在工厂里干活的女工",当然这也是高薪给她们带来的一项福利。

尽管这份工作看上去光鲜亮丽,但并非适合所有人。有人发现涂料有毒。一个姑娘在那里工作才一个月,就出现了口舌生疮的症状。尽管表盘画工们全都采取了抿笔尖的技法,但抿的频率却大不相同,这可能也是每个人的反应迥然相异的原因。格蕾丝·弗赖尔发现"我可以在笔尖干硬之前涂好两个数字",而埃德娜·博尔兹则每涂一个数字就要抿一下笔尖,有时甚至涂一个数字就会抿上两三次。金塔·马贾虽然讨厌涂料的味道,但做法却跟埃德娜如出一辙。"我忘不了[涂料的]味道,有股沙子味,里面的小颗粒就嵌在牙齿缝里。我记得非常清楚。"

有的表盘画工抿笔尖的频率不高,凯瑟琳·肖布便是其中之一。她在完成一个表盘的过程中只会抿四五次。不过,当她突然长了满脸粉刺后——这种症状有可能是因为她激素分泌旺盛,毕竟她已经15岁了——她便注意到几个同事出现的不良反应,于是她决定去找个医生问问情况。

令她感到不安的是,医生问她工作中是不是经常接触磷。在纽瓦克,磷是一种众所周知的工业毒素,这种怀疑非常合理。但是,医生的怀疑却丝毫不能让凯瑟琳感到合理,她也无法冷静。因为引起医生注意的不仅仅是她脸上的粉刺,凯瑟琳的血液检测结果也出现了异常。她在工作中当真没有接触磷吗?

表盘画工们其实并不清楚每天使用的涂料里到底含有什么成分。医生的问题让凯瑟琳感到一头雾水,于是她开始向同事们求助。等到凯瑟琳跟姑娘们原原本本地讲述了医生跟自己说的话后,大家都感到有些心神不宁。姑娘们一起去找萨沃伊先生对质,萨沃伊先生原本打算用涂料无害之类的言辞缓解大家的恐惧心理,但这一次,他的话无人信服。

于是,跟任何一位中层管理者一样,萨沃伊先生就找了自己的顶头上司。没过多久,乔治·威利斯特意从纽约赶来,就镭的相关问题给表盘画工们开了个会,让她们相信涂料是安全无害的;冯·索科基也出席了会议。两位医生都在会上郑重地承诺,宣称涂料的成分中不存在任何危险元素;镭的含量微乎其微,不会对她们造成任何伤害。

于是,姑娘们继续回去工作,肩上的压力似乎也比此前小了一些。只不过凯瑟琳一想到自己脸上的痘痘竟然给大家带来这么多烦恼,就感到很不好意思。渐渐地,她脸上的皮肤变得光滑如初,表盘画工们心中的担忧也随之而去。当全世界最伟大的一位镭专家跟你解释,说你根本无须担惊受怕时,那么很自然,你就不会再自寻烦恼。姑娘们开始互相取笑镭粉沾在身上所产生的效果。格蕾丝·弗赖尔记得,"沾在手帕上的鼻涕在黑暗中会闪闪发光,这种事在过去经常发生"。其中一个表盘画工素有"活泼的意大利女孩"之称,一天晚上,她在约会前把满口牙齿都涂满了涂料,想着只要张嘴一笑就会把男朋友迷倒。

姑娘们的浪漫爱情原本还处在萌芽状态,如今已经竞相绽放。黑兹尔和西奥多像以往一样如胶似漆,金塔也已经开始跟一个叫詹姆斯·麦克唐纳(James McDonald)的年轻人约会。不过,最早披上婚纱的却是梅·卡伯利。1917 年 12 月 23 日,梅成了冬日里幸福的新娘。按照传统,她打算马上辞职,但萨沃伊先生请她再坚持一段时间,于是她选择继续留在工作室。同月,莎拉·梅勒费尔(Sarah Maillefer)入职。

跟其他姑娘们相比,莎拉略显与众不同。她年龄偏大,已经 28 岁,身材微胖,性格腼腆,似乎与那些正值韶华的姑娘们有些格格不入。不过,这些十几岁的女孩子却很愿意跟她来往。莎拉有一头黑色短发,宽肩膀——她的肩膀也不得不变得"宽阔"起来,因为她是个单亲妈妈。她有个6岁的女儿叫玛格丽特(Marguerite),跟莎拉的小妹妹重名。

1909年,莎拉嫁给了亨利·梅勒费尔(Henry Maillefer)。亨利身材高大,黑头发、黑眼睛,是个法国和爱尔兰混血儿。然而,亨利突然间人间蒸发,如今他到底人在何处,无人知晓。于是,莎拉只能和女儿一起搬回到父母家,和母亲莎拉·卡洛(Sarah Carlough)、父亲斯蒂芬·卡洛(Stephen Carlough)以及16岁的妹妹玛格丽特一起生活。斯蒂芬既是个油漆匠也是个室内装潢师,一家人个个都属于"勤劳本分、通晓事理"之人。莎拉也不例外,她勤劳肯干,很快就成为镭公司里最忠诚的雇员之一。

不过,对于梅·卡伯利·坎菲尔德来说,她继续为公司效劳的日子所剩无几。婚后不久她便怀孕,于是她在1918年初递交了辞职信。她的职业生涯就此画上了句号。

她的职位很快就被人取代。1918年,美国生产的95%的镭都被用于制造镭涂料,以满足描画军用夜光表盘的需求;工厂纷纷开足马力生产。截止到年底,六分之一的美国士兵都配备了夜光表——大多数表盘都是奥兰治工厂表盘画工的杰作。工作室增加了两个新员工,一个是简·斯托克(Jane Stocker),昵称詹妮(Jennie),另一个是7月份入职的海伦·昆兰(Helen Quinlan)。海伦身材苗条,古灵精怪。她属于精力旺盛的那种类型,但整个公司的人却对此嗤之以鼻,说她是那种"为了个人利益到处投机钻营的人"。她有个男朋友,她经常带着男朋友参加姑娘们的野餐会。这个年轻人仪容整洁,金发碧眼,每次参加野餐会都穿着衬衫、打着领带。一次野餐会上,他和海伦拍了一张合影:海伦的裙摆随风飘扬,婀娜多姿;他没有看镜头,而是对着海伦深情凝望,仿佛完全被这个活泼的精灵摄去了魂魄,仿佛能够遇到海伦是他人生中的一大幸事。

姑娘们还在怂恿家庭成员跟她们一起来公司工作。1918年9月1

日,凯瑟琳颇为自豪地写道:"我在工厂里给艾琳谋到了职位。"艾琳·鲁道夫(Irene Rudolph)从小父母双亡,是凯瑟琳的表妹。她俩虽然同岁,但凯瑟琳要大几天。当时艾琳和凯瑟琳一家人生活在一起。艾琳谨小慎微,整天一副心事重重的模样,但考虑到她童年的遭遇,她有这种性情倒也可以理解。她并没有像有些姑娘那样把工资都花在购买真丝裙子和裘皮大衣上,她在银行里开了个账户,把钱全都存了起来。艾琳脸型瘦削,鼻子小巧,眼眸如漆,一头黑发。从唯一一张留存下来的照片上看,她显得有些怏怏不乐。

艾琳入职一个月后,又来了一位新员工。不过,这位新员工并不是表盘画工,而是一位事业颇有建树的商人,他是公司新聘用的财务主管亚瑟·罗德(Arthur Roeder)。他善于抓住各种职业机遇。大学毕业时,亚瑟并没有拿到学位,但他在选中心仪的职业后,升职的速度快到令人咋舌。亚瑟衣冠楚楚,圆脸,罗马鼻,薄嘴唇,最喜欢的事情除了打领结,就是在头发上涂发油,这样一头黑发就会顺滑地贴在头皮上。此前他在纽约总部工作,如今开始负责管理所有的表盘画工。尽管他嘴上说自己会经常到工作室去视察工作,但跟大多数高管无二,亚瑟也很少真正走进工作室。实际上,在格蕾丝·弗赖尔的印象中,冯·索科基也只是在自己的工作台边偶尔路过一次而已。当时她对此并不在意,但后来她才知道,他当时现身工作室的意义非同凡响。

那天,格蕾丝像以往一样坐在工作台旁,抿完笔尖后在涂料里蘸了一下,工作室里其他姑娘的工作步骤也毫无二致。每当冯·索科基脚步轻快地走向实验室,按照他的习惯,他的脑子里总是充满了各种创意,想的全都是各种复杂的科学问题。只不过这次当他匆匆忙忙地穿过工作室时,脚步不由得停顿了一下,眼神直接就落到了格蕾丝的身上——落到了她手中正在忙着的活计,就好像第一次看到她干活的样子。

格蕾丝抬起头来瞟了他一眼。冯·索科基的长相令人过目难忘。

他有着大鼻子、招风耳，留着黑色寸头。凯瑟琳一想到工作进度，便低下头继续画表盘，接着又抿了抿笔尖。

"不要那样做。"冯·索科基突然说。

格蕾丝闻言不由一怔，重新抬起头来，一脸困惑不解。这活不就是这么干的吗？所有的表盘画工不都是这么干活的吗？

"不要那样做，"他又跟她说道，"会生病的。"接着冯·索科基便继续朝前走去。

这番话把她搞糊涂了。她觉得有必要认真求证一下这件事，便直接去找鲁尼小姐。然而，鲁尼小姐只是把以前跟表盘画工们说过的话又重复了一遍。"她跟我说冯·索科基的那句话没别的意思，"格蕾丝后来回忆道，"她跟我说涂料没毒。"

于是，格蕾丝又回到工作台旁继续手头的工作：抿……蘸……画……毕竟，战争还没有结束。

不过，战争也没有持续多久。1918年11月11日，枪炮声沉寂下来，和平终于降临。在这场战争中，超过11.6万名美国士兵战死疆场；交战双方的死亡人数大约有1 700万人。在双方签订停战协议的那一刻，镭公司的姑娘们、公司主管们，乃至全世界人民，都庆幸残酷、血腥的战争终于画上了休止符。

因战争而殒命的人早已经不胜枚举。如今，人们都觉得开启新生活的时机到来了。

4

停战协议签署一个月后,金塔·马贾立刻亲身实践及时行乐的生活准则,嫁给了詹姆斯·麦克唐纳。詹姆斯是爱尔兰人后裔,性格活泼,在一家连锁店里担任经理之职。这对新婚夫妇在一座两层小楼里安了家。一开始,金塔并没有辞去表盘画工的工作,但她也没再做多久,到了1919年2月她便辞了职。很快,她怀了个女孩,起名海伦。孩子的预产期在感恩节的两天后。

选择离职的表盘画工不只金塔一个人。战争已经结束,姑娘们也长大成人。艾琳·科比辞职后,在纽约市找到了一份办公室职员的工作。后来,她嫁给了风度翩翩的文森特·拉波特(Vincent La Porte)。文森特眼眸湛蓝,目光锐利,在一家广告公司任职。

很快就有人补了空缺。1919年8月,莎拉·梅勒费尔设法让小妹妹玛格丽特·卡洛获得了工作机会。玛格丽特朝气蓬勃,喜欢涂脂抹粉和各种艳丽夸张的服饰:超大翻领、剪裁独特的外套以及周围饰满羽毛的宽边帽子。玛格丽特很快就和约瑟芬·史密斯的小妹妹吉纳维芙·史密斯(Genevieve Smith)成了闺蜜,后者也同样刚入职不久。她们的另外一位闺蜜是阿尔比娜·马贾。阿尔比娜还在成堆的表盘上忙碌地工作。即便亲眼看着妹妹先自己嫁人,目睹着妹妹的幸福生活,但阿尔比娜心中没有丝毫怨念。只不过她不禁在想自己的幸福生活将何时开始。那年夏天,她也决定辞职,重新干回老本行——给帽子镶边。

那是一个变化多端的时代。那年夏天,国会通过了第十九修正案,允许女性享有选举权。例如,格蕾丝·弗赖尔就迫不及待地希望这一权利能早日生效。工厂也正在发生变革:很快,新来的化学家霍华德·巴克(Howard Barker)——也就是未来的公司副总裁——和冯·索科基一起着手开发夜光涂料的新配方,打算用新钍取代镭。据一份备忘录上面的记载,"巴克会把放在手边的东西混合在一起后就拿出去售卖,有时候新钍和镭的成分各占一半,有时候是10%[新钍]和90%[镭],配比非常随意"。新钍是镭的同位素(为了与"一般的"镭-226区分开来,新钍被命名为镭-228)。新钍也有放射性,但半衰期只需要六七年,而镭-226的半衰期则为1 600年。因此,与镭相比,新钍更粗糙、更廉价,但它的第二个特点对公司而言却至关重要。

与此同时,不知道出于什么原因,公司要求在工作室干活的表盘画工尝试一项新技术。据埃德娜·博尔兹回忆:"公司给我们每个人发了一块小布片,要求我们不要再抿笔尖,而要在这块小布片上擦笔。"然而,还不到一个月,埃德娜说,"公司就把小布片全部收走,不允许我们再使用,说是太浪费镭了"。她最后总结道:"我们还是觉得抿笔尖这个方法更实用。"

尽管战争已经结束,但夜光类产品的需求却没有减少的迹象,因此对公司来说,最重要的莫过于尽可能确保生产过程的高效。1919年,公司的生产达到了新高峰:220万块夜光手表。这让新任财务主管亚瑟·罗德喜不自胜。这也难怪凯瑟琳·肖布经常会感到疲惫不堪。那年秋天,她注意到"两条腿经常有种撕裂般的疼痛,而且一走路就觉得肌肉僵硬"。母亲恰好在那年去世,凯瑟琳一直情绪低落;她和父亲威廉(William)的关系变得比以前更加亲密,但两个人都因为母亲的离世而黯然神伤。

然而,正如凯瑟琳的表妹艾琳·鲁道夫对于生活的透彻理解,即便我们深爱的亲人已经离我们而去,生活还是要继续下去。她和凯瑟琳别无选择，只能和同事们一起在那间粉尘弥漫的工作室里辛苦劳作。这些同事包括玛格丽特·卡洛和姐姐莎拉·梅勒费尔、埃德娜·博尔兹、格蕾丝·弗赖尔、黑兹尔·文森特、海伦·昆兰、大家的开心果詹妮·斯托克，当然还有埃拉·埃克特和莫莉·马贾，尽管她俩都非常愿意跟别人聊天，但干活效率之高却一直无人能及。姑娘们玩得疯狂，干起活来也一样拼命。要想保住这份工作，不拼不行。

产品订单如雪片般飞来。公司开始考虑战后的发展策略，决心扩大在镭医学领域的规模。同时，亚瑟·罗德还负责监管"夜光涂料"的商标注册。和平年代的无聊，意味着数不胜数的顾客希望能购买到夜光产品。如今，公司直接将夜光涂料销售给消费者和制造商，这样他们便可以随意涂抹在任何需要涂抹的地方。这一需求令镭公司产生了一个新想法，他们打算帮助手表制造商建立内部工作室。此举将使奥兰治工厂表盘画工的数量大幅度降低，但公司仍然可以通过供应夜光涂料获利。

实际上，公司也有不得不搬离奥兰治的苦衷，至少也得精简业务。如今，民众在第一次世界大战期间高涨的爱国热情早已经无影无踪，那么工厂若仍保留在居民区中心位置的厂房，便显得格格不入，而且工厂的选址如今已经出现了问题。当地居民开始怨声载道，投诉工厂排放出来的烟尘令晾晒在外的衣物褪色，影响了他们的身体健康。公司的管理层采用了不同寻常的方法安抚附近的居民：一位主管给了邻居5美元（现约68.5美元）以赔偿她被损坏的衣物。

事实证明，这一举措大错特错。此举就像是打开了一道闸门，紧接着，全体居民都要求得到现金赔偿。生活在该社区的居民大多穷困潦倒，都"迫不及待地想要占公司的便宜"。公司吸取了教训，立刻收起了钱袋子，再也没有支付一美元的赔偿。

公司各大主管开始将注意力转移到在手表公司开办工作室的问题上，而市场对这种工作室的需求显而易见。1920年，夜光表的生产总量将超过400万块。所有的筹建工作都已经准备到位,似乎所有人都兴高采烈——除了原来的那些表盘画工。

尽管公司通过开创新的业务领域发展得顺风顺水,但表盘画工们却因此备受冷落。订单越来越少导致工厂开工不足,有的姑娘便没活可干,到最后,奥兰治的工作室已经无法实现全天开工,只能按订单需求量开工。

对于这些表盘画工来说,她们一直都是按件计酬,这种状况让她们无以为继。于是,女工的数目日渐减少,后来只剩下不到100个姑娘仍然坚守岗位。跟凯瑟琳·肖布一样,海伦·昆兰为了更好的就业机会也离开了工作室。海伦做了打字员,而凯瑟琳在一家轴承厂担任办公室职员——她发现自己非常喜欢这份工作。她写道:"办公室里的女孩子非常容易相处。她们邀请我加入她们的俱乐部。大多数女孩子都喜欢刺绣或拿钩针做衣服,大家都想给自己的嫁妆箱里增加一份嫁妆。"

嫁妆箱也叫作陪嫁箱,里面装的都是年轻的未婚女子为准备结婚而积累起来的物品。1920年春,凯瑟琳已经18岁,但她似乎并不急于安定下来:她太喜欢夜生活了。"我还没有准备嫁妆,"她写道,"所以,当其他女孩子都在忙着赶制嫁妆时,我就去弹弹钢琴,唱唱当时的流行歌曲。"

格蕾丝·弗赖尔聪明睿智,头脑清醒,也能看到事业发展中的危险信号。对她来说,画表盘只是一份过渡性工作。这工作在支援战争需求时显得至关重要,但对于她这种技术娴熟的女工来说却并非长久之计。她眼界高远。因此,当她在富达银行找到一份稳定的工作后,她感到欣喜若狂,因为富达银行是纽瓦克市的一家高端银行。格蕾丝喜欢去办公室工作。每次去上班时,她都会将一头黑发干净利落地盘起来,在脖颈上戴一串雅致的珍珠项链。她已经做好了准备,打算随时应对工作中的种种挑战。

跟凯瑟琳的新同事们一样，银行里的姑娘们也容易相处。格蕾丝是"那种爱说爱笑、喜欢跳舞的女孩"。由于禁酒令在1920年1月就开始实施，她和新的工作伙伴经常举办一些无酒的聚会。为了保持身材，格蕾丝在业余时间还喜欢游泳。她体态轻盈，泳姿优美。她感到未来一片光明——而且并非只有她一个人有此想法。阿尔比娜·马贾也终于在奥兰治找到了自己的心上人。

等待了这么久，终于可以和心上人谈情说爱，这种感觉令人心醉。阿尔比娜虽然只有25岁，但那个时代的大多数女孩子都选择在二十出头就结婚，所以她觉得自己变成老姑娘了。就在此时，詹姆斯·拉里切（James Larice）终于现身。他突然左腿单膝跪地，向阿尔比娜求婚。詹姆斯是个瓦工，17岁时从意大利移民到了美国。他也是个战争英雄，荣获了紫心勋章和橡叶徽。于是，阿尔比娜开始想象未来的婚姻生活和孩子，想象终于要搬出生活了二十多年的娘家。

与此同时，她的妹妹莫莉却没有坐等身披闪亮盔甲的骑士前来迎娶自己。莫莉具有独立的思想，单身而又自信，从家里搬出来后在海兰德大道的一座女性公寓里住了下来。海兰德大道位于奥兰治市，街道两旁绿树成荫，与附近造型优美的独立住宅相映成趣。莫莉仍然留在镭公司里工作。又一个姑娘离职后，公司里剩下的女工就变得屈指可数，但莫莉却干得风生水起，因此并没有离职的打算。每天早晨她去上班时都感到精力充沛，干劲十足，但在一些同事面前却不得不收敛一些。通常情况下，玛格丽特·卡洛是大家的开心果，但最近她却一直在抱怨，说自己快要累死了。同时，黑兹尔·文森特也感到精疲力竭，决定辞职。她和西奥多还没有结婚，所以便在通用电气公司另寻了一份工作。

然而，新的工作环境却并没有令她的身体状况得到改善。黑兹尔不知道自己到底出了什么问题：体重不断下降，身体也开始日渐虚弱，下巴疼痛难忍，就好像里面有什么东西烂掉了一样。她对此极为担忧，最后便找到新公司的医生给自己做了个全面检查,但这位医生也无法确诊她的病情。

不过,至少有一件事她可以放心,那就是她的身体状况并不是曾经在工作中跟镭打过交道所致。1920年10月,当地媒体对她的前老板做了个专题报道。提取镭后剩下来的残留物质看上去就像是海边的沙子,而公司已经决定把这些工业废料卖给学校用来铺操场或者装在孩子们玩的沙箱里。有报道称,孩子们的鞋子因此而褪色变白。一个小男孩跟他妈妈抱怨说,他的两只手因为抓过这种沙子而产生了一种灼烧感。然而,为了消除大众的疑虑,冯·索科基在对此报道进行回应时公开表示,对孩子们来说,这种沙子"非常干净卫生",最适合孩子玩耍,"比举世闻名的药泥好处还大"。

1920年11月底,猎头公司找到了凯瑟琳·肖布,希望她能重返镭公司,负责培训那些在手表公司工作室干活的新工人。面对这一邀请,凯瑟琳欣然接受,因为她对此没有丝毫顾虑。这些手表公司大多位于康涅狄格州,其中包括沃特伯里钟表公司(Waterbury Clock Company)。凯瑟琳将自己曾经学过的技术传授给几十个女孩。她说:"我给她们上培训课,教会她们舔笔尖。"

刚走上工作岗位的表盘画工,因为能够亲手接触到镭,几乎全都按捺不住心中的激动。当时整个社会对镭的狂热丝毫没有减退,1921年玛丽·居里访美令这股热潮达到了巅峰。同年1月,面对新闻界对镭所做的持续不断的报道,冯·索科基也不甘落后,为杂志《美国人》撰写了一篇文章。"全世界的人都知道,镭所蕴藏的力量是最伟大的力量,"他以一种不容置疑的语气写道,"通过显微镜,人们可以观察到这种无形而躁动的强大力量。"不过,他也承认,"其用途我们尚不得解"。为了给读者留下一个悬念,他又补充道:"今天的镭对我们来说意义重大,这本身就非常浪漫。不过,任何人都无法预知未来镭又将对我们有何种意义。"

事实上，包括冯·索科基在内，没有人能对镭的未来做出更多的预言，而且有一件事就连他自己也没能预见：1921年夏，他被赶出了自己的公司。公司的联合创始人乔治·威利斯将手中持有的大部分股票都转卖给了公司的财务主管亚瑟·罗德。不久后，威利斯和冯·索科基在一次公司收购中都被粗暴地赶下了台。改名换姓后的美国镭公司（United States Radium Corporation）似乎注定要在战后的世界里大展宏图，但冯·索科基却不再为其掌舵，也不会再带领着公司走向未来。

取之代之，亚瑟·罗德优雅地坐上了总裁的位置。

5

莫莉·马贾小心翼翼地舔了舔牙龈上的牙洞。真痛。几个星期前，她觉得有一颗牙疼痛难忍，便找了个牙医把那颗牙给拔了，但留下来的牙洞却至今隐隐作痛，这让她感到有些不可思议。她轻轻地晃了一下身子，便继续画表盘。

她记得当时工作室里鸦雀无声，因为很多表盘画工都已经离职。詹妮·斯托克和艾琳·鲁道夫都已经被公司解雇，艾琳的表姐凯瑟琳再次辞职。她和埃德娜·博尔兹都跳槽到夜明产品公司（Luminite Corporation）画表盘。这家公司位于纽瓦克，也是一家镭公司。在最早的那批表盘画工里，如今剩下的只有史密斯姐妹和卡洛姐妹，还有莫莉。在莫莉看来，最让她感到伤心的是埃拉·埃克特辞职去了班伯格百货公司上班。当然，自从罗德接管了整个公司后，一切都变了样。

莫莉画完满满一托盘表盘后便站起身来，走过去将盘子交给鲁尼小姐。她的舌头不由自主地又舔了舔牙龈上的牙洞。痛感似乎变得没那么明显。她心想，要是还不见好，她打算再去找牙医看看，只不过这次要换个医生，一定要换个医术高超的牙医。

她的情况并没有很快好转。

于是，朋友给她推荐了擅长治疗口腔疑难杂症的专家——约瑟夫·克内夫（Joseph Knef）医生，她预约了1921年10月就诊。对莫莉来说，就诊日之前的这段日子非常难熬。在接下来的几个星期里，她的下牙龈和下巴的疼痛加剧，简直无法忍受。当莫莉跟着克内夫走进诊室时，真希望他能彻底治愈自己的病痛,因为此前那个牙医的治疗似乎只是让情况变得更加糟糕而已。

克内夫40多岁,身材高大,皮肤呈健康的橄榄色,戴着一副玳瑁眼镜。他动作轻柔地用探针探查着莫莉牙龈上留下的牙洞后,轻轻地摇了摇头。之前那个牙医拔掉这颗牙已经是一个多月以前的事了,但创口却丝毫没有愈合的迹象。克内夫注意到她牙龈发炎,轻轻地触碰牙齿,有好几颗似乎有点松动。他轻松地点了点头,相信自己已经找到了病因。后来他说:"我当时认为她得的是齿槽脓漏。"这是一种非常常见的炎症,会影响牙齿周围的组织,而莫莉似乎表现出了所有的症状。克内夫相信在自己的专业治疗下,莫莉的状况很快就会得到改善。

然而,她的症状依然不见好转。克内夫回忆道:"治疗丝毫没有发挥作用,这姑娘的病况日益恶化。"

牙疼令莫莉痛不欲生。克内夫认为,若想阻止牙龈继续感染,只能去除疼痛的根源,于是他又陆续拔掉了莫莉的好几颗牙齿。然而,所有的拔牙创口无一愈合。相反,牙洞里陆续出现了溃疡的症状。溃疡的地方不但越来越多,而且令她感到疼痛万分,简直比拔牙之前还要痛苦。

莫莉挣扎着继续在工作室里干活,但是每次抿笔尖的动作都让她疼得龇牙咧嘴。玛格丽特·卡洛觉得自己已经恢复了好心情,便总是想跟莫莉聊聊天,但莫莉却很少回应。这不仅是因为牙龈的疼痛令她无暇分神,而且她发现自己竟然生了口臭,每次她张嘴说话,一股令人作呕的味道便会随之而出,这让她感到非常尴尬。

1921年11月底,就在金塔的女儿两周岁生日的前一天,姐姐阿尔比娜和詹姆斯·拉里切举行了婚礼。新娘发现外甥女的各种可爱举动,突然有了想当妈妈的冲动。她想,她和詹姆斯很快就会有自己的孩子,到时候孩子们也会像外甥女一样到处跑来跑去。

然而,地平线上升起来的那朵乌云却给这对新婚夫妇的幸福生活投下了阴影:莫莉的状况一再恶化。姐妹两个人的住处相距较远,如今阿尔比娜很少跟莫莉见面,但莫莉的所有姐妹都对她日益恶化的健康状况颇为担忧。几个星期过去了,让莫莉痛不欲生的除了牙龈外,身体上其他好几个地方也开始感到刺痛难忍。据金塔回忆:"我姐姐的牙齿、下颌骨、臀部和脚都开始出现痛感。我们大家都觉得她得了风湿病。"医生给她开了阿司匹林,让她回到位于海兰德大道的家中休养。

幸运的是,莫莉跟一位医护人员住在一起。跟她一起租房子的有个50岁的女房客,名叫伊迪斯·米德(Edith Mead)。伊迪斯是个训练有素的护士,一直都在不遗余力地照料着莫莉。不过,凭借自己所接受的医疗培训,伊迪斯对莫莉的病始终一头雾水,而且她也从来没有见到过类似的病症。包括克内夫、莫莉的家庭医生以及伊迪斯在内,谁都没办法改变莫莉的状况。每次莫莉看完病,都会带回来一张昂贵的诊费单,但不管她花多少钱,却始终没有奏效。

实际上,为了解除莫莉的痛苦,克内夫甚至采用了一些"极端的治疗方法",但他越想帮忙,莫莉的状况就变得越糟糕——牙齿、溃疡、牙龈全都如此,无一例外。有时候,克内夫甚至都不用再费力帮她拔牙,因为她的牙齿竟然一颗颗地自动掉了下来。无论他采取何种治疗手段,都无法改变整体状况的持续恶化。

"持续恶化"这个词用来描述莫莉的健康状况简直再合适不过。莫莉的口腔几乎要裂成碎片。持续不断的疼痛让她饱受折磨,只有那些治标不治本的止痛药才能给她带来一丝安慰。莫莉一直是个爱说爱笑的姑娘。因此,这种状况对莫莉来说简直无法容忍。以前她露齿而笑时,笑容是那样灿烂美好,但如今随着牙齿一颗颗脱落,那样的笑容在人们的记忆中已经变得模糊。实际上,这已经无所谓了,因为她现在痛苦到根本笑不出来。

圣诞节过后不久,新的一年开始了。几位医生经过会诊后终于得出结论，可以为莫莉那神秘莫测的病情确诊。口腔疼痛、关节疼痛、极度疲劳、一个年轻的单身女人离开家独自生活……一切都显而易见，真的非常明显。1922年1月24日，这几位内科医生都认为她得了梅毒，或者丘比特病——一种通过性行为传播的疾病——于是给她做了检测。

然而，检测结果却显示为阴性。医生们不得不再次推倒结论，再寻病因。

截至当时，克内夫已经注意到莫莉表现出来的一些症状，这让他开始怀疑自己最初的诊断。很明显，症状的外在表现是"难以承受的疼痛"，就好像有什么东西从身体内部攻击她一样，不过克内夫也不知道这东西到底是什么。莫莉的口腔内部完全呈现出一种崩解的状态。此外，克内夫还闻到她口腔里散发出来的浓重气味似乎"与众不同"："这种味道与一般的口臭不同，是颌骨坏死的气味。"坏死意味着骨头腐烂。莫莉的牙齿，也就是那些还没掉的牙齿，现在正在口腔里慢慢腐烂。

克内夫经过进一步的研究，得出了结论。他认为，莫莉患有一种类似磷中毒的疾病。几年前，就在凯瑟琳·肖布爆发粉刺时，她的医生也做出过同样的诊断。

"磷毒性颌骨坏死"——这是磷中毒患者曾经对这种情况所起的残酷别称——和莫莉正在忍受的那些症状极为类似：牙齿脱落、牙龈发炎、下颌坏死以及疼痛难忍。于是，当克内夫再次为莫莉诊病时，他问起此前莫莉所从事的到底是什么工作。

"画表盘上的数字，到了夜里这些数字就会发光。"她回答道，说话的时候舌头不小心碰到了口腔里的溃疡面，疼得她不由得皱了皱眉。

听莫莉这么一说，克内夫更是疑窦丛生，于是决定亲自对这件事展开调查。他首先前往镭工厂走访，但厂里却采取了不合作的态度。"我向那些研究镭的工作人员讨要涂料的配方，"他回忆道，"但他们断然拒绝了我的请求。"毕竟夜光涂料非常有利可图，具有很高的商业价值。涂料配方属于公司的最高机密,公司不可能随便拿出来跟别人分享。不过,公司员工还是跟克内夫说涂料中不含磷,并保证说在镭工厂里工作不可能引发任何疾病。

克内夫自己做的实验似乎也从侧面佐证了镭公司的说法。"我原以为她的病因是涂料中含有磷,"克内夫后来说道,"但我所做的所有实验都无法证实这一推测。"一切似乎仍是未解之谜。

这一切对莫莉而言全都于事无补。当时,疼痛已经让她苦不堪言。她的嘴里长满了疮,痛得几乎连话都说不出来,更别提吃东西了。她的姐妹们每当看到她的样子都觉得骨寒毛竖。金塔说,她受了那么多罪,"每次我一想起来就觉得心烦意乱"。

任何曾经饱受牙龈脓肿之苦的人至少可以想象出莫莉所遭受的一小部分痛苦。如今,莫莉的整个下颚、上颚乃至耳骨可以说就是一个巨大的脓肿。处在这样的状况下,她不可能再出去上班。于是,她辞去了奥兰治工作室的工作。她曾经在那里画表盘,度过了很多欢乐时光,如今却只能待在家里。她相信,在不久以后的某一天,医生一定会诊断出她到底出了什么问题,而且治好她的病,这样她就能重新开始生活。

然而,她的病一直无法治愈。5月,克内夫建议她再来一趟,再给她做一次检查,看看病况是否有所好转。莫莉一瘸一拐地走进他的诊室。她的臀部和双脚所表现出来的风湿病症状越来越明显,她几乎成了个残疾人。不过,真正占据她全部思想、时刻提醒她存在、一直都在吞噬她的,则是她的嘴巴。那种痛苦简直阴魂不散。

她步履蹒跚地走到牙科手术椅边,坐下后身体向后靠在椅背上。她小心翼翼地张开嘴巴。克内夫医生弯下身子,准备用探针检查她的口腔内部。

他发现,如今她的牙齿几乎全部掉光,而口腔里到处都是红色的溃疡面。莫莉向医生示意她的下巴特别疼,于是克内夫小心翼翼地戳了一下她口腔下半部分的骨头。

尽管他的动作非常轻柔，但莫莉的下颌骨在他手指的触碰之下竟然断了，这令他惊骇不已。他把断骨取了出来，"不是做手术取出来的，而是两根手指伸进她嘴里直接把骨头给拿出来"。

大约一个星期后，莫莉的整个下颌骨就这样轻而易举地给取出来了。

莫莉对此无法忍受。但即便如此，疼痛却丝毫没有缓解。医生所能提供的也只有止痛药，可这些药根本不起任何作用。蓬松的棕色头发遮住了她的脸庞，而这张脸覆盖下的任何地方，带给她的只有痛、痛、痛。她开始出现贫血的症状，身体更加虚弱无力。尽管克内夫并非内科医生（对检测步骤也不甚精通），但他还是在7月20日又给莫莉做了一次梅毒检测——这次的检验结果呈阳性。

如果有人把检验结果告诉莫莉，她可能就会彻底崩溃。不过，那时的很多医生都不会把诊断结果告知病人，因此，克内夫很有可能也并没有将检验结果告诉莫莉，而是希望她能集中精力恢复健康。如果此前她就已经得知了消息，就有可能知道她的病因绝不可能是这个。然而，至于真正的病因到底是什么，她根本就无从得知。要说真有什么的话，那也应该是她的身体比谁都健康——不仅因为她年纪轻轻，才20岁出头，更因为她曾经跟镭这一神奇的物质打了好几年的交道，别人羡慕还来不及呢。就在同年2月，当地报纸还发表文章宣布："镭可以食用……似乎再过几年我们就可以购买镭药——镭药具有延年益寿之功效！"

然而，对莫莉来说，留给她的时间已经所剩无几。她的下颌骨完全脱落后，克内夫有了一项重要发现。他曾经一直希望，通过拔掉一颗牙齿或者拿掉一块遭到感染的骨头，便可以阻止这一怪病继续恶化。然而，如今事实显而易见，"无论何时，取掉一部分被感染的骨头并不会中断骨头坏死的趋势，反而会令骨头坏死的速度变得更快"。夏天过后，莫莉的病情进一步恶化。她现在莫名其妙地开始喉咙痛，而且痛得厉害。有时候，她的下巴会自动流血，伊迪斯就用把白棉布绷带把她的脸缠起来，以阻止继续出血。

1922年9月，纽瓦克市，莫莉的前同事埃德娜·博尔兹正在筹备婚礼相关事宜。她的未婚夫路易斯·胡斯曼（Louis Hussman）是个黑头发、蓝眼睛的德裔管道工人。路易斯对埃德娜"情有独钟"。她满怀期待地将新娘装全都摆了出来：婚纱、长筒袜、婚礼鞋。快了。

快了。这个词代表着兴奋激动、满怀期待之情。也代表着安慰之意——尤其对于那些处在痛苦中的人们来说。

快了。

1922年9月，不明原因的感染已经折磨了莫莉·马贾将近一年的时间，如今已经扩散到了她的咽喉组织，疾病"慢慢地发展到了她的颈静脉"。9月12日下午5点，她的口腔突然大量出血，而且出血的速度非常快，伊迪斯根本就没法止血。莫莉的这张嘴，已没了牙齿，没了下颌骨，也没了声音。如今这张嘴里仅剩的就是那满口的鲜血。血顺着她的嘴角溢出来，流过她那张饱受病痛折磨、抽搐不已的脸。惨状令人不忍直视。她去世了，妹妹金塔说："死得太痛苦、太可怕。"

莫莉离世时，年仅24岁。

全家人手足无措，不知道该做什么，也不知道到底是什么疾病突然之间就夺走了她的生命。"她就这么死了，医生说他们也不知道到底是什么原因。"阿尔比娜回忆道。

全家人都想找到事实真相。阿尔比娜补充道："我大姐去找过克内夫医生，他在莫莉走了以后说她死于梅毒。"

梅毒！多么可耻而又可悲的秘密！

最后一批医疗账单寄到了莫莉的父亲瓦莱里奥（Valerio）的手中，上面标注着"阿米莉亚收"。家庭医生应莫莉家人的请求减免了部分费用。

然而,尽管医生的这一举动充满善意,莫莉却永远都不会回来了。

1922年9月14日,星期四,莫莉的遗体被装在一个镶有银质铭牌的木棺里,铭牌上只是简单地刻上名字"阿米莉亚·马贾"。家人把她葬在了奥兰治的罗斯代尔公墓。

在跟莫莉作最后的道别之前,她所挚爱的家人帮她整理好衣服:白色的连衣裙、长筒袜、黑皮鞋。家人动作轻柔地给她穿好衣服后,莫莉的遗体落葬。

她的家人希望,如今,最终,她可以找到安宁。

美国,伊利诺伊州,渥太华
1922年9月

伊利诺伊州的渥太华小镇与奥兰治市相距800英里(约1 287千米)。莫莉的葬礼结束后两天,渥太华当地报纸上一个不起眼的角落刊登了一则广告。广告的标题是《招收女工》,下面写着:"现需要一定数量的女工从事精细的描画工作。凡年满18周岁及以上的女性均可报名。本工作洁净、健康,工作环境宜人。有意者请将申请书寄到哥伦布大街1022号,老高中大楼,默里小姐收。"

这份招聘广告的内容令人怦然心动。

渥太华位于芝加哥西南85英里(约137千米)处,人口只有10 816人。在其城镇黄页里,渥太华镇自诩"真正的美国社区",这一说法倒也名副其实。镇里的银行自称"与人为善",当地商家在打广告时都说地址在"邮局以北一个街区"。这就是该镇的特色。渥太华属于伊利诺伊州的农村地区,四周都是具有美国中西部特色的农田,头顶则是广阔到令人难以置信的蓝天。当地居民对幸福的要求不高,只要把生活继续过下去即可:养家糊口,做舒心的工作,过体面的生活。小镇各个社区紧密相连,具有浓厚的宗教色彩;渥太华"教堂林立",大多数居民都是天主教徒。据城镇黄页记载:"渥太华镇的公民思想开明,繁荣富足,锐意进取。"这么完美的民众,正适合从事这份全新的画表盘的工作。

招聘表盘画工的并不是美国镭公司,不过他们对竞争对手的情况十分了解。刊登招聘广告的是镭表盘公司（Radium Dial Company）；公司总裁是约瑟夫·A. 凯利（Joseph A. Kelly）。不过，由于该公司的总部设在芝加哥，渥太华的姑娘们实际上是在向工作室的主管默里小姐提出工作申请。

44岁的洛蒂·默里（Lottie Murray）是个身材苗条的单身女人。入职5年来，她随着公司工作室的不断搬迁辗转各地。如今她来到渥太华，但对公司的忠诚依然如故。前来应聘的姑娘不少，最新录取的一批中有一个19岁的姑娘，名叫凯瑟琳·沃尔夫（Catherine Wolfe）。她是个土生土长的渥太华人，是圣高隆巴教堂教区虔诚的居民。圣高隆巴教堂就位于工作室的斜对面。尽管凯瑟琳年纪不大，却命运多舛，经历过生活的沉重打击。母亲布丽奇特（Bridget）在她6岁时就撒手人寰；4年后的1913年，父亲毛里斯（Maurice）也因为"肺病"去世。结果，10岁的凯瑟琳被送到年迈的姑姑玛丽和姑父温彻斯特·穆迪·比加特（Winchester Moody Biggart）家里，跟他们一起生活。姑姑的家在苏必利尔东街520号。

凯瑟琳生性腼腆，文静稳重，为人谦和。她有一头浓密的黑发，皮肤却非常苍白；外表一向整洁，做事麻利，从不张扬。工作室的工作是她步入职场后的第一份工作，主要就是描画时钟和航空仪表的表盘。"这工作一点也不枯燥，报酬也高，"她热情洋溢地说道，"不过每条线都必须画到位。"

渥太华的姑娘们所使用的是"日本产的毛笔，跟普通铅笔一般粗细"。要想让毛笔尖不分叉，已知的办法只有一个。"洛蒂·默里小姐指导我们如何用舌头把骆驼毛笔的笔尖舔尖，"凯瑟琳回忆道，"我们先把毛笔在水里润湿，接着蘸上涂料粉，然后把毛笔的笔尖轻轻放在上下牙之间。"

这完全就是"抿、蘸、画"规定步骤的再现，只不过是顺序稍作调整而已。

和凯瑟琳一起入职的是 16 岁的夏洛特·内文斯（Charlotte Nevins）。虽然广告上规定只招收 18 岁及以上的女工，但夏洛特可不打算让这样的小事阻碍自己前进的脚步：她的朋友们都在这里做工，她早就想加入朋友们的行列。夏洛特是 6 个兄弟姐妹中最小的一个，也许她想快点长大独立。她性格开朗，为人体贴，跟凯瑟琳一样也是个虔诚的天主教徒。她通常沉默寡言，但在必要时也会直言不讳。

夏洛特并非唯一一个隐瞒年龄的表盘画工；公司可能对此早已经心知肚明，只是装作不知道罢了。还有一个女工跟她的想法不谋而合，她就是长相甜美的意大利姑娘玛丽·维奇尼（Mary Vicini）。玛丽还在襁褓中时就跟着父母来到了美国。1922 年的玛丽年仅 13 岁，却已经进入了她梦寐以求的职场。事实上，青春期之前的女孩子手指更加灵巧细致，非常适合从事画表盘这种精细的工作；记录显示，有些表盘画工只有 11 岁。

协助默里小姐完成筛选候选女工的是里德夫妇。副主管鲁弗斯·里德（Rufus Reed）39 岁，纽约人，骨子里就是个对公司忠贞不渝的员工。他中等身材，秃顶，戴着一副黑框眼镜；实际上他是个聋人，但这并不妨碍他为公司效力。公司一向待他不薄，而他也因为自己是个残疾人，跟其他人相比对公司更加感恩戴德。里德的太太默西迪丝·里德（Mercedes Reed）在公司里担任培训师。跟默里小姐一样，里德夫妇也已经在公司工作多年。

默西（Mercy，默西迪丝的昵称）·里德以其独特的培训方式远近闻名。"为了向表盘画工们说明这些夜光涂料'无毒无害'，她直接就把抹刀上的涂料给吃了"，而且是当着她们的面直接舔食。夏洛特·内文斯回忆说："我在工厂里画表盘时，他们一直都跟我说镭永远不会伤害我。他们甚至鼓励我们拿涂料涂戒指、涂连衣裙上的纽扣和搭扣。"

姑娘们完全按照指示行事。她们"整天乐呵呵，无忧无虑"，而且经常在生活中实践她们学到的技能，在时尚和艺术领域所做的实践更多。很多人选择把涂料带回家；有个表盘画工在室内装修时为了让家耳目一新，竟然用这种夜光涂料粉刷墙壁。美国镭公司非常介意涂料的浪费问题，而镭表盘公司在这方面却不以为意。曾经在奥兰治工厂工作过的表盘画工们纷纷表示，以前在奥兰治工厂下班前还要把衣服上沾的镭粉掸下来，但镭表盘公司却在处理镭的问题上显得粗枝大叶，"下班前洗澡的这道程序全凭自愿，真正使用淋浴设备的女工并不多"。

一想到回家后就会像天使一样闪闪发光，谁还愿意在下班前洗澡呢？据一份报纸报道："在伊利诺伊州的这座小镇里，姑娘们是众人艳羡的对象。晚上，姑娘们和她们的男朋友一起出现在街头时，身上的连衣裙和头戴的帽子都光芒四射，有时候甚至连手臂和脸庞都会因为夜光涂料而发出淡绿色的光芒。"当地的一个女孩回忆说："过去我经常祈祷，希望自己能到那里上班。对于贫穷的女工来说，这简直是一份精英人士从事的工作。"这些表盘画工到杂货店买了店家自制的糖果和碳酸冰激凌后，人虽然走出了店铺，但留在地面上的粉末却仍然耀人眼目。凯瑟琳记得："每次下班回家，当我在光线暗淡的卫生间里洗手，都会发现两只手发出淡绿色的光芒，就像鬼的手一样。衣服挂在黑暗的壁橱里，发出的也是鬼火一样的磷光。我在大街上行走时，由于身上沾满镭粉，整个人就会发绿光。"人们把这些表盘画工戏称为"鬼姑娘"。

表盘画工每周工作六天，使用的是一种淡绿色的涂料，跟奥兰治工厂所使用的涂料极为类似，就连成分也一模一样。公司希望姑娘们能"工作、工作、再工作"。表盘画工们也有午休时间，不过，里德太太却带头在工作台边匆忙就餐。尽管有些女孩会回家吃饭或去附近的咖啡店就餐，但绝大多数还是选择跟培训师一样留在工作室里吃午餐。凯瑟琳回忆说："过去我们经常坐在工作台边，守着夜光涂料和毛笔吃饭。我们都是三口两口就把吃的吞到肚子里去。"毕竟,"节约午饭时间意味着我们可以赚得更多"。

姑娘们都表示,"我们干活时非常开心"。镭表盘公司对她们的表现也非常满意。公司的大客户西部钟表公司(Westclox)对此也赞不绝口。公司的《员工手册》(*Manual for Employees*)上写道:"公司希望你们能努力工作,工资会相应地体现你们的价值……如果工作上不努力、不认真,那你们就来错了地方。"

不过,对于凯瑟琳和夏洛特来说,公司给她们的感觉是,的确来对了地方。

新泽西州,纽瓦克
1922年11月

"艾琳·鲁道夫小姐。"

艾琳听到巴里医生叫到自己的名字,艰难地站起身来,拖着脚慢吞吞地走进了诊室。最早出现问题的是双脚,不过现在她最担心的却不是脚;如果她缓步慢行,一切都还可以应付过去。家里人包括凯瑟琳·肖布在内都帮了她很大忙。如今最大的问题是她的嘴巴。

艾琳的牙齿自1922年的春天起就不断出现这样那样的问题,但直到8月她才找牙医看病。尽管看了好几个牙医,也治疗了一段时间,但她的病情却不断恶化。5月时她便不得不辞去了内衣厂的工作。失业后,医疗账单还是源源不断地寄过来,艾琳很快就发现自己陷入了捉襟见肘的窘境。她在做表盘画工时,一直居安思危,将高薪收入全都存了起来。但如今她的怪病已经耗尽了她攒下的血汗钱。

每次支付昂贵的医疗费用,她都希望自己的病情能够得到改善。她费力地挪动着身体坐到了椅子上,张大嘴巴,心里一直在祈祷,希望这次巴里医生能够给自己带来一个好消息。

42岁的沃尔特·巴里(Walter Barry)是一位经验丰富的牙医,但他越给艾琳的口腔做检查,内心就越迷茫。他和搭档詹姆斯·戴维森(James Davidson)医生自夏天起就给艾琳做各种手术。然而,他们所尝试的种种治疗方案,包括切除口腔内部的病变骨头以及拔掉几颗牙齿等,所产生的效果似乎都适得其反,反而增加了艾琳的痛苦。他们的手术室位于布罗德大街516号,街对面就是纽瓦克公共图书馆。不过,不论是图书馆架子上摆放的教科书、医学期刊,还是他们自己的医疗实践,都无法帮助他们找到解决方案。1922年11月8日,巴里在检查艾琳那经过多次手术治疗的口腔时,赫然发现口腔内部的感染情况更加严重,裸露的牙龈因此泛出一种病态的黄色光泽。

詹姆斯·戴维森在治疗磷毒性颌骨坏死方面经验老到,而且他和巴里如今都认定艾琳得的就是这种病。"我立刻就问[艾琳]是做什么工作的,"巴里回忆道,"我迫不及待想弄清楚她所使用的涂料中是否含有磷。"

在彼此毫不知情的情况下,巴里的思路与曾经治疗莫莉·马贾的克内夫医生的想法不谋而合。但他们俩所做的两项调查却没有出现任何交集,克内夫也没有机会跟巴里分享自己的发现:莫莉下巴的崩解速度越来越快,而他所移除的骨头也越来越多。快速恶化的状况现在也出现在艾琳身上。

巴里告诉艾琳,他个人认为她得的是"一种职业病"。不过,正如凯瑟琳·肖布后来所说,"关于镭之类的字眼却一个也没提到过"。镭具有医疗作用,这一点久负盛名,几乎无可指摘;对此人们从来不会提出任何质疑。因此,即便巴里怀疑艾琳的病况是由夜光涂料所致,他也认为罪魁祸首是磷。

12月,艾琳的病情恶化,开始住院治疗。她面无血色,被查出来患了贫血。真正入院治疗后,艾琳下定决心不再默默躺在病床上忍受病痛的折磨。

尽管给艾琳治疗的两位牙医和克内夫在工作中没有出现交集,但表盘画工之间的友谊却坚不可摧。当时,艾琳已经得到了莫莉·马贾的死讯。有些喜欢无事生非的人说她死于梅毒,但了解莫莉的姑娘们都觉得难以置信。因此，艾琳在住院期间跟医生提起还有一个姑娘跟自己的情况几乎一模一样，只不过这姑娘几个月前就已经离世。马贾家失去了一个亲人，生活还是要继续下去——那年冬天，金塔再次怀孕；而阿尔比娜希望在不久的将来，自己也能将同样的好消息公之于众——然而，对于艾琳来说，如今却只能虚弱无力地坐在医院病房里。虽说莫莉死于几个月前，但不知怎么的直到现在都令人感到胆战心惊。

就在那时，艾琳又告诉了医生一件事。她说，又有一个姑娘病倒了。

她指的也许是海伦·昆兰。海伦的喉咙痛得厉害，她面部肿胀，精灵般的五官出现了炎症。她也有一颗牙出了问题，而且开始出现贫血的迹象。不过，海伦跟艾琳在生活中没什么交集；实际上，艾琳口中出了状况的姑娘是黑兹尔·文森特。

黑兹尔从美国镭公司辞职后，就病得越来越严重。她被告知患有贫血和脓毒症。医生观察到她的口腔和鼻腔里渗出的黑色分泌物散发着一股"大蒜味"，因此也怀疑她患了磷毒性颌骨坏死。黑兹尔的青梅竹马西奥多简直担心得要命。

在艾琳看来，黑兹尔的症状和自己的症状简直如出一辙，不应该只是巧合。当艾伦（Allen）医生前来问诊时，艾琳详细地列出了两个人症状的相似之处，想让医生明白这一切还在继续发展。所有证据都表明这就是一种职业病。1922年10月26日，艾伦把艾琳·鲁道夫作为磷中毒的一宗病例上报给了工业卫生司（Industrial Hygiene Division），并请求他们对此展开调查。当局立即采取行动，几天后，一名调查员就来到了奥兰治工厂，调查有关工业中毒的指控。

美国镭公司的副总裁哈罗德·维尔特（Harold Viedt）陪同调查员来到了表盘工作室。维尔特主要负责公司的运营。他们二人默不作声地在一旁观察着正在忙碌工作的表盘画工。工作室里没有几个人。在奥兰治，画表盘几乎已经成为一种季节性的职业，因此姑娘们并非一直在这里做工。不过,调查员还是注意到女工们普遍采用了抿笔尖的做法,对于这一做法他心存疑虑。当他向维尔特先生提出这一疑虑时,后者立刻做出了解释。据这位调查员的报告,维尔特解释道:"他曾经不止一次警告过这些女工,跟她们说这种做法非常危险,但她们却置若罔闻。"

如果表盘画工们无意中听到了这种对话,她们很可能会无比震惊。的确,萨宾·冯·索科基曾经有一次警告过格蕾丝·弗赖尔,说抿笔尖会致病。不过,除此之外,任何一个表盘画工,甚至包括培训师和领班在内,从来都没有收到过任何警告,当然也就没有任何人会认为抿笔尖是一种"危险的做法"。相反,当公司迫于形势不得不关注工作流程时,表盘画工们无数次收到的都是"很安全"的保证,仅此而已。总的来说,公司的做法是不闻不问,任由她们继续手中的活计。实际上,只要没有浪费涂料,只要能完成工作,公司似乎根本就不在乎表盘画工们以何种方式画好表盘。

调查员继续观察工作室里的表盘画工。他注意到一个年纪比其他人都大得多、身材微胖的女工站起身来,端着画好的表盘一瘸一拐地走过去,把表盘交给新领班约瑟芬·史密斯。由于鲁尼小姐马上要前往夜明产品公司工作,公司刚把约瑟芬提拔到这一岗位。

莎拉·梅勒费尔走起路来一瘸一拐。她觉得这是因为自己年纪大了;如今她已经33岁。人到了这个年纪,身上或多或少都会有些不适的感觉,不是这儿疼就是那儿痛。此外,边上班边带孩子更容易让人感到精疲力竭。她都赶不上妹妹玛格丽特的精力,更不用说11岁的女儿了。她觉得很幸运,因为公司在了解到她腿脚不便时表现得非常通情达理;"公司的领班每天都开车送她上下班,以免除她的后顾之忧"。

调查结束时,调查员带了一份涂料样本回去检验。他把样本交给了新泽西州劳工部(Department of Labor)副部长约翰·罗奇(John Roach),并建议罗奇领导下的团队"调查一下这家工厂,因为该工厂不在我们的管辖范围之内"。因此,在接下来的几周里,劳工部对该工厂又展开了一次调查。1月25日,调查员莉莉安·厄斯金(Lillian Erskine)将调查结果上报给了罗奇。

厄斯金所采用的调查方法跟第一位调查员截然不同。她在调查的过程中,跟一位镭研究方面的权威人士进行了交谈,并向罗奇报告了这位权威人士的意见:"目前还没有任何关于含镭药物治疗导致骨骼坏死的报道。"于是她得出结论:"本病例[艾琳·鲁道夫]及报告中提到的第二个病例[黑兹尔·文森特]可能只是偶然的巧合事件,是由牙齿脓肿及牙科手术失败所致。"

罗奇委托化学家马丁·萨玛托洛斯基(Dr. Martin Szamatolski)检验夜光涂料的成分。萨玛托洛斯基博学多才,认为磷绝不可能出现在涂料里,而且没有任何资料显示磷是涂料的组成成分。1923年1月30日,尽管他并没有进行任何测试,在给罗奇的信中他还是非常睿智地写道:"我相信女工们下巴的严重状况是由镭所致。"

这一观点相当激进,但萨玛托洛斯基看似异乎寻常的结论却有一定的科学依据。就在四个月前,美国镭公司自行出版了一本有关镭研究的参考文献,其中有一篇文章名为《危险的镭——镭的各种危害》("Radium Dangers—Injurious Effects")。实际上,在这本参考文献中,有些文章早在1906年就指出镭可能带来的危害。后来,公司在一份内部备忘录中承认,从20世纪初开始就已经有"相当数量"的文章谈到了镭可能带来的危险。1912年,一个德国女人在接受镭疗法后死亡;她的医生曾经说过,"我们不能不怀疑"镭中毒便是其死亡原因。

然而,余下的便全都是有关镭的正面文献。早在1914年,专家就已经知道镭会沉积在镭使用者的骨骼中,并导致其血液发生变化。不过,专家也认为血液发生的变化是件好事,因为镭似乎可以刺激骨髓产生额外的红细胞。镭沉积在体内反而会不断给人体带来好处。

不过，如果你再仔细研究一下那些正面的出版物后，就会发现这些文章的作者都有一个共同点：总的说来，这些研究人员都为不同的镭公司效命。镭是一种非常罕见的神秘元素，因此，开发镭的商业价值的公司实际上操纵了镭在大众心目中的形象，几乎完全控制了大多数人对镭的认知。很多公司都自行出版发行以镭为主题的期刊，里面的文章无一例外展现的都是积极的研究成果，然后再将期刊免费分发给一众医生。从镭医药中获利的那些公司，都是正面文献的主要撰写者和出版者。

因此，在有着雄厚资金支持的正面文献占绝对主导的大背景下，萨玛托洛斯基提出的独家观点无人倾听，甚至有些空中楼阁的味道。所幸萨玛托洛斯基是个认真负责、聪慧睿智之人，考虑到自己的系列检测可能要花上几个月的时间，又注意到表盘工作室的工作还在继续，1月30日，他谨慎地在给罗奇的信中又加了几句特殊注解。尽管他所提出的激进想法尚未得到证实，但他明确写道："我建议通过印刷小册子的方式向每位操作人员发布警告，这种涂料接触到皮肤或进入体内，尤其是口腔的直接接触，都会给人体带来各种危害，一定要强制工人在使用涂料后最大限度保持自身清洁。"然而，出于某种原因，他的建议并没有被采用。也许这条建议从来就没有传达下去。

也许公司故意视而不见。

临近1923年，就在萨玛托洛斯基开展测试时，艾琳·鲁道夫已经出院回家，但她仍然忍受着曾经令莫莉·马贾饱受折磨的可怕的溃疡和疼痛。跟海伦·昆兰一样，艾琳的贫血状况越发严重。她们两人都面色惨白，虚弱无力，了无生机。医生们轮流上阵，先按照一种病治疗一阵子，再按另一种病换个疗法，然而，没有一种治疗方案奏效。

她们两个人并非孤军奋战。自从奥兰治镭公司的联合创始人乔治·威利斯被赶出公司后，他的身体状况就开始恶化。在没有采取保护措施的情况下直接用手拿起装有镭的试管，这似乎是他每天上班的必做之事，但那已经是很久以前的事了——然而，所有的时间都是相对的。镭的半衰期为1 600年，因此需要一些时间让人体感知到它的存在。

离开公司的几个月后，威利斯就一病不起。1922年9月，就在莫莉·马贾离世的同一个月，医生给威利斯的右手大拇指做了切除手术。各项检验结果显示，这根大拇指发生了癌变。威利斯并没有隐瞒自己的病情；相反，他将自己的发现公之于众。1923年2月，他在《美国医学会杂志》(Journal of the American Medical Association)上发表了一篇文章，其中写道："人们之所以认为镭无害，可能基于这样一个事实：迄今为止，没有多少人有机会每天长时间接触到大量的镭……我们有充分的理由担心，忽视预防措施可能造成与镭打交道的工人受到严重的伤害。"

他以前管理过的公司对他的文章到底有何看法并没有被记录下来。他们很可能对此采取不屑一顾的态度，毕竟威利斯已经不再为公司工作，他的见解便无足轻重。对这篇文章选择视而不见的并非只有奥兰治的镭公司。实际上，似乎根本就没有人注意到专业期刊上发表的这篇小文章。

1923年4月，萨玛托洛斯基终于完成了一系列实验。实验验证了他此前的怀疑，夜光涂料中丝毫不含磷。

于是，他在1923年4月6日写道："我敢百分百肯定，我前面信中的观点正确无误。镭是这些问题的罪魁祸首。"

8

伊利诺伊州,渥太华
1923年

渥太华的表盘画工们认为镭是新工作中首屈一指的福利。当时镇子里的姑娘们大多数都是售货员、秘书或工厂工人,而这份工作却有些与众不同。这就可以理解小镇姑娘为什么会对这份工作趋之若鹜。

镭的诱惑难以抵挡,各行各业的姑娘们都想要一试身手。"有的表盘画工就是从贫民窟里爬出来的。"一个姑娘说道。她的话听上去颇有些讥讽的味道。"[有个女工]是一位名医的掌上明珠,家境好得不得了。只不过她和一个朋友才画了几天表盘就不干了。"这些家境优渥的姑娘只是想亲身体会一下成为"鬼姑娘"是什么感觉,纯粹就是为了体验一种别样的生活而已。或许就是因为大家全都兴味盎然,"里德太太就找人把培训室装饰得像幼儿园一样温馨迷人":窗子上挂着漂亮的窗帘,瓷瓶里还插满了鲜花。

镭表盘公司刊登广告时声称只招聘50人,但最终却雇用了多达200个女工。为了满足市场需求,公司实际上还需要更多的工人。1923年,镭表盘公司的主要客户西部钟表公司在美国的钟表市场占有60%的份额,价值579万美元(现约8 300万美元)。既然想当表盘画工的女孩子数不胜数,公司便可以在招聘时挑挑拣拣。该公司的一位前雇员回忆道:"公司惯常的做法就是每次都雇用大约10个女工,给她们一段试用期。最后过了试用期能留在公司工作的只剩下一半左右。"

负责评估新员工表现的是玛格丽特·鲁尼（Margaret Looney），家里人都叫她佩格（Peg）。她和凯瑟琳·沃尔夫是闺中密友，两个人上的是同一所教区学校。跟绝大多数表盘画工一样，佩格也是到圣高隆巴教堂做礼拜。

鲁尼一家人的情况无人不晓。1923年，佩格开始在镭表盘公司上班时，家里一共有八个孩子；后来又添了两个。一家人挤在铁轨旁一所狭小的房子里。火车的轰鸣声每天从早到晚响个不停，不过一家人似乎早就习惯了震耳欲聋的噪声。佩格的侄女达琳（Darlene）说："她家的房子小得可怜，木结构，只有一层，总共才四个房间。只有两间卧室，孩子们全都挤在稍大的一间卧室里。天花板上垂下来的毯子把卧室一分为二，男孩女孩各睡一边。三四个孩子挤在一张床上。她家穷得要命，要多穷有多穷。"

不过，他们兄弟姐妹之间的关系非常密切——居住的环境这么拥挤，想不密切都难。还好他们相处融洽。17岁的佩格个子不高但身材苗条，红头发，长了一脸雀斑，经常会咯咯笑个不停。她是家里的老大，弟弟妹妹都对她尊重有加，言听计从。一到夏天，鲁尼家的孩子就会光着脚到处跑来跑去，因为他们根本买不起鞋，不过，这并不妨碍他们和附近的孩子一起玩耍。

考虑到这样的家庭背景，能够得到表盘画工这样一份高薪的工作，佩格当然激动不已。她一个星期可以赚到17.5美元（现约242美元）——"对于这个来自大家庭的爱尔兰姑娘来说，这可是一大笔钱"——她把大部分钱都交给了母亲。做了表盘画工就意味着她得暂时把当老师的梦想搁置一旁，所幸她还年轻，以后还有大把的时间可以再去当老师。她聪明睿智，才气过人。上高中时她最大的业余爱好就是"活在字典里"。过去她常做的事就是"找一个阳光明媚的角落读书，因为阅读能让她感到快乐"。佩格的才智注定她将来可以实现当老师的梦想,但眼下她只能先干一阵子表盘画工,帮助家里摆脱经济困境。

不管怎么说,能和一群好朋友在一起工作,佩格也觉得非常开心。跟所有新入职的表盘画工一样,佩格一开始画的是西部钟表公司生产的仿大本钟形状的闹钟表盘。这种闹钟就像个"外表硬朗的英俊小伙子",表盘的直径足有10厘米,因此上面的数字巨大醒目,正好适合工作经验不足的姑娘们练手。等她们的技艺纯熟一些,公司就会安排她们描画微型大本钟,也就是只有原来表盘一半大的闹钟。最终她们要画的是怀表的表盘:袖珍怀表和斯科特怀表,表盘的直径只有3厘米。

佩格手里拿着表盘,她用淡绿色的涂料仔细地把数字一个个地描画出来,就像培训师所指导的那样,重复着把驼毛笔的笔尖抿尖、蘸涂料、描画的步骤。纸表盘镶嵌在一个薄薄的金属盘上,摸上去凉凉的。金属盘背面有一道道的凸起,以便最后与钟表底座里面的凹槽咬合在一起。

和佩格并肩坐在工作室里工作的玛丽·贝克尔(Marie Becker),也是一位新员工。以前她一直在镇中心的面包房上班,但正如她的一个亲戚所说,镭表盘公司的"工资比其他地方都高"。如果玛丽干了画表盘的活,周薪就可以翻倍。结果,她就把亲戚的话听了进去。"玛丽需要钱,"她的亲戚继续说,"这就是为什么她要到那里去上班。"

跟佩格同样,玛丽也出身贫寒。父亲因水肿去世后,母亲改嫁他人。玛丽刚13岁时,继父就让她出去干活赚钱。从那以后,各行各业的工作她几乎都做过,在面包店、工厂里打过工,还在一家一元店里做过销售员。面对继父的颐指气使,她坦然接受——就像她对待生活中所有事情一样。"她总是积极乐观,"玛丽的一个近亲说,"在我印象中,她从来没有情绪不佳的时候。别人要么满腹怨言,要么就像一只好斗的公鸡,但她从来没有这样过,她一直与众不同。她笑口常开,笑声爽朗,极具感染力,听到她笑的人也会感到非常快乐。"

玛丽一到表盘工作室就立刻受到了大家的欢迎。玛丽是个性情中人,对世事有自己独到的见解,说起话来风趣幽默。虽然她具有德国血统,但看上去却更像个西班牙人。她"骨瘦如柴",脸上长着一对酒窝,一双黑眼睛妩媚动人,一头棕色长发经常挽成一个髻盘在脑后,有时额头上会垂下来一个小卷。她和夏洛特·内文斯成了好朋友,并把佩格·鲁尼视为闺蜜。

不过对于到底要不要在这里工作,玛丽一开始并没有下定决心。在她上班的第一天,培训师要求她用嘴巴抿笔尖,她对此心生反感。那天中午回家吃饭时,她就跟妈妈直截了当地表示她不打算回去上班,因为"她真的很讨厌抿笔尖的做法"。

然而,心里的不情愿并没有持续多久,因为即便她讨厌这份工作,第二天还是难以抗拒工资的诱惑,又回了工作室。"要不是因为钱,她才不会在那上班。"她的一个亲戚郁郁地说。毕竟,拒绝那么高的周薪太难了。

玛丽一分钱也没见到。"工资都让她继父拿走了,"她的亲戚继续说,"他为人苛刻,对子女的要求非常严格。她只好把工资如数上交。"玛丽的内心颇为不满。眼见工作室里大部分表盘画工可以自由支配工资,这对她来说就更难以接受。那些姑娘拿着薪水到T.卢西兄弟时装公司购买最新款的时装,她们可以添置"紧身衣、手套、花边、缎带,还可以购买各种新奇的小玩意儿、针头线脑什么的"。

玛丽对高跟鞋情有独钟,她梦寐以求拥有一双属于自己的高跟鞋。一天,她终于忍无可忍:出来辛苦工作赚钱的是她,又不是继父。她打算拿到那周的薪水后直接去趟鞋店,将自己辛苦赚来的钱挥霍掉,买一双漂亮的鞋子——那可是她一生中的第一双高跟鞋。说干就干,她甚至跟店员说不必把鞋子包起来,因为她打算直接穿着新高跟鞋回家。"玛丽就是这样一个人!"她的亲戚满怀深情地感叹道,"她知道要是她穿着这双高跟鞋回家,她继父就会无计可施,只能接受这个事实。"

然而,事实却并非如此。因为没有按时上交薪水,玛丽和继父大吵了一架,最后玛丽从家里搬了出来。当时她只有17岁。多亏她薪水高,个性独立,她才能应对这一切变故。

玛丽所表现出来的奔放活力是那个时代的标志。毕竟当时是喧嚣躁动的1920年代,即便在渥太华这样的小镇,女性追求独立和享乐的风潮也吹起了阵阵涟漪,令整个社会发生变革。表盘画工们个个年轻靓丽,内心蠢蠢欲动,都想从小镇上走出去,去看看外面的世界。

要是能做成这一切该有多好啊。"实施禁酒令[在渥太华]是头等大事,"当地一位居民说道,"但酒馆和赌场随处可见。"不仅如此,红极一时的乐队时时造访,不论是"20世纪爵士男孩"乐队,还是后来的本尼·古德曼*,都给当地人带来了快乐。人们随着乐队演奏的乐曲翩翩起舞,人群中当然也少不了表盘画工的身影。1923年正是查尔斯顿舞**风靡美国全境的巅峰时期,镭表盘公司的姑娘们同样全情投入,痴迷于这种摇摆舞。她们头发上的镭粉熠熠生辉,裙摆蓬松飘摇,给派对增添了一抹别样的魅力。凯瑟琳·沃尔夫回忆说:"很多姑娘过去经常穿着最漂亮的连衣裙到工厂来上班,这样等下班出去参加派对时,整个人就会变得流光溢彩。"

这也让姑娘们更有理由购置高端的时尚产品,她们购买最新款的钟形女帽、装饰有蝴蝶结的高跟鞋、手袋和珍珠项链。不过,美好时光并不只是在下班后才开始,在工作中姑娘们也很开心。跟奥兰治的工厂一样,几位管理人员,里德先生、里德太太和默里小姐,都在楼下上班,表盘画工们则在二楼工作,这样姑娘们就可以无拘无束地嬉戏玩笑。到了午

---

* 本尼·古德曼(Benny Goodman,1909—1986年),美国单簧管演奏家、爵士乐音乐家。在20世纪二三十年代曾红极一时。——译者注

** 查尔斯顿舞(Charleston)是1920年代美国非常流行的一种节奏欢快的摇摆舞,以南卡罗来纳州查尔斯顿城命名。——译者注

休时间,姑娘们会拿着剩下的涂料走进暗室:她们发明了一个新游戏。

"过去我们常[用剩下的含镭涂料]描眉或当口红、眼影使用,然后我们就在暗室里互相欣赏。"玛丽回忆。在下午开工之前,公司总是给每个表盘画工下发一罐新涂料。这样一来,姑娘们就更有理由用光上午剩下的涂料。玛丽过去常把闪闪发光的涂料抹在鼻孔周围和眉毛上,接着再画个精致的髭须,描出一个夸张的下巴轮廓。姑娘们互相扮鬼脸,都觉得这副妆容简直滑稽至极。据夏洛特·内文斯回忆,她们会"先把灯关掉,然后[我们]就看着镜子里的彼此,互相取笑一番。[我们]都在黑暗中闪闪发光"。

不过,尽管笑声不断,但这副场景却不知怎么的令人感到毛骨悚然。暗室里漆黑一团,伸手不见五指,唯一散发着淡绿幽光的是姑娘们皮肤上涂抹的涂料。她们的身影也隐藏在黑暗中,肉眼所见只有镭。然而,正如玛丽所说,大家这么做"纯粹是觉得好玩"。

前来镭表盘公司工作的女工越来越多,其中包括弗朗西丝·格拉钦斯基(Frances Glacinski)、埃拉·克鲁斯(Ella Cruse)、玛丽·达菲(Mary Duffy)、露丝·汤普森(Ruth Thompson)、萨迪·普雷(Sadie Pray)、黛拉·哈维斯顿(Della Harveston)以及伊内兹·科科伦(Inez Corcoran)。在工作室里,伊内兹·科科伦就坐在凯瑟琳·沃尔夫的旁边。"我们是一群快乐活泼的女孩,"夏洛特·内文斯深情地回忆道,"是渥太华最光彩夺目的少女。[我们有]自己的小圈子。"圈子里的姑娘们一起工作,一起翩翩起舞,一起到当地风景优美的饥饿岩州立公园沿河远足。

姑娘们在一起度过了非常逍遥的时光。正如凯瑟琳的侄子后来在谈到那些愉快的日子时所说:"她们以为这样的日子永远不会结束。"

新泽西州,奥兰治
1923年6月

1920年代的奥兰治同样喧嚣躁动,但格蕾丝·弗赖尔却毫无心情参加舞会。她的后背和双脚莫名其妙有些疼痛;虽然痛得不太厉害,但她还是觉得走路时有些不舒服。尽管银行的姑娘们不断举办各种派对,但跳舞这类活动根本不在她的日程里。

格蕾丝尽量不去想这事。前一年她同样不是这儿疼就是那儿痛,所幸疼痛来得快,去得也快。真希望最近出现的这些疼痛消失后就不要卷土重来了。她觉得浑身没力气,自己推想着:"我当时觉得可能得了风湿,所以也没当回事。"相较于脚疼,需要格蕾丝劳心费神的还有更重要的事情。由于工作表现出色,银行已经将她提升为部门经理。

不过,让她心烦意乱的可不仅仅是脚疼。1月,格蕾丝去牙科诊所做了一次常规检查后,拔掉了两颗牙齿。当时的感染虽然已经持续了两个星期,但拔牙后一切便恢复正常。然而,半年过去了,牙洞处又开始溃烂,大量的脓液渗出来,不仅让人疼痛难忍,而且臭不可闻,那味道简直令人作呕。格蕾丝有健康保险,而且已经准备好花一笔钱解决这个问题,最好能一劳永逸。她相信医生肯定能根治她的牙病。

然而,如果她当时知道离她只有几英里远的纽瓦克所发生的一切,或许她就不会对医生那么有信心了。格蕾丝的前同事艾琳·鲁道夫为了治病,换了一个又一个医生,病情却丝毫没有得到缓解。当时,她已经做过好几次手术,还输过几次血,但始终无济于事。艾琳的下巴不断腐烂,病痛正在一点一点地吞噬着她的生命。

艾琳能感觉到自己的身体日渐虚弱。她出现了严重的贫血症状。也许是为了给身体提供所需氧气,她觉得自己的心脏跳动的速度很快,耳朵里有脉搏咚咚跳动的声音。尽管心脏跳动的速度越来越快,她却觉得自己的生命正在无情地流逝。

对于身在奥兰治的海伦·昆兰而言,生命的鼓点已经戛然而止。

1923年6月3日,海伦死在杰斐逊北街的家中,当时母亲内莉(Nellie)守在她的身边。海伦病故时只有22岁。根据死亡证明,她死于文森特口腔炎。这是一种细菌感染引发的疾病,发病过程令人痛苦,而且感染面积会不断扩大。往往先是从牙龈开始,接着逐渐蔓延开来,一直发展到口腔和喉咙,症状大多为肿胀并形成溃疡,最后腐肉脱落,生命便也随之结束。后来,海伦的主治医生表示,他也不知道这种疾病是否经过实验室的检测证实,但即便如此,这个病因最后还是写在了她的死亡证明上。

"口腔炎(angina)"就其名称而言,源自拉丁语 angere,意思是"使窒息"。当海伦的口腔溃烂最终发展到喉咙时,她的感觉便是如此。海伦就是这样死的。过去她常常随风奔跑,裙摆飘摇,她对生活的热情和对自由的热爱经常让她的那些仰慕者们痴迷惊叹。她的生命虽然短暂,却深深地打动了那些熟知她的人们。如今,她却突然香消玉殒。

一个半月后,艾琳·鲁道夫也随她而去。1923年7月15日中午12点,年仅21岁的艾琳在被纽瓦克总医院收治入院的一天后便撒手人寰。据说她死的时候,下颌骨"完全"坏死。医生认为她的死与职业有关,但死因却被定为磷中毒。不过,主治医师承认这一诊断结果"并不具有决定性"。

凯瑟琳·肖布眼看着表妹身患自己口中"可怕而又神秘的疾病",目睹着表妹从患病到死亡的每个阶段,心中除了悲痛欲绝外,更充满了愤怒和困惑。她知道艾琳曾经跟艾伦医生讲述过内心的种种担忧,说她的病完全是工作所致。但从那以后,家里人再也没听到她说过类似的话。他们没听过约翰·罗奇或萨玛托洛斯基博士的名字,对医生在做出系列检测后得出的结论更是一无所知。实际上,在审查了萨玛托洛斯基以及两位调查员的报告后,劳工部并没有采取任何行动。

没有任何行动。

凯瑟琳虽然年轻,但头脑聪慧,做事果断。既然当局无所作为,那么,好吧,她要迎难而上。7月18日,肖布一家安葬了艾琳,宣告了艾琳那短暂、悲惨一生的终结。第二天,悲愤交加的凯瑟琳前往位于富兰克林大街的卫生部(Department of Health),她跟那里的负责官员表示自己有一件重大的事情要汇报。凯瑟琳跟这位官员讲述了有关艾琳的一切,包括她悲惨的死亡;跟他描述了莫莉·马贾是如何因同样类型的病痛在一年前黯然离世。她言之凿凿地说罪魁祸首就是位于奥兰治奥尔登大街的美国镭公司。

她汇报道:"现在又有一个女工,出现了同样的问题。"凯瑟琳明确说道:"她们全都是按照工厂的要求抿笔尖。"这一工作步骤就是所有问题、所有痛苦的根源。

更是造成表盘画工死亡的根源。

看到自己汇报的情况归档后,凯瑟琳离开了卫生部,心中希望卫生部现在能采取一些行动。

工作人员就凯瑟琳上访一事写了份备忘录后一起归档。备忘录的最下边简单地写着一行字:"[该厂]一个姓维尔特的负责人称[她]所说不实。"

仅此而已。

◆ ◆ ◆

所幸海伦和艾琳的前同事都注意到了两个人的离奇死亡。"很多曾经跟我在一个工厂里干活的表盘画工一个个都死了,而且发病后死得很快,"金塔·麦克唐纳注意到,"她们原本全都年纪轻轻,身体健康。整件事非常诡异。"

然而,那年夏天,金塔因为家里的各种事忙得不可开交,没时间深入思考这件事。7月25日,她的第二个孩子罗伯特(Robert)出生。"我们全家人一起生活,非常幸福。"她在回忆那段时光时如此说道。她和丈夫詹姆斯经营着一个完美的家庭:两人共育一儿一女。两个孩子的阿姨阿尔比娜对他们宠爱有加,而阿尔比娜也在默默期待着自己孩子的降临。

跟很多女人一样,金塔在怀孕期间也经历了脚踝浮肿的问题。生海伦的过程相对来说一切顺利,但生罗伯特时却让她备受煎熬。她遭遇了难产,医生甚至还动用了产钳。罗伯特出生后,金塔原以为自己会很快恢复,但实际情况却不容乐观:两个脚踝仍然令她倍感痛苦。"我走起路来一瘸一拐。"后来她回忆说。她用了一些祖传方法,自己治疗了一阵子。然而,"有一天晚上,我像以往一样上床睡觉,结果早上我竟然被痛醒了,脚踝骨疼得钻心"。她打电话请来了一位医生上门诊治。这个医生按风湿病给她做了治疗。医生的出诊费一次就要3美元(现约40美元)。尽管家里刚刚添了一个宝宝,但她和詹姆斯不需要赚取额外的费用倒也能支付得起,问题是她的病丝毫不见起色。

截至那年年底,这位医生总共到她家出诊了82次。

就在1923年的夏季行将结束之际,凯瑟琳·肖布在7月中旬的投诉终于有了回应。奥兰治一个名叫勒诺·扬(Lenore Young)的卫生部官员开始对此展开调查。扬查阅了两位表盘画工的死亡记录,结果发现莫莉·马贾的死因是梅毒,而海伦·昆兰则死于口腔炎。

"我一直都想跟维尔特取得联系,"扬补充道,"但他当时碰巧在外地出差。"因此她也无计可施。"我只能将此事暂时搁置。尽管没有再提及此事……但我并没有完全将其抛诸脑后。"

即便表盘画工们已经知晓扬的回复,但这些对于仍在饱受煎熬的姑娘们来说,不过就是不起任何作用的安慰而已。这些姑娘中就包括黑兹尔·文森特。医生仍在按照脓漏给黑兹尔治疗,还将她的牙齿一颗颗地拔掉。她那些老朋友相继离世,而她的满口牙齿也像那些老朋友一样一颗颗地坏死,整张嘴早已经变形到不成样子。如今,她疼痛难忍,无法继续工作。

对于朋友和家人而言,她的惨状令人不忍直视,尤其对于她青梅竹马的爱人西奥多来说更是如此。他感觉美好的未来正在离他们远去。他恳求黑兹尔,由自己来支付她的各项治疗费用,但黑兹尔拒绝了他的好意。

对此他无法忍受,这可是他深爱的女人。如果黑兹尔因为他只是她男友而不愿意接受自己的帮助,那么,如果自己娶了她,和她成了一家人,她是不是就愿意接受了呢?于是,尽管黑兹尔已经病入膏肓,但西奥多还是和她举行了婚礼,因为他相信等黑兹尔成了自己的妻子,他就可以顺理成章地照顾她。当他们两人肩并肩站在圣坛前,他郑重承诺会永远爱她,不论疾病还是健康……

那年秋天,新娘黑兹尔并非唯一一个饱受镭折磨的女人。1923年10月,当时还在工作室画表盘的玛格丽特·卡洛逐渐感到牙痛得厉害,接着整张脸都肿了起来。然后,到了11月,又有一个表盘画工病倒了。

"我的牙开始出现问题。"凯瑟琳·肖布写道。

凯瑟琳曾亲眼看到艾琳所经历的一切。当她开始感到口腔疼痛时,那种感觉一定也让她惊恐万状。不过,她没有选择视而不见,而是勇敢地面对一切。11月17日,她找到了曾经为表妹艾琳诊治的巴里医生。虽然他在诊治艾琳时全力以赴,仍然没能挽救她的生命,但凯瑟琳想看看他是否能够给自己提供一些帮助。巴里医生拔掉了她的两颗牙齿。他在检查牙齿时注意到,这些牙齿看上去"坚硬无比",却很容易折断。于是他在凯瑟琳的病历中写道:"病人曾经在奥兰治的镭工厂工作,跟鲁道夫小姐同属一家公司……"巴里医生要求凯瑟琳及时复诊。

凯瑟琳谨遵医嘱,一次又一次地前来复诊。牙齿拔掉后,她的牙龈却无法愈合,于是她经常到巴里医生的诊室看病:一个月内就来过5次,每次的诊费都是2美元(现约27美元);拔一颗牙需要花费8美元(现约111美元)。凯瑟琳是个聪慧的女子。"艾琳的事不断出现在我的脑海里,"她焦虑不安地说道,"我老是想到她的下巴曾经出现的种种状况……艾琳的病和我的病之间肯定有某种联系。"她还意识到:"[艾琳]得的是下颌坏死……而且她还因此而丧命。"

艾琳生前的遭遇就像连续播放的电影胶片,光影闪闪烁烁,一遍又一遍地在凯瑟琳的脑海中无声播放,而这就是凯瑟琳将要面对的一切。凯瑟琳的想象力一直很丰富,如今,她更是让想象力发挥到了极致。她"受到了严重的惊吓",而且这种挥之不去的紧张情绪影响了她的心理健康,一直都没有得到改善。1923年12月16日,又一位前同事凯瑟琳·奥唐纳(Catherine O'Donnell)离世。医生会诊的结果是她死于肺炎及肺坏疽,但凯瑟琳·肖布对这一诊断结果并不认同。于是,凯瑟琳·奥唐纳成了她脑海里挥之不去的又一个"鬼姑娘"。埋葬凯瑟琳·奥唐纳的墓地就是半年前艾琳落葬的墓地。

很多表盘画工都开始发病。随着圣诞节的到来,格蕾丝·弗赖尔意识到,尽管下巴的状况有所好转,但后背和一只脚的疼痛却开始加剧。"当时我的一只脚硬得就像石头,根本无法弯曲,"她回忆道,"走路时整个脚掌不得不直接整个着地。"不过,她独自一人撑过了整个秋季,也没去看病。"我跟任何人都没说过[我的情况]。"

然而,她的健康状况却没有逃过父母的眼睛。父亲丹尼尔和母亲格蕾丝一直目睹着大女儿来回奔波,关注着她的一举一动——到银行上班,帮助料理家务,陪着小侄子、小外甥一起玩耍——他们发现她以前走路的时候信心十足,可现在她的步态却发生了变化,走路时仿佛不受控制,开始一瘸一拐。他们对此可不会采取听之任之的态度。

"快到1923年年底时,"格蕾丝坦言,"我的问题日益明显,父母坚决要求我去找个医生看看。"于是,为了让父母放心,她预约了奥兰治骨科医院,打算在1924年1月5日去看病。

到了1923年圣诞节前夜,玛格丽特·卡洛已经变得不知所措。整个秋季,尽管健康状况日益恶化,她一直挣扎着到工作室去画表盘。1923年底,抿笔尖的技法已经废止。女领班约瑟芬·史密斯发现,"公司就抿笔尖的做法向表盘画工发布警告,理由是,口腔里产生的酸会破坏涂料的黏性"。

玛格丽特对公司新颁布的规章制度唯命是从。不过,她的思想却不在工作上,她根本无法像过去一样全神贯注。她身体虚弱,面色苍白,浑身无力。10月初,她又新添了牙痛的毛病,这简直要把她逼疯。她食不下咽,体重也急剧下降;原来最喜爱的那些剪裁得体的服装如今变得肥大,晃晃荡荡挂在她骨瘦如柴的身体上,一点也不合身。

12月24日,当她从家里出门去上班时,她并不知道那天将是她职业生涯的最后一天。就在那天晚上,她去找牙医看病。她有两颗牙齿痛得厉害,牙医建议当天就把那两颗牙拔掉。玛格丽特对此没有异议。

牙医在拔掉那两颗坏死的牙齿时,一根腐烂的下颌骨也随之而出。

此后,玛格丽特没有再回去上班。她选择直接回家,回到父母的身边,回到姐姐莎拉和外甥女玛格丽特的身边。她要告诉他们所发生的一切。有了这样令人毛骨悚然的经历后,圣诞节变得很阴郁——但至少他们全家人都在一起。鉴于那年冬天新泽西州很多家庭经历了生死离别，全家人还能团圆也是一件令人倍感欣慰之事。

卡洛一家或任何一位表盘画工都有所不知的是，就在同一个月，美国公共卫生署发布了一份关于镭工人的官方报告。报告中指出，尽管在所有接受检查的工作人员中并没有发现任何严重的健康问题，但在接受医学研究的九名技术人员中发现有两例皮肤溃烂和一例贫血。因此，该报告向全国各地，包括新泽西州、伊利诺伊州、沃特伯里钟表公司所在的康涅狄格州以及所有正在使用镭的地区，提出了官方建议。该报告称，工作中与镭打交道的所有人员必须采取安全防范措施。

10

伊利诺伊州,渥太华
1923年

一位镭表盘公司的管理员在工作服上蹭了蹭两只手。他浑身上下都是夜光涂料,沾满了涂料的工作服已经变得硬邦邦。他的整张脸只有两个地方看上去还比较干净:咀嚼烟草时两道口水从嘴角经下巴流过的地方。他喜欢边工作边在嘴里嚼点吃食。有这种习惯的可不止他一个人。表盘画工们都喜欢把糖果放在工作台边,利用画表盘的间隙时间吃颗糖,但拿糖时却从不洗手。这个习惯在受雇工作的青少年员工中非常普遍。随着时间的推移,当时渥太华高中的很多学生也都来表盘厂工作;他们都会"从高中生活中抽出一个暑假,干上几个星期的活",目的当然是赚点零花钱。

跟在奥兰治的情况如出一辙,姑娘们鼓动朋友和家人也来工作室和她们一起画表盘。老高中教学楼的外观非常迷人:一座宏伟的维多利亚式砖楼,巨大的拱形窗户和高高的天花板。在这里工作令人倍感舒适。当比自己小两岁的妹妹玛格丽特也来到二楼和自己一起工作,再加上还有凯瑟琳、夏洛特、玛丽、佩格等一众好姐妹相伴左右,弗朗西丝·格拉钦斯基每天都感到神采飞扬。玛格丽特容貌标致,人人都夸她"长得漂亮";她和姐姐都有荷兰血统。15岁的海伦·芒奇(Helen Munch)来到工作室时,表盘画工们都欢迎她加入自己的行列。海伦身材瘦削,肤色黝黑,涂着猩红色的口红和指甲油;她是那种"无法安分守己"的人。

这群姑娘们中有一个人与众不同。这个人就是珀尔·佩恩（Pearl Payne），一个来自尤蒂卡的已婚女子。珀尔在镭表盘公司工作时已经23岁，比一些同事的年龄大了足有8岁。1922年，她嫁给了高高瘦瘦、戴一副眼镜的电工霍巴特·佩恩（Hobart Payne）。珀尔始终认为他是个"合格的丈夫"。他生性幽默，妙语连珠，对小孩子又极富耐心。人们都说他是个"知识非常渊博的家伙"。

实际上，他的妻子也是个聪慧机敏的女子。珀尔是家里的老大，下面一共有12个弟弟妹妹。她刚满13岁就不得不辍学，开始赚钱养家。不过，她坦言："在工作之余，[我]报考了夜校，还找了一位家庭教师，学习了七八年级的全部课程和高一一年的课程。"她始终认为学无止境。在"一战"期间，她拿到了护士文凭，但当她正打算在芝加哥的一家医院开始护士生涯时，母亲却突然病倒。珀尔不得不辞职照料母亲。如今，母亲已经痊愈，珀尔便又出来工作。最终她放弃了当护士而选择画表盘，主要是因为这一行业的薪水高一些。

珀尔和凯瑟琳·沃尔夫两个人非常合得来。珀尔性格温柔，她的外甥兰迪（Randy）在谈到她时说道："我从来没听她说过一句狠话，从来没有。"她们两个人觉得彼此非常投缘，而且都有照料亲属的经历（凯瑟琳一直在照料年迈的姑姑和姑父），这让她们俩之间的关系越发亲密。凯瑟琳比珀尔小3岁，在提到珀尔时总说她是自己"最亲密的朋友"。有趣的是，她们两个人的外貌也有几分相似：珀尔同样是皮肤苍白，留着一头浓密的黑发，不过，跟凯瑟琳相比，她的脸型更圆一些，身形也更加丰满，头发烫着小卷。

珀尔和夏洛特·内文斯共事的时间只有几个月。1923年秋，夏洛特辞去了镭表盘公司的工作，做起了裁缝的活计；她只做了13个月的表盘画工。然而，跟奥兰治工厂的情况一样，一旦有一个表盘画工离职，必然有十几个姑娘争先恐后地想要补上这个空缺。奥利芙·韦斯特

(Olive West)如今已经补了空缺,和凯瑟琳、珀尔成为无话不谈的好朋友。所有表盘画工都要接受默里小姐的助理、副主管里德先生的监督,不过姑娘们经常跟他有说有笑。里德先生偶尔来到工作室时,表盘画工们就会捉弄他——双方都以此为乐,反而加深了彼此之间的感情。一个年轻的表盘画工回忆说:"当时我[要]结婚了。[我]记得那天早上穿着婚纱去上班,跟主管里德先生说我要辞职去参加婚礼。他开玩笑地答道:'你可千万别回来,回来也没工作了啊!'"不过,她最后说道:"几个星期后,我还是回来工作了。"

里德先生耳聋,有时候姑娘们就会因为他听不见而跟他顶嘴。不过,所有人的态度都很友善,因为大家都愿意跟他一起工作。"从来都没听说过谁跟谁合不来,从来都没有过,"佩格的妹妹琼说道,"每个人都有容人的度量,待人都很和气。"

在这样和谐友好的工作气氛的感染下,佩格·鲁尼发现自己爱上了这份工作,逐渐忘记了成为一名教师的梦想。她工作起来尽职尽责,甚至会将表盘带回家画。即便铁轨边的家里拥挤不堪,而且还有一大家子人围在左右,但她还是会认真细致地描画表盘上的每一个数字。

"她把我们每个人都照顾得很好,"琼回忆说,佩格赚了钱从来都不会忘记跟家人分享。佩格的妹妹简(Jane)永远也不会忘记,在她八年级毕业时,佩格非常慷慨大方,送给了她一件毕业礼物:一套装饰非常华美的白色礼服。佩格的几个妹妹都表示,"她就是那种任何人都希望拥有的大姐"。

佩格不仅把薪水和工作带回家,还把在工作室里学来的游戏带回家和大家一起玩。"她带着几个弟弟妹妹一起玩'让我们走进黑暗'的游戏。"佩格的侄女达琳回忆道。于是,在狭小的卧室里,鲁尼家的孩子们站成一排,用镭粉在嘴唇上方画两撇小胡子,再把毯子裹在身上装作端庄典雅的样子,活脱脱一群闪闪发光的精灵。佩格和妹妹凯瑟琳的年纪相差无几,凯瑟琳痴迷于眼前看到的一切,渴望能和佩格一起在工作室里并肩工作,但她一直没有机会。实际上,能在工作室干活已经成为所有人的梦想。

珀尔·佩恩的表盘画工生涯只持续了8个月,就不得不辞职回家再照看母亲,这让她非常失望。但她并不是那种不愿意付出的人,于是她就跟朋友一一告别,回到了尤蒂卡。甚至在母亲康复后,她仍然选择继续留在尤蒂卡的家中料理家务。只不过当她开始考虑实现和霍巴特组建家庭这个梦想时,对是否再到工作室画表盘的问题就多了几分思考。

这就意味着在1920年代末,镭表盘公司的老板在找摄影师给全公司员工拍摄集体照时,珀尔并不在其中。拍照当天,出勤的表盘画工只有一百多个。姑娘们鱼贯而出,来到工作室的外面等着拍照。公司里的男员工也已经在外面集合,不过到场的只有里德先生和他手下的那些管理员,公司总部的高管们都没有现身。排队形时,男士在前,盘着腿坐在地上。里德先生戴着一顶白色平顶帽子,像以往一样打着深色的领结。姑娘们排在男士后面,有的坐在长凳上,有的则站在老高中大门前的台阶上。表盘画工们总共排成三排,像以往一样满面春风。大部分人都留着当时最时尚的短发,身穿低腰连衣裙,披着长丝巾,或者戴着珍珠项链。"过去我们到工厂上班时,都穿着随时可以街拍的时尚连衣裙。"凯瑟琳·沃尔夫说道。这样的连衣裙看起来的确令人赏心悦目。

拍照时,凯瑟琳坐在前排的中间位置,左边就是里德先生和默里小姐。这也许是她资历深的标志。作为工作时间最长的员工之一,她如今颇受上司的信赖,有时候除了画表盘,她还会承担一些其他的工作。那天,她穿了一条及膝的黑色连衣裙,颈上戴了一条长长的黑珠子项链;双手自然交叉,双脚则像以往一样优雅地并拢在一起。她跟玛丽·贝克尔不同,后者在讲笑话时的动作总是很夸张。

眼下,所有表盘画工——爱说爱笑的和默不作声的,尽职尽责的和冷漠淡然的——都安静地坐在那里等着摄影师拍照。有的人拥抱在一起,有的人则彼此挽着胳膊。她们坐在一起,眼睛全都看着镜头。随着快门"咔嚓"一响,所有人都被捕捉进了画面,仿佛时光就永远地停滞在了那一刻:镭表盘公司的姑娘们坐在工作室的外面,永远年轻、快乐、健康。

至少在胶片上是如此。

新泽西州,纽瓦克
1924年

巴里医生在整个1月一直都忙个不停,这种情况以前可没有出现过。病人一个接一个地走进门来时,无一不是用自己苍白无力的手捂着脸颊,询问自己到底出了什么问题,眼里流露的全是无法掩饰的痛苦。

在所有病人中,病情最重的可能就是1月2日首次前来就诊的玛格丽特·卡洛。很明显她最近才拔过牙,这表明颌骨坏死的过程已经开始。巴里医生发现这种病情发展的过程正在很多年轻女患者身上发生。凯瑟琳·肖布再次来复诊;巴里医生的搭档戴维森医生正在给新婚不久的黑兹尔·库瑟诊治;奥兰治工厂的女领班约瑟芬·史密斯和妹妹吉纳维芙也在寻求医生的帮助。吉纳维芙是玛格丽特·卡洛的闺蜜,非常担心她的健康状况。

在所有就诊病人的身上,几位牙医都发现了同样的骨质斑驳的状况,只不过程度各有不同。总之,他们面对的是一种根本不知道如何治疗的疾病,只是他们从来不让姑娘们看出自己内心的困惑;表盘画工们无论如何也没有胆量去质问他们。"我当时感觉[巴里医生]清楚自己在做些什么,"凯瑟琳后来说道,"可我却不能问他[为什么我的病老不见好]。"凯瑟琳的神经仍然处在非常紧张的状态。为了把日子过下去,她几乎耗尽了全部精力,不可能再去考虑那么复杂的医疗问题。

对巴里而言,如今就诊病人的不断增加,已经证实了此前的推断:

这是一种职业病。他坚信涂料里含有的磷就是罪魁祸首；病人出现的症状跟磷毒性颌骨坏死的症状如出一辙，这就是症结所在。

史密斯姐妹尽管都感觉下巴疼痛难忍，但在那年1月却仍然坚持在工作室里画表盘。巴里已经给她们下了最后通牒：辞掉工作，否则他将不再给她们治病。

约瑟芬·史密斯对此置之不理。不过，在目睹了朋友们的健康状况后，她还是在工作中采取了一些预防措施。在给手下的表盘画工称量镭粉时，她在口鼻处系上一条手帕，以免吸入粉尘。

或许是因为一些饱受病痛折磨的表盘画工仍然在工厂里工作，有关巴里发出警告的风言风语很快就传到了美国镭公司管理层的耳朵里，这让他们颇为恼火。公司的业务开展得顺风顺水：在总裁亚瑟·罗德的管理下，公司已经与美国海军和空军部队、多家医院以及很多医生都签订了业务往来的合同；夜光涂料如今已经被公认为政府使用的标准材料。显而易见，公司不希望出现任何不利因素妨碍商机。于是，一听说有关巴里发出警告的闲言碎语——也有可能是因为他们自己已经看到这种状况——公司的管理层便在1924年1月给保险公司写信以便让他们放心。"最近某些个人，尤其是某些牙医，散布了各种不实言论，"公司的管理层在信中写道，"这些人声称我公司应用部门的工作存在危险，而且已经给我公司的一个前雇员［可能指的就是玛格丽特·卡洛］造成伤害，导致其健康状况不佳。这些人甚至建议我公司的其他员工应该终止其雇佣合同。"

这封信丝毫没有提及莫莉·马贾、海伦·昆兰、艾琳·鲁道夫以及凯瑟琳·奥唐纳等人的死亡，这一点看上去或许有些异乎寻常。但这四位表盘画工早就辞职，而且是在几年后才陆续死亡，因此公司似乎对此表现得漠不关心。还有一种可能就是公司对她们的离世一无所知。即便公司在偶然情况下获知了她们的死讯，也只有艾琳的病症曾经被医生诊断为职业病。几位医生都认为艾琳患的是磷毒性颌骨坏死，但因为公司的涂料里并不含磷，所以可以轻易证明医生的怀疑没有丝毫依据。在管理层看来，艾琳是个孤儿，父母早亡，有了那样的遗传基因，她也不可能长命百岁。至于其他表盘画工，如果公司里有人曾经调查过这几位前雇员的神秘死因，那么官方公认的结果是：凯瑟琳死于肺炎，海伦死于口腔炎，而莫莉·马贾，人人都知道她死于梅毒。公司在整个存续期间一共雇用了一千多个员工，在这个基数上死四个人倒也情有可原。因此，该公司满怀信心地得出结论："我们并不认可这是个风险职业。"

然而，截至当时，曾经在该公司工作过的表盘画工却达成了共识。1月19日，巴里医生在办公室召开了一次会议，出席会议的至少包括凯瑟琳·肖布、史密斯姐妹以及玛格丽特·卡洛等人。巴里医生对她们的健康状况非常关心，而姑娘们也和医生探讨了她们几位表现出来的一模一样的症状。"我们讨论了镭工厂的工作状况，"凯瑟琳回忆道，"有人谈到了职业病的问题。"姑娘们都认为"一定是这方面出了问题"。

然而……她们对此又能做些什么呢？凯瑟琳此前已经向权威部门提出了质疑，但毫无结果。尽管有证据指向工厂存在的一些问题，但其真正原因到底是什么，却依然无人知晓。不管怎么说，眼下对姑娘们而言最迫切的事情，是找到治愈方法，或者至少可以让她们的症状有所缓解。她们最关心的莫过于自己的身体健康。黑兹尔·库瑟几乎一直在服用止痛药物，因为她的疼痛已经变得难以忍受。玛格丽特·卡洛来找巴里医生看病，希望能够治疗下巴出现的问题，但她注定要失望。"我反对给那个女孩做手术，"巴里后来回忆道，"因为此前[给艾琳·鲁道夫和凯瑟琳·肖布治病]的经历让我知道，一旦做了任何手术治疗，各种病况就会马上大爆发，比先前的状况更糟糕。"于是，尽管姑娘们被牙痛折磨得痛苦不堪，巴里却还是不同意把病牙拔掉。面对这些惊慌失措的姑娘，他所能做的只是继续观察她们病情的变化。

巴里医生觉得自己已经无计可施。他也一直在寻求其他医生的帮助,包括咨询医术高超的纽瓦克内科医生哈里森·马特兰(Harrison Martland)。然而,马特兰在检查了姑娘们的病情后也感到大感不解。"在牙科诊所里给几个女孩看完病后,"马特兰后来写道,"我就对此事失去了兴趣。"

姑娘们再也无法指望别人,一切只能靠自己了。

就在街道另一头的奥兰治骨科医院里,格蕾丝·弗赖尔的遭遇也大同小异。正如她跟父母所承诺的,她如约去见了罗伯特·汉弗莱斯(Robert Humphries)医生,请他帮忙检查自己疼痛的后背和脚。汉弗莱斯是该医院的首席医生,加拿大人,40多岁,"品味极高"。他认真听了格蕾丝对自己病情的描述,断定患者足部肌肉僵硬,必定是得了慢性关节炎。然而,治疗了几个星期后,汉弗莱斯却注意到她的病情丝毫没有得到缓解。

那年春天,汉弗莱斯同时还在治疗一个名叫詹妮·斯托克(Jennie Stocker)的女病人。他并没有把她和格蕾丝·弗赖尔联系到一起。当时,格蕾丝在银行工作,而詹妮直到1922年都在做表盘画工,不过两个人在"一战"期间曾经一起共过事。汉弗莱斯接诊詹妮后,发现她的"膝盖出现了一种非同寻常的病况",这一直令他感到费解。

新泽西州很多地方的医生在1924年1月都感到困惑,不过他们并没有互通消息,因此每个病人都被视为孤立的病例。1月底,西奥多和黑兹尔·库瑟终于决定到别的地方去寻医问诊。新泽西州离纽约市只有咫尺之遥,很多医术高超的医生,包括牙医,都在纽约市开设诊所。1月25日,黑兹尔强忍着痛苦,前往有"大苹果"之称的纽约,到西奥多·布卢姆(Theodore Blum)医生那里求助。

布卢姆是美国第一批口腔外科医生之一,也是一位声名显赫的医学专家,并率先使用X光进行牙科诊断。他的诊疗费用非常昂贵,但西奥多坚决主张他们俩一起去找布卢姆医生看病。他觉得他们可以把打算买家具的钱用来支付医疗账单。如果这么做能减轻黑兹尔的痛苦,如果布卢姆医生能阻止她口腔内部不断出现的溃疡腐烂,那么这些付出就是值得的。

西奥多·库瑟是个技工,自己没什么钱,家里的生活也不宽裕。他的父亲也叫西奥多,是个邮递员。老西奥多攒了一笔钱,本来打算买套房子养老,但现在为了给黑兹尔治病,他把一部分积蓄给了儿子。小西奥多对父亲的无私援助深表感谢。两个人如期就诊。

布卢姆戴着一副眼镜,秃顶,高额头,胡子修剪得整整齐齐。等他和黑兹尔互致问候并开始检查时,布卢姆很快就意识到自己以前从未见过像她这样的情况。病人的脸肿得厉害,皮肤下就像挂满了"脓袋"一样。但最令人困惑不解的是她下颌骨的状况:她的下颌骨看起来就像是"被虫子蛀过一般",上面布满了大大小小的孔洞。

布卢姆医生现在思考的问题是:到底是什么原因导致了这种症状?

布卢姆不会浪费病人的血汗钱。后来,他试图找出夜光涂料的具体化学成分,却一无所获。眼下他根据黑兹尔提供的医疗记录和就业记录,做出了一个临时诊断:"放射性物质中毒"。布卢姆医生把病人送到纽约的花儿医院,以便给她的下巴做手术。这将是黑兹尔不得不接受的第一次治疗,但绝不是最后一次。

然而,尽管布卢姆做出了诊断并提供了快速、专业的治疗,但他无法给予西奥多一直渴望的一样东西:希望。西奥多真正想要的是希望。他希望黑暗隧道的尽头是一片光明,希望当他们二人穿过隧道从另一头出来后,迎接他们的将会是一个个阳光灿烂的日子,然后就这样日复一日地过一辈子。

事与愿违。布卢姆告诉他"康复的可能性非常渺茫"。即便他可以自主支配全世界的钱,也救不了他的妻子。

❖ ❖ ❖

表盘画工所遭受的痛苦引起了社会的关注。同月,奥兰治一位具有公民意识的居民写信给劳工部,表达了对奥兰治镭工厂的深切担忧。这一次,约翰·罗奇的上司安德鲁·麦克布莱德(Andrew McBride)开始介入,盘问卫生官员勒诺·扬,要求她解释去年夏天到底发现了什么。扬为表面上看起来的"疏忽行为"道歉,访问了受到影响的表盘画工,最后建议由公共卫生署直接着手调查。

然而,麦克布莱德认为证据不足,没有理由这样做。他可能从政治角度考量,因为劳工部是亲商业的部门。根据该州的法律,即便某一工业流程造成了不良影响,劳工部也无权责令终止。由于受到这些因素影响,如今劳工部的决定就如同给镭工厂颁发了一份健康证明书,并完全停止了对表盘画工所患疾病的调查。尽管越来越多的表盘画工正遭受同样病痛的折磨,劳工部还是做了这个决定。

事态的发展陷入了僵局。医生无从诊断;致病原因没有线索;没有任何人愿意采取任何行动去调查奥兰治镭工厂的工作室里到底发生了些什么。

不过,僵局很快就被打破。令人意想不到的是,打破僵局的不是别人,正是美国镭公司。

随着越来越多的表盘画工相继病倒,公司发现在招聘员工时遭遇了"相当大的困难",这与公司在"一战"时期的辉煌岁月形成了鲜明的对比。大量表盘画工接踵辞职,而且没有人愿意顶替。公司的生产如今陷入停滞。吉纳维芙·史密斯在得知好朋友玛格丽特的身体每况愈下时,深受震惊,在1924年2月20日也递交了辞职信。此举成为压断骆驼背的那根稻草。公司副总裁维尔特接到命令,要求他查清吉纳维芙辞职的原因,而吉纳维芙提供的理由正是巴里医生所发出的最后通牒。这位牙医还在坚持他那看似古怪的主张。

员工短缺成为该公司面临的一大问题，但与此同时，还有一件事令公司担忧，并引起了公司管理层的密切关注。这件事令公司管理层不得不关注那些曾经为公司效力的员工都遭受了何种境遇。三年多来，黑兹尔的母亲格蕾丝·文森特（Grace Vincent）一直只能眼睁睁地看着女儿所遭遇的一切。黑兹尔这些年一直生活在病痛之中；没有哪位母亲可以承受这样的折磨。布卢姆医生曾经说过这病已经没有指望，文森特太太便义无反顾地前往奥兰治工作室，将一封信递交给公司的管理层。她在信中直接通知该公司"她准备就[女儿的]疾病提出索赔要求"。

这封信引起了公司的注意。

维尔特立即向纽约总部报告了整个事态的进展。不久后，美国镭公司的高管们决定展开一项调查，以确定工作中是否存在危险因素。各种谣言和猜疑存在的时间已经太长，这种情况不能再继续下去。毕竟，从目前看来，这将会给公司业务的发展带来不利因素。

12

为了显示公司对其业务下滑的状况有多重视,总裁亚瑟·罗德决定亲自主持调查工作。1924年3月,他与哈佛大学公共卫生学院生理学教授塞西尔·K. 德林克(Cecil K. Drinker)博士取得联系,并询问德林克博士是否有意在奥兰治工厂开展一项研究。德林克是一位医学博士,同时也是职业病领域公认的权威。罗德不希望冒任何风险,只希望这项调查能带来最好的结果。罗德在给德林克的信中写道:"我们必须最终明确我们所使用的涂料是否真的有毒。"

令罗德倍感舒心的是,德林克认为罗德的来信"很有意思",并提出双方在4月见面并展开进一步讨论。罗德跟德林克提到了两个病例,一个病例已经死亡(可能指的是艾琳·鲁道夫),还有一个病例"已经大为好转"。罗德故意强调说:"我听说她家人得过严重的肺结核。"

德林克的妻子凯瑟琳·德林克(Katherine Drinker)同样出类拔萃。德林克夫妇与一位姓卡斯尔(Castle)的博士一起工作。由于罗德的言辞,德林克在回信中写道:"我们倾向于认为您所提到的两个病例实属巧合。"

不过,他又补充道:"同时,我们一致认为,在没有进行彻底调查的情况下就草率得出结论,同样也是一种不负责任的行为。"他们将在1924年4月正式开展研究。

罗德所提到的"已经大为好转"的病例到底是谁,我们不得而知。也许他指的是玛格丽特·卡洛,毕竟她才离开公司不久(但实际上,当时她也饱受病痛的折磨)。不过,也有可能是格蕾丝·弗赖尔。她终于从她所支付的昂贵医疗费中获得了些许回报。汉弗莱斯医生眼下仍然保持每周给她检查一次的治疗方案,查看一下她束了腰撑的后背和双脚的状况如何;现在,医生很高兴地看到患者的状况正在逐步改善。

然而,汉弗莱斯医生当时治疗的重点是格蕾丝的身体,如今她的下巴已经成为真正的痛苦之源。就在罗德给德林克写信的同月,格蕾丝在纽约住院一周,最新一轮的 X 光检查表明,她的"下颌骨出现了慢性感染的症状"。格蕾丝向医学专家弗朗西斯·麦卡弗里(Francis McCaffrey)求助,后者为她做了手术,切除了部分下颌骨。然而,正如克内夫和巴里此前所发现的那样,一旦对患者动了一次手术,下一次手术必将接踵而至,然后就是一次接一次的手术,无休无止。格蕾丝后来说:"我不得不经常去医院,那里就像我的第二个家一样。"

跟很多前同事一样,如今格蕾丝也陷入了手术、账单不断循环的困境。没过多久,她便不得不开始低声下气地向父母借钱。然而,不断上涨的医疗费用不但令她的储蓄荡然无存,也令家庭的银行账户出现了负增长。

那年春天,美国镭公司也开始为资金的事情烦恼。鉴于工厂的生产严重滞后,德林克决定在 4 月开始的调查似乎遥遥无期。虽然维尔特又想方设法雇用了 6 个表盘画工,但人手仍然不足。公司高管仍然必须解决眼下工作室里出现的"心理问题和人心惶惶的局面"。

因此,在等待德林克启动研究的同时,该公司将在职的表盘画工组织起来接受体检,具体工作由生命延续研究所负责。姑娘们接受了秘密体检,不过公司却有权查看体检报告。维尔特在给罗德的信中写道:"相关个人并不知晓我们持有体检报告的复印件……报告内容非常私密,如果她们知道我们有复印件,或许会提出抗议。"尽管研究所发现有些表盘画工的牙齿遭到了感染,但仍然在结论里说她们的疾病"无法反映受到特定职业的影响"。罗德对此感到非常满意,他在给维尔特的信中写道,这样的结果"和我的预期一模一样"。

不过,维尔特对工作室的运营方式了如指掌,因此对这样的结论根本无法产生安心的感觉。"在这件事上,我无法像您那样保持乐观的态度,"他在给老板的信中写道,"尽管生命延续研究所已经递交了报告,但我认为这份报告并不足以令各运营商感到满意。我觉得我们必须静候德林克博士的最后报告,才能真正令所有人相信我们的涂料无毒无害。"

接着,罗德表达了自己的见解。"我们应该在工厂里营造一种氛围,"他在给维尔特的信中言辞果断地写道,"满怀信心的氛围与充斥着恐慌和怀疑的氛围一样具有传染性。"正如他所建议的那样,在他看来,"最重要的行动是去和巴里以及其他人当面对质,因为这些人一直在发表各种不良言论,而且很明显一直在未加思考或毫不知情的情况下草率地得出各种结论"。

维尔特一收到信就开始按照指令行事:1924年4月下旬,他及时拜访了巴里和戴维森。

两位牙医在接待他时表现得非常冷淡。他们俩坚定认为自己在病人身上看到的痛苦状况,源于她们以前在美国镭公司的工作经历。在维尔特来访期间,他们都认为对方的态度过于冷血残忍,都感到义愤填膺。

"你们应该关闭工厂,"戴维森怒不可遏地跟维尔特说道,"你们已经赚了500万美元,为什么还要为了赚更多的钱而继续害人丢性命?"

维尔特无言以对。

"要是我能说了算,"戴维森痛苦地对他说,"我就关掉你的厂子。"

和表盘画工们打交道的,并非只有这两位牙医感到灰心沮丧。奥兰治的卫生官员勒诺·扬虽然提议公共卫生署介入调查,但劳工部却置若罔闻,并不采取任何行动。如今,她开始谨慎地自行处理这件事。1924年4月4日,她私下给消费者联盟(Consumers League)执行秘书凯瑟琳·威利(Katherine Wiley)写了一封信。消费者联盟是一个为女性争取更友好的工作环境的全国性组织。"权威部门的态度犹豫不决,"扬向威利吐露道,"[消费者联盟]必须跟踪她们的情况变化,以防发生令人不快之事。"

威利聪明又上进,主要负责管理消费者联盟在新泽西州分部的业务。她30岁出头,一头黑发,相貌平平,大脸盘,五官却都很小。她意志力坚强,品格高尚。当扬向她求助时,威利立即做出回应。劳工部的约翰·罗奇背着上司麦克布莱德,偷偷将一份受害女工名单交给了威利,这样威利就可以更加方便地展开调查。

虽然行动已经开始,但显然为时已晚。因为又有一个姑娘在1924年4月15日病故。尽管汉弗莱斯医生一直全力以赴地治疗詹妮·斯托克膝盖出现的特殊症状,却没有效果。年仅20岁的詹妮在症状出现后不久就突然离世。

就在詹妮离世后的第二天,罗德终于等来了德林克夫妇。他带领他们夫妇二人参观了工厂,然后他们共同前往工作室,跟几个表盘画工进行了亲切的交谈,其中就包括玛格丽特·卡洛。令人感到不可思议的是,玛格丽特竟然也出现在工作室里。之所以说她的出现有些出乎意料,不但是因为她早就不在公司上班,而且自从1923年圣诞节前夜以来,除了去找巴里医生看病外,玛格丽特一直就在家养身体。这可能是公司特意邀请她来跟德林克夫妇见面,以此来平息画表盘导致玛格丽特生病的风言风语。

陪着玛格丽特一同来到工厂的是姐姐莎拉·梅勒费尔。即便现在不拄着拐杖就无法走路,莎拉仍然没有放弃表盘画工的工作。卡洛家原本就一贫如洗,现在玛格丽特已经没有能力赚钱,医疗费用却在不断增加,一家人都觉得哪怕能赚一分钱也是好的。当然,莎拉的问题跟玛格丽特的病况截然不同。很明显,她的腿虽然瘸了,但跟导致玛格丽特嘴巴里的可怕疾病没什么关系。

塞西尔·德林克清新俊朗,金发浓密。他向玛格丽特做过自我介绍后,便开始关切地询问她的健康状况。玛格丽特面容消瘦,毫无血色,手里拿着一块纱布轻轻擦拭着不断渗出脓液的脸颊。她抱怨说"脸上的骨头痛"。显而易见,她病得很严重。

凯瑟琳·德林克扭过头跟罗德说,当天的工厂之行并不能算作一次充分的调查。她表示,他们夫妇必须要在回到奥兰治后对工厂及全体雇员开展一次全面的调查。于是,在1924年5月7日和8日这两天里,德林克夫妇开始了全面调查。两位科学家在通读了所有涉及镭的文献后,和同事卡斯尔博士一起返回工厂展开详尽的调查。在副总裁维尔特的陪同下,三位专家携手检查了工厂运营的各个环节。

他们与首席化学家埃德温·莱曼(Edwin Leman)博士会面,并注意到他手上的"严重损伤"。然而,当他们提到这些感染部位时,莱曼却"对感染以后可能造成的损害嗤之以鼻"。也许他高度重视总裁提出的建议,也认为工厂的高层应该营造一种满怀信心的氛围。

德林克夫妇很快就意识到,这种不以为然的态度已经成为"工厂整个管理层的共同特点"。塞西尔·德林克后来写道:"他们似乎完全没有意识到工厂制造出来的材料本身所固有的毒性和危险。"罗德甚至跟他说:"镭即便感染了人体也不会产生任何恶劣后果;相反,如果有人认为会产生什么后果,这种观点不但滑稽可笑,而且会不攻自破。"

在工作室里,几位医生开始对表盘画工进行彻底细致的体检。他们挑选了25个姑娘作为参加体检的员工代表,将员工休息室定为第一体检室。那些被选中的表盘画工都显得有些紧张不安,听到医生叫自己的名字后,就敲门进去接受体检,一个接一个。莎拉·梅勒费尔也被抽中。按照医生的要求,莎拉张大了嘴巴,这样医生就可以点点戳戳,检查每一颗牙齿;当医生用探针仔细检查鼻子和喉咙时,她一动不动地坐在那里;

最后她伸出胳膊,医生抽了一小瓶静脉血。第二体检室在暗室。在暗室里,凯瑟琳·德林克"检查了其中的一些表盘画工,对其中几位还做了极为详细的检查,以确定她们在黑暗中发光的程度"。

哦,那光亮,可谓光芒四射!眼前的场景令凯瑟琳·德林克震惊不已。当姑娘们在暗室里脱下衣服时,凯瑟琳发现镭粉散落在她们的乳房上、她们的内衣上、她们的大腿内侧。镭粉散落在姑娘们身体的每一个部位,就像情人的吻一样无处不在。镭粉在姑娘们的四肢上、脸颊上,在她们的脖子后面,在她们的腰上都留下了痕迹……镭粉几乎覆盖了每一寸肌肤,就像一片轻盈的羽毛扫过她们柔软而私密的肌肤。镭粉的渗透力令人叹为观止——而且一旦渗透进她们的衣服,就很难清除干净。德林克夫妇注意到,即使在用力搓洗皮肤后,镭粉仍"十分顽固,无法彻底清除"。

德林克夫妇并没有将研究范围局限在工厂内。除了拜访巴里医生外,他们还约见了几位表现出类似症状的表盘画工,其中就包括格蕾丝·弗赖尔。不过,多亏了纽约医学专家麦卡弗里医生的精心治疗,格蕾丝的状况已经大为好转。德林克夫妇也注意到她"恢复的情况令人满意",这让他们感到非常欣慰。

玛格丽特·卡洛的情况却不容乐观。她发现巴里医生的治疗方案无法令自己的病情得到缓解,便转而找到曾经为莫莉·马贾治疗过的克内夫医生,向他求助。玛格丽特曾经非常青睐造型夸张的羽毛帽子,曾经对各种时尚潮流如数家珍,如今却再也不讲究任何服饰造型了。她的皮肤惨白,像死人一样毫无血色,身体也极度消瘦憔悴,但最糟糕的却并不是她的外表,而是内里,因为"她口腔里[不断]流出恶臭的脓水"。她正在饱受痛苦的煎熬。

克内夫全力以赴地为她提供治疗。"我每天至少往她家跑一趟。"他回忆说。卡洛的家在奥兰治的主街上。从办公室到她家大约有15—20英里(约24—32千米)的距离。不过,有时候为了给玛格丽特治病,他在一天之内就要往她家跑上2—6趟。据克内夫回忆，有时候"我守在她的病床前，一守就是三天三夜，寸步不离地照料她"。克内夫的精心治疗和频繁出诊远远超出了卡洛家的预算，实际上克内夫是在免费为玛格丽特提供治疗。他的初衷是好的，但这并不意味着玛格丽特所接受的是最合适的治疗。

不过，相较于绝大多数医生，克内夫对这一疾病的了解无疑还是最多的，只不过当时他无法完全理解这些病况的全部含义。

克内夫医生非常具有职业精神。曾经在他手指的触碰之下，莫莉·马贾的下颌骨突然折断，这令他惊骇不已，但他又想解开这块断骨之谜。于是，他留下了这块骨头。这块骨头形状奇怪，就像被虫子蛀过一样。莫莉死后，他不时地把这块骨头拿出来，仔细查看，却丝毫没有头绪；不管怎么说，即便这块骨头令人费解，她的死因却始终是梅毒。于是，他把这块骨头塞进办公桌，跟X光片放在同一个抽屉里，随后便将这事抛诸脑后了。

直到后来有一天，因工作需要，他在塞得满满当当的抽屉里翻找X光片。等他把放在抽屉里面那些七零八碎的东西全都拿出来后，终于找到了胶片。但令他倍感惊讶的是，这些X光片的颜色已经不再是最初的乌木黑色，它们变得有些"雾蒙蒙的"，就好像被什么东西染过一样。

然而，抽屉里除了一些旧文件和早已被抛在脑后的骨头外，再无其他。

克内夫医生把X光片翻来覆去地看了好几遍。毫无疑问，底片已经遭到了破坏。不过这到底意味着什么，克内夫对此是一头雾水。

尽管时间已经过去了这么久，莫莉·马贾发出来的声音却依然没人能听到。

13

尽管克内夫对于X光片的雾化现象不甚了了,但玛格丽特·卡洛对他的体贴和关心还是不胜感激。玛格丽特在谈到"最近感觉好了些"时,内心尚存一线希望。然而,几位主治医师都注意到"她嘴里说的和她的外在症状毫不相符"。1924年5月,消费者联盟的凯瑟琳·威利在开展独立调查时约见了玛格丽特。一见之下,威利顿时感到触目惊心。她在描述玛格丽特的健康状况时,称"任谁只需一眼就能看得出来,这个可怜的小东西已经病入膏肓"。她所遭受的痛苦折磨简直惨不忍睹。威利后来写道:"见到其中一位受害者后,我觉得如果我不能为她们做些什么,如果不能确保这种情况以后不再发生,我的内心将永远无法平静。"她下定决心,"一定要坚持到底,直到当局对此有所作为"。

威利言出必行。她又找了很多表盘画工,对她们进行了采访,其中就包括约瑟芬·史密斯。不过,她发现约瑟芬"并不愿意就这个话题深入讨论,因为她当时还在镭表盘公司工作"。威利做起事来不遗余力。她还拜访了凯瑟琳·肖布和全程照料过莫莉·马贾的伊迪斯·米德——这位护士并没有忘记离世不久的那位房客。威利写道:"米德小姐希望能尽自己所能阻止类似的悲剧发生在其他人身上。"

威利也深有同感。在得知黑兹尔的母亲打算向公司索赔时,她咨询了当地的一位法官,想就表盘画工的家人到底应该如何采取法律行动的问题得到他的建议。然而,她却从这位法官处得知,新泽西州的相关法律规定对这些女工不利。实际上,该州制定过具有开拓性的法律;那年

1月刚出台了一项新的法律,令职业病赔偿变得有法可依。这项法律迈出的步子不可谓不大,但只有九种疾病被列入可获赔偿名单,而且只有五个月的追诉时效,这就意味着任何合法的索赔都必须在受伤后的五个月内提出。如果这几个表盘画工果真都是"镭中毒",那么不但"镭中毒"没有出现在名单上,而且大多数表盘画工早在几年前就已经从美国镭公司辞职,早就超过了五个月的追诉时效。法官直言不讳地告诉威利:"如果法律规定镭中毒是一种可以索赔的职业病,如果法律真有这种规定的话,也早已经过了追诉期。因此,对这些表盘画工来说,这事无能为力。"

两个家庭遭遇到了同样的困境。玛格丽特·卡洛已经身无分文,她决定孤注一掷。为了得到一些钱以支付医疗费用,她开始考虑采取法律行动。然而,无论是她还是黑兹尔·库瑟的家人,都无法找到一个愿意接受无预付律师费的律师。正如威利沮丧地注意到的情况,"他们一文不名"。

1924年5月19日,威利带着自己的调查结果回到了劳工部。她将调查报告直接交给了部长安德鲁·麦克布莱德。发现消费者联盟竟然插手此事,麦克布莱德"勃然大怒"。当他又得知副部长罗奇给威利提供了那些表盘画工的名单,更是大发雷霆之怒。据威利说,麦克布莱德立刻把罗奇叫过来开会,"当着我的面,对他严加斥责,毫不留情"。不过,威利并没有因为麦克布莱德的暴怒而产生丝毫的畏惧心理,她继续跟部长据理力争。面对这个不屈不挠的女人,麦克布莱德无计可施,只好问她到底意欲何为。

"由美国公共卫生署牵头开展专项调查。"威利马上答道。

"先递交一份书面报告上来。"麦克布莱德不耐烦地答复。她立刻就去做了。

就在威利继续捍卫这些女工权益的同时,事态也在所有问题的爆发地——美国镭公司——不断发展。德林克夫妇一直都在紧锣密鼓地评估他们所做的所有测试的结果。1924年6月3日,他们向该公司提交了一份完整的最终报告。

15天后,6月18日,维尔特给劳工部的罗奇写了封信,汇报了两位博士的调查结果。由于报告原文很长,他并没有随信附上完整的报告,只是以表格的形式列举了表盘画工的体检结果。表格显示员工的血检"基本正常"。维尔特自信地写道:"我认为本表格所显示的情况与普通产业工人的相关体检结果并不存在任何差异。"劳工部对此表示赞同:该表格表明"所有表盘画工均不存在任何健康问题"。

美国镭公司清白无辜。总裁罗德立即将这一结果公之于众。一位观察家评论道:"他逢人就说他的公司绝对安全无害,因为他有一份报告足以证明他对前表盘画工所患疾病没有任何责任。"正如罗德此前所料,工厂的整体状况立刻就得到了改善,"闲言碎语几乎销声匿迹",公司内部的备忘录描述了这一令人欣慰的现象。

而就在此时,西奥多·布卢姆医生正在请求该公司给病人黑兹尔·库瑟提供帮助。因此,这一时机的选择颇为不巧。自从黑兹尔在1月份首次请布卢姆为自己诊病起,她的身体状况便开始迅速恶化。尽管布卢姆已经为她做过多次手术,输过两次血,还多次留她住院观察,但她却丝毫没有好转的迹象。医疗账单如雪片般飞来,西奥多·库瑟和父亲老西奥多早就已经不堪重负。负责给黑兹尔治病的几位内科医生家道都颇为殷实,对她的怪病也很感兴趣,因此给她做了大量治疗都没有收费。即便如此,医疗费用还是已经积累到了成千上万美元。西奥多已经把全部财产拿出来做了抵押,而他父亲的毕生积蓄也全部都扔进了这个无底洞。

黑兹尔的家人已经无力负担她迫切需要的医疗护理费用,于是布卢姆直接向美国镭公司提出诉求。他确定无疑地表示,他不是想把责任全都推到公司头上——尽管当时布卢姆愿意公开声明黑兹尔的疾病毫无疑问就是由描画表盘的材料引发。"这不是贵公司是否有责任的问题,"他谨慎地写道,"我认为如果贵公司资金尚有富余,就应该以某种方式帮助这些表盘画工。"他对到底谁该承担责任不感兴趣,但这是个生死攸关的问题。

美国镭公司立即做出回复。德林克夫妇所提供的报告令公司信心十足,于是该公司拒绝以任何形式提供帮助;如果这样做,将会开创"我们认为极不明智的先例"。五年前,公司曾经为一些毁掉的衣物支付过五美元的赔偿金,这令公司不堪其扰;他们不会再犯同样的错误。相反,公司得意扬扬地提到最近这份研究的结论:"尽管信中声称她在我公司的就业经历是其致病原因,但我公司已经就这一问题进行过非常细致认真的调查。结果表明,在我公司的就业经历与其自身的健康状况不存在任何关系。"这封信的末尾写着这样一句话,只不过语气听上去并非诚心诚意:"对于无法按要求给你们提供帮助,我公司深表歉意。"

布卢姆收到回信后简直瞠目结舌。"我只是在呼吁贵公司的管理层能够本着人道主义精神,看看能为这个可怜的姑娘做些什么,"他在回信中写道,"我必须承认,贵公司竟然未能从人道主义角度看待这一问题,这简直令人难以置信。"

然而,美国镭公司对他的冷嘲热讽根本不予理睬。他们是清白无辜的,而且他们有报告可以证明这一点。

14

凯瑟琳·肖布热切盼望着暑假到来。过去的一年令她不堪回首：去年7月表妹艾琳作别人世，距今已有将近一年的时间；接着，到了11月，凯瑟琳的牙齿就开始出现问题。她知道如今好几个医生都说她的牙痛完全是"精神紧张所致"，但就算她尽量不去考虑自己的处境，往事仍然会不由自主地涌上心头。最近，她找了一份办公室的工作，认为这会帮助自己忘掉那些往事。

事实证明，凯瑟琳在职业生涯中很难安定下来。她不断从一家公司跳到另一家公司，或是因为健康状况不佳，或是因为精神过度紧张，或是因为急于寻找下一份分散自己注意力的工作。她从滚动轴承公司跳槽到保险公司，再跳到汽车公司，跳了又跳，始终无法在一家公司干得长久，总是因为某种原因不得不辞职。总之，无论她在哪里工作，她的大部分收入都不得不用于支付医疗账单。

凯瑟琳知道，父亲威廉对自己的精神状态忧心忡忡。他深爱着女儿，总是想方设法给她鼓劲，或者拿出自己的薪水支付医生寄来的账单。可惜威廉自己也收入微薄——他在一家工厂里做门卫，全家人就挤在三楼一套肮脏的公寓里。不过，如果能让女儿的身体好起来，他宁愿付出自己的全部。

凯瑟琳觉得自己最需要的就是放松，于是打算趁着夏天好好休息一下。她才22岁，当意识到艾琳都没有活到这个年龄，她感到非常悲哀。因此，她觉得自己需要记住年轻的感觉，各种焦虑不安的情绪已经快把她拖垮了。

然而,当1924年7月真正到来时,凯瑟琳写道:"我根本无处可逃。下巴出现的状况令我不堪其扰,我决定先去纽约市找一位医术精湛的牙医看看。看来只能用度假的钱去拍一套新的X光片了。"

凯瑟琳找到的牙医就是给黑兹尔·库瑟治疗的布卢姆医生。这可能纯属偶然,但鉴于布卢姆在医学领域的地位,或许这也是必然。5月,凯瑟琳找到另一位牙医,又拔掉了一颗牙齿。如今牙痛已经成为常态,因为拔牙后留下的牙洞始终都无法愈合。遭到感染的牙龈令人痛苦不堪。"[我所]忍受的疼痛,"她说,"就好像是一个牙医在活的牙神经上打钻一样,时时刻刻,没有停止的迹象。"1924年7月,布卢姆给她检查后表示,"等她的身体状况适合治疗时,再开始整个疗程"。在此之前,凯瑟琳只能先回家等候。

凯瑟琳想,最糟糕的事情莫过于她根本不知道自己到底得了什么病。"我不惜一切代价想要恢复健康,但到目前为止却丝毫不见起色,"她沮丧地想,"没有人能够帮助我。"

整个夏天,她一次又一次地前往布卢姆的诊所就诊,这可不是她原先计划的度假方式。有一次,她右半个脑袋疼痛难忍,不得不挂了急诊。在诊室里,她把遮住消瘦面庞的一头金发向后拢起,朝布卢姆比画着疼痛的部位,右半个脑袋直到下巴都疼得撕心裂肺。

布卢姆用探针轻轻地触碰她肿胀的下巴,接着稍微一用力,牙龈就开始排出脓液。凯瑟琳感觉到脓液在嘴巴里迸射,这股恶臭令她干呕不已。"为什么我会如此痛苦?"她后来问道,"我从来没有做过任何伤天害理的事情,为什么会遭受到这样的惩罚?"

有一次她去找布卢姆复诊时,偶然遇到了同样前去问诊的黑兹尔。黑兹尔已经变得面目全非。在一些病例中,这种令人费解的陌生疾病会导致奇怪的面部肿胀,下颌骨会不断爆发出大股大股的脓液,而黑兹尔似乎就在承受着这种痛苦的折磨。她的母亲陪她前来看病,因为她自己已经连话都说不出来了。格蕾丝·文森特不得不充当女儿的嘴,告诉凯瑟琳,早在半年前黑兹尔就已经开始接受布卢姆医生的诊治。

接下来的事情也许并不能视为对牙医诊疗技术的正面广告。夏天还没结束,黑兹尔就被匆匆忙忙地送到了纽约,远离纽瓦克的家人和西奥多,去接受为期三个月的住院治疗。为了支付住院费用,她丈夫把家里的房子完全做了抵押。

前来寻找医生诊治的并非只有凯瑟琳和黑兹尔两个人。在奥兰治,金塔·麦克唐纳发现照看一双儿女变得越来越艰难。她的女儿海伦已经4岁,儿子罗伯特刚满1岁。令她不堪其扰的是臀部右侧的疼痛,这痛感一直向下拉扯,让她的整条右腿都觉得疼痛难忍。如今她只能一瘸一拐地走路,不仅仅是表面看来的瘸着腿走,更像是颠着脚跳着走。这真令人费解,不过她说:"我感觉似乎自己一条腿长,一条腿短。"

这当然是她凭空想象。在她过去 24 年的生命里,她的两条腿一直都是一样长短,为什么现在一下子就变了呢?

即便如此,这种情况还是令金塔感到力不从心,尤其是如今的罗伯特在家里爬来爬去,每小时几乎能爬上 100 英里*,金塔越发感觉追不上儿子了。也许是听从了格蕾丝·弗赖尔的建议,她预约了奥兰治骨科医院的汉弗莱斯医生。1924 年 8 月,汉弗莱斯给她拍摄了 X 光片后就开始仔细分析透视结果。他在给金塔检查时,就已经注意到病人"无法控制臀部肌肉令其发挥完整功能",于是他着重检查了病人髋关节周围的情况。

啊!的确有情况。但那到底是什么呢?

汉弗莱斯发现 X 光片上出现了一片"白色阴影"。这种情况不同寻

---

* 原文如此,可理解为夸张说法。——编者注

常,表明"骨头上出现了斑驳的白点"。他以前从来没见过类似的情况。正如后来约翰·罗奇在描述一例令人困惑不解的病例时写道:"病情总体令人困惑,百思不得其解……这种非比寻常的破坏[力]在医学和外科学领域完全就是个未知数。"

化学家萨玛托洛斯基很久以前就已经做出判断:"镭是这些问题的罪魁祸首。"实际上,除了化学家萨玛托洛斯基以外,还有一个人也已经明确意识到了问题的根源所在。这个人就是布卢姆医生。截至1924年9月,布卢姆医生已经为黑兹尔·库瑟治疗了8个月之久。于是,他就颌骨坏死的主题在美国牙科协会发表演讲。尽管他只提到了黑兹尔的病例,而且仅仅是在脚注里简单提及,但他的确是首位在医学文献中提到这种病况的医生。现在医学界把这种疾病称为"镭毒颌炎(radium jaw)"。布卢姆不相信美国镭公司的无罪声明;事实上,当他请求该公司给他的病人提供帮助时,管理层冷酷无情的反应反而激起了他的斗志。现在他向黑兹尔保证:"如果她对美国镭公司提起诉讼,她将会获得一切必要的帮助。"

人们或许会认为,"镭毒颌炎"这个新名词的提出以及牙医颇具开创性的诊断结果,会激发医学界的兴趣。事实却恰恰相反。不论是其他牙医,还是那些对医学文献毫无了解的表盘画工,以及像奥兰治的汉弗莱斯医生那样的内科医生,没有一个人对此做出任何反应。

1924年夏,汉弗莱斯医生站在金塔·麦克唐纳的X光片前,即便内心一片茫然,却还要给病人诊断治疗。金塔回忆道:"他们说我患的是髋关节炎。"

汉弗莱斯把她的腿绑了起来。然而,跟格蕾丝·弗赖尔的疗效不同,一个月过后,金塔的病情丝毫没有起色。因此,那年夏天,为了保持身体的绝对静止,金塔·麦克唐纳接受了从横膈膜到膝盖打满石膏的建议,希望这种治疗方案能够彻底解除自己的痛苦。她表示:"挂着拐杖我倒是还能一瘸一拐地四处走走。"

然而，对于这位两个年幼孩子的母亲来说，即便能蹒跚行走也于事无补。此后，照料海伦和罗伯特的生活变得越发困难。金塔的姐姐阿尔比娜当时还没孩子，她很可能过来帮助金塔渡过难关，毕竟两姐妹都生活在奥兰治，两家的距离也不远，步行一刻钟就到。

这种惊人的治疗方法似乎起了效，这让金塔着实松了一口气。"打了石膏后，疼痛感有所减轻，似乎起了点作用。"她回忆道。她尽量不去想石膏模子下身体的变化，尽量将心头的疑虑抛诸脑后，但她还是觉得"右腿开始萎缩，比左腿短了一截"。9个月后，医生才拆了石膏模子。夏去秋来，金塔感觉身体状况有所改善，便向前来为自己诊治的汉弗莱斯医生表达了谢意。

转眼，表达感恩之情的季节已经到来。11月27日，感恩节当天，纽约医院的医生终于批准黑兹尔出院，允许她回到纽瓦克跟西奥多和母亲格蕾丝团聚。一家人欢聚一堂，都觉得黑兹尔能够出院回家简直是天赐之福。

然而，黑兹尔的表现就像换了个人一样。她"遭受了常人无法忍受的痛苦折磨，脑子似乎也受到了影响"。一直在为这家人提供精神安慰的牧师卡尔·昆比（Karl Quimby）说："她遭受了极度的痛苦。"

即便全家人处处为黑兹尔考虑，将她的感受放在首位，觉得她能回家团聚是一种恩赐福祉，然而，1924年12月9日，星期二，凌晨3点，她最终还是撒手人寰，年仅25岁。当时，丈夫和母亲都守在她的身旁。她去世时，因为饱受疾病折磨，整个人变得面目全非，所以当朋友们前来参加她的葬礼时，黑兹尔的家人都没有让她们瞻仰遗容。

将黑兹尔的死讯公之于众的是西奥多。西奥多找人对黑兹尔那饱受摧残的身体进行了防腐处理，并于12月11日在罗斯代尔公墓举办了葬礼。他和黑兹尔是青梅竹马，如今这些却成了他为心上人所能做的最后一些事了。

他不愿意思考未来,不愿意去想因为不能偿还贷款导致房子无法赎回的现实,不愿意去考虑父亲为了帮助自己和黑兹尔支付账单而一贫如洗的现实。到黑兹尔离世时,老西奥多已经将其毕生积蓄全都用在给黑兹尔治病上。各种账单的总额高达9 000美元(现约12.5万美元),其中包括住院费、X光片费、救护车费、内科诊费、上门治疗费、药费以及往返纽约的交通费等。一家人早已经债台高筑,但即便如此也回天乏术。

消费者联盟的凯瑟琳·威利支持表盘画工争取自身权益,而且一直跟这家人保持着密切联系。当她发现这种惨状,更觉得难以忍受。权威部门对此无动于衷的做法令她颇感沮丧,于是威利决定双管齐下。首先她给爱丽丝·汉密尔顿(Alice Hamilton)博士写了一封信。汉密尔顿是一位才华横溢的科学家,被公认为工业毒理学的开创者,一直对职业病的受害者采取支持的态度。她还是哈佛大学历史上首位女教员,而她的系主任恰巧就是塞西尔·德林克。

汉密尔顿对德林克在奥兰治工厂所做的调查报告一无所知。尽管罗德当时正在利用该报告消除其手下员工的恐惧心理,并利用其作为拒绝给饱受疾病折磨的女员工提供帮助的理由,但德林克却并没有将其提交给任何出版机构公开发表。因此,汉密尔顿收到威利的来信,在没有意识到任何利益冲突的情况下,便热情洋溢地表达了自己的意愿。她认为消费者联盟对于这些案件应该"积极地受理——届时我将给予全面配合"。汉密尔顿在信中写道:"据我所知,该公司的态度相当冷酷无情。"她提议,也许她可以作为一名"特别调查员"开展自己的调查研究。

威利的第二条进攻路线是与弗雷德里克·霍夫曼(Frederick Hoffman)博士取得联系。59岁的霍夫曼是一位统计学家,专门研究工业疾病,在保诚保险公司工作。霍夫曼在收到威利的来信后便开始展开调查;在威利的敦促下,他将第一个调查对象选定为玛格丽特·卡洛。

自从玛格丽特在圣诞前夜首次去找牙医看病,至今又过去将近一年。霍夫曼在1924年12月去拜访玛格丽特时,发现她"已经在生死之间徘徊,很明显没有了对未来的渴望,这种状况令人扼腕叹息"。一见之下,霍夫曼深深为之动容。霍夫曼是一位公认的研究职业危害的权威人士。没过几天,他就给美国镭公司的总裁罗德发了一封信,信中措辞强硬。他说:"如果该疾病可以获得赔偿,我高度怀疑贵公司会逃避责任。"接着,他又补充道:"如果在一段时间之内出现更多的类似病例,那么该疾病将会得到赔偿,这一点毋庸置疑。"

第一枪已经打响。奥兰治的表盘画工们坚信这只是漫漫征程的第一步。玛格丽特不由自主地想到自己已经为公司奉献了一切,但公司却以这种方式回报自己。美国镭公司对她置之不理,不肯花一分钱缓解她的痛苦。不仅她不得不面对这一切,她的朋友们也面临着同样的命运。

尽管玛格丽特已经很久没有关注自己的外貌,但她还模糊地记着自己过去的样子:年轻、活力十足,总是光鲜亮丽,穿着考究的衣服,戴着漂亮的帽子。那年冬天,随着时间一天天流逝,新的一年到来了。玛格丽特鼓起勇气,聚集所剩无几的气力,向家人求助。此时她的身体过于虚弱,已无法实现心中所愿。但这件事对她来说至关重要。即便这将是她在人世间的最后一搏,她也一定要去做。

玛格丽特·卡洛克服了重重困难,终于找到了一位愿意代理自己诉讼案的律师。1925年2月5日,她起诉美国镭公司,要求获得7.5万美元(现约100万美元)的赔偿。

表盘画工们终于开始反击了。

伊利诺伊州,渥太华
1925年

纽瓦克当地媒体报道了玛格丽特的诉讼案。身在渥太华镭表盘公司的姑娘们不太可能听说这一消息,但公司管理层肯定知道。如果说镭工业是个小池塘,那么镭表盘公司则是池塘里最大的几条鱼之一。

截至1925年,公司在渥太华的工作室已经成为全国首屈一指的镭表盘工厂,每天可以出产4 300个镭表盘。工厂的业务蒸蒸日上。当这样的风言风语在新泽西州传播开来时,那里的美国镭公司都承受了运营中断的风险,而镭表盘公司可不愿意步他们的后尘。

为了规避风险,镭表盘公司制订了一个计划。公司在渥太华以南16英里(约26千米)的斯特里特开设了第二间镭表盘工作室,当地人对镭的了解少之又少。两家工厂同时运营了9个月。不过,既然渥太华的表盘画工没有听到从东部传来的流言蜚语,也没有打算辞职,公司便关闭了第二间工作室。有些员工调到渥太华继续上班,有的却失去了工作。

公司打算效仿美国镭公司此前的做法,决定下半年在员工中间开展体检。这次体检由一位公司医生主持,体检地点设在位于波斯特大街的里德家。不过,并非全体女工都接受体检,凯瑟琳·沃尔夫就不在其列。这真是一大遗憾,因为最近她一直都感觉很不舒服。她后来回忆,在镭表盘公司工作两年后,"我开始觉得左脚踝有些隐隐作痛,慢慢地,这种痛感蔓延到了臀部"。一开始,她走路的时候还只是偶尔有些一瘸一拐,但很快这种痛感就变得难以忍受。

还有一位不在体检员工名单内的表盘画工名叫黛拉·哈维斯顿。她和凯瑟琳、夏洛特、玛丽、维奇尼、埃拉·克鲁斯、伊内兹·科科伦都是工作室里元老级别的人物。不幸的是,前一年她得了肺结核,不久便病故。

还有红头发的佩格·鲁尼,不过,里德先生还是把她叫到家中接受体检。可当同事们问她体检结果时,佩格却说自己什么也不知道。在奥兰治,公司的管理层背着表盘画工秘密传阅了体检结果;在渥太华,这些体检报告直接越过女中层管理人员上交给公司最高管理层。不论是佩格还是其他接受体检的女工,都无从得知体检结果。然而,佩格在工作室的工作台边坐下来后,对此毫不担心,她依然拿起画笔,抿了抿笔尖,准备开工。她丝毫不担心,因为她相信,如果出了什么问题,公司一定会告诉她。

渥太华的表盘画工们仍然重复着抿笔尖的工作步骤,根本不知道这一做法在800英里外的地方已经被明令禁止。然而,在镭表盘公司的总部,躲在幕后的管理层将新泽西州的诉讼案当作前车之鉴。为了以防万一,管理层开始考虑寻找画表盘的新方法。公司先测试了软皮革,但发现这种材料的吸水性太强;接着又测试了海绵橡胶,但效果不理想。镭表盘公司的副总裁鲁弗斯·福代斯(Rufus Fordyce)承认他们并没有全身心投入该项研究中去。"在寻找或提供任何合适的方法以废除这一步骤方面,我们并没有做出坚持不懈的努力。"

最后,公司将这一任务交给了里德先生,由他负责找到一种替代方法。很快,里德先生从瑞士表盘画工所使用的技术中得到灵感,开始考虑利用玻璃笔取代驼毛笔,并着手各样的设计。与此同时,渥太华的表盘画工们仍在重复着原来的步骤:抿……蘸……画……

表盘画工的欢乐时光也在继续。最近姑娘们开始与异性约会,很多姑娘都有了心上人。在高中时代,佩格·鲁尼最喜欢的是一首鼓励女孩自立的歌曲,歌名叫作《我不是任何人的宝贝儿》(*I Ain't Nobody's Darling*)。不过,现在她改变了初衷:她正在跟一个叫查克(Chuck)的聪明小伙子约会。明眼人都看得出来,查克很快就要向佩格求婚了。

查克是这个小伙子的昵称,他的全名是查尔斯·哈肯史密斯(Charles Hackensmith),这名字听起来非常具有贵族气息。他为人慷慨大方,身材高大,肩膀宽阔,肌肉发达,有一头天生的金色卷发。他的高中年鉴上有一句话这样形容他:"正如冰冷的运动员石雕飞身拥抱生活。"不过,要想成为冰雪聪明的佩格·鲁尼的男朋友,仅凭发达的四肢可不够。幸好查克是个聪明能干之人:高中时他的名字就登上了荣誉学生榜,如今他考上了大学,成了大学生。"他博学多才,"佩格的妹妹琼说,"他就是别人心目中最理想的男朋友。他举止优雅,心地善良。"他的家和佩格家相距不远,属于同一个街区。尽管现在他在外地读大学,但每个周末都会回家——只有那时,这对年轻的情侣才能尽情享受美好的爱情。

查克家有个小木屋,他经常在那里举办派对,用破旧的老唱机播放各种唱片。朋友们一边随着音乐的节拍拍着手,一边畅饮着违法自制的根汁汽水,舞会就开始了。每当查克搂着佩格翩翩起舞时,他都会将她牢牢地拥在怀里。当他俩随着最流行的爵士乐悠然起舞时,两具充满活力的身体便紧紧贴在一起。查克很会挑逗女人;他知道这个女孩非常与众不同。

大家都会到小木屋参加派对。玛丽·贝克尔在那里如鱼得水。派对开始时,她会在朋友中间走来走去,鼓励所有人活跃起来,积极参与其中。玛丽正在跟帕特里克·罗西特(Patrick Rossiter)谈恋爱。帕特里克是个工人,大鼻子、大眼睛、大嘴巴。玛丽在国民警卫队军械库附近滑冰时和他相识。但他的家人都说他是个"冒失鬼","以前他最喜欢做的事情就是到处找乐子"。凯瑟琳·沃尔夫作为佩格的闺蜜也经常参加派对,当时她还单身。鲁尼家的孩子们也都会到派对上玩耍——"我们一家子都去!"琼兴高采烈地说,"我们一去就是10个人!"

1925年春天,在渥太华发生的事情数不胜数,因此政府调查员到工作室调查之事几乎没有引起表盘画工的注意。当然,镭表盘公司想要的就是这样的结果。新泽西州的诉讼案被公之于众后,美国劳工统计局(Bureau of Labor Statistics)就开始在全国范围内开展一项针对工业毒物的大调查。劳工统计局的总部设在首都华盛顿特区,局长是埃瑟伯特·斯图尔特(Ethelbert Stewart);他派出的特勤人员名叫斯文·克亚尔(Swen Kjaer)。在开始调查渥太华工作室前,克亚尔曾与镭表盘公司副总裁鲁弗斯·福代斯会面,福代斯要求克亚尔"在处理该问题时一定要小心谨慎,不要在工人中间制造紧张气氛"。或许就是这个原因,克亚尔总共只询问过三个女工。

1925年4月,克亚尔开始了调查工作。他先到了镭表盘公司的芝加哥总部,与福代斯及几个实验室工人进行了会谈。克亚尔注意到几个工人的手指皮肤都出现了感染的症状。这几个工人承认,"如果不采取合理的保护措施",镭粉就会成为一种危险物质。因此,镭表盘公司已经给在实验室工作的工人们提供了防护。克亚尔注意到操作人员都得到了"铅屏的良好保护",而且公司还给他们安排休假,以减少他们与镭粉接触的时间。

4月20日,克亚尔抵达了渥太华小镇,开始在工作室展开调查。他行动的第一步就是跟主管默里小姐谈话。

默里小姐说:"怎么会,[我]可从来没听说过这份工作会致病。"实际上,她继续说道:"这份工作非但不会威胁到姑娘们的身体健康,据[我]所知,有好几个姑娘似乎还从中受益,健康状况明显好转。"

克亚尔向默里小姐询问有关抿笔尖的工作流程。她解释说："我们一直都在提醒姑娘们不要用嘴唇抿笔尖。如果非要这样做,就一定要先在水里仔细把笔尖涮干净。"不过,她也承认:"姑娘们还是继续采用抿笔尖的方法。"

当天,克亚尔在工作室巡视时,也亲眼看到了表盘画工们的工作方法。那里的女工都在抿笔尖;不过他也注意到她们无不"身体健康,活力四射"。在巡视当天,根据他的观察,表盘画工的跟前全都摆着水碟,她们可以在里面涮毛笔。但后来,当福代斯向他展示一张在不同时间拍摄的工作室照片时,克亚尔注意到工作台上根本就没有水碟。

在调查过程中,克亚尔还约见了几位渥太华本地的牙医,想看看他们以前是否在前来就诊的病人身上发现过任何不同寻常的口腔状况。在新泽西州,首先发现这一问题的是巴里医生和戴维森医生。万一渥太华地区也出现了类似问题,按照逻辑推断,当地牙医就应该是第一批知晓这一状况的人。于是,他在4月的一个下午拜访了三位牙医,其中包括镇子里拥有最大规模诊所的那位牙医。这位牙医负责照看工厂里很多表盘画工的牙齿;他告诉克亚尔"没有证据表明出现了恶性疾病",还保证说万一出现什么状况,他会及时通知劳工统计局的相关人员。另外两位牙医提供的健康证明也表明这些女工无恙。实际上,他们都煞费苦心地证明了"这些女工的牙齿似乎没有出现过任何问题"。

克亚尔在全国范围内展开的调查只持续了三个星期。考虑到辽阔的国土面积以及该状况潜在的危险性,如此之短的调查时间真令人难以置信。后来,克亚尔的领导埃瑟伯特·斯图尔特在谈到这个决定时,说:"我们在发起反白磷的运动时,才偶然注意到含镭涂料;当时,我们关注的焦点是磷,但我们发现夜光涂料中并没有使用磷。"在对工业毒物开展广泛研究的过程中,克亚尔的调查只不过是其中一部分而已。

不过,这并不是唯一的原因。斯图尔特后来承认:"我之所以决定终止那次调查,并不是因为我相信美国镭公司不存在问题,而是因为后续行动的开支非常大,劳工统计局根本无力承担。"

然而,在那短短的三个星期里,克亚尔还是得出了结论。他认为镭的确是一种危险元素。

问题是,没有人将此告诉那些表盘画工。

16

纽约市，教堂街 30 号，美国镭公司总部
1925 年

亚瑟·罗德这一天过得非常糟糕。自从那个姓卡洛的表盘画工对公司提起诉讼以来，好日子似乎就走到头了。舆论的力量令人不寒而栗——那个不知道天高地厚的小丫头控诉公司令她"完全丧失了工作能力"，令她"受到了严重伤害"，结果就把公司的声望彻底给搞臭了。媒体报道影响了公司运转，如今公司只剩下为数不多的几个表盘画工。

这一丑闻还影响了公司曾经帮助沃特伯里钟表公司建立起来的表盘工作室，不过，罗德可能对此并不知晓。当地媒体对卡洛的诉讼案做了报道后，钟表公司便明令禁止了舐笔尖的做法。

实际上，钟表公司这样做另有原因，只不过他们永远也不愿意承认。1925 年 2 月，公司一个名叫弗朗西丝·斯普莱托切（Frances Splettstocher）的表盘画工突然病倒，在痛苦中煎熬了几个星期后与世长辞。她的颌骨坏死，脸颊上烂出一个洞。虽然她的死并没有被鉴定和所从事的工作有关联，但她的一些同事都认为两者之间的关系必定存在。在沃特伯里钟表公司工作的一个女工说她"在得知弗朗西丝的死讯后惊恐万状。不管工作室开出多高的工资，她也不会再为之工作"。

弗朗西丝的父亲也在同一家公司工作。尽管他"确信"弗朗西丝因工作丧命，但他却担心被公司解雇而"不敢闹事"。

天哪，世上竟然有如此俯首帖耳的雇员！

罗德正在通过美国镭公司那些专业能力突出（且非常昂贵）的企业律师跟卡洛打官司。这些律师立即提交了一份动议，要求驳回这个女孩的申诉，理由是本案应该提交给工人补偿局（Workmen's Compensation Bureau）审理。而如果真的提交给该局，那这个案件卡洛必败无疑，因为她所患之病并不在那九种可以获得赔偿的职业病之列。然而，当时他们的法律手段并没有奏效——法官已经决定由陪审团对本案做出裁决。

在罗德看来，情况变得越来越糟糕。黑兹尔·库瑟的家人也提起了诉讼，索赔1.5万美元（现约20.3万美元）。那些唯恐天下不乱的律师们一直在做海伦·昆兰母亲的工作，但她认为既然医生已经给出了女儿的死因，自己便没有理由再去找律师把事情搞大。这对罗德来说无疑是不幸中的万幸。

罗德想到了卡洛小姐的姐姐莎拉·梅勒费尔。卡洛起诉公司后，莎拉辞去了表盘画工的工作，这可以说是明智之举；她不可能继续在公司上班。关于莎拉的问题，他又沉思了一阵子。维尔特曾经跟他说过莎拉疾病缠身——腿瘸的状况已经持续了三年，走路的时候必须拄拐杖；公司一直对她颇为照顾，所以她才能继续在公司工作。罗德想，俗话说，"苹果不会掉在离树很远的地方"——如果一个女儿体弱多病，那么很可能整个家族成员的身体状况都堪忧。

他把所有这些麻烦都归咎于"女性俱乐部"。从年初起，凯瑟琳·威利不断给他寄来信函；罗德对此颇为不满，认为她对这件事表现出了"非比寻常的兴趣"。他想尽办法跟她周旋，但都没有产生预期效果。甚至当罗德对她极尽奉承之能事，称他认为"你们消费者联盟对此类报道感兴趣实属正常，而且完全正确"时，威利依然不为所动。随着时间的流逝，她变得越来越令人生厌。

令罗德颇感厌烦的，还有调查统计学家霍夫曼博士。尽管他在写信给罗德时声称"[他]从来没想过要引起无意义的争论"，但他的信件却对罗德的公司提出了极其严厉的批评。就发生在玛格丽特·卡洛身上的情况，他又给罗德写了一封信，说她"非常可怜"。霍夫曼博士强烈要求罗德亲自去探望卡洛，或者至少派一位公司代表前去探望，但这样的事根本就不可能发生。

处理这样的求情信对罗德来说小菜一碟——公司曾经轻而易举地拒绝了布卢姆要求资金援助的请求——真正令他不堪其扰的是霍夫曼所做的调查。这家伙最终还是决定将其调查报告公开发表，而且可能会在颇具影响力的美国医学会发表。不过，罗德觉得霍夫曼既不是内科医生，也不具备专业的镭知识，美国医学会不太可能允许霍夫曼发表自己的调查报告。罗德一直都认为，"在重要的医学大会上所做的任何主题的陈述，都应该基于广泛的研究或调查，或两者兼而有之"。在他看来，"这样的调查至少应该覆盖整个美国，如果不包括瑞士以及德国和法国的部分地区，那么这份调查报告就不能算是一份完整的报告"。不知道霍夫曼是怎么想的，他的结论只是基于他在美国部分地区所做的简单研究。（霍夫曼开展调查时，也曾经前往渥太华的镭表盘公司以及长岛的几家镭表盘工厂考察。）罗德认为，如果霍夫曼打算对此问题进行充分研究，就应该再花上几年的时间努力深入，将研究范围扩大到国际层面后，再将其结论公之于众。

而事实恰恰相反。霍夫曼研究的范围非常有限，他只是将一些调查问卷分发给曾经照料过那些表盘画工的医生和牙医，并与那些受到影响的女工进行面谈。霍夫曼后来注意到："她们跟我讲的情况都一样。她们的工作步骤是一样的，工作环境也是一样的……因此，后果也一样。"尽管他的研究简明扼要，但他似乎还是决定将其发表。

罗德愤愤不平地想：为什么霍夫曼甚至在还没有参观过工厂的情况下就要做出此种举动？不过，公平地说，这也许是因为罗德曾经千方百计阻止霍夫曼展开调查——美国镭公司从来就没有采取过合作态度。

为了安抚霍夫曼，罗德曾经在回信中写道："我公司坚信您所提到的感染状况并不是由镭所导致。如果确有其因，我认为责任一定不在我公司。"然而，霍夫曼的调查并没有因此而终止。罗德根本无法理解霍夫曼的坚持。

有一个事实，就连这位公司总裁也不得而知：涂料的发明者如今已经承认表盘画工的遭遇都是因职业所致。这可能也是霍夫曼如此坚持不懈的原因之一。1925年2月，萨宾·冯·索科基曾经给霍夫曼写了一封信，信中称："毫无疑问，这种病就是一种职业病。"

罗德叹了一口气，转身走向办公桌，打算继续拆阅信件。他一边走，一边往后捋了捋头发，涂满了发油的一头黑发一如既往顺滑服帖。接着，他又伸手调整了一下他那精致的领结。然而，等他一眼看到办公桌上的信件时，心下不由得一沉：来信的又是威利小姐。

"亲爱的罗德先生，"她在信中直截了当地写道，"听闻[去年春天]德林克博士曾经做过一次调查研究，但至今尚无从得知该项调查的结果。不知贵公司何时将该结果公之于众，对此本人甚为期待……"

亚瑟·罗德的圆脸上流露出一丝忐忑不安的神情。德林克夫妇的调查是他心头的一根刺。去年6月，他曾经迫不及待地想要发布两位博士所做的报告。最终这份报告将成为他认定的事实真相的科学依据，证明他的想法是无可辩驳的事实：这些可怕的疾病和死亡事件跟他的公司绝对不存在任何关联。

然而，当他看过塞西尔·K.德林克随报告一同提交上来的那封附函时，惊讶到了几乎合不拢嘴的地步。"我们相信一切麻烦皆因镭而起，"大约在一年前的1924年6月3日，德林克写道，"我们认为，对贵公司而言，使用任何其他攻击手段处理这一情况都毫无道理可言。"

好吧，这真是……出乎意料。在最初的理论研究结束后，德林克夫妇在4月29日曾经递交了一份临时意见，称"镭似乎是引起这场麻烦的可能原因"。不过,那是他们回到工厂之前写的。因此,罗德确定,如果开展进一步研究,必将证明他们的观点是错误的。

然而,报告的最终版读起来也无法令人感到心情舒畅。"在我们看来,这种不寻常的疾病……在这些雇员中的发病率如此之高,绝不能视为巧合,而应该视为由该职业所造成的某种类型的骨损伤。"

德林克夫妇曾经有条不紊地检验了夜光涂料的所有组成成分,并逐一将无毒副作用的成分排除在外,但对于镭元素,他们宣称有"充分的证据"表明过度接触镭存在着危险。德林克夫妇总结道:"夜光涂料中唯一能造成危害的成分一定是镭。"

他们甚至做了一个详尽的假设,用以说明表盘画工接触镭后,她们身体内部可能发生的种种变化。德林克夫妇注意到,镭和钙的"化学性质极为相似",因此,"一旦人体吸收了镭,镭可能更倾向于将骨骼作为最后的沉积点"。跟钙一样,人们或许可以将镭称为一种"在骨骼中积聚的元素";人体预设的程序是将钙直接输送到骨骼中,使骨头变得更加强壮……从本质上说,镭把自己伪装成了钙,骗过人体从而进入骨骼。进入表盘画工的身体后,镭就在她们的骨骼内部沉积下来。镭是一个悄无声息的潜行者,躲藏在面具后面,利用伪装深入表盘画工的下颌骨和牙齿里。

正如德林克在科学文献中所读到的,镭自20世纪初就被认为会造成严重的肉体创伤。这就是为什么在工作中与镭大量接触的工人会身穿沉重的铅围裙,手拿象牙钳;这就是为什么镭表盘公司会严格限制实验室工人暴露在镭环境中的时间;这就是为什么冯·索科基医生失去了左手食指的指尖;这就是为什么前公司首席化学家莱曼博士的手上伤痕遍布;这就是为什么冯·索科基的搭档威利斯失去了一根大拇指。正如皮埃尔·居里在1903年所指出的,镭在不进入人体的情况下就可以轻而易举地取人性命。

而这只是镭在不进入人体的情况下所造成的影响。现在请设想一下,一旦镭不知不觉间沉淀在人类的骨骼中,将会产生何种后果?

"镭一旦在骨骼中沉积,"德林克在报告中写道,"必会给人体造成极其严重的损伤,其损伤程度是单纯暴露在镭环境中所造成伤害的几万倍。"

沉积在莫莉·马贾骨骼里的是镭,导致她下颌骨碎裂的也是镭。在黑兹尔·库瑟的身体里自由游走的是镭,蚕食她的颅骨、令其下颌骨千疮百孔的也是镭。不断放出射线的是镭,正在摧毁玛格丽特·卡洛嘴巴的也是镭。

令艾琳、海伦以及更多的表盘画工惨遭毒害的,是镭。

一切问题的根源都是镭。德林克夫妇下了断言。

德林克夫妇附上了一张工人体检结果的表格,关键是还对结果进行了分析。他们写道:"[美国镭公司雇员的]血液检查结果没有一份完全正常。生命延续研究所此前发布的报告也得出了同样的结论,但该研究所似乎并没有意识到其研究结果的意义。"尽管一些在职员工的血液发生了明显的变化,但其他员工的血检则显示"基本上正常"。不过,没有一个员工的血检结果完全正常。对于那些女工来说,哪怕只在公司里画了两个星期的表盘,其血检结果也属于不正常之列。

德林克夫妇首次前往工作室调查时就接触了玛格丽特·卡洛,因此他们特意就卡洛的病例做了评论:这一病例是罗德目前所处困境的根源。在这里,他们还暂时抛弃了这份技术报告行文中冷漠超然的语气。"在我们看来,表达出自己的观点至关重要,"他们写道,"卡洛小姐目前出现的严重健康状况是她在贵工厂工作多年的结果。"德林克夫妇表示,他们希望"贵公司关注一个现实——这个表盘画工若想活下来,就需要最好的医疗护理"。

在此后将近一年的时间里,美国镭公司没有采取任何行动去帮助这个可怜的姑娘。

在这份报告的最后,德林克夫妇提出了各种安全建议,并指出这些都是"贵公司应该立刻采取的防范措施"。罗德自从看到了这份报告,除了安全建议外,对于其他内容一律视而不见。最近,他指示维尔特将其中一些措施付诸实践。他在一份给副总裁的备忘录里写道:"相较于支付7.5万美元的诉讼赔偿,采取这些措施显得相当经济。"

罗德看完德林克夫妇提交的报告后,的确感到心中一惊,但还是觉得这不可能。他花了几天时间整理自己的思路,然后在1924年6月的几个星期里,他又与德林克博士通过几封信,进一步交换了想法。罗德当初找德林克博士就是因为他才华横溢,但现在罗德似乎将博士无可争议的才华彻底抛诸脑后,声称德林克博士得出的结论令他感到"困惑不解",并渴望"自己能够接受您所发现的状况"。然而,罗德也许预料到德林克会提议进一步讨论,便强调说自己太忙了,无法与他见面;甚至称自己"正考虑放弃每个星期六在海边消夏的惯例",以便腾出时间来多做点工作。

1924年6月18日,哈罗德·维尔特写信给劳工部,汇报了公司对德林克报告所做的巧妙总结,而当时罗德和德林克还在通过信函就此报告进行辩论。同日,公司总裁给德林克写了一封信,语气颇为轻蔑:"您所做出的初步报告只能被视为讨论性质,大部分证据都只是间接证据,因此报告的结论是不确定的。"

德林克博士当然对此做了回复:"我很遗憾,在您看来我们的报告竟然只是不确定的初步报告,我们担心即便反复重申,也无法改变您这种先入为主的印象。"然而,他还是再次强调:"我们发现贵公司很多雇员的血液都发生了变化,没有其他理由可以对此做出解释。"

接着两个人就开始了激烈的辩论,信件在两人之间雪片般飞来飞去。罗德态度非常坚定,"我仍然认为我们应该找到真正的原因"。

从私人角度而言，德林克非常理解总裁的立场，这一点令人感到不可思议。他在给一位助手的信中写道："他所处的经济形势并不乐观，在镭的问题上除了坚信镭是一种无毒无害、可以令人受益的物质之外，他很难有别的立场。我们所有人应该原本也长期相信这一观点。"他又补充道："在我看来，针对表盘画工身上所发生的一切，公司不[应该]被视为罪魁祸首。"

德林克博士站在这一立场，部分原因与他的工作领域工业卫生有关。直到1922年，德林克所属哈佛大学的系部完全由企业提供资金；甚至在1924年，各大商业公司也不断为各种特别项目捐款。得罪像美国镭公司这样颇具声望的公司，当然是一种非常不明智的行为。正如一位工业医生所说："身处工业界的我们是否正在努力帮助实施一些看似无伤大雅实则愚蠢的社会计划？身处工业界的我们是否正在收买雇员的善意和好心？答案是否定的。我们之所以身处工业之中，是因为这是一个健康的、良性发展的行业。"

因此，在罗德和德林克交换最后一轮意见时，也许是为了让博士从此不再谈此事，罗德提到"由于严重缺乏订单，我们的工厂几乎就要倒闭"，语气颇令人信服，于是两人终于偃旗息鼓。德林克报告的全文一直都没有被公之于世；劳工部对镭公司提供的报告版本深感满意；表盘画工们再也听不到任何令人感到歇斯底里的风言风语，重新回到公司上班；亚瑟·罗德也能像以往一样继续工作。

直到现在。

直到凯瑟琳·威利开始多管闲事，打探相关事宜。

罗德有所不知，威利以及她此前求助过的爱丽丝·汉密尔顿博士（她和德林克在同一个系工作），正在和他以前雇用的调查人员闹得不可开交。汉密尔顿得知，德林克的报告之所以没有公之于众，是因为塞西尔·德林克认为应该先得到罗德许可，而公司正打算隐瞒真正的结果，德林克自然不可能获得许可。威利认为德林克所选择的立场"非常不道德";她指责德林克"不诚实"。

就这样,两个女人共同构想了一个计划。她们不知道美国镭公司已经向劳工部提交了一份具有误导性的报告,她们谋划着请约翰·罗奇向罗德索取调查结果。根据她们的判断,这样做会逼罗德就范,从而令报告曝光。因为罗奇的官方身份,罗德几乎无法漠然置之。

因此,当罗奇向威利坦言,实际上他早就看过德林克的报告时——而且该报告可以表明该公司清白无辜——威利闻言大惊失色。威利立即将此事告知了汉密尔顿。汉密尔顿不但与德林克夫妇私交甚好,而且感觉他们夫妇两人都会因为这些数据的错误表述而深感不安,于是马上就给凯瑟琳·德林克写了一封信。

"您认为,"她用假装无辜的语气写道,"罗德是否有权以您的名义出具一份伪造的报告呢?"凯瑟琳·德林克立即回复,称他们夫妇二人一想到罗德有可能会篡改调查结果,就感到"很气愤"。凯瑟琳在信的最后,语气颇为强烈地写道:"事实证明,他就是一个真正的恶棍。"在妻子的鼓励下,塞西尔·德林克给罗德写了一封信。值得一提的是,信中言辞大多是对这位总裁的阿谀奉承和安抚。德林克在信中建议将研究报告全文发表,并称"发表报告对贵公司而言有百利而无一害……要想让贵公司继续保持他人无法撼动的地位,就必须让公众相信贵公司本着人道主义精神,已经尽一切可能在工厂内部寻找问题的根源"。

一切就这样按部就班地运转起来。汉密尔顿在给威利的信中写道,现在她相信问题几乎已经解决。她表示,毫无疑问,亚瑟·罗德不会"拒绝让德林克博士发表这份调查报告,[因为]他还没有愚蠢到那个地步"。

然而,她低估了这位总裁的胆量。

- 17 -

亚瑟·罗德如果不是个生性精明狡猾的商人,就不可能登上美国镭公司总裁的宝座。他是个谈判专家,善于操纵局势,令其变得有利于自己。他认为,与朋友保持亲密关系当然是明智之举,但更重要的是与敌人保持更加紧密的联系。

1925年4月2日,他邀请弗雷德里克·霍夫曼到奥兰治工厂参观。

实际上,这位统计学家已经来过两三次,对工厂里存在的问题做了特别记录,例如,并没有张贴任何有关舐笔尖的警示语。也许是因为罗德看到了他的笔记,也许是他曾经指示维尔特务必令安全措施到位,而接下来发生的事情只不过是其中一部分安全措施而已。1925年耶稣受难节* 当天,霍夫曼最后一次到厂调查。罗德设法让他注意到工作室张贴的新通知:禁止员工舐笔尖。霍夫曼对此举深表赞赏。后来他说:"工作条件有所改善,这给我留下了深刻印象。"

罗德知道自己在做些什么。随着两个人之间关系回暖,他便趁机施加压力。罗德在给霍夫曼的信中写道:"真希望我能说服您推迟发表有关'镭性坏死'的论文。"他表示,希望霍夫曼能找到"机会对这一课题展开细致入微的调查"。

霍夫曼的回信热情洋溢:"我谨向您表示诚挚的谢意,感谢您在我拜

---

* 受难节(Good Friday),即基督教纪念"耶稣受难"的节日,为每年复活节前的星期五。1925年的受难节是4月10日。——编者注

访期间给予我的礼遇,并对贵公司所处的困境深表同情。"然而,罗德做这些已经太迟。"我在查阅文档时发现,一段时间以前,[论文]摘要就提交给了[美国医]学会并收入了论文集,而该论文集已经交付印刷……有关论文的事情我现已无能为力。"霍夫曼又补充道,他已经同意给劳工统计局——埃瑟伯特·斯图尔特领导下的政府机构——提供一份报告副本。

任谁都能想象得出罗德获知这一消息时的反应,尽管他曾经顺利地平息了劳工部的担忧。那年春天,当斯文·克亚尔就玛格丽特·卡洛一事调查罗德时,罗德曾向克亚尔直言,他"认为这种疾病的致病原因跟工厂不存在任何关系。实际上,这很可能是使用某种欺骗手段转嫁责任给[公司]"。

至少这个姓卡洛的小丫头曾经让他有借口跟约翰·罗奇打太极。罗奇一听说公司提供的报告只是彻头彻尾的文过饰非,便立即要求公司提供研究报告的全文。不过,罗德在回信中写道,由于卡洛提起了诉讼,"这件事已经交给我们在新泽西州的林达布里、迪皮尤和福克斯律师事务所(Lindabury, Depue & Faulks)全权处理,我会将您的请求转达给该事务所的乔赛亚·斯特赖克(Josiah Stryker)先生"。当德林克要求罗德全文发表调查报告时,罗德给出了一样的答复:"鉴于当前的[司法]情况,对于将您的文章全文发表一事,我方不会采取任何行动;未经律师许可,我方现在不会将该报告的任何部分公之于众。"

然而,如今形势的发展已经完全超出了罗德的控制范围。德林克对这位总裁的敷衍塞责、虚与委蛇早已经失去了耐心。他直接给罗奇写了一封信,要求了解该公司到底对他的研究做了何种诠释。罗奇立即把维尔特在1924年6月18日写来的信寄给了德林克。阅毕信函,德林克瞠目结舌。正如汉密尔顿跟他妻子所说的那样,美国镭公司完全是信口雌黄。他跟罗奇直言道:"在跟美国镭公司打交道的过程中,我们[都]被骗了。"该公司的行为令他大为震惊,于是德林克要求与罗德在纽约当面对质。

罗德打算用尽浑身解数平息动荡不安的局势。当德林克言辞激烈地跟他表示,自己"认为在这件事情上,美国镭公司的行为并不令人称道"时,罗德"向[他]保证,这并非他们的初衷。他将立即亲自处理此事,并确保[罗奇]收到一份完整版的原始报告"。此言虽然让德林克或多或少有些安心,但他的心境却并没有因此而平和下来。于是,他跟公司总裁做一笔交易:只要罗德信守承诺,德林克答应他,"我不会再提发表之事"。

对罗德来说,这笔交易非常合算。毕竟现在游戏的对手只剩下罗奇,而且报告不再正式发表意味着正在提起诉讼的玛格丽特·卡洛将无法获得与其职业直接相关的专家报告。可是,这也是最后通牒——而实力强大的罗德并非那种轻易会向雇员低头之人。

事实上,他一点也没有因为博士的讨价还价而感到烦躁不安,他只是把德林克的要求转达给了公司的律师斯特赖克。罗德给斯特赖克支付了大笔的律师费用,他相信斯特赖克会处理好最新的情况。与此同时,罗德也自有锦囊妙计。他意识到德林克并非镇子里仅有的专家。

于是,弗雷德里克·弗林(Frederick Flinn)博士粉墨登场。

弗林博士跟德林克博士一样,专业研究领域也是工业卫生。他是哥伦比亚大学公共卫生研究所生理学助理教授,此前曾经在几家矿业公司担任董事之职。弗林博士年近半百,头发日渐稀疏,戴着一副金丝边眼镜,不苟言笑。罗德邀请他对放射性涂料的有害影响进行研究。在接受邀请的第二天,弗林与罗德见了面,罗德同意资助弗林研究。

这并不是弗林第一次与美国镭公司打交道;一年前,他曾与该公司有过接触,部分原因是奥兰治工厂仍然在排放烟尘,而烟尘对当地居民造成了伤害,居民们对此怨声载道,于是将该公司告上了法庭。该公司对弗林与乙基公司的合作也了如指掌。1925年初,乙基公司曾聘请弗林博士代为寻找含铅气体安全无害的证据。

第二天上午,弗林便开始了工作。他首先参观了奥兰治工厂,但这并非他工作的全部内容。根据他与美国镭公司签订的系列合同规定,弗林有权接触包括沃特伯里钟表公司在内的其他公司的表盘画工,并对她们进行健康检查。弗林说,一开始,"我在给女工们首次进行体检时并没有让公司支付任何费用"。不过,后来多家雇用表盘画工的公司都开始付钱请他给女工们体检。

首批聘请他开展工作的镭公司中包括纽瓦克的夜明产品公司。在那里,弗林与有着"德累斯顿宝贝"之称的美女埃德娜·博尔兹·胡斯曼不期而遇。"一战"期间,埃德娜曾经在奥兰治的镭工厂里画过表盘。自从1922年9月嫁给路易斯后,埃德娜只是时断时续地在夜明产品公司工作过一段时间,无非就是为了增加一些家庭收入,毕竟仅凭路易斯当水管工赚来的工资过日子还是会有入不敷出的状况。不过,他们小两口倒也不需要太多的钱,因为他们还没有孩子,只是养了一条白色的小猎犬。

一天,埃德娜正在夜明产品公司画表盘时,弗林博士问她是否愿意接受体检。埃德娜后来说她根本"不知道他到底代表谁对员工进行体检",而且"这体检也不是按照我的要求进行"。即便如此,体检还是按部就班地开始了。弗林仔细检查了她优雅的身体后,又抽了些血。

当时埃德娜的膝盖有些轻微疼痛,不过她对此毫不在意,而且她到底有没有将此事告知弗林,我们不得而知。也许她曾经听说有关卡洛起诉的风言风语,然而当弗林将体检结果告知她时,对她来说一定是一种巨大的安慰。她后来说道:"[他]说我的健康状况很好。"

要是她以前的同事也这么幸运就好了。凯瑟琳·肖布如今可谓度日如年。她后来写道:"整个冬天都暗无天日。"现在她的胃也出了问题,令她痛苦不堪,后来发展到只要咽下一点固体食物就会呕吐不止,结果她只能接受腹部手术治疗。她感觉自己四处奔走却到处碰壁,不论是去看内科医生还是去看牙医,没有一个人能告诉她到底出了什么问题。她十分沮丧地写道:"自从[我]第一次看病起,我的生活中除了看病,就是看病,再无其他。我得到了一位医术精湛的内科医生的精心治疗,但病情却丝毫没有起色,这真令人感到心灰意冷。"疾病影响了她的整个生活。尽管她也想继续上班,但疾病却令她不可能从事任何工作。

不过,格蕾丝·弗赖尔却在银行继续上班。多亏了麦卡弗里医生的精心治疗,她下颌骨出现的感染状况似乎已经全部消退。但她的内心却仍然惶恐不安,生怕旧病复发。尽管她的口腔问题已经解决,但后背却依然令她不堪其扰。汉弗莱斯医生使用的绷带捆绑疗法已经没有任何效果。她说,"我找过纽约和新泽西的所有名医",但没有一个人能够确定她的病因。通常情况下,他们的治疗只会让情况变得更糟糕。最后,格蕾丝原本接受的脊椎指压疗法令她感到"疼痛难忍,迫不得已我只能叫停这一疗法"。

在奥兰治,格蕾丝的朋友金塔·麦克唐纳的运气也好不到哪里去。1925年4月,包裹她身体长达9个月的石膏最终被取了下来。尽管几位医生也尽了最大的努力,她的病情却仍然不见好转,而且每况愈下。如今,她就连日常行走都变得异常艰难。到当年年底,她的家庭医生已经到她家出诊了90次,累计费用大约为270美元(现约3 660美元)。

金塔觉得自己病得真不是时候。经过长达4年备孕,姐姐阿尔比娜·拉里切终于怀上了孩子,这让全家人欣喜若狂。这可是个天大的好消息,一家的兄弟姐妹在这种时候互相走动原本就是天经地义的事。虽然到姐姐家步行只需要15分钟,但金塔却发现当自己渴望去陪伴姐姐时,那段路程变得像天堑一般难走。海兰德大道通往火车站的那一段路都是下坡路,但坡度很陡。如果要去看姐姐,金塔就必须要走下那段陡坡。可如今即便是拄着拐杖,金塔都走不了下坡路,更不用说她身上还打着厚厚的石膏。

马贾一家人在那年春天至少还有个好消息值得庆祝,但生活在主街的卡洛一家人却在水深火热中煎熬。为了支付玛格丽特的医疗费用,全家人早已经入不敷出。截止到1925年5月,医疗费用累计高达1312美元(现约1.8万美元)。小妹妹的身体状况让莎拉·梅勒费尔忧心如焚。她不断跟小妹妹聊天,说些安慰的话或讲些笑话,好让她的精神振奋起来。然而,由于面部骨骼遭到感染,玛格丽特两只耳朵的听力全都严重受损,很难听得清莎拉到底说了些什么。玛格丽特感到疼痛撕心裂肺:她下颌骨的右半部分已经骨折,大部分牙齿也都不见了踪迹。从根本上说,她的脑袋"已经烂得厉害"——符合所有有关腐烂的标准。不过,她还活着。她整个脑袋腐烂的状况还在继续恶化,但她还没死,至少眼下还没有。

玛格丽特的身体状况令人不忍直视,这最终促使约瑟芬·史密斯辞去了工作。无论是谁,只要亲眼看到玛格丽特的惨状,都会感到触目惊心。弗雷德里克·霍夫曼和克内夫医生还在据理力争,捍卫着她的利益。眼见着玛格丽特的身体迅速垮掉,他们二人如今开始向一个不太可能提供援助的人求助。这个人就是美国镭公司的缔造者萨宾·冯·索科基。

冯·索科基早就被排挤出了美国镭公司,跟该公司也不再有任何关系。如果说还有些什么的话,那就是他一直在为自己被赶出公司的方式耿耿于怀。也许他觉得自己也有些责任。后来,表盘画工的支持者中有人这样描述他:"他以一种行之有效的方式提供帮助,内心不存任何偏见,只怀有助人的愿望,对此我无可指摘,感到非常满意。"

以下就是冯·索科基的所作所为。他和霍夫曼博士及克内夫医生通力合作，一起将玛格丽特送进了奥兰治的圣玛丽医院，想查出她生病的真相。刚入院时，玛格丽特严重贫血，体重也只剩下90磅；她的脉搏"微弱，跳动的速度很快而且很不规律"。她在死亡线上拼命挣扎，无奈命悬一线。

多亏统计学家霍夫曼的介入，玛格丽特最终被收治入院。大约在她入院一个星期后，这位统计学家为这些表盘画工做出了当时最伟大的贡献：他在美国医学会宣读了论文，讲的主要就是这些表盘画工所遭遇的一系列问题。这是第一项将女工所患疾病与其职业联系起来的重大研究，也是首次公之于众。他的主要观点如下："由于微量放射性物质入侵这些女工的身体内部，假以时日，她们就会毒发身亡。"

"微量"这个词至关重要，因为所有镭公司都认为涂料里镭的含量微乎其微，画表盘这一行业根本不存在任何危险。然而，霍夫曼已经意识到，问题的关键并不是涂料里镭含量的多少，而是表盘画工在日复一日不断描画表盘的过程中摄入涂料所产生的累积效应。涂料中镭的含量或许真的微不足道，但如果一个人连续三到五年每天都吞下一点镭，沉积下来的总量就足以给人体造成严重伤害。尤其值得一提的是，摄入人体的镭的威力更加强大，会直接渗透进骨骼并就地沉积。德林克夫妇此前就发现了镭的这一特点。

早在1914年，很多专家就知道镭会在人体骨骼内沉积并引起血液变化。研究这些影响的镭诊所认为，镭能刺激骨髓产生额外的红细胞，这对人体来说不失为一件好事。从某种意义上说，他们的观点正确无误，因为他们描述的的确是事实真相。具有讽刺意味的是，镭进入人体后，最初确实提升了人体的健康状态，人体内部也的确产生了更多的红细胞，这就造成了一种健康状况良好的假象。

然而，假象永远不可能成真。这种刺激骨髓产生红细胞的方式很快就变成了过度刺激。人体跟不上这种快速的变化。最后，霍夫曼说："累积效应带来了灾难，它破坏了红细胞，导致贫血和包括坏疽在内的其他疾病。"他强调说："我们正在应对的是一种前所未有的职业病，需要我们给予最大的关注。"接着，也许霍夫曼想到了玛格丽特诉讼案的整个司法程序进度缓慢，便又补充说，这种职业病应该根据劳工赔偿法的相关规定加以处理。

事实上，凯瑟琳·威利也在设法做通消费者联盟的工作，争取将镭性坏死列入可赔偿疾病的名单。在此期间，玛格丽特把实现正义的唯一希望寄托在联邦法院身上，但在秋季到来之前，她的案子都不太可能会得到审理。爱丽丝·汉密尔顿焦虑不安地意识到，"卡洛小姐可能活不到那时候"。

霍夫曼继续介绍他的发现。他指出，尽管他曾在美国各地其他一些工作室中寻找镭中毒的案例，但"除了这家镭工厂外，其他工厂均未受到任何影响"。如今，霍夫曼在无意之间揭示了这个现象背后的原因，但他在写论文时并没有意识到其中的关联。"这种疾病最邪恶的一面就是，"他在论文中写道，"在其表现出破坏性的倾向之前，显然能潜伏好几年。"

好几年。渥太华镭表盘公司的运营时间还不到三年。

霍夫曼在撰写论文期间曾经咨询过冯·索科基。他们二人都因为缺乏其他案例的支撑而感到颇为头痛。对于美国镭公司而言，这就可以清楚地证明表盘画工所患疾病不太可能与职业相关。不过，既然霍夫曼和冯·索科基都坚信描画表盘就是姑娘们的病因，那么他们就采取了任何科学家都会采取的行动：刨根问底，寻找原因。当冯·索科基将属于顶级机密的涂料配方交给霍夫曼时，他们相信自己已经找到了原因。"[冯·索科基]把配方给我后，我立刻就搞清楚了事实真相，"霍夫曼后来说，"奥兰治工厂所使用的涂料与其他镭工厂所用涂料的不同之处在于新钍。"

新钍虽然被命名为镭-228，但并不是镭，至少不是人们在奎宁水和药片中使用的镭-226。这就是问题的答案。于是，基于布卢姆医生的实践工作总结，霍夫曼在论文中做了如下评论："在我看来，使用'镭性（新钍）坏死'这一提法似乎更为妥当。"

总之，罪魁祸首并不是镭，或者说不完全是镭。

然而，当霍夫曼的报告内容见诸各大报纸的头版头条时，整个镭行业便开始展开反击。镭仍然是奇迹元素，含镭新产品正在连续不断地向市场投放——而今就有一件新产品正在奥兰治推广。美国镭公司的客户贝利镭实验室生产的一种高放射性奎宁水"镭钍水"，在1925年初投放市场。该实验室的总裁威廉·贝利（William Bailey）和镭行业的其他几位代表公开表示，反对将镭与表盘画工的死亡事件联系到一起。贝利表示："在毫无依据的言论的蛊惑下，公众［正在］转而反对这个出类拔萃的治疗机构，真令人感到遗憾。"

当镭行业的代表快速做出反击时，尽管霍夫曼的文章吸引了一些公众注意，但只是一篇相当小众的专业论文。毕竟订阅《美国医学会杂志》的人并不多。再者，弗雷德里克·霍夫曼是谁？他又不是内科医生，或许只有内科医生才真正了解这些东西。就连表盘画工的支持者也意识到他不够权威。爱丽丝·汉密尔顿在给威利的信中写道："在我看来，由霍夫曼博士将这一情况公之于众真是太可惜了。他不但无法赢得内科医生的信任，而且他所从事的研究既不彻底详尽，也不能作为反击的证据。"

表盘画工们需要的是一位顶级专家、医学大拿，这个人不但足够权威，而且也许还能找到明确诊断表盘画工所患疾病的方法。布卢姆曾经提出过自己心中的疑虑，巴里医生也如此，但他们二人却从来没有确凿的证据证明镭就是罪魁祸首。最重要的一点是，他们需要的是一个不受公司控制的德高望重的医生。

有时候，上帝总会有一些出人意料的作为。1925年5月21日晚高峰期间，纽瓦克一辆有轨电车在沿着市场大街的轨道行驶时，车厢内部突然发生了一阵骚动。一个乘客瘫倒在车厢的地板上，正在回家路上的这些上班族纷纷给他腾出了空间。大家都喊着让电车赶紧停下来，好让他透透气。一个心地善良的过路人还俯下身为他擦去额头上的汗液。

然而，一切都无济于事。晕倒的乘客在首次中风发作的几分钟后便告别了人世。这个人就是乔治·L.沃伦（George L. Warren）。沃伦生前是艾塞克斯县的医师，是一位德高望重的医学专家，其高超的医术不仅惠泽本县境内的所有居民，也令纽瓦克和奥兰治的当地居民受益匪浅。巧的是，就在纽瓦克和奥兰治两地，那些曾经做过表盘画工的姑娘们眼下正在死神的手中做着无望的挣扎。

随着沃伦的离世，他原本担任的县医师职位出现了空缺，而今这一职位开始对外开放。既然县医师将会成为举足轻重的首席法医，那么不管将来谁补了这个空缺，都会对案子的成败发挥至关重要的作用。

18

这一职位的任命不存在任何争议。委员会全体成员纷纷向新任县医师表示祝贺,跟他用力地握手,频频点头致意。

哈里森·马特兰医生,请上台。

马特兰曾经对表盘画工的案子表现出极大的兴趣,而且也曾经与巴里医生的一个病人有过短暂的接触。然而,由于一直无法找到病因,他承认尽管自己心中仍然牵挂着这几起案件,但已经"失去了兴趣"。据报道,在黑兹尔·库瑟离世后,他曾打算解剖黑兹尔的尸体以确定死因,但西奥多深爱着妻子,一门心思要处理好她的后事。因此,马特兰还没来得及获得相关部门的许可,西奥多就已经将黑兹尔的尸体落葬。

马特兰可能也受到了地域政治的阻碍。以前,他有权单独调查纽瓦克出现的问题,但镭工厂和许多受害者都在奥兰治,因此对他来说,进一步调查此事不一定是件好事。不过现在,新职位赋予了他更大的职权,他便具备了查清楚事实真相的权力。

马特兰才华横溢,曾经就读于纽约市内外科医学院;他在纽瓦克市医院经营着自己的实验室,而且还是该院的首席病理学家。尽管他已经成家,有深爱的妻子和两个孩子,但从很多方面看,真正与他形影不离的实际上是他的工作——对马特兰来说,"工作日和周末没有任何区别",而且绝大多数晚上他都加班到深夜。他41岁,"身材魁梧,相貌出众",只不过有点双下巴;淡棕色的头发顺服地贴在头皮上,两鬓有些灰白;戴着一副圆圆的眼镜。他上班的时候喜欢穿衬衫,却"不喜欢打领带"。他的生活多姿多彩。每天早晨,他都会驾驶敞篷车出去兜风,或"跟着留声机播放的嘹亮的苏格兰风笛音乐锻炼身体"。所有人都亲昵地叫他马特(Mart)或马蒂(Marty),却从来不叫他哈里森,更不用说叫他哈利(Harry是哈里森的昵称)了。碰巧,他也是夏洛克·福尔摩斯(Sherlock Holmes)迷。

"镭姑娘"的病例是个难解之谜,对于最伟大的医学侦探来说也是一大挑战。

马特兰对待新职责的态度严肃认真。正如他自己所说,"法医的一项主要职责就是防止职业病夺取人的生命"。然而,对此持怀疑态度的人会说,他的这项声明与他当初对镭病例感兴趣的原因没有任何关联。他们还会说,一个高调的专家最终接手这一职位的原因其实只有一个。

1925年6月7日,美国镭公司首位男性雇员死亡。

"第一个引起我注意的病例是莱曼博士。"马特兰后来坦承。

年仅36岁的美国镭公司首席化学家一命归阴。一年前,当德林克夫妇对莱曼博士手上出现的黑色病变表示担忧时,他还曾经对他们"嗤之以鼻"。莱曼患了恶性贫血,从发病到死亡只有几个星期。就常见的贫血病例而言,他死亡的速度太快,于是马特兰被请来对他进行尸检。

马特兰怀疑莱曼死于镭中毒,但他对莱曼尸体所做的化学分析并没有显示出任何镭存在的迹象;显然,只有进行专业检测才能得到结果。跟克内夫和霍夫曼在不久前的所作所为如出一辙,马特兰如今也开始向镭方面的权威专家萨宾·冯·索科基求助。当然,同时他也咨询了其他人士的意见。在这个镇上,他到哪里去找最权威的镭专家呢?美国镭公司应该对此略知一二吧?

在镭工厂的实验室里,马特兰、冯·索科基以及美国镭公司的霍华德·巴克(Howard Barker)一起检测了莱曼的肌肉组织和骨骼。美国镭公司不会无缘无故给马特兰提供帮助,公司的要求是马特兰承诺对检验结果保密。

系列检测工作进展得很顺利。三位专家将莱曼的骨头焚化后,用一种叫作静电计的仪器检测骨灰。他们通过这种方式测量人体内存在的辐射能,此举在医学史上尚属首次。通过检测,他们断定莱曼死于镭中毒——他的遗骸中充满了放射性物质。

马特兰和冯·索科基合作共事时,冯·索科基请求这位首席法医出手帮助这些表盘画工;克内夫也提出了类似的请求。于是,大约在莱曼离世的一天后,马特兰便前往圣玛丽医院探望一个勇敢的姑娘——玛格丽特·卡洛。

玛格丽特虚弱地躺在病床上,在乱蓬蓬的黑发的衬托下,脸色苍白得吓人。此时此刻,"她的上颚完全腐烂,而且已经感染了鼻腔"。当时陪伴玛格丽特的是她的姐姐莎拉·梅勒费尔。

莎拉原本是个身材微胖的妇女,如今却变了很多;在过去的一年里,她日渐消瘦。她觉得一定是自己忧思过度所致。病入膏肓的妹妹玛格丽特令她揪心,14岁的女儿也让她牵挂。不过,跟大多数母亲一样,她很少为自己着想。

一周前,她注意到自己身上很容易出现青一块紫一块的瘀伤。不仅如此,如果她多关注一下自己就会发现,她浑身上下都出现了巨大的深蓝色斑块。然而,她并不想错过任何一次探视妹妹的机会。尽管她觉得自己虚弱无力,却还是拄着拐杖一瘸一拐地沿着医院的台阶拾级而上,来看望玛格丽特。她也出现了牙痛的症状,但人做事总要分轻重缓急,如今探望妹妹就是重中之重,毕竟妹妹的状况更糟糕。甚至当自己的牙龈开始出现出血的症状时,莎拉挂念的还是命悬一线的妹妹。

马特兰一见到卡洛姐妹后就发现,尽管玛格丽特的确病入膏肓,但莎拉的状况也不容乐观。一问之下,莎拉才吐露实情,身上出现的深蓝色斑块让她感到疼痛难忍。

马特兰做了一番检测后,发现莎拉严重贫血。他把检测结果告诉了莎拉,还跟她解释了她下颌骨存在的问题。莎拉终于开始担心可能会发生的后果。她的"病情很快就开始恶化",于是她也不得不马上入院接受治疗。不过,至少她还不是孤身一人:她和玛格丽特住在同一个病房里。两姐妹最终在病房里聚首,共同面对未来可能发生的一切。

医院的医生们对莎拉进行了彻底检查,密切关注她病情的急剧恶化。她的左半边脸肿胀不堪,腺体滚烫疼痛;高烧不退,白天体温为102.2华氏度(39摄氏度),傍晚就会升到105.8华氏度(41摄氏度);当时,她的口腔内部还出现了大面积感染。显而易见,她已经"中毒太深"。

马特兰很想检测一下这对姐妹,以此判断她们的疾病是否因镭而起。然而,他唯一知晓的检测方法就是此前跟冯·索科基和巴克所做过的系列检测,那些测试的对象全都是骨灰。面对活生生的病人,这种方法没法用。

最终找到解决方案的是冯·索科基。如果这对姐妹体内含有放射性物质,那么他们只要发明出一些测试方法证明其存在即可。马特兰和冯·索科基将要发明出系列检测方法,并对其加以检验,就是为了专门检测那些表盘画工的健康状况。在此之前,从没有任何一位内科医生以此手段给病人做过活体检测。马特兰后来发现,在他之前曾经有一位专家做过类似的研究,但在1925年6月,由于玛格丽特·卡洛的生命所剩无几,在对其他科学家的研究工作一无所知的情况下,他对测试进行了创新性研究。事实证明,他的确才华横溢。

马特兰和冯·索科基总共发明出两种测试方法:第一种方法是伽马射线测试法,患者坐在验电器前,该机器便可检测出源于患者骨骼的伽马射线;第二种方法是呼气法,患者通过一系列的瓶子向验电器里呼气,这样就可以测量呼吸中氡的含量。第二种方法的设计思路是:如果镭存在于患者的下颌骨中,当镭分解成气态氡时,有毒气体可能会在患者呼气的同时从体内呼出。

两位专家将设备带到医院,打算先对玛格丽特做一下检测。不过,他们抵达医院时改变了想法,让莎拉·梅勒费尔先接受了检查。

住院治疗并没有令莎拉的状况出现任何好转。尽管院方在 6 月 14 日给她输了血,但莎拉的病情仍然危重,于是院方不得不把她从妹妹的病房里转移出来。当玛格丽特问起姐姐被转移到了哪里时,护士告诉她,莎拉"已经被转移至特殊治疗室"。

从某种程度上讲,护士说的也是实情。莎拉即将接受的检查的确非同寻常,因为她是有史以来首位接受含镭测试的表盘画工,也将是证明专家们的猜测是否正确的第一人。

这将是事实真相大白于天下的时刻。

在圣玛丽医院的一间办公室里,马特兰和冯·索科基已经将设备安装完毕。他们首先检测的是莎拉的身体。她虚弱无力地俯卧在病床上时,马特兰将静电计保持在距离病人胸腔 18 英寸(约 46 厘米)的上方测试她的骨骼。"正常泄漏"在 60 分钟内细分数值为 10,但在同样的时长里,莎拉身体的细分数值为 14。果真是镭。

接下来,两位专家又开始检测她的呼吸。正常的检测结果应该是 30 分钟内的细分数值为 5。不过,这项测试并不像将测量装置置于莎拉俯卧的身体上方那样容易操作,这次检测她必须全力配合。

鉴于莎拉健康状况的糟糕程度,对她来说这样做简直难如登天。"患者命悬一线,残喘待终。"马特兰永远也忘不了那一幕。莎拉已经很难正常呼吸。"就连 5 分钟的正常呼吸她都无法做到。"

莎拉是个斗士。她是否知道这些测试的目的,我们无从得知;当时她是否有能力知道自己周围发生了什么,我们也无从知晓。然而,当马特兰要求她朝着机器呼气时,她竭尽全力,拼命呼吸。吸气……呼气……吸气……呼气……她不断按要求呼气,尽管这令她心跳加快、牙龈出血、腿痛如割,她还是竭尽全力。吸气……呼气……吸气……呼气……莎拉·梅勒费尔深深地呼出了一口气。她向后倒在靠枕上,精疲力竭地等待两位专家的测试结果。

细分数值为15.4。莎拉每次呼出的气体都带着镭。那些气体滑过她那饱受折磨的口腔,穿过她那疼痛难忍的牙齿,飘过了她的舌头,最终将真相暴露无遗。果真是镭。

莎拉·梅勒费尔的确是个斗士,然而,即便是斗士也无法赢得每场战斗。当天两位专家就离开了医院,那天是1925年6月16日。他们没有看到她的脓毒症持续恶化。随着身上不断出现新的瘀伤,血管在她的皮肤下相继爆裂开来。她的嘴巴血流不止,牙龈不断渗出脓液。那条坏腿疼得她死去活来。实际上,她浑身上下没有一处不痛。她再也无法忍受这种状况;很快她就变得"神志不清",丧失了意识。

不过,这种情况并没有持续多久。6月18日凌晨,莎拉·梅勒费尔在入院治疗仅一个星期后便痛苦地离开了人世。

同日,马特兰对她的尸体进行了解剖,但尸检结果要几个星期后才能拿到。这次,再也没有任何保密协议可以约束他。莎拉去世那天,他对媒体发表了讲话。当时很多媒体人在得知这一最新的死亡消息后全都来了。"我现在只是怀疑,"马特兰对他们说,"我们现在要做的是将梅勒费尔太太的骨骼和部分内脏火化,然后用实验室最精密的仪器,对骨灰里的放射性物质进行全面检测。"他接下来的这番话可能会令莎拉的前雇主们感到胆战心惊。他说:"如果我的怀疑是正确的,镭中毒潜伏期较长,有时甚至需要很长时间才能显现,我认为这一状况有可能在全国范围内已经存在了一段时间,只不过还没有被人们发现而已。"镭中毒的问题应该引起人们的广泛重视,但马特兰并没有急于求成。"目前我们所做的只是理论推断,"他说,"在具体情况得到证实之前,我不会妄下结论,不会断言人们口口相传的'镭中毒'真实存在。"不过,这番话的言外之意是,一旦他能够证实……

各大媒体对此都做了详尽的报道。莎拉之死甚至登上了《纽约时报》(New York Times)的头版。然而,即便全世界的人都获悉了莎拉的死讯,还是有人对此一无所知。

这个人就是她的小妹妹玛格丽特。自从6月15日院方把莎拉转移到其他病房后,她就再没见过莎拉。她曾经多次问起姐姐的近况如何。尽管玛格丽特亲眼看着莎拉的身体状况急剧恶化,但心里总还是存有一线希望。自从玛格丽特病倒后,莎拉一直都表现得非常坚强,而且距离她发病才过去了几天而已。

当她问起姐姐的近况时,护士们全都顾左右而言他。然而,6月18日这天,当大大小小的报纸都在报道莎拉病故的消息时,毫不知情的玛格丽特忽然提出来要看看报纸。

"不行。"当值的几位护士干脆地拒绝。她们都不想让她知道这个坏消息。

"为什么?"玛格丽特问道。玛格丽特·卡洛当然想知道原因。

没办法,护士们只好跟她说了姐姐的死讯。"据说,她在得知这一消息时表现得非常勇敢——还说很遗憾自己无法亲自参加姐姐的葬礼。"她已经病入膏肓,寸步难行。

向官方透露女儿死讯的是莎拉的父亲史蒂芬。史蒂芬亲自安排了女儿的葬礼,并照顾未成年的外孙女玛格丽特。6月20日,星期六,下午2点刚过,莎拉被安葬在月桂树林公墓。史蒂芬亲眼看着莎拉的灵柩缓缓地落入墓穴。

莎拉离世时虽然已经35岁,但在父亲眼中,她依然是自己的小姑娘。

19

在莎拉落葬之前,她的前公司就开始否认自己负有责任。

维尔特向媒体发表了一份公开声明。他表示:"'镭中毒'的可能性很小。"美国镭公司最近雇用了弗林博士担任公司的医生。在谈到弗林时,维尔特透露道:"我公司已经聘请了最值得信赖、声誉最佳的相关人员展开深入调查。"他告知媒体,莎拉在公司任职期间曾接受生命延续研究所对她的全面体检。1924 年 6 月,该公司曾经选择性无视未正式发表的德林克报告。此时,维尔特贯彻当年的立场,坚称"我公司下属工厂并没有在普通工人中发现任何可疑状况"。因此他说:"如果认为这样的工作环境导致了莱曼博士和莎拉·梅勒费尔的死亡,那简直是滑天下之大稽。后者即便工作上一百年的时间,所接触到的镭的总量也比不上莱曼博士在一年之内所接触到的量。[莎拉]工作中接触到的镭的总量简直微不足道,因此我公司管理层认为,表盘画工的工作根本不存在任何危险。"

然而,即便是微不足道的总量也会留下痕迹,而这正是马特兰即将揭示的事实真相。莎拉死后不到 9 小时就开始进行尸检。她是有史以来第一个被解剖的表盘画工,她是第一个让法医检查她每一寸身体的镭姑娘。这样,就可以找到可能导致她神秘死亡的蛛丝马迹。

这位如侦探一般的法医,一边细致地检查着她无声无息的遗体,一边做着笔记,从头到脚,一丝不漏。他掰开她的嘴巴,审视着口腔内部。口腔里"全是没有及时排出的凝固的黑血"。他又仔细地检查了她的左腿,她已经一瘸一拐地走了3年。马特兰注意到她的左腿比右腿短了4厘米。

他把她的内脏取出来称了重量,量了尺寸,又把骨头剔出来准备检测。他仔细查看了骨头的横截面,检查了包裹着造血中心的骨髓。对一个健康的成年人而言,其骨髓通常是黄色且多脂的,但莎拉"整个骨腔内的骨髓全都呈暗红色"。

马特兰是个医生。他曾经亲眼看见各大医院用镭治疗各种癌症,因此他熟知这一过程。镭不断发射出三种不同类型的射线:阿尔法射线、贝塔射线和伽马射线。阿尔法射线的射程短,只消用一层薄薄的纸就可以将其挡住。贝塔射线比阿尔法射线更具有穿透力,但一层铅也可以将其截断。(现代科学认为一层铝箔就可以完全阻挡。)伽马射线有极强的穿透力。一位镭专家说:"就是因为伽马射线,人们才会说镭具有魔力。"伽马射线能够穿透人体杀死癌细胞,因此使镭具有医学价值。实验室工人穿上铅围裙就可以保护自己免受伽马射线和贝塔射线的辐射;而阿尔法射线无法穿透皮肤,对人体不会造成伤害,因此他们根本不必担心阿尔法射线。但是,阿尔法射线在三种射线中所占比重为95%。"从生理学和生物学角度来说,相较于贝塔射线或伽马射线,阿尔法射线具有更加强烈的刺激性。"换句话说,这是最恶劣的一种辐射。

通过对莎拉·梅勒费尔的尸检,马特兰如今意识到一张薄纸或一层皮肤根本无法将阿尔法射线阻挡在外——该射线一样能穿透一切。镭就沉积在骨腔中间,就沉积在骨髓附近,不断放射出能量冲击骨髓。马特兰后来说道:"镭距造血中心大约只有百分之一英寸的距离。"

这样的危险无可逃避。

正如冯·索科基曾经写的,阿尔法射线的威力是"无形而躁动的强大力量,其用途我们尚不得解"。鉴于该射线极端强大的威力,马特兰意识到,莎拉工作中接触到的镭的总量到底是不是"微乎其微"根本无关紧要。根据多项测试的结果,他估计她体内含有180毫克镭,从量上来说可谓微不足道。然而,这个剂量已经足以对人体造成危害。"在人类历史上,从来没有发生过这类辐射。"

马特兰在继续进行各项检测的过程中,又发现了一些前人从来没有发现的东西。因为他不但对莎拉遭受感染的下颌骨和牙齿——这也是所有表盘画工发生坏死的部位——进行放射性测试,而且还检测了她的内脏和骨骼。

所有检测部位都出现了放射性反应。

她的脾脏具有放射性,她的肝脏、她那一瘸一拐的左腿也无例外。马特兰发现镭遍布她全身,但大部分都沉积在骨骼里,双腿和下颌骨的"辐射性相当大"。正如她生前所表现的症状,双腿和下颌骨是感染最严重的部位。

这一发现的意义非常重大。由于几位表盘画工所表现出来的症状各有不同,奥兰治的汉弗莱斯医生从来没有把这几个病例联系到一起。格蕾丝·弗赖尔的症状是后背疼痛,詹妮·斯托克的膝盖出了问题,而金塔·麦克唐纳得的是髋关节炎,任谁也不会无缘无故地把这三个人的病症联系到一起。然而,让这三个姑娘饱受折磨的却是同一个原因。镭在丝毫没有受到阻拦的情况下直接奔着她们的骨骼而去——不过,就在走到半路时,镭似乎会一时兴起,临时决定在身体的某个部位聚集。于是,有的姑娘首先感到双脚疼痛,有的则是下巴痛,还有的则是脊椎痛。这些状况曾经难住了为她们诊治的几位医生。然而,姑娘们患病的原因是一致的。不论外在表现出何种症状,背后都是镭。

马特兰现在做的是最后一次测试。他回忆道:"接着,我从梅勒费尔太太的尸体上取出了一部分股骨和其他骨头,将牙片放在骨头上。[我把牙片]裹[在骨头]上,任何一个部位都不放过,然后就将其放在箱子里,置于暗室之中。"以往,他用正常的骨头做同样的实验时,会把裹住骨头的牙片放置三到四个月,但牙片丝毫不会显影。

但这张牙片放置还不到60个小时,莎拉的骨头就已经造成胶片曝光:在乌木般黑漆漆的背景上出现了雾蒙蒙的白色斑块。当初,姑娘们晚上下班后穿过奥兰治的大街小巷步行回家时,浑身上下闪闪发光。如今,莎拉的骨头也勾勒出一幅令人胆战心惊的画面:在黑暗的环境中,她的骨头发出令人毛骨悚然的幽光。

从那诡异的雾蒙蒙的白色斑块中,马特兰如今又搞清楚了一个至关重要的概念。莎拉已经死了,但她的骨头似乎还活着:不但在底片上留下印迹,而且还在漫不经心地发出射线,供人们检测。当然,这一切都是因为镭。莎拉的生命已经戛然而止,但她体内的镭却有1 600年的半衰期。在莎拉去世之后的几个世纪里,镭都会在她的骨头中发出射线。尽管镭已经结束了莎拉的生命,但它却仍在不停地用放射能冲击着她的尸体,"日复一日,年复一年"。

时至今日,仍在冲击。

马特兰停下了手中的工作,开始苦思冥想。他并非只想到了莎拉,实际上他还想到了莎拉的妹妹玛格丽特,以及曾经在巴里医生的诊室里见过的所有表盘画工。正如马特兰后来所说:"我当时想到了这样一个事实:科学还无法消除[镭]沉积物的影响,也无法改变它或中和它。"

"镭坚不可摧,"克内夫对此表示赞同,"你可以将镭放在火里烧上几天、几个星期或者几个月,但它不会受到任何影响。"接着,他直指核心问题:"如果情况属实……那我们怎样才能把镭从人体里取出来呢?"

多年来,表盘画工们一直渴望知道诊断结果,一直希望有人能告诉她们自己到底出了什么问题。一旦知道了答案,姑娘们坚信,医生就能治愈她们。

然而,马特兰如今已经知道,镭中毒根本无法完全治愈。

❖　❖　❖

根据系列检测结果,马特兰向公众披露了莎拉确凿的死因。"毫无疑问,"他写道,"她的死因就是摄入体内的发光涂料所引发的急性贫血。"

由于她是第一个经过适当检验的病例,医学界人士对此表现出极大的兴趣。效命于美国镭公司的医生弗林博士立即写信给马特兰:"在接下来的几个星期里,我将做一些动物实验。不知您能否给我一些[梅勒费尔太太的]组织呢?这样一来,我就可以在实验中将她的组织与[实验的]动物组织进行比对。"德林克博士对于该案件的进展也表现出了极大的兴趣。由于罗德背信弃义,德林克与美国镭公司之间的矛盾尚未解决。

美国镭公司方面处理德林克报告的棘手问题,以及与劳工部打交道的,正是公司律师乔赛亚·斯特赖克。他曾经将报告拿到了罗奇跟前,却拒绝了对方希望留存一份的要求。"[您]可以随时[到我的办公室]来拿。"他敷衍地跟罗奇说道。言毕,斯特赖克拿着报告转身就走,边走还边说:"如果劳工部坚持要求留一份存档,[我就]给你们提供一份。"

问题是,劳工部的确曾经坚决要求留存一份,但美国镭公司却将一份报告送到了罗奇的上司麦克布莱德的手上,而没有给罗奇。别忘了,当凯瑟琳·威利锲而不舍地插手表盘画工的案件时,麦克布莱德不仅"勃然大怒",而且还把罗奇斥责了一顿。

德林克得知事情的原委后火冒三丈。就在莎拉·梅勒费尔离世的那天,他给罗德写了一封信。"我正在安排立即发表[我的]报告。"他是个言出必行之人,正计划着将报告公之于众,迎接群情激愤。然而,斯特赖克马上回复:一旦出版,我们就起诉你。

不过,如果罗德和斯特赖克以为他们已经钳制住了德林克,那他们就大错特错了。德林克的一个弟弟恰好就是位优秀的企业律师。博士向弟弟咨询如何看待镭公司的威胁时,弟弟只是简单地回答:"跟他们说随便起诉,让他们见鬼去吧!"于是,德林克揭露了美国镭公司的虚张声势。

德林克曾于1924年6月3日首次提交报告。现在,报告定于1925年8月发表,并于5月25日刊行。5月30日,霍夫曼首次阅读了研究报告的全文,以便借德林克先前的成果,发现表盘画工所患之病与放射性涂料之间的关联。不管出版日期写的是哪天,报告都是在提交给美国镭公司的一年之后才公布。该案件的评论员后来说:"哈佛大学几位调查人员出具的调查报告是一份极为重要的科学文件,不但可以改进该工厂的工作条件,也可以让其他使用同样镭配方的制造商了解其毒性及潜在的致命影响。科学的发展和人道主义精神都要求立即将这份报告公之于众……结果[报告]却始终不得发表。"

美国镭公司曾打算瞒着所有人——劳工部、整个医学界、那些注定要死去的表盘画工们。然而,光明最终到来。尽管镭的支持者们意图令表盘画工诉讼案偏离正轨,但案件发展势头仍然越来越好。声名远扬的马特兰不但成为表盘画工在医学界的大力支持者,而且还在镭的支持者妄图破坏他的信誉时率先予以反击。镭钍水的幕后推手威廉·贝利讥讽道:"那些医生从来没有跟镭打过交道,对有关镭的知识跟小学生一般不甚了了,却一直在操纵媒体,声称镭有各种负面影响。这些家伙的言论简直荒谬至极!"贝利补充道,他将非常愿意"一次性把工厂一个月所使用的镭全部摄入体内"。

美国镭公司也迅速介入,一位发言人轻蔑地说:"与镭相关的很多活动都颇具神秘色彩,因此镭是一个容易激发民众想象力的话题。与其说民众基于客观事实而抗议,还不如说是基于想象。"罗德参与了这场辩论,并公开宣称很多姑娘在开始描画表盘时身体就已经"有恙",而她们就是以此为借口对公司进行不公正的指责。遭到美国镭公司恶意攻击的甚至不仅限于那些女性受害者。一位发言人称,已故的首席化学家莱曼"在开始从事与镭相关的工作时,身体就不好"。

然而,先是霍夫曼的报告出炉,接着是莎拉过世,如今德林克的报告也问世。事态发展的苗头早已经出现,现在的势头更是不可阻挡。就连以前似乎不愿意出手干涉的劳工部部长安德鲁·麦克布莱德如今也吹起了变革的号角。他亲自前往奥兰治工厂视察,质疑为什么德林克提出的安全建议没有付诸实施。相关人员的说法是,公司"认为那些安全建议并非完全合情合理;公司已经采纳了大多数建议,但有些建议的确不切实际"。

面对这样的解释,麦克布莱德毫不动摇。如今他相信"人命关天,如果有可能加以保护,就决不能坐视不管,任其陨灭"。于是他宣布,如果镭公司拒不落实德林克的安全建议,"我将下令关闭工厂……无论付出什么代价,我都会强制他们按规定行事,否则就直接关厂"。

对于那些长期以来一直支持着表盘画工的人们而言,此举可谓一大转机。在黑兹尔·库瑟离世前一直给予她精神支持的牧师卡尔·昆比,在得知这一消息后欣慰不已,终于有一位当权者注意到了这个问题。美国东部地区的媒体对马特兰医生的研究结果进行了广泛报道,卡尔·昆比看到后,深受感动,给马特兰写了一封信。信中写道:"对于您正在从事的这项出色的研究,我几乎无法用言辞表达出我的欣喜之情。祝您一切顺利!请您相信,很多人都对您的研究充满了感激之情。"

当然,对于表盘画工来说,此举的意义最为重大。莎拉死后不久,马特兰就将测试设备运回了圣玛丽医院。这次轮到给玛格丽特·卡洛做检测,查看她体内的镭含量。几位医生一致认为,镭就沉积在玛格丽特的骨头里。

在马特兰给她进行测试的那天,玛格丽特的"状况极为糟糕"。跟以往一样,她的嘴巴令她痛不欲生。马特兰相信,镭所发射的阿尔法射线正在她的下颌骨上慢慢地钻孔。尽管下巴痛得撕心裂肺，玛格丽特还是把呼吸管放进嘴巴里开始呼气。她仿效姐姐莎拉此前的做法，竭尽全力保持着呼吸的稳定性。吸气……呼气……在马特兰给她做测试的那天，50分钟内正常泄露的细分数值为8.5（正常数值会因为潮湿度及其他因素有所浮动）。当他检查玛格丽特的测试结果时，发现在相同时间段内她的细分数值为99.7。

至少这样的结果会有助于打赢这场官司吧。玛格丽特心想。

如今的她比以往任何时候都渴望胜诉：姐姐死后，卡洛的家人已经把莎拉的诉求追加到了起诉书里。美国镭公司现在要应对的是三宗诉讼案：玛格丽特、黑兹尔和莎拉。在这三个表盘画工中，只有玛格丽特仍然活在世上。因此，她想尽其所能打赢这场官司，不仅是为了自己，更是为了姐姐。这就是她仍然活在世上的理由，是她竭力抗争的理由，是她坚持不懈地与苦痛做斗争的理由。当玛格丽特还在圣玛丽医院住院治疗时，她的代理律师、来自卡里奇兄弟律师事务所（Kalitsch & Kalitsch）的伊西多·卡里奇（Isidor Kalitsch）就开始了取证工作。即便当时她卧床不起，卡里奇仍然记下了她提供的正式证词。这样一来，万一有不测，他仍然可以拿着这份证词继续为姑娘们伸张正义。

然而，黑兹尔、莎拉和玛格丽特却并非仅有的几个受到感染的表盘画工。对此马特兰当然心知肚明，只不过他不知道应该如何跟其他患者取得联系，如何让更多的表盘画工走到台前。有些表盘画工最终通过给自己诊治的牙医或内科医生与他取得了联系，但其他表盘画工则是通过一个名叫凯瑟琳·威利的年轻女子找到了他。

"1925年夏，就在我走投无路之际，威利小姐再次到我家。这次她对我的问题表达了极大的关心，因为她听说我已经病了一段时间，"凯瑟琳·肖布后来回忆道，"[她]当时建议我不妨咨询一下县里的首席法医，以确诊我的病。"

当时,凯瑟琳一直没能摆脱疾病的痛苦折磨。她曾经亲眼看到了艾琳的遭遇,她还听说了莎拉的死讯。她不傻。她当然知道威利小姐拜访自己的原因,更清楚马特兰医生所认定的事实真相。她跟妹妹约瑟芬一字一顿地说道:"我肯定是镭中毒了。"

她发现,自打脑海中出现了"镭中毒"这个词后,这个词就像穿上身的一条新连衣裙,紧紧贴在身上,令人无处逃遁。这种感觉不可思议,尤其是因为凯瑟琳那年夏天的身体状况实际上还不错。她并没有出现任何身体不适的症状。下巴再也没有令她痛苦不堪,口腔内部的感染也都消失殆尽。手术过后,胃部状况也得到了很大改善。"她的总体状况不错。"她无论如何不能步其他人的后尘,绝不。因为其他人都已经死去,而她仍然幸存于世。然而,只有一个方法可以确保自己继续活下去,只有一个方法可以了解事实真相。于是,凯瑟琳正式预约了首席法医。

她并非唯一一个预约了法医的表盘画工。金塔·麦克唐纳越来越担心自己最近的身体状况。她曾经认为自己那满口健康的白牙是最吸引别人眼光的地方;可如今,满口牙齿都开始松动,并陆续自动脱落,甚至直接就掉到了手上。具有讽刺意味的是,她的女儿海伦此时也在换牙。"我不怕疼,"金塔后来说道,"最让我难以忍受的就是掉牙。上牙的牙根早已经松动,就在嘴里来回晃荡。"

出现了这一新症状后,金塔就找到了曾经为姐姐莫莉看过病的牙医克内夫医生,想听听这位心地善良的医生的建议。克内夫与马特兰一直有合作,一起为玛格丽特治疗。于是,克内夫就安排金塔接受马特兰的特殊检测。跟她一起前去就诊的是她的老朋友格蕾丝·弗赖尔。当时,格蕾丝的下巴并没有任何问题,而且从表面上看还很健康,但后背的疼痛感却与日俱增。

姑娘们一个接一个地来了,凯瑟琳、金塔、格蕾丝。不像莎拉、玛格丽特或莱曼博士,这几个姑娘病得不严重,并没有挣扎在生死线上。当马特兰扫描她们的身体时,她们一动不动;接着,马特兰要求她们朝着呼吸管里呼气;最后测试她们是否贫血,因为贫血状况可以暴露出她们骨头内部的问题。

马特兰跟每个姑娘所说的话都一模一样。"他跟我说,"格蕾丝永远也忘不了,"我体内存在放射性物质。""他告诉我,"金塔说道,"我的问题全都是因为[镭]。"

他还跟她们明确表示,她们的病无药可治。

接受这个事实需要深呼吸一口气。吸气……呼气……

"当我第一次听到自己得了什么病,"格蕾丝忘不了那一刻,"接着又获悉这病根本无药可治时……"她说话的声音越来越小,不过最后她还是继续说道:"我当时吓得浑身发抖……我眼睁睁地看着面前认识的那些人,心里想着:'唉,要永别了。'"

几个姑娘的想法如出一辙。金塔直奔着家里的一双儿女而去,心里想的是:要永别了。凯瑟琳在将这个消息告诉父亲时,心里想的也是:要永别了。

不过,对凯瑟琳来说,这一诊断结果倒令她松了一口气。"医生当时告诉我,[测试结果]表明我体内存在放射性物质,"她回忆道,"我原以为自己会吓得魂飞魄散,结果却并非如此。至少我搞清楚了病因,不用在黑暗中继续摸索。"

是的,光明就在眼前,明亮闪耀,光辉灿烂。这光将引导着表盘画工们走进未来。凯瑟琳·肖布以她特有的智慧评论道:"首席法医的诊断结果为诉讼案提供了合法而又完美的证据。"

长期以来,姑娘们一直期待着事实真相。天平终于不再向镭公司一方倾斜。姑娘们已经被判了死刑,但她们也获得了为自己、为正义而战的武器。

"诊断结果给我带来了希望。"凯瑟琳·肖布如此说道。

中篇
力量

20

还有很多事务尚待完成。长夏未尽,当凯瑟琳·威利发起修改工业赔偿法的运动时,马特兰医生便开始积极地做出支持的回应。然而,修改法律只是众多事务中的一件而已。表盘画工们如今已经明白公司简直就是在草菅人命,这一点绝对不能原谅。因此,对姑娘们来说,眼下真正困惑她们的问题是:公司的高管们怎么能将她们的生命视如草芥?难道他们真的已经丧失了人性?为什么他们就不肯终止抿笔尖的做法呢?

格蕾丝·弗赖尔就是其中一位。天资聪颖的她在反复思考所发生的一切时,不由得怒火中烧。因为她一下子想起尘封在记忆深处的那一刻,就是那一瞬间掩盖了公司的罪恶。

"不要那样做,"萨宾·冯·索科基曾经对她说,"会生病的。"

七年后,她去了纽瓦克市医院[*]。

如今她意识到:冯·索科基早就知道,他一直都知道。不过,如果他知道,那他为什么任由她们一边描画表盘,一边慢慢走向死亡呢?

很快,格蕾丝就有机会向这个人求证。1925年7月,马特兰给她和金塔进行放射性测试时,他并非唯一一位在场的医生。冯·索科基当时就坐在检测设备旁,听着马特兰跟姑娘们说她们都将不久于人世。"你

---

[*] 此处疑有误。前文提及格蕾丝于1917年4月开始画表盘,1924年1月到奥兰治骨科医院看病,1924年4月在纽约住院做手术。——编者注

的身体状况……全都是镭造成的"——当马特兰的话传入凯瑟琳的耳朵时,她立刻就想起当初冯·索科基的警告。

尽管这消息仍然令凯瑟琳感到震惊,但她却表现得像以往一样坚强果敢,直视着前任老板。

"当初你为什么不告诉我们?"她直截了当地质问。

冯·索科基当时肯定低下了头。他结结巴巴地说了些"已经意识到了这些危险"的话,还说他曾经"警告过公司里的其他成员,但没人当真"。就在那年年初,他曾经跟霍夫曼说过,他"曾经努力想要挽回当时的局面,但遭到了公司人事的强烈反对"。

如今他跟凯瑟琳解释道:"这件事早已经不在[我的]管辖范围之内,应该对此负责的是罗德先生。既然如此,[我]也无能为力。"

好吧,姑娘们现在对自己所患的绝症无能为力,这一点确定无疑。对冯·索科基来说,他对自己所患的疾病也已经回天乏术。那年夏天,他和马特兰共同研发出了系列检测仪器。也许是出于兴趣,也许是出于深度怀疑,因为他自己的身体也一直欠佳,于是冯·索科基也接受了呼气检测。检测结果表明,他呼吸里含有的镭辐射量比当时他们测试过的任何人都要多。

从一开始,格蕾丝就勇敢地接受了诊断结果。她勇气可嘉,不愿意让马特兰的检测结果影响到自己的生活。她一直热爱生活,如果说真有什么影响的话,那只能说她比以往更加珍惜自己的生命。于是,她将诊断结果抛诸脑后,一如既往地生活下去。她既没辞职,也没改变自己的生活习惯。她像以往一样游泳健身,和朋友们交往聊天,到剧院去看戏休闲。她常说的一句话是:"我绝不会放弃。"

金塔跟她的朋友格蕾丝的反应差不多,据说她在得知消息时表现得"非常勇敢,而且还面带微笑"。金塔心地善良,对她来说,目睹朋友们饱受折磨要比得知自己的诊断结果更痛苦。她的弟媳妇埃塞尔·贝雷茨

(Ethel Brelitz)回忆说:"她经常忧心的是其他表盘画工也患上了类似的病症。"她觉得自己至少还有值得信赖的克内夫医生帮助诊治。那年夏天,随着时间的推移,金塔的牙齿问题每况愈下,她也越发依赖克内夫医生所提供的治疗。

为了找出办法应付那令人伤透脑筋的医疗费用,格蕾丝、金塔和凯瑟琳·肖布等几个人刚得知病因,就立刻决定对美国镭公司提起诉讼。在得知玛格丽特·卡洛在当年年初就已成功起诉后,她们希望这件事能直截了当地处理。玛格丽特的代理律师伊西多·卡里奇,很明显是帮助姑娘们获取正义的助力。金塔率先与卡里奇会面。金塔有些不安,毕竟她从来没有过这样的经历,但她还是一瘸一拐地走进了他的办公室,向他讲述了自己的情况。卡里奇仔细倾听了她的描述后,向她透露了一个坏消息:她的诉求已经超出了诉讼时效。

前往律师事务所求助的姑娘们都遭遇了同样的问题。美国镭公司希望工人补偿局能够接手现有的几起诉讼案,因为该局在新泽西州设立了5个月的诉讼时效期限。玛格丽特是在离开美国镭公司大约13个月后向联邦法院提起诉讼,而联邦法院非常慷慨地将诉讼时效期限定为两年。这对玛格丽特而言非常合适,因为她在其他表盘画工离职很久之后仍然选择留在公司任职,当她首次病发时还是镭公司的员工。然而,金塔自1919年2月以来就没有再为该公司工作过,她现在正打算在离职6年多后对公司提起诉讼。根据法律规定,离职4年后再起诉为时已晚。问题是她的症状直到1923年才出现,而且直到几个星期前才确诊镭中毒。

然而,法不容情。法律才不会在乎这种前所未有的疾病是否需要几年时间才会发现。法律就是法律——根据法律规定,不论是金塔、格蕾丝,还是凯瑟琳,都无法诉诸司法程序寻求正义。或者,至少伊西多·卡里奇是如此解释的。金塔负责跟其他姑娘们转述律师原话:"无计可施。"

对其他姑娘来说,这个消息无异于晴天霹雳。格蕾丝·弗赖尔说道:"当我意识到自己正在为别人的错误付出代价时……"格蕾丝跟一位名叫亨利·戈特弗里德(Henry Gottfried)的律师有过几次接触,但戈特弗里德告诉她,这件案子需要"大笔的费用才能搞定"。他表示,除非格蕾丝预付律师费,否则他对此案也无能为力。格蕾丝沮丧地回忆道:"[问题是]我当时根本就没钱![因为]我不得不经常去看病。我感觉心灰意冷,[但]律师没有拿到钱,他对我的案子根本提不起兴趣。"

这些律师之所以不愿受理该案件,部分原因无疑是美国镭公司势力强大。如果起诉该公司的话,不仅所产生的一系列法律问题可能无法解决,而且表盘画工们在法庭上的对手将是一家财大气粗、后台强硬的公司。这家公司与政府来往密切,资金雄厚,就算这场官司耗上几年也无伤大局。凯瑟琳·肖布说:"我前后找了好几个律师,但他们每个人都认为,向镭公司索赔简直比登天还难。"

还有一个问题就是,镭中毒这种疾病前所未有。鉴于镭治疗产业存在的时间尚短,镭真的伤害了那些表盘画工吗?正如罗德所说,也许这些姑娘只是想"转嫁责任"给公司。

现在律师们也确实感受到了镭公司在有意压制德林克报告产生的种种影响。由于该公司有意隐瞒,直到几个星期前,那份揭示镭与女工疾病之间联系的报告才公之于众。在整个律师行业中,没有人听过镭中毒这种说法。实际上世人也都对此一无所知。确切地说,除了哈里森·马特兰外,无人知晓。

那年夏天,马特兰与这些表盘画工保持着直接联系,尽可能给她们提供帮助。一天,凯瑟琳·肖布来到了马特兰的实验室,跟他探讨一些非常重要的问题。尽管讨论的主题会令人感到毛骨悚然,但凯瑟琳一直都想写下来。如今她打算和马特兰合作完成。随着时间的推移,这些文字终究会有自己的名字。

必死之人名单。

马特兰在一份空白的尸检报告背面写下了这样几个字。他拿铅笔画了几条线,勾勒出一张整洁的表格,接着又拿起灌有黑色墨水的钢笔,根据凯瑟琳的口述写道:

1. 海伦·昆兰
2. 莫莉·马贾小姐[原文如此]
3. 艾琳·鲁道夫小姐
4. 黑兹尔·库瑟太太
5. 梅勒费尔太太
6. 玛格丽特·卡洛小姐

....

表格里的人名不断增加。凯瑟琳有条不紊地将自己能想到的所有人名都告诉了马特兰:既包括据她所知已经生病或者已经去世的表盘画工,也包括那些还没有发病的姑娘们。她总共记起了大约50个前同事,并将她们的名字一一报了出来。

在接下来的几年里,据说每当马特兰得知一位表盘画工的死讯后,都会将这份名单从档案里抽出来查看。尽管那种不祥的预感令他感到不寒而栗,但无一例外,他都会在这份1925年夏天写就的名单上找到死者的名字。接着,他会在这个表盘画工名字的旁边,用红笔一丝不苟地写下一个工整的大写字母D。

D代表的是Death(死亡)。

当时,凯瑟琳身体状况良好。然而,当她弄清楚正式诊断结果的含义后,她发现自己根本无法将医生的预言置之不理。D代表的是死亡。

亲历了艾琳病故的全过程,她已经变得有些紧张过度;如今,每一次疼痛都成了会让她猝死的征兆。"我知道自己将不久于人世。"她说道。她憋住一口气,就像试穿新连衣裙一样撑住衣服看看它是否合身。"死亡。死亡!总感觉有点不对劲。"最近,每当她看着镜子里的自己时,总觉得镜子里盯着自己看的那个人和自己并不是同一个凯瑟琳。"她曾经面容姣好,"当时一家报纸在提到凯瑟琳时如此写道,"如今却因为病痛的折磨而变得憔悴不堪。忐忑不安和忧心忡忡的情绪令她精神不振。"

事实的确如此。忧心忡忡,这种感觉令她"处在一种非常不稳定的精神状态下"。她曾经就职的公司一直在密切地关注着她,对她的评价也就更加不留情面——他们直接说她已经"精神错乱"。

"当你疾病缠身,无法四处走动时,"凯瑟琳自己说,"一切就变得跟以前不一样了。朋友们不会再像以前那样跟你相处。她们对你还是很好,但仅此而已,你已经不再是她们中的一员。有时我觉得非常沮丧,我甚至希望……嗯,我甚至希望什么好事情都别发生。"

她"病得很严重",并多次咨询一位神经内科专家。然而,贝林(Beling)医生根本无法阻止她陷入思想的怪圈,也无法阻止她脑海中闪闪烁烁的鬼姑娘电影画面。凯瑟琳以前总是充满活力,善于交际,但现在她妹妹说:"跟以前相比,她就像换了个人似的,性情也完全变了。"

凯瑟琳出现了闭经的症状;她食不下咽;容貌五官似乎也在发生变化,她的眼睛变得越来越大,看上去就像是蜻蜓的两只大眼睛,而且双眼突出,就像蜻蜓趴在草叶上使劲瞪着大眼睛东张西望。这就是一个人不得不直面死亡时的状态。她喃喃自语道:"夜晚和雨天最难熬。"

年底,凯瑟琳·肖布因为神经紊乱不得不入院治疗。鉴于她曾亲眼看到朋友们所遭受的折磨,这样的结果其实不足为奇。令人感到不可思议的是,很多表盘画工并没有类似的精神痛苦。

近期前往圣玛丽医院探望玛格丽特·卡洛的人发现她的状况并没

有好转的迹象。她的血液几乎成了白色,血细胞指数只有20%。(正常的血细胞读数应该为100%;这样的读数仅够维持生命而已。)然而,问题是她的脑袋和脸……X光片显示镭已经将她的下颌骨几乎腐蚀殆尽,"只剩下一点点骨头"。克内夫意识到,她的状况和莫莉·马贾如出一辙,自己根本无力阻止病情的恶化。

1925年8月,还有一个人来到圣玛丽医院,她叫阿尔比娜·马贾·拉里切。幸好她来到医院是因为好事。她幸福地挺着大肚子,双颊因为骄傲而微微泛红。在过去的四年里,她和詹姆斯一直想要个孩子。然而,一个月又一个月随风而逝,她希望得到的好消息却始终没有到来。这让她怅然若失,感觉身体一次又一次背叛了自己。她坚持不懈地给自己鼓劲,下个月就会……但下个月带给她的同样是大失所望。

这样的日子终于一去不返。如今终于得偿所愿,阿尔比娜心满意足地想着,一边想,一边用一只手温柔地抚摸着圆滚滚的肚子。她就要当妈妈了——她会把孩子抱在怀里,晚上帮孩子塞好被角,不让孩子受到任何伤害……

当产前的阵痛开始时,她便动身前往圣玛丽医院。阿尔比娜双手捂着肚子,咬紧牙关不让自己叫出声来。她产生了一种不可名状的奇怪感觉,但她也不知道生孩子到底应该是一种什么感觉。不过,在某种程度上她就是觉得不对劲,感觉就是有问题。

几位医生将她安置在一个房间里,让她躺在床上。当她们让她使劲时,她就竭尽全力地配合。她感到胎儿在自己的身体里移动,感觉到胎儿离开了自己的身体。阿尔比娜生了个男孩。她抚摸着自己的儿子,却听不到他的哭声。

她的儿子还没出生就已经死了。

21

阿尔比娜·拉里切的妹妹金塔遭受了髋关节炎和牙齿松动的双重折磨,所幸阿尔比娜并没有遭受同样的厄运。在她和詹姆斯举办婚礼前不久,她曾经得过风湿性膝关节炎,不过据她说:"我已经彻底痊愈,而且从那以后再也没犯过。"然而,就在她的孩子在圣玛丽医院死产的两个星期后,就像是为了配合她破碎的心一样,她的身体状况突然开始崩溃,四肢都出现了令她撕心裂肺的疼痛,左腿也开始萎缩。1925年10月,家庭医生的治疗并没有让阿尔比娜的状况有所好转,于是她到骨科医院向汉弗莱斯医生求助。就是在那家医院,她无意中听到了几位医生谈论她的病情,其中一位医生说她是镭病例。

打击一个接着一个,麻烦也层出不穷。阿尔比娜后来说道:"我真的是伤心欲绝。"

几位医生处理好金塔的病情后,就开始给阿尔比娜打上石膏,希望此举能够改善她的病况。这石膏一打就是四个月,然而,阿尔比娜却丝毫没有好转的迹象。她垂头丧气,喃喃说道:"我知道,我的身子是越来越弱,越来越弱了……"

在医院的走廊里来回奔波的还有一位已经辞职的表盘画工,人称"德累斯顿宝贝"的埃德娜·胡斯曼。自从1925年9月起,她就不断到医院来看风湿病。当其他医生的治疗不起丝毫作用时,她也找到了汉弗莱斯医生,向他求助。

她的后背早在7月份就出现了问题。后来她回忆说:"其实我一开始是觉得臀部疼痛。每次一走路,就会透骨钻心地痛,结果就脚步不稳,走起路来跌跌撞撞。只要脚一着地就会这样。所以我只好一瘸一拐地走,在家里走动时就随手扶着身边的家什,好歹这样我还能挪上几步。"

汉弗莱斯注意到埃德娜的左腿比右腿短了一英寸,于是就给她拍了X光片。埃德娜是在丈夫路易斯的搀扶下一路走到医院的,因为路易斯并不觉得埃德娜的病情有多严重。然而,等看到X光片,他就不得不改变了想法:她的腿已经断了。她绊倒时撞断了腿,可绊倒就只是轻微绊倒,又不是摔倒,她也没有料到自己会伤得如此严重。

汉弗莱斯对埃德娜这一病例记忆犹新。"她的股骨[大腿骨]颈发生了自发性骨折,照说这种状况一般不会发生在年轻人身上,我还从没见过一个女孩居然会自发性骨折。"

从没见过的事情现在发生了。

"那时,"汉弗莱斯继续说道,"我们已经知道她一直在一家镭工厂里做工。我们也开始注意到这几个病例中出现的异乎寻常的状况。[不过]她的X光片并没有出现任何白色斑点,除了骨折也没有任何不同寻常之处。"

这表明她并非镭中毒。这样的透视结果也从侧面证实了弗林博士的诊断。即便她或许再也无法自由行走,但弗林曾经在不久前向她保证,说她的身体非常健康。所以她的身体应该没有任何问题。

根据她的X光透视结果,汉弗莱斯只是针对她的那条断腿进行了治疗。"他们给我打了石膏,"埃德娜回忆道,"直到一年后才把石膏拆了。"路易斯带着她回到了他们的小平房,小白狗还在家里等待着两个主人的归来,生活还是要继续下去。

弗林也继续开展他的工作。凯瑟琳·威利无意中给弗林提供了大量信息,这让他如获至宝。威利后来回忆道:"当时我去见弗林博士,发现他对我所说的非常感兴趣。他表示,如果能够将我所认识的所有生病女孩的姓名和住址提供给他,他将感激不尽。"

威利当时并没有意识到弗林正在替美国镭公司做事,因为他对此只字未提。她也不知道该公司已经"要求弗林博士去给这些表盘画工看病,并给她们提供一些医疗建议"。

于是,弗林掌握了凯瑟琳·肖布的家庭住址,凯瑟琳在12月7日收到了他寄来的一封信。

"亲爱的肖布小姐,"弗林博士在信中写道,"冒昧地问一下,不知您是否愿意到我的办公室或者到我在南奥兰治的家中来一趟呢?我想给您提供一个不偏不倚的[原文如此]意见……"信笺的上方有着"内外科医学院"的字样。

不过,凯瑟琳·肖布当时"处在非常紧张不安的情绪中",她的精神状态不允许她去见弗林博士。"收到信的时候我已经病倒了,"她回忆说,"当时我卧病在床,根本没有力气出门。"

她在回信中解释了自己所处的困境。弗林对此耿耿于怀。"我再也没有给[她]回信,"他说,"就像我跟手下的技术人员所说的,如果她既不愿意到我家里来,也不愿意到办公室来,那我当然不可能主动去找她。就算你真的想帮她摆脱困境,但像她那种女工根本就不会心存任何感激之情。"

弗林日理万机,因此对于无法给凯瑟琳检查身体一事并没有放在心上。后来他逢人便自吹自擂:"事实上,我给当下在这个行业里工作的所有表盘画工都检查过身体。"他跟美国镭公司、夜明产品公司以及沃特伯里钟表公司等好几家公司都签了合同,如今他拥有了前所未有的能接触到表盘画工的机会。然而,尽管他夸夸其谈,实际上他似乎并没有检查过很多已经离职的表盘画工。

如果他的话属实,那他或许就会发现沃特伯里钟表公司还有一位表盘画工伊丽莎白·邓恩(Elizabeth Dunn)最近也病倒了。她在1925年初就辞去了表盘画工的工作（但到底是在弗林开始调查之前就已经离职，还是之后才走的，我们不得而知）。当时，她在舞池的地板上滑了一跤，腿就断了——这或许也可以称为自发性骨折。如果弗林发现了她的健康状况，或者得知了她前同事弗朗西丝·斯普莱托切的死讯，就会知道这些都将成为至关重要的证据，足以证明患病的表盘画工并非仅限于奥兰治工厂，并且足以证明她们患病完全是由该职业所致。

弗林当时还忙着诋毁马特兰医生的研究成果。1925年12月，马特兰和一位叫作康伦（Conlon）的医生以及给姑娘们看病的牙医克内夫医生，依据当年他们给表盘画工治疗的工作实践，联合发表了一项医学研究报告。报告得出结论，"迄今为止，这是一种公认的职业中毒"。这篇报告最终成为解开医学谜团的经典文献。

然而，在1925年，这项声明由于颇具开创性，并没有得到业界的公认和尊重。业内人士普遍认为马特兰的结论太过激进，因此包括弗林在内的专家对这项声明展开了激烈的争论。镭医学专家詹姆斯·尤因（James Ewing）医生在纽约病理学会（New York Pathological Society）举办的一次会议上冷冷地评论道："现在讨论镭疗法的不良影响为时尚早。"

或许他认为为时尚早，但马特兰却认为已经刻不容缓。实际上，马特兰刻意强调了注射或摄入药用镭的危险性，并指出"已知的放射性物质没有产生任何治疗效果"。

对于那些始终对镭持有乐观态度的人而言，这番话就像是在一头斗牛眼前晃动着的那块红布。这可不再仅仅是有关几个表盘画工的生死；马特兰如今是在向利润巨大的整个镭行业发起挑战。"大多数镭方面的权威人士都对最初的［研究结果］嗤之以鼻，"马特兰后来回忆说，"我想保护公众，我想为那些残疾的、濒死的女工争取一些补偿金，却不断遭到各种攻击。为了诋毁我，镭产品制造商一直使劲地辱骂我。"

就镭公司而言,这样做情有可原。一家制造镭水发生器的公司(Radium Ore Revigator)在给马特兰医生的信中告诉他,他的文章"已经令我们的销售额急剧下降。跟第一季度相比,下降了将近一半"。

然而,并不是只有那些借镭谋利的人才提出质疑。1914年正式将镭列入"非法定新药集(New and Nonofficial Remedies)"名单的美国医学会也对此持有怀疑态度。这一切令律师们对前来寻求帮助的表盘画工的说法心生疑窦。

此番公众对马特兰研究报告的接受程度也令美国镭公司极为不悦。很快,他们就将用自己的医学研究结果予以反击。副总裁巴克带着几乎毫不掩饰的喜悦之情在一份备忘录里写道:"我们的朋友马特兰仍然坚持说我公司正在[成打成打地]杀死[那些表盘画工];[他的]文章其实就是某种形式的宣传。[不过,]我知道弗林的研究报告马上就会发表。他的研究成果已经完全推翻了此前的所有观点。我认为他这份报告完全经得住推敲。"他又补充道:"我比较倾向于认为,他将会得到大笔的资金进行后续研究。"

对公司而言,弗林正好能满足他们的需求。如果美国镭公司得知弗林给前调查员德林克的信中所写的内容,肯定会惶恐不安。弗林在信中写道:"尽管我不打算公布自己的想法,但我仍然感觉涂料就是表盘画工出现健康问题的罪魁祸首。"

不过,当科学家们开始就表盘画工的病因争论不休时,有一个姑娘正在饱受疾病的折磨,仍然在全力以赴为自己而战。几个星期以来,玛格丽特·卡洛一直处在"奄奄一息的状态"。在霍夫曼看来,她可谓"有记录以来最惨不忍睹的[病例]"。由于她的免疫系统严重受损,除了原来的症状外,她又感染了肺炎。然而,她还是坚持回家过圣诞节,想和外甥女、母亲、父亲团聚。她第一次拔牙是两年前的那个平安夜,从那时起,她就麻烦不断。而她姐姐莎拉离世也已经半年了。

1925年节礼日*的凌晨时分,年仅24岁的玛格丽特追随姐姐的脚步去了另一个世界。凌晨3点,她死在位于主街的家中。马特兰后来说,她死后,他用X光片包裹住了她的尸体,而她的骨头在X光片上显示出来的"浓度惊人"。

两天后,她的父母只相隔半年就将另一个女儿的尸骨也安葬在静谧肃穆的月桂树林公墓。然而,玛格丽特的离世却并非悄无声息:她是首位提起诉讼的表盘画工,首位证明可以对害她性命的公司进行反击的表盘画工。她死了,但她死得惊天动地。

在她离世很久之后,在她被葬入六尺以下很久之后,在她的父母于葬礼结束后步履沉重地走回家将大门重重地关上、将世界也关在门外很久之后,人们仍然可以清楚地听到那惊天动地的回响。

---

* 节礼日(Boxing Day)为每年的12月26日,即圣诞节次日。节礼日源于英国,这一日传统上要向服务业工人赠送圣诞节礼物。——译者注

22

格蕾丝·弗赖尔一边浏览着当地报纸,一边心想,她想要看到的只不过是一点好消息而已。如今到了 1926 年,但当时可以归到好消息之列的却只有一条而已。威利小姐主张的新法律已经正式签署,这令她和表盘画工们都感到欢欣鼓舞。如今镭性坏死已经被正式定为一种可以获得补偿的疾病。从很多方面来说,事态的发展比威利原本预料的要容易得多。

不过,除此之外,那年春天就再没有任何可圈可点之处。格蕾丝的下巴问题卷土重来,现在她的下牙只剩下三颗,其余全都自动脱落;而且她不得不每周三次去找麦卡弗里看病,因为后背太疼了。然而,她已经有一段时间没去看医生,主要是因为医药费太昂贵。尽管自己的身体疼痛不断,格蕾丝仍然每天坚持上下班。她的解释很简单:"只要一投入工作,我就感觉好多了。"的确,据说她在银行里跟人打交道时总是笑逐颜开的。

然而,她选择继续工作还有一个原因。金塔说格蕾丝继续上班是因为"她不想成为家里人的负担"。格蕾丝的医疗欠账已经高达大约 2 000 美元(现约 26 800 美元),她的父母当然没有能力支付。不过,即便格蕾丝把她的全部收入——每周大约 20 美元(现约 268 美元)——都用来支付医疗费用,她也要花上 20 年的时间才能还清所有债务。她不知道自己还能在哪里找到钱……嗯,倒也不是毫无办法。她在将近一年的时间里一个人东奔西跑,坚持不懈地向不同的律师求助,面对的却是律师们一次又一次的拒绝。见此情景,其他表盘画工似乎都放弃了希望。

阿尔比娜的状况一如既往的糟糕。除了几个要好的朋友外,她谁都不见,而且由于臀部打了石膏,她只能待在家里。詹姆斯·拉里切想方设法逗妻子开心——"他鼓励我振作起来,"阿尔比娜说道,"还说我是个'运动健将'。"——但他的安慰丝毫不起作用。"我就是个累赘。"她绝望地大哭起来。尽管妹妹金塔已经习惯面对苦痛逆来顺受,但残疾问题却越发严重:她的两条腿上都出现了"白斑",同时克内夫医生对她的牙齿问题也束手无策。

至于凯瑟琳·肖布,外人已经看不到她的身影:她整日待在家里,哪里也不去。"姑娘们都出去跳舞、看戏、约会、和心上人结婚,"凯瑟琳凄惨地说道,"我却不得不待在这里,痛苦地等待着死神的到来,形单影只。"她离开家唯一的理由就是去教堂做礼拜。以前凯瑟琳并不特别虔诚,但现在她声称:"你无法想象我去做弥撒时可以从中得到多么巨大的安慰。"由于她现在无法出去工作赚钱,支付医疗费用的问题便落到了家人身上。父亲威廉已经60多岁,一直在尽最大努力帮助她,但是凯瑟琳的妹妹坦言:"这对爸爸来说有些力不从心。他已经没有精力像以前那样拼命工作了。"

随着时间的推移,医疗费用与日俱增,姑娘们也开始怀疑,提起诉讼到底是不是正确的选择?认定公司负有责任是不是有失公允?凯瑟琳最终还是咨询了弗林博士,而他所给出的"不偏不倚的意见"是"镭既不可能伤害她,也从来没有伤害到她"。凯瑟琳自然而然地就将这一意见告知了其他几个姑娘,而这自然更令她们感到困惑不解。正如阿尔比娜所说:"在所有[给我们]治过病的医生中,只有马特兰一个人曾经[跟我们]说[我们的]病是由放射性物质所引起。[我们]都认为他的诊断结果至关重要。"由于这些表盘画工的身体状况不佳,而且现在又有人对镭公司的罪责提出质疑,打官司这件事姑娘们也就很不上心了。

也许对其他姑娘来说,打官司这事确实提不上日程,但对格蕾丝·弗赖尔而言却仍然是重中之重。她还在阅读当地报纸,一边一版一版慢慢地翻看,一边想着心事。突然,她注意到报纸上有一条不起眼的新闻。看到新闻标题,她大惊失色,几乎不敢相信自己的眼睛。那条新闻的标题是《镭致死案已达成庭外和解》。

什么?她急忙开始浏览新闻内容,发现标题并没有撒谎。在玛格丽特·卡洛、莎拉·梅勒费尔和黑兹尔·库瑟对美国镭公司提出的诉讼中,双方已经实现了庭外和解。表盘画工在诉讼案中获胜,公司为此支付了赔偿金。格蕾丝简直难以置信。难道镭公司已经认罪了?这是不是就意味着她和朋友们也可以去起诉?她难以抑制兴奋之情,继续往下看:"由于玛格丽特·卡洛以及梅勒费尔太太之死,卡洛先生[两个女孩的父亲]获得了9 000美元[现约120 679美元]和3 000美元[现约40 226美元]的赔偿;由于[妻子]离世,库瑟先生获得了1 000美元[现约13 408美元]的赔偿。"

这根本算不上什么巨款,尤其是西奥多·库瑟拿到的那点和解赔偿金只能算是杯水车薪。西奥多和老父亲为了给黑兹尔治病,总共欠下了8 904美元(现约12万美元)的外债。此外,仅卡里奇先生的律师费就占了赔偿金的45%。这笔律师费比普通案件的收费要高出许多,但由于卡里奇是唯一一个愿意接案子的律师,全家人别无选择,只能接受这一比例。最终,西奥多真正拿到手的赔偿金只有550美元(现约7 300美元),但这总比一点都没有要好吧。

格蕾丝心中想,美国镭公司跟表盘画工之间的官司已经打了有一年半之久,从来没有任何迹象表明公司愿意支付哪怕是一分钱的赔偿金,到底发生了什么事情,让公司突然愿意掏钱了呢?事实上,躲在幕后的美国镭公司做出此举或许有好几个原因,最重要的一个原因是表盘画工们——尤其是卡洛姐妹——的诉讼理由充分有力,如果面对充满同情心的陪审团,镭公司很有可能就会败诉。即便从基本的法律角度来看,这几起诉讼案的胜算颇大:姑娘们在两年的诉讼时效内提起了诉讼;表盘画工们声称镭性坏死是她们的致死原因,而凯瑟琳·威利主张的新法律正好支持了这一诉求;德林克报告所揭示的事实也不容忽视。美国镭公司在压制德林克报告时,莎拉仍然在该公司内任职。如果世人发现,虽然该公司已经收到了原本可以挽救她性命的消息,或至少可以减轻伤害程度的消息,却没有采取任何有效行动,那看起来可就不是无所作为那么简单,而是在草菅人命。

这就是她一直翘首以盼的好消息。格蕾丝感到精神振奋,立即开始行动。她又和律师亨利·戈特弗里德取得了联系。就在她获悉有关和解消息的两天后,她便有了自己的主张。1926年5月6日,美国镭公司收到了戈特弗里德寄来的一封律师函,信中写道:"先生们,请在1926年5月10日星期一之前,与我方就[弗赖尔小姐]提出的损害赔偿要求进行沟通,否则我方将提起诉讼。"

像以往一样,美国镭公司马上就将此事交给了公司律师斯特赖克,斯特赖克随即要求戈特弗里德提出索赔数额。6月8日,戈特弗里德在回信中写道,格蕾丝愿意接受5 000美元(现约67 000美元)的和解赔偿金。

这并非漫天要价。这笔钱将用来支付格蕾丝积欠的高额医疗账单,而将来她无疑还需要后续治疗费用,剩下的钱就用来作为应急储备。格蕾丝并非贪得无厌之人,而且她也并非真的想提起巨额索赔诉讼。如果镭公司只是简单地给她一个公平的价钱,她就准备接受,然后这事就算了结了。

一个星期后,美国镭公司回复了。"我方已收到你方8日的来函,"斯特赖克在6月15日的回函中写道,"并获知你方的建议。我的客户表示对此不能接受。"公司"拒绝了弗赖尔小姐的要求,并决定法庭上见"。

格蕾丝得知这一消息后肯定大失所望。她也一定觉得不能理解。因为仅在一个月前,美国镭公司还同意向她的前同事们支付赔偿金,而且威利小姐也已经促成新法律的实施,难道这些没有让事情发生任何改变吗?

然而,现在事实就是这样,一切照旧,丝毫未变。事情发展到这一步,威利提出的镭性坏死法案之所以能够如此轻而易举地获得通过,也变得没有悬念了。首先,该法案并不适用于追溯过往,因此1926年以前受到镭伤害的女工不可能要求获得赔偿。其次,新修正案成为现行法律的一部分后,便自动附加了为期五个月的诉讼时效,但在如此之短的时间内,不可能每个表盘画工的身上都会出现镭中毒的迹象。最后一点,也是最关键的一点,该法案只涵盖了镭性坏死(特别是颌骨坏死),这正是莫莉·马贾和玛格丽特·卡洛所患疾病的类型,而镭中毒引起的其他任何疾病——恶性贫血、背痛、髋关节交锁、大腿骨折,以及仅仅牙齿松动——全都无法获得赔偿。威利此前就已经发现该法案在州制造商协会(Manufacturers' Association)中"不受欢迎";如今其原因瞬间变得显而易见。正如新法律的条款所规定的一样,此后将没有人能够获得赔偿金。

威利很快就意识到了自己的错误。消费者联盟以全新的热情开始了将镭中毒问题纳入法律法规的运动。然而,值得注意的是,这场斗争需要他们花费很长时间才能做出一些改变——对于1926年6月绝望地坐在奥兰治家中的格蕾丝·弗赖尔而言,消费者联盟所需要花费的时间太久,而且采取行动的时间也太晚了。

美国镭公司不愿意和解可能还有一个原因:有一些证据表明,公司的财务状况已经大不如前。一位高管将这一情况称为"勉强糊口"。部分原因是公司要聘用员工;在职员工个个感到"心惊肉跳、紧张不安",而能招来的新员工更是屈指可数。在年底到来之前,公司为了减少亏损将关闭奥兰治工厂,并将厂房出售。即便如此,公司也并没有彻底垮台,只是把业务中心转移到了纽约而已。

美国镭公司的答复给格蕾丝带来了另一个打击——得知该公司拒绝庭外和解后,戈特弗里德便决定不再给她做代理律师。即便如此,格蕾丝也没有因此一蹶不振。相反,她更加坚定了抗争到底的决心。她的父亲是工会代表,作为工会代表的女儿,她在与一家罪孽深重的公司做斗争时也不会轻言放弃。"我觉得我们女孩子就不应该放弃所有希望。"她说。

她至少又找了两位律师咨询相关事宜,但都无果,这令她颇感沮丧。部分原因是很多专业出版物都发文声称表盘画工的疾病不应归咎于镭中毒,而这正中美国镭公司的下怀,如今该公司已经开始从中受益。在所有文章中,最引人注目的莫过于弗林博士在1926年12月发表的那篇。

"描画夜光表盘这一工作并不存在任何工业危险。"他在文中明确写道。弗林声称姑娘们的问题全都是由细菌感染所致。霍夫曼认为这份报告"过于偏颇,没有科学性"。

然而,该报告仅用"偏颇"二字概括还远远不够,弗林实际上是在信口雌黄。他曾经跟德林克博士说过,"我仍然感觉涂料就是表盘画工出现健康问题的罪魁祸首"。而如今他所公之于众的结论跟此前的见解自相矛盾。此外,1926年6月,就在研究结果发表的半年前,弗林终于在沃特伯里钟表公司发现了两个镭中毒病例。这两个病例彻底证明了表盘画工的病因并非在工作室里感染细菌,取走这些姑娘性命的就是她们所从事的职业。

尽管弗林早就已经知晓这两个病例,却既没有纠正报告中的错误,也没有撤回报告,相反,任由其公之于众,给美国镭公司提供了公开发表的专业证据,这样一来该公司就可以援引这份报告的内容,作为否认其应负责任的依据。后来，弗林的确承认他后悔自己做出的决定。不过，我们从他后来的表现可以看出，他其实并没有多后悔……

即便弗林声称奥兰治工厂表盘画工的病因不过是细菌感染，但他与姑娘们之间却并非从此毫无联系。1926年7月，也就是美国镭公司拒绝格蕾丝提出的和解赔偿金的一个月后，弗林使用欺诈手段亲自给格蕾丝做了次体检。体检时机的选择可能只是个巧合。在一个格蕾丝不认识的人的陪同下，弗林提取了格蕾丝的血液，还给她拍了X光片。当检查结果出来时，弗林面带微笑地宣布："你的血象比我的还好！"

"他告诉我，"格蕾丝后来回忆说，"我的身体比他的还健康，我根本就没生病。"

然而，格蕾丝的身体告诉她的却是另外一番结果。

那年夏天，尽管弗林声称格蕾丝、凯瑟琳和埃德娜·胡斯曼身体健康，但姑娘们却都陷入了困境。金塔·麦克唐纳备受牙齿松动的困扰，一直在接受克内夫医生的治疗。到了如今这个地步，克内夫选择主动出击，跟美国镭公司取得联系。1926年夏天的一个上午，他在美国镭公司的纽约总部会见了董事会成员，包括总裁罗德以及一位即将上任的副总裁克拉伦斯·B. 李（Clarence B. Lee）。克内夫在治疗表盘画工的问题上已经一筹莫展，现在他向镭公司提出了一项建议，希望对方能够接受。

"如果贵公司愿意跟我合作，"克内夫跟满屋子的高管说道，"我就会密切配合贵公司。只要把名单给[我]——就是那些表盘画工的名单，我就会对此绝口不提，我也会把其中几个病例申报为自然死亡。我还可以让这些女工多活上四五年……我已经摊牌了，所以不管怎么说贵公司都要对我个人做出补偿。"

请注意，克内夫并不是在同情他的病人，而是想要得到报酬。也许是卡洛的和解赔偿金触发了他；此前他给病人所做的很多治疗都是免费的，如今他渴望得到应得的报酬。"我的钱全都付诸东流！"他现在愤怒地咆哮。他向镭公司提出补偿的要求也许是公平的——毕竟,该公司使用的涂料就是他曾经治疗过的那几个女工的病因——但他现在提出的这个计划无疑是对表盘画工的欺瞒,任由她们在毫不知情的情况下死去,却保护了镭公司的利益。应该说,他为了获得补偿金已经走上了歧途,此举对女工而言则无异于背叛。

"你有什么建议?"在座的高管似乎有些好奇地问道。

"我以前跟罗德先生说过,我只需要1万美元[现约13.4万美元]的补偿。我个人认为这一要求不过分。"

美国镭公司的高官们对他的提议做了一番考量后问道:"你能保证所有表盘画工都会去找你看病吗?"

"我认为她们中的大多数都会来找我。"克内夫回答道,因为他相信这些女工都把他当作朋友看待。

"你会跟她们说我公司负责[你给她们看病的]费用吗?"

克内夫微笑着回答:"我不会跟她们提我和你们有联系。"

也许这次会议的积极进展让克内夫深受鼓舞,于是他又提出了一项建议。"如果贵公司需要我,"他坐在会议室的办公桌边,一边向前探着身子,一边强调自己的观点,"我可以出庭做证……'你认为这个女工遭到放射性物质的辐射了吗?'我会说没有。嘴长在我身上,我想怎么说就怎么[说];月亮是蓝奶酪做的!*"

"难道你能左右这件事?"高管们问道。

"还是这句话,我想怎么说就怎么说。当然,前提是你们跟我合作。对专家来说,谁出钱,就给谁做证,向来就是如此。"

对克内夫而言,钱的重要性不言而喻。可能就是在这里,他犯下了

---

* 原文为 the moon is made of blue cheese。由于月亮不可能是奶酪做的,此谚语意指事情显而易见是胡扯的、不真实的,此处克内夫指自己可以不顾事实随口乱说。——编者注

致命的错误。这位来自纽瓦克的牙医一辈子就只干过牙科这一行,如今在这些大企业的巨头们面前却试图表现得很强硬。"不管使用什么手段,我都要达到目的,"他威胁道,"在座诸位是想把我当朋友还是想让我当敌人?如果我无法跟你们达成协议,那我就要起诉那些人[表盘画工,而]她们就将不得不起诉[你们]来获得赔偿。所以我要善意地提醒在座诸位一句:一旦我决定反击,我就会像一头雄狮一样义无反顾。对在座诸位来说,我的价值无可比拟。"

克内夫当时肯定认为这件事进展得相当顺利。他在说出下面一句话时,嘴角一定微微上扬,因为他相信对方已经上钩了。"我这个人做事情最讲道理。我到这来既不是要敲诈勒索,也不是要让你们大出血,这些事我可干不出来。"

几位高管简要概括了当时的形势:"如果我们拒绝支付一万美元,你就会给我们制造出很多麻烦。但如果我们满足了你的要求,你就会帮助我们。"

"我当然愿意为贵公司效劳。"牙医急不可耐地说道。

在座的一位董事开口说道:"将来那些[即克内夫将来给表盘画工提供治疗和阻止她们起诉而获得的报酬]还不够吗?你非得要那一万美元吗?"

"没错,"克内夫得意扬扬地说道,"我必须要得到补偿。"

他没有得逞。他可能还不知道,美国镭公司早已经雇用了弗林博士,而且弗林干得还相当不错。罗德立即站起身来,打算下逐客令。"你这个建议太不道德,"罗德表态,"我们绝不会接受。"

"什么?不道德?"克内夫不由得重复了一句,"没有缓和余地了吗?"

克内夫不幸言中。

当克内夫将全部底牌亮出来后,美国镭公司便站在道德的制高点上,把他给打发了。

这次会面历时 55 分钟。

23

伊利诺伊州,渥太华
1926年

圣高隆巴教堂那悦耳的钟声在渥太华的上空不断响起。表盘画工们扎堆结婚,似乎每隔一周就要举行一次婚礼;很多姑娘互为伴娘。弗朗西丝·格拉钦斯基嫁给了工人约翰·奥康奈尔(John O'Connell);玛丽·达菲嫁给了一位名叫弗朗西斯·鲁宾逊(Francis Robinson)的木匠。玛丽·贝克尔与帕特里克·罗西特订婚;玛丽·维奇尼向约瑟夫·托涅利(Joseph Tonielli)求婚;佩格·鲁尼和查尔斯·哈肯史密斯最终决定在1930年6月结婚。夏洛特·内文斯也已经完全坠入了爱河,她自从1923年以来就没有为镭表盘公司工作过,但仍然和很多一起工作过的姑娘保持着联系,她急不可耐地跟她们描述阿尔伯特·珀塞尔(Albert Purcell)的迷人魅力。他们俩初次相识的地点是芝加哥的阿拉贡舞厅。在跳查尔斯顿舞时,夏洛特很清楚地知道如何旋转才能展现出自己出色的舞技,而她那优美的舞姿顿时令来自加拿大的工人阿尔(Al,阿尔伯特的昵称)的目光再也无法离开自己。"他们俩好得就像一个人似的。"一位近亲透露道。在短短两年里,夏洛特·内文斯就成了一位漂亮的新娘,婀娜地穿过圣高隆巴教堂内部两排座椅之间的过道,走向圣坛。

大多数表盘画工的婚礼都是在这座教堂举行的。圣高隆巴教堂是一座白色石头建筑,灰色石板铺就屋顶;内部有一座令人羡慕的漂亮圣坛，用仿大理石打造而成，气势壮观。圣高隆巴教堂的内部相当狭窄，但其拱形天花板比建筑物本身宽得多，因此教堂内部的总体效果仍然令人叹为观止。在教众中，没有陷入这波结婚大潮的人寥寥无几，而凯瑟琳·沃尔夫便是其中之一。不过，教堂里的一个年轻人已经引起了她的注意，这个小伙子名叫托马斯·多诺霍(Thomas Donohue)。

当时汤姆（托马斯的昵称）31岁，凯瑟琳23岁。汤姆个子不高，眉毛浓密，有一头乱蓬蓬的黑发，嘴唇上留着小胡子，戴着一副金丝边眼镜。他做过的工作五花八门，包括工程师和油漆匠等。从这个角度来说，他与凯瑟琳非常相似，因为表盘画工在本镇黄页中被归为"艺术家"一栏，这是对姑娘们所从事的职业魅力的认可。后来，汤姆在当地的一家玻璃工厂——利比-欧文斯玻璃厂工作，与阿尔·珀塞尔以及帕特里克·罗西特做了同事。

汤姆"沉默寡言"。这可能是他的生长环境所致，因为他来自一个爱尔兰的移民大家庭。正如一位亲戚所说，"他是七个孩子中的老六，几乎什么事都轮不到他插嘴"。在渥太华以北的华莱士镇有一个多诺霍农场，那里土地肥沃、天空纯净，令人心驰神往，而汤姆就是在那里长大成人。就像凯瑟琳每天都会捻动珠串默默诵读《玫瑰经》一样，汤姆也非常虔诚，怀揣着有朝一日或许能当上神父的梦想，读了一所天主教男校，当然这一梦想后来并没有成真。跟凯瑟琳一样，汤姆也到圣高隆巴教堂做礼拜。当教堂建成时，他的祖父捐付了一扇彩色玻璃窗的费用。不过，多诺霍一家并不经常进城。"那时候的人们不像现在这样愿意旅游，"汤姆的侄子詹姆斯说，"要是谁一个星期内进城超过两次，那他肯定是个大人物。"

汤姆·多诺霍绝对不是个大人物，他"从任何角度来说都不是一个性格外向之人"。事实上，他和凯瑟琳很像。"他们俩都非常安静内敛，都非常容易害羞。"他们的侄女玛丽说。

或许这就是他们直到1932年才结婚的原因之一。

凯瑟琳在镭表盘公司工作时,可能跟并排坐在一起的伊内兹·科科伦讲过汤姆的事。伊内兹也有自己的故事要跟凯瑟琳分享,因为她和一个名叫文森特·劳埃德·瓦莱特(Vincent Lloyd Vallat)的加油站老板订了婚,而且将在下半年举办婚礼。

并非所有已婚的表盘画工都会辞职。似乎工作室也不希望流失技艺精湛的员工,于是公司开创了兼职工作的先河。一位表盘画工回忆说:"我辞工10次,或者12次,可公司总是想方设法请我回去工作。培训新员工花费的时间太长了。"公司的业务发展蒸蒸日上,因此公司也需要设法留下技术熟练的表盘画工,而且留住人才的这项工作迫在眉睫。1926年,西部钟表公司夜光表的产量达到新高,总量为150万只,而镭表盘公司负责了全部表盘的描画工作。

等妻子们下班回家后,这些新婚不久的丈夫们就都注意到了家里出现的一些奇怪的事情。后来有人写道:"我记得我们刚结婚那阵子,她把工作服挂在卧室里,那衣服就像北极光一样耀眼。我第一次看到这种现象时,就产生了一种可怕的感觉——那衣服就像贴在墙壁上的幽灵。"

就像卧室里凭空多出来一个人,而这个家伙就在一旁冷眼旁观,伺机发起进攻。

没有任何迹象可以表明好时光行将结束。渥太华的表盘画工里没有一个人病倒;一个女工"脸上突然长满了红斑",另一个女工抱怨说"我的胃不舒服,我就辞职了",但这些都跟她们的工作没有丝毫关系。1925年底离职的一个女工,在职的时候的确感觉"髋关节痛得钻心",但很快就好了。据她回忆:"当时我们公司有好几个医生,可这个问题从未确诊。"后来她再也没在镭表盘公司上班,不过她说:"我有几个朋友在那里工作了好多年,没出现过任何不良反应。"

然而,尽管这份工作没有给女工带来任何不良影响,但公司的高管却并没有忘记新泽西州的竞争对手在业务发展方面所遭遇的衰退和低迷——毋庸置疑，他们对美国镭公司的事情颇为关注，也注意到该公司被迫支付了和解赔偿金。里德先生发明的玻璃笔已经在表盘画工的工作中应用，但换笔原因公司没有做任何解释。当然，姑娘们对于 800 英里外的东部地区正在发生的事情一无所知，而当地报纸也只在毫不起眼的地方刊登了一则涉及玛格丽特·卡洛诉讼案的报道。从前一年起，马特兰医生激进的研究结论的确引发了业界人士的论战……但只有一些专业医学出版机构进行了刊载。尽管纽约和新泽西大大小小的媒体都对他的发现做了报道，但这些发现在中西部的五大湖区却几乎没有引起任何波澜。生活在渥太华的表盘画工们根本就不看《纽约时报》。

因此，说句公道话，镭表盘公司其实没必要做出改变。一方面，表盘画工们并没有放下画笔罢工；另一方面，外界也没有施加任何压力逼迫其改变工作惯例。尽管斯文·克亚尔在全国范围内开展了一项研究，结论是描画镭表盘这一职业具有危险性，尽管眼下接二连三发表的医学报告也有同样的说法，但没有一个组织在全国范围内进行干预，以防止奥兰治以外其他地区的表盘画工受到类似的伤害。

然而，即便镭表盘公司为了阻止舐笔尖的做法，已经将玻璃笔应用到工作中，但这种笔在使用时却显得不那么得心应手。出现这种局面有可能是因为公司此举过于仓促。在表盘画工们看来，换笔的效果并不好。凯瑟琳·沃尔夫觉得这种笔"用起来不顺手"，而且"笨手笨脚的，怎么也用不好"。公司在下发玻璃笔时并没有及时回收驼毛笔，因此女工们在将涂料画出界时还是用舐笔尖的方式将多出的涂料清除干净。如今的问题是，由于玻璃笔用着不顺手，涂出界的情况比以前更加频繁。

姑娘们承认，"一开始，领班会密切监视我们，生怕我们再用驼毛笔"，但这种监视的情况并没有持续很长时间。一个姑娘后来说道："领班管得很松。"

画表盘时使用驼毛笔而不是玻璃笔，原本应该被视为违背工厂规定，可以直接解雇，但这条厂规似乎一直得不到实际支持。一个女工回忆说，因为使用玻璃笔效率太低，她和其他六七个女工的工作进度有点落后，所以有一天，她们决定改用驼毛笔赶进度。结果，里德先生发现她们违反厂规，立刻将几个人开除出厂。不过，这个姑娘"立即回去道歉，随即便重新入职，没过几天，其他几个姑娘也陆续回厂"。

几个月后，玻璃笔逐渐停用。凯瑟琳·沃尔夫说："我们可以选择使用玻璃笔或日本生产的驼毛笔，我们发现哪种笔用起来效率更高就用哪种笔。"好吧，如果这就是用笔标准的话，那就没什么可争的了。有些时事评论员后来抨击这些表盘画工，因为她们重新用回了驼毛笔。有个人如此写道："那些生性贪婪之人，那些只想着从中获利之人，就会用速度最快的方法画表盘，而如果想以最快的速度画出最完美的数字，除了抿笔尖外，别无他法。"然而，姑娘们拿的是计件工资而不是月薪，使用玻璃笔会对她们的收入产生巨大的影响。

当然，表盘画工的选择也并非只让自身得利，镭表盘公司也从中受益匪浅。尽管里德先生的任务就是发明这支玻璃笔，然而一旦这支笔无法达到预期效果，公司就放松了用笔规定，允许姑娘们在公司没有进一步干预的情况下使用驼毛笔，并继续使用抿笔尖的技法。毕竟，随着1926年的到来，西部钟表公司的产量出现新高，因此对于镭表盘公司来说，此时坚持推广一种新的工作方法，尤其是一种如此无效的工作方法，显然并不是一个理想时机。

凯瑟琳·沃尔夫仍然记得："公司让我们自行决定到底要不要使用玻璃笔。其他笔用起来都不顺手，所以我更愿意用驼毛笔。我觉得抿笔尖不会有什么危害。"

于是，在整个1926年，她、伊内兹以及公司还有一位老员工埃拉·克鲁斯，每天都在重复着"抿、蘸、画"的工作步骤。凯瑟琳每画一个数字就抿一下笔尖。

快到年底时，凯瑟琳放下了手中的画笔，向一直在她身边工作的朋友伊内兹道别，因为第二天就是伊内兹大喜的日子。1926年10月20日，星期三，伊内兹·科科伦与文森特·劳埃德·瓦莱特举行了婚礼。这对幸福的人儿肩并肩站在圣坛前，一起许下了庄严的誓言——誓言将伴着他们走向未来，将见证他们未来的每一个梦想，见证即将到来的每一天，见证即将发生的每一件令人愉快的事情。

他们二人的誓言在清冷的教堂四壁间轻轻回荡："直到死亡将我们分开……"

24

新泽西州,奥兰治
1927 年

格蕾丝·弗赖尔一瘸一拐地走进汉弗莱斯医生的办公室,她强忍着剧痛,没有发出一丝声响。汉弗莱斯对格蕾丝病情的急速发展感到触目惊心,毕竟他已经有一段时间没有给她治疗了。让格蕾丝去找汉弗莱斯看病的不是别人,正是马特兰医生,他说格蕾丝"因为脊椎出了问题,身体状况极为糟糕"。

汉弗莱斯把她直接带到放射科重新做 X 光检查时,格蕾丝心里感念的是马特兰医生和霍夫曼博士此前千方百计帮助她。尤其是霍夫曼博士,对她一直都非常友善。当他发现格蕾丝的健康状况急剧恶化时,曾经代表她给总裁罗德写了一封信,呼吁罗德"本着公平正义的原则"对格蕾丝施以援手。

美国镭公司的回信令霍夫曼颇感意外。回函中写道:"罗德先生与本公司已经没有任何关系。"

美国镭公司对于身处不得不应对诉讼案的境地似乎颇感不满。在罗德的直接干预下,公司对德林克报告的处理方式非常值得商榷,也许公司认为如果罗德赋闲或离职的话,事情可能尚有转机。于是,罗德在 1926 年 7 月辞职。虽然他不再是公司的代表,但仍然是董事会的董事。

尽管管理层发生了变化,但公司对身患重病的前员工的态度却丝毫没有改变。即将上任的总裁克拉伦斯·B. 李立即拒绝了霍夫曼的援助请求。霍夫曼在写信给格蕾丝告知她这一情况时，补充道："你必须立即采取法律行动。"

好吧，格蕾丝心想，她从来就没有放弃。尽管她身体状况不佳，却一直在坚持不懈地寻找代理律师。她就职的银行已经将她的基本情况告知了一家律师事务所，如今她正在等待回音。趁着这段时间，她找到了汉弗莱斯医生，想看看自己的后背到底出了什么问题。

我们很难想象她在面对检查结果时可能会做出何种反应。"当时拍摄的 X 光片显示，"汉弗莱斯医生后来说道，"她的脊椎已经碎了。"

镭已经将格蕾丝的脊椎骨击得粉碎。与此同时，她的足骨也因为"不断的辐射侵蚀，已经遭到了彻底破坏"。这一定痛苦难忍。

"就像大火肯定会焚烧木头一样，"后来格蕾丝在接受一个记者的采访时说，"镭也会不断吞噬人的骨骼。"

汉弗莱斯除了设法使她的生活稍微舒适一点外，什么也做不了。他得找到一些方法帮她继续生活下去。于是，1927 年 1 月 29 日，他给当时 27 岁的格蕾丝·弗赖尔安装了一个坚固的钢制后背支架。支架从肩膀一直延伸到腰部，用两根钢条加以固定。她每天都要戴上这个钢架，每次只能摘下来两分钟。这种治疗方式对时间的要求非常严格，但她别无选择，只能遵医嘱。后来她吐露了心声："没有它，我几乎站不起来。"她脚上也戴了一个支架。有一段时间，她觉得如果没有这两个支架，自己会瘫作一团，寸步难行。

当她在 3 月 24 日收到律师的回函时，比以往任何时候都更需要这两个支架。信中写道："我们很遗憾地通知您，我公司认为，鉴于您两年前已辞职，限于诉讼时效，您已经无权对［美国镭公司］提起诉讼。"

事情的发展又走进了一条死胡同。

格蕾丝只剩下最后一张底牌了。"［马特兰医生］跟我的看法一致，"霍夫曼曾经写道，"我们都认为当务之急是你必须立即采取法律行动。

[他]建议你去找[波特-贝里]律师事务所求助。"

她已经失去了一切;她打算孤注一掷。时年28岁的格蕾丝·弗赖尔背部骨折,脚部骨折,下颌骨行将粉碎。她与律师事务所约好了会面时间——1927年5月3日,星期二。在其他律师都畏手畏脚的情况下,也许这个名叫雷蒙德·赫斯特·贝里(Raymond Herst Berry)的律师能够扭转乾坤。

只有这一条出路了。

为了赴约,格蕾丝精心打扮了一番。这可是成败的关键时刻。自从装了支架,原来的衣服都已经不合身,她只好给衣橱来了个大换血。格蕾丝透露:"无论换哪件外衣,几乎都遮不住里面的支架。以前常穿的连衣裙一件都穿不上了。"

她把自己那一头深色短发打理得时尚迷人,然后又照着镜子检查了一下容颜。格蕾丝习惯于每天在银行里与那些富裕的客户打交道;她从经验中知道,第一印象很重要。

那些有可能会代理她案件的律师似乎也会有同感。波特-贝里律师事务所(Potter & Berry)的规模不大,却设在纽瓦克最早修建的一座摩天大楼——军事公园大厦里。这座大厦是当时整个新泽西州最高的建筑,前一年才刚刚竣工。格蕾丝走进事务所,刚一见到预约的律师,就意识到他跟那里的办公室一样,都是新鲜出炉的。

雷蒙德·赫斯特·贝里还不到30岁,是个年轻有为的律师。他金发碧眼,这张好看的娃娃脸很容易让人忽视他那敏捷睿智的大脑。他刚从耶鲁大学毕业没多久,中学毕业于布莱尔学院并代表班级在全校师生面前发表毕业演讲。如今他已经成为该事务所的初级合伙人。此前,他曾经在林达布里、迪皮尤和福克斯律师事务所就职,这家事务所恰好代理美国镭公司的法律事务。也许这样的工作经历让他能了解到一些不为他人所知的内幕消息。贝里详细地询问了格蕾丝种种细节，并做了记录。格蕾丝可能跟朋友们讲述了这一情况，因此三天后，凯瑟琳·肖布也拜访了贝里。

贝里可不是个愣头青。他跟所有律师一样，先要做的是核实姑娘们的诉求。贝里找到马特兰的实验室，向冯·索科基询问了相关事宜。接着他又在5月7日将格蕾丝和凯瑟琳请到了办公室。他告诉姑娘们，自己已经做了前期调查，所见所闻让他深受触动。雷蒙德·贝里表示愿意接下案子，担任两个人的代理律师。贝里已经结婚，还是三个女儿的父亲，而且第四个女儿明年就要降生。也许他所做的决定跟他自己就有好几个女儿之间有很大关系。他曾经在"一战"那场全球战争中作为一名士兵东征西战；如今他知道这个案子将会是一场地狱般的战争。在与凯瑟琳达成的协议条款中，贝里将按照当时的标准抽取赔偿金的三分之一作为律师费。不过，格蕾丝跟他谈判，将律师费降到了四分之一。

为了解决诉讼时效问题，贝里那睿智的大脑一直在快速运转。他的理论是这样的：如果姑娘们不知道公司就是罪魁祸首，就不可能针对公司提起诉讼。问题是公司一直都在千方百计地误导这些表盘画工，因此无论如何不能允许公司将自己造成的拖延作为辩护的理由。毕竟，由于公司的误导，这些姑娘对于病因一直缺乏认识，直到1925年7月马特兰做出正式诊断之后，她们才知道真相。因此，贝里认为，两年诉讼时效的限制应该从那一刻开始算起。

如今是1927年5月。她们还来得及。

刻不容缓！贝里开始为提起诉讼做准备。格蕾丝的案子将会是第一个提交的诉讼案；也许是因为她是第一个来访的表盘画工，也许是因为她的心理承受能力比凯瑟琳的更强大。按霍夫曼的话说，她"能就职于[纽瓦克]最大的商业公司之一，仅凭这一点就非常难能可贵"。贝里很可能已经知道,美国镭公司的那些代理律师将会在表盘画工身上寻找弱点,而格蕾丝的优良品格会让她们受益良多。因此,格蕾丝在1927年5月18日正式起诉镭公司。

对于美国镭公司而言,这份起诉书读起来让管理层坐立不安。贝里指责他们"漫不经心而又粗心大意地"将格蕾丝置于危险之中,使她的身体"完全暴露在放射性物质跟前",而这些物质"不断地攻击和破坏原告的身体组织……并给原告造成了巨大的痛苦,令原告经历了非人的折磨"。他的结论是:"原告第一项赔偿请求为12.5万美元[现约170万美元]。"

起诉书总共提出了两项赔偿请求。格蕾丝要求前公司合计赔偿25万美元(现约340万美元)。

该还的,总归要还。

从一开始,媒体对格蕾丝的诉讼请求就表达出了支持之意,新闻标题读起来就令人心碎。格蕾丝首次到法院提交诉讼文件后,《纽瓦克晚报》(Newark Evening News)就刊发了相关消息,标题为《形销骨立的她起诉雇主:到法院时她只能用钢架支撑住身体》。这样的报道一出,再加上姑娘们之间友谊的号召,很快其他表盘画工都站了出来。金塔·麦克唐纳就是其中之一,姐姐阿尔比娜也与她站到了一起。

由于这两位表盘画工已婚,如今贝里在提起诉讼时不仅代表她们的利益,还代表了她们的丈夫。正如贝里在金塔丈夫的法律文件中所写:"詹姆斯·麦克唐纳的妻子已经无法履行为人妻的义务。他将来也无法得到妻子的陪伴和帮助,生活也将越发艰难。此外,他还将被迫花费大量金钱为妻子治病。因此,原告詹姆斯·麦克唐纳要求得到2.5万美元[现约34.1万美元]的赔偿。"

将丈夫列入诉讼案原告的行列并不过分——事实上,金塔越来越不可能成为她心目中的合格妻子和合格母亲。她承认:"我现在只能做些力所能及的家务活。当然，我基本上也做不了什么，因为我现在根本就不能弯腰。"考虑到她的残疾状况，她和詹姆斯最近迫不得已雇了一个保姆——此举又增加了一项家庭开支。

姐姐阿尔比娜也迫切需要援助。她的左腿如今已经比右腿短了4英寸(约10厘米)，她不但走起路来一瘸一拐，而且基本只能待在床上。她和詹姆斯仍然没有放弃生儿育女的梦想，但上次的死产让她比以往任何时候都感到心灰意冷。阿尔比娜郁郁寡欢地说道："对我和我丈夫来说，生活已经失去了意义。"

正在饱受折磨的还大有人在。埃德娜·胡斯曼身上的石膏已经打了有一年之久，最近才拆下来，但她的病况却丝毫没有好转：左腿萎缩了3英寸；右肩变得非常僵硬，右胳膊根本抬不起来；血检结果显示贫血。自从母亲在1926年12月离世后，她便越发精神萎靡，郁郁不乐。

然而，埃德娜仍然心存希望。公司的弗林博士不是跟她说过她完全健康吗？她谨遵医嘱，开始服用治疗贫血的药物。1927年5月的一天夜里，她在黑暗中摸索放在桌子上的药时，无意中看到了镜子里的自己。一开始她可能想，镜子里的那个人是不是她母亲敏妮(Minnie)从坟墓里爬出来缠着她。因为那时候夜深人静，她在镜子里看到的是一个闪闪发光的"鬼姑娘"。

埃德娜吓得失声尖叫，接着就昏了过去。她的骨头正透过皮肤发着微光，她当然熟知那光芒，她更清楚地知道那闪闪发光的骨头预示着什么。全世界只有一样东西能使人的骨头微光闪烁——镭。

她找到了汉弗莱斯医生，跟他描述了自己看到的情景，讲了自己正在遭受的痛苦折磨。她说，在奥兰治骨科医院，"我听到了汉弗莱斯医生跟另一位医生的谈话。他跟那个医生说我是镭中毒。以前我可从来没听说过这种病"。

埃德娜"生性平和，习惯于逆来顺受"。后来她说："我信教。可能这就是为什么我并没有因为所发生的一切而对人撒气。"但这并不意味着她能容忍这种不公平的遭遇。她接着说道:"[我]觉得当时应该有人警告我们。我们谁都不知道涂料有毒,而且我们当时都还不到20岁。"也许正是基于这种与生俱来的正义感,埃德娜和路易斯·胡斯曼在1927年6月,也就是在知道诊断结果的一个月后,便找到了雷蒙德·贝里。

如今五个表盘画工都找了贝里,她们是格蕾丝、凯瑟琳、金塔、阿尔比娜和埃德娜。五个姑娘要为正义而战,为自己而战。各大报纸闻讯后群情激昂,争先恐后地炮制出各种吸睛夺目的字眼报道这五个姑娘的诉讼案。1927年夏,这起诉讼案终于有了官方的名称。

"五个必死女人"的诉讼案拉开了帷幕。

25

公平地说,美国镭公司的高管在得知这五个针对该公司的诉讼案时,无不感到意外。实际上,他们认为这完全是一场"阴谋",是"贝里那伙人"炮制出来的阴谋。公司以前之所以断然拒绝所有援助请求,是因为他们认定了诉讼时效可以让他们战无不胜。但现在,由于贝里对法律进行了巧妙的解释,他们也不得不开始为自己辩护。

在这种情况下,他们不可避免地会推卸责任。关于表盘画工的指控,公司回应称,原告"犯有共同过失,因为她们没有注意保护自身安全,而且也没有采取适当的防范措施"。公司进一步否认一切:否认公司曾经指导表盘画工使用舐笔尖的工作方法;否认工作室里曾经有女工这样做过;否认她们身上沾满了镭粉。公司递交的厚厚文件里充斥着各种法律术语,表达繁杂冗长,对所有指控一概不予承认。公司只承认了一件事情,"没有给出任何警告"。那是因为公司"不承认镭对人体有害"。

这一连串的否认(人们或许会说,这就是彻头彻尾的谎言……)通过法律程序构成了一份书面抗辩书。然而,这只是该公司努力掌控局面的开始。如今面对着在法庭上跟他们针锋相对的女工,公司开始在她们的背后搞突然袭击。鲁尼小姐曾经在美国镭公司担任工作室领班,也是埃德娜·胡斯曼的闺蜜。当一位昔日老板突然出现在夜明产品公司并要求与她交谈时,鲁尼感到非常惊讶。起初,她与来访的高管愉快地聊起了曾经在她管理下工作的姑娘们,分享了很多她们相处的细节。这位高管激动地说,鲁尼给他提供了"大量信息"。

然而,公司和前主管似乎完全低估了格蕾丝·弗赖尔的坚强意志。"鲁尼小姐表示,她觉得格蕾丝·弗赖尔一定是在律师的唆使下才提起诉讼。"公司的一份备忘录里如此写道。他们有所不知的是,如果在过去的两年里,格蕾丝没有锲而不舍地寻找代理律师的话,这一切都将不会发生。

事实上,公司怀疑除了几个律师外,格蕾丝以前的一个朋友也一直在暗中操纵。"鲁尼小姐似乎有理由认为冯·索科基医生是所有这些案件的幕后黑手,"备忘录里写道,"我当然认为我们应该弄清楚冯·索科基意欲何为,而他人又在何处。"

与鲁尼小姐进行这些非正式交谈的主管,不是仅有一次,而是连续三次来到她的工作场所,向她盘问与这几个姑娘有关的事情。等到这位高管第三次来访时,鲁尼似乎终于搞清楚了正在发生的事情。"今天上午鲁尼小姐声称没有更多的信息可以提供,"这位高管在最后一份备忘录中写道,"我个人认为她选择闭口不言无非是为了不伤害她的朋友。"

然而,这已经无关紧要。一则公司已经得到了他们所需要的东西,二则公司还有其他的信息来源可以轻松掌握一切。公司现在已经雇用了私人侦探跟踪这五个姑娘,寻找她们身上的漏洞以便作为法庭上的有力证据。鉴于已经决定跟进格蕾丝的案子,贝里便想到该公司很有可能会采用这种阴险狡诈的策略。

不过,即便格蕾丝·弗赖尔本人就像百合花般清白无辜,但这并不意味着任何被翻出来的陈年污垢都不会溅到她的身上。有关阿米莉亚·马贾的死因,很久以前就有这样一个谣言,或者不能将之称为谣言,而是一个冷酷的、不容置疑的事实,就印在她的死亡证明上——她死于梅毒。那么,谁又能打包票说,其他所有姑娘,那些曾经和她这样的女孩一起工作过的姑娘,没有受到同样疾病的影响呢?各种风言风语在奥兰治的大街小巷流传开来,与这些姑娘如影相随,就像镭粉一样挥之不去。

"你可以想象小城镇里的人们是如何捕风捉影扯闲话的……"格蕾丝的一个亲戚后来说道。

美国镭公司当然没有忘记格蕾丝曾经提出要求得到5 000美元赔偿金的事儿。公司的律师给贝里法律回应时,在最后一段写道:"请把你对和解赔偿金的最低要求告知我方。不要让我们双方就此讨价还价,请直接提出最合理的赔偿要求。"

这项工作要求贝里亲力亲为,于是他和格蕾丝沟通了想法。我们完全可以想象出格蕾丝当时的反应。贝里给美国镭公司的法律团队正式写了回信。该公司的法律团队如今由三家不同的律师事务所组成。其中一家事务所代表的是该公司的保险承保公司,如果姑娘们赢了官司,他们就得支付赔偿金。贝里在信中写道:"[格蕾丝]不打算考虑和解赔偿金的相关事宜。"换句话说:咱们法庭上见。

贝里立即投入与立案有关的事务中去了。他很快就与这些表盘画工的盟友一一会面,包括威利、汉密尔顿、霍夫曼、马特兰、汉弗莱斯以及冯·索科基等,他花了大量时间阅读他们所做的笔记,并与他们详细面谈。威利将自己了解到的一切都讲给他听。"即便员工一个接一个地病倒,"她说,"公司也听之任之,无所作为。美国镭公司不遗余力地掩盖事实真相,使其雇员无法获得适当的救助。"

贝里得知德林克报告遭到故意隐瞒的真相后,立即领会了这种双重交易对该案件的影响。于是,他写信给塞西尔·德林克,要求他提供证据帮助这些表盘画工。然而,德林克通过他的秘书回答:"他不愿意做证。"贝里整个夏天都在做德林克的工作,希望他能改变想法,到最后,贝里别无选择,只能请求法庭发出正式传票。

不愿意出庭做证的并非只有德林克一人。"尽管我非常同情这些表盘画工,"马特兰写道,"但在民事诉讼案中,我不能偏袒任何一方。"马特兰讨厌律师,更不想卷入法律纠纷中。他的确痴迷于夏洛克·福尔摩斯探案小说,但并不热衷于法庭剧。

马特兰是否会做证还不得而知,不过贝里没有放弃,打算继续做马特兰的说服工作。同时,贝里也开始寻找别的专家,希望能有一位专家愿意给姑娘们进行新的呼吸检测,以证明她们体内含有放射性元素。然而,尽管他不懈努力,却四处碰壁,找不到出路。终于,他在波士顿找到了一位愿意出手相助的专家,但姑娘们的身体状况却不允许她们长途跋涉赶到波士顿。

与此同时,在另一个阵营,美国镭公司却没有遭遇类似的问题,因为弗林博士仍然是该公司的专家。但贝里很快发现,弗林可不是只替镭公司卖命。

贝里如今已经获悉沃特伯里钟表公司发生的镭中毒案例。从本质上说,这些案例的存在证明了他的客户所患的是一种职业病。由于该公司位于康涅狄格州,贝里给该州的工人赔偿委员会(Workmen's Compensation Commission)写了一封信,希望能够找到可以在法庭上引用的证据。然而,该委员会的反应却完全出乎贝里意料。"如果本州真有人患了职业病,"该委员会的官员写道,"那我肯定早就会注意到。因为职业病获赔已经在本州实行好几年了。然而,到目前为止,从没有人向我提出索赔。我听过很多像你所提到的风言风语,但那只是捕风捉影而已。"

这真让人难以理解。根据康涅狄格州的法律规定,该州的诉讼时效期限长达五年,这对表盘画工而言更加有利,因为五年时间足以让一位表盘画工发现自己镭中毒并提起诉讼。截止到当时,沃特伯里钟表公司里至少有三个表盘画工已经过世,其他人也已经病倒。在这些女工家庭中,难道就没有人曾经向法院提起过诉讼?

答案是一个人都没有。出现如此局面,只是因为一个人:弗雷德里克·弗林博士。沃特伯里钟表公司的表盘画工刚一病倒,弗林就开始跟她们频繁接触。公司允许他直接接触员工，姑娘们不但都认识他，而且都对他深信不疑。当他告诉姑娘们她们的身体非常健康时，姑娘们对他的话完全信服。一旦她们出现了镭中毒的症状，弗林就会"心甘情愿地扮演两面派的角色：对表盘画工们来说，他自称是一位关心此事的医学专家；对公司而言，他会说服表盘画工接受公司提出的和解协议，这些和解协议明确使公司摆脱了本该进一步承担的责任"。

这就是为什么从来没有一个案件提交给工人赔偿委员会——任何可能提出的索赔要求都已经由该公司暗地里解决。沃特伯里钟表公司与美国镭公司的处理方法明显不同，其原因可以从两家公司的名称中窥见端倪。前者是一家钟表公司，而不是一家彻头彻尾的镭公司，因此更愿意与女工达成和解。当公司这样做时，其实也就是在默认涂料对表盘画工所造成的伤害，但这样做丝毫不会影响到公司业务的扩张，毕竟该公司并没有通过销售镭赚钱。因此，当钟表公司的员工开始出现死亡情况时，该公司便指派弗林博士出面，态度温和地进行调解，从而轻而易举地解决了问题。"在这些谈判中，"一位时事评论员写道，"弗林占据了上风。他知道自己想要什么，因为跟他打交道的只不过是一群不谙世事、单纯脆弱、无处寻求法律援助的姑娘。"如果有人能给钟表公司的那些表盘画工提供一些法律方面的建议，她们就可以发现贝里所了解到的情况：根据康涅狄格州法律所规定的长达五年的诉讼时效，她们中的很多人或许都可以伸张正义。然而，应当指出的是，只有在发现镭中毒时，诉讼时效才为五年。当表盘画工的案件接二连三涌现时，为了缩短诉讼时效，官方对相关法律做了修改。

在这位看似心地善良的弗林的直接干预下，沃特伯里钟表公司对每个受到影响的女工平均赔付了5 600美元（现约75 000美元）。不过这个数字是被几笔高额赔偿拉高的。大多数受害者到手的赔偿金都低于这一平均水平，有几个表盘画工只拿到了两位数的赔偿金，简直是奇耻大辱。比如,在一起案件中,公司只给一个死亡女工赔偿了43.75美元(现约606美元),这一数字简直令人咋舌。

如果当时有人愿意不辞辛苦对整体局势详加审视,肯定会说弗林简直就是沃特伯里钟表公司那些表盘画工的大恩人。这个人的想法无疑会是这样的:弗林出手干预,帮她们摆脱了与公司对簿公堂的麻烦。然而,所有的牌全都捏在公司和弗林的手中。此外,按照马特兰的说法,弗林还没有耍够他那套"口是心非、两面三刀"的见不得人的鬼把戏。虽然弗林现在被迫承认镭中毒的确存在,但并不意味着所有患病女工都在忍受着镭中毒的折磨。因此,当弗林继续对沃特伯里钟表公司的表盘画工进行检查时,他仍然没有发现镭中毒病例。不论是1925年,还是1926年,乃至1927年,三年里一例都没有出现。最终在1928年的最后几个月里,他终于承认五位表盘画工有可能镭中毒。他曾经在八个不同场合多次向一个叫凯瑟琳·摩尔(Katherine Moore)的表盘画工表示,她的身体里丝毫没有镭存在的痕迹,但她后来却死于镭中毒。

贝里收到了工人赔偿委员会的回复,但对弗林在沃特伯里钟表公司的种种行为却一无所知,如今已经完全陷入了缺乏证据的困境。幸好他新结识的朋友爱丽丝·汉密尔顿很快就意识到当时窘迫的局势,及时跟他沟通了这一情况。弗林在暗地里解决的那些案子当然没有任何证据,因为从来没有公之于众;劳工部对钟表公司的情况毫不知情;从来没有一位律师参与其中。有的只是一大笔钱从谈判桌的一边推向了另一边,坐在另一边的表盘画工心怀感激地将钱拿在手中。一切都是在不为人知的情况下发生的。

这些信息对雷蒙德·贝里来说没有任何用处。

贝里从一开始就对弗林博士很感兴趣。他从表盘画工那里得知弗林不断发表女工身体健康无恙的声明,这些声明令姑娘们感到无所适从。对有些姑娘来说,当她们提起诉讼时,弗林的声明会令她们丧失信心。因此，贝里早在1927年8月就开始深入研究弗林博士。他的调查很快就牵出一则骇人听闻的消息。

弗林博士一直都在给表盘画工进行各项体检，包括验血和拍X光片。他一直都在给她们安排治疗，并用带有"内外科医学院"抬头的信纸给这些表盘画工写信。"[我]当时以为弗林博士是个医学博士。"负责给格蕾丝治疗的内科医生麦卡弗里说道，他曾经和弗林一起检查格蕾丝的身体。

然而，贝里要求有关当局调查弗林的真实身份，如今他收到了新泽西州医疗检查委员会（Board of Medical Examiners）寄来的信件。信中写道："我方没有任何记录可以证明曾经向弗雷德里克·B. 弗林颁发过行医执照或外科手术许可证。"

弗林并不是医学博士。他获得的是哲学博士学位。

就像消费者联盟所说，他就是个"招摇撞骗的江湖骗子"。

伊利诺伊州,渥太华
1927年8月

埃拉·克鲁斯的家坐落在克林顿大街上。这天,她"砰"的一下关上了大门外的那道纱门,下了几个台阶后走到了屋外。她一边走一边大声跟母亲内莉告别,但听起来却不再像以前那样活力四射。

埃拉也不知道自己到底出了什么问题。以前她一直觉得自己"身强力壮、精力充沛",可如今却总是觉得疲惫不堪、浑身无力。她向工作室走去。跟以往一样,她抬头朝着圣高隆巴教堂尖顶的方向看了一眼。教堂离她家只有一两个街区的距离。埃拉家一共四口人,除了母亲内莉、父亲詹姆斯外,埃拉还有个小弟弟名叫约翰。她们一家人跟大多数表盘画工一样,经常到天主教教堂做礼拜。

埃拉跟母亲道别时,内莉并没有应答。当时母亲反对埃拉应聘表盘画工的职位。"我打心眼里不愿意让埃拉到那里上班,"她过去经常一边摇头一边叹息道,"还好[那地方]比较干净,而且在一起干活的那群姑娘相处得倒也其乐融融。"

克林顿大街离工作室不过几个街区的距离,因此即便按照她现在蜗牛一样的步行速度,仍然很快就走到了工作室。其他表盘画工也陆续赶到,她跟大部队一起迈步走上老中学的台阶。人群中包括:最近走路开始有些一瘸一拐的凯瑟琳·沃尔夫;跟以往一样,永远都在喋喋不休的玛丽·贝克尔;当然还有玛丽·维奇尼、露丝·汤普森和萨迪·普雷。

埃拉走进工作室时，佩格·鲁尼早就已经坐在工作台边，一如既往尽职尽责工作。埃拉向所有人一一问好，她的"人缘一向颇佳"。

埃拉的全名是玛丽·艾伦·克鲁斯（Mary Ellen Cruse），她之所以叫这个名字是因为当年给她洗礼的是她父母。1927年时埃拉24岁，跟凯瑟琳·沃尔夫同龄。栗色短发光滑如缎，发型时尚大胆，两颊边的头发短至颧骨以上，夸张的刘海遮在洁白无瑕的额头上；双眉修剪得一丝不乱；每当她羞涩地微笑时，左脸颊就会现出一个迷人的梨涡。

她在木质工作台边坐下来，拿起驼毛笔。抿……蘸……画……这一过程，她早已轻车熟路，因为她从20岁起就在这里工作——每个月工作25天，每天8小时，没有带薪假期。

不过，天哪，她现在真的想休假了。她总是感觉疲惫，而且每况愈下，尤其是下巴痛得厉害。这根本就讲不通，因为她一直都很健康。埃拉从半年前就开始寻医问药，但找了好几个内科医生，没有一个能缓解她的症状。她的问题跟佩格·鲁尼如出一辙；她最近找了个牙医拔掉一颗牙，但据她说下巴痛的问题还是没有得到解决。

埃拉听到里德先生走进工作室的脚步声，不由得抬起头来，看着他在工作台之间巡视。其实，里德很少检查表盘画工的工作。最近他走路的姿势颇有些志得意满的感觉，不过这倒也情有可原，如今整个车间都在他的掌控之中。自从默里小姐去年7月因癌症离世后，他终于当上了主管。埃拉的目光重又落到手中的表盘上，她的每一分钟都很宝贵。

然而，今天的活儿干起来着实辛苦。那年夏天她一直在抱怨自己不是手痛就是腿痛，而且当指关节疼痛难忍时，干画表盘这么精致的活儿就显得力不从心，很难保证速度。她双手撑住脸颊，休息了一会儿，但这一举动却让她忧心忡忡：下颌骨拱出来一个包。这个包几个星期前还没有，她不知道那是什么，也不知道为什么会出现这种状况，但那个包摸上去非常怪异。

不管怎么说,已经星期五了。埃拉心想,姑娘们在这个周末将会做何消遣——也许佩格的男朋友查克会请大家到小木屋去参加派对,也许到罗克西影院看场电影也是个不错的选择。她脸部的肌肤一直光滑完美,可就在一两天前,她的左脸上突然爆出了一个小粉刺,而且就在梨涡边上。她有点心不在焉,手指轻轻地摸着那个粉刺。其实,那个小粉刺才刚爆出,她就想拿指甲把它抠下来,结果粉刺没抠掉,脸却肿了。现在,只要手指尖轻轻一碰,脸就很痛。她希望在下一次派对开始之前脸能消肿。

整个上午,埃拉都在努力将全部注意力集中在手里的活计上,但她发现越来越难做到。这个周末的派对肯定泡汤了。她突然意识到,工作也要泡汤了。她要倒下了,今天就要倒下了。她端着装满表盘的托盘朝着里德先生走过去,跟他说自己觉得身体不适,要回家休息。几分钟后她便走到了克林顿大街,这时圣高隆巴教堂的钟敲响,十二下,已经到了正午时分。她告诉母亲自己感觉身体不舒服,打算上床去休息一会儿。

"第二天,"埃拉的母亲内莉回忆道,"我带着她去看病。"女儿脸上长粉刺的地方肿得厉害,得找个医生好好瞧瞧。不过,这位医生一边跟克鲁斯母女随和地聊着天,一边说埃拉的状况并不严重。埃拉告诉医生,母亲对于自己在镭表盘公司工作一事一直担惊受怕。医生闻言爽朗地笑了起来,反驳道:"别听她胡说,那地方再干净不过了。"

于是,看完病后,埃拉和内莉便返回了位于克林顿大街的家里。

星期日那天,埃拉没去教堂做礼拜。星期一,她还是觉得不舒服,就没去上班。8月30日,星期二,母亲又请了一个医生上门诊治。他切开了那个小粉刺,但什么东西也没有从里面流出来。医生便告辞了。至于埃拉的病因到底是什么,似乎仍然是个难解之谜。

也许病因仍然是个难解之谜,但埃拉·克鲁斯知道自己肯定是出了什么问题。那个小粉刺不但肿得越来越厉害,而且开始痛,还是那种撕心裂肺的痛。无论是埃拉还是她母亲,抑或是医生,都无法遏制住病情的恶化,左脸粉刺的周围已经出现了一种持续恶化的感染症状。她的脸肿得厉害,而且开始高烧不退。

"第二天,"内莉回忆道,"[医生再次]看了她的脸,要求她立刻入院治疗。"

埃拉于8月31日入住渥太华医院。然而,她左脸颊的粉刺仍然在不断肿胀,已经不能叫粉刺了;但也不能称之为疖子,因为其恶化的程度早已经超过了疖子的定义。埃拉干净利落的短发跟以往一样时尚漂亮,但才几天工夫,刘海下的那张脸就变得面目全非。脓毒症发作后,她那张漂亮的脸庞乃至整个脑袋都开始发黑。

"她可遭了大罪了……"她母亲一想起来就感到心惊肉跳,"我这一辈子从来没见过什么人遭受过那么痛苦的折磨。"

埃拉是她唯一的女儿。尽管躺在病床上的那个人看起来一点儿都不像埃拉,但她就是埃拉。只要医生允许,内莉就会在床边守夜。埃拉是她的女儿,只要埃拉还活着,就需要妈妈。

9月3日,子夜时分。就在星期日的脚步越来越近时,埃拉的状况急剧恶化。她躺在病床上,整个脑袋又肿又黑,整张脸已经不成人样,而脓毒开始在全身大爆发。9月4日,星期日,凌晨4点30分,埃拉暴毙。前一个星期她还在工作,还在描画表盘,唯一的问题只不过是脸上长了个小粉刺。一条年轻的生命怎么说没就没了呢?

几个医生开始填写她的死亡证明。"链球菌中毒,"他们在死因一栏写下了这样几个字,"致病原因:面部感染。"

内莉和詹姆斯·克鲁斯夫妇在通往圣高隆巴教堂的这条路上不知道走过多少趟,但在9月6日这天,他们却要沿着这条路走到教堂去埋葬自己的女儿。当地一份报纸撰文道:"克鲁斯小姐的猝然离世对其朋友和家人而言无异于晴天霹雳。"

埃拉的离世令人震惊,她父母的内心就像被一下子挖空了一样,永远缺失。多年后,她的父母说道:"自从她走后,生活就再也无法回到从前。"

悼念埃拉的讣告在描述这个渥太华姑娘时,提到她一生中绝大部分时光都是在这座城市里度过;她人缘极佳,朋友众多;她留着时尚的短发;但在这个可以看到教堂尖顶的家中,她生活的时光实在太短。除此之外,讣告只提到了一个细节。

"她曾经就职于镭表盘公司……"报纸上刊登的讣告如此写道。

27

新泽西州，纽瓦克
1927 年

弗林并没有拿到医学学位的消息一经曝出，众人哗然。威利从骗局中回过神来后，谴责弗林简直就是个"地道的恶棍"。汉密尔顿给弗林写信，敦促他"认真考虑你的立场"。然而，弗林在回信中却显得有些困惑不解，他写道："你所说的'我最近的行为'是什么意思？"尽管贝里已经发现了他的真实学位，但弗林仍然摆出一副泰然自若的样子。在弗林看来，自己仍然是工业卫生领域的专家，自己的情况跟霍夫曼一样，霍夫曼虽然是个统计学家，却仍然被称为卫生领域的专家。弗林觉得自己没有任何过错。

汉密尔顿收到弗林油腔滑调的答复后感到颇为沮丧。她声称，弗林这个家伙"真难缠"。与此同时，贝里向当局报告弗林一直在无照行医。

汉密尔顿暂时将弗林事件抛在一旁，如今开始给贝里配备一件秘密武器，事实证明这件武器至关重要：她和沃尔特·李普曼（Walter Lippmann）以及《世界报》（World）的私人关系。可以说，《世界报》是当时美国最有影响力的一份报纸。该报承诺"永远保持对穷人的同情心，[并]永远致力于社会公益事业"，这便是该报支持表盘画工诉讼案的理由。李普曼当时是该报的主要撰稿人之一，1929 年他就任该报编辑。后来他被公认为 20 世纪最有影响力的记者。将他拉进表盘画工的阵营绝对是明智之举。

贝里立刻体会到了李普曼的能量之大。不出所料,美国镭公司在自我辩护时援引了有关诉讼时效的法条。该公司认为,法院必须在否决所有诉讼案的立案后,才能对该公司所应承担的罪责展开调查。不过,李普曼立即在《世界报》上撰文,针对这种法律欺诈手段给出了自己独到的见解,称该公司企图在法律中寻求庇护是"不能容忍的""卑鄙下流的"行为。"很难想象,"他写道,"法院会反对原告律师的意见。"

从某种意义上说,他的话很有道理。法院并没有同意美国镭公司的意见。相反,为了避免重复审理,法院将这些表盘画工提起的诉讼案合并成一个案件,移交给了衡平法院(Court of Chancery)。衡平法院收到材料后,将根据贝里对法律的解释是否站得住脚而做出裁决。假如他所代理的表盘画工获胜,就将进入二次审理,以判定公司是否有过错。衡平法院一向有"良心法院"之称,现有法律没有答案的诉求,这里给予回应。首次庭审日期定在1928年1月12日。

在此之前还有很多事务需要处理。贝里最终还是找到了一位愿意给姑娘们进行放射性物质检测的专家。这位物理学家名叫伊丽莎白·休斯(Elizabeth Hughes),曾经担任过冯·索科基的助手。她计划在1927年11月开始进行系列检测。然而,贝里知道不论休斯女士有什么发现,在庭审时美国镭公司都会对其检测结果提出质疑。实际上,该公司已经明确表示:"我公司要求由我方医生对几位原告进行体检。"贝里预计检查结果会引发一些争议。毋庸置疑,双方的检查结果必定会存在出入。潮湿的天气都有可能会令仪器读数产生偏差,甚至不同的医生查看同样的读数也会给出截然不同的解释。

因此,贝里所遭遇的问题与1925年马特兰医生遇到的问题如出一辙。他如何才能证明令这些表盘画工丧命的不是别的而是镭呢?要想证明这一点,方法倒不能说没有,但贝里却不能要求他的客户去做。要无可辩驳地证明镭的确存在,方法只有一个,即将受害者的骨头烧成灰烬后,从骨灰中提取镭。马特兰评论说:"只有把骨头火化,然后用盐酸将骨灰煮沸后,才能提取沉积[其中的镭]"。

这一方法根本行不通。无论是格蕾丝、埃德娜,还是凯瑟琳,抑或马贾姐妹,都不可能做到。除非……

除非也许马贾姐妹中的一位可以。

莫莉。

❖　❖　❖

1927年10月15日,上午9点刚过,一群人来到了罗斯代尔公墓。他们穿过一排排墓碑,最终在一个坟墓前停下了脚步。这些人在坟墓上方搭起了一个帐篷,并移走了墓碑。接着,他们开始向下挖掘,将湿透的泥土从棺木四周挖出来抛到周围的地面上,最后露出一个毫不起眼的木箱子。木箱子里面是一口棺材,棺材里停放着的,就是人称"莫莉"的阿米莉亚·马贾的尸骨。传言说她死于梅毒。这些人将绳子绕过箱子底部后,再连接上更结实的银色铁链,然后慢慢地将木箱子抬高。"最近降雨频繁,这样做可以让从墓穴周围渗进箱子里的积水流出来。"然后,他们便开始等待相关人士的到来。贝里已经和美国镭公司约好,对方会在下午3点30分来此地会合。

3点整,镭公司派来的几位专家便都赶到了莫莉的墓前。

对方一共来了6个人,其中包括副总裁巴克以及无处不在的弗林。出于谨慎,贝里刻意安排了一名特别调查员出席上午的活动。现在,他正密切注视着代表镭公司前来的那群人,发现他们全都挤在帐篷外。按照预先规定,3点30分一到,贝里、休斯女士、马特兰医生以及一群来自纽约的医生便一起朝坟墓走过去,他们将主导整个尸检工作。在场的一共有13位官员,他们聚在一起共同见证莫莉遗体的挖掘工作。

跟这些医生、律师站在一起的还有3个人,他们看上去稍显局促不安。他们分别是莫莉的姐夫詹姆斯·拉里切和妹夫詹姆斯·麦克唐纳，以及莫莉的父亲瓦莱里奥。当初贝里将这一想法跟他们沟通时，这家人没有反对意见。莫莉的尸体可以为在法庭上奋起抗争的表盘画工们提供完美的铁证。尽管她早在几年前就已经离开人世，但仍然可以助她的姐妹们一臂之力。

贝里率领的团队抵达后，将木棺从墓穴中抬出来的准备工作也已经就绪。四周的帷幔完全遮上后，所有人走进了帐篷。几位墓地工人拉住缠在木箱子上的绳子和铁链后开始往上抬，莫莉的遗体便从六英尺以下的墓穴里缓缓升到了地面。"棺材外面的木箱子已经腐烂，一拉就碎。棺材的状况也大同小异，似乎马上就要散架。"尽管这个秋日的光线显得昏暗，但那具棺材却似乎发出一种不自然的亮光。"毋庸置疑，这就是镭存在的铁证——棺材内就是因为充满了镭化合物才会发出柔和的光芒。"

有人朝着那闪闪发光的棺材弯下身去，伸手将烂木头上镶嵌着的银质铭牌拉了下来。上面写着：阿米莉亚·马贾。他们把铭牌拿给瓦莱里奥确认。他点了点头：没错，就是这具棺木。这就是一家人为这孩子挑选的棺木。

莫莉的身份一经确认，棺材盖和边上的四块木板就被移走了。莫莉·马贾出现在众人面前。她身上穿的还是1922年落葬那天穿的白色连衣裙，脚上还是那双黑皮鞋。

"尸体保存完好。"很多旁观者都注意到了这一点。

人们小心翼翼地将她的遗体从棺材里抬出来，轻轻地放在一个木箱子里，接着便开车将她的遗体运往当地的一家殡仪馆。她的尸检工作将在下午4点50分开始。那时，阿米莉亚·马贾将终于有机会"开口说话"了。

❖ ❖ ❖

人死以后很难再有尊严。几个医生从莫莉的上颌骨入手,开始解剖工作。她的上颌骨被取出时已经碎成了几块。他们不需要对其下颌骨进行同样的操作,因为那块骨头早已经消失。她还活着的时候下颌骨就已经碎裂,当时的医生将其一块一块地取了出去。几个医生将她的脊椎骨、头颅骨和肋骨分别锯下来后,再用手术刀将这些骨骼上的残留组织刮干净,为接下来的检验工作做准备。他们"用热水冲洗[她的骨头],等骨头风干后再将一部分做火化处理,得到的是一抔灰白色的骨灰"。不知怎么的,他们有条不紊的工作流程中,也体现着一种仪式性的关怀。他们对一些骨头进行X光片测试;还有一些先火化,然后再测试骨灰是否具有放射性。

几天后,当几个医生检查X光片时,莫莉的信息终于从坟墓里传到了人世间。这么长时间以来,她一直都想倾诉自己的心声,现在终于有人开始侧耳倾听。她的骨头令黑色胶片显示出白色的影像。脊椎骨向上发射出道道白光,就像一簇绑在一起的火柴慢慢燃烧发光,最后变成了一片黑暗;就像那些在下班回家路上并排走的表盘画工,每个人都发出夺目的光芒。与此同时,由于下颌骨的缺失,颅骨在胶片上显示出来的影像看上去让人感觉她的嘴巴张得很大,但张开的角度却极不自然,仿佛她在大声疾呼,要求伸张正义。她的眼窝处一片黑暗,仿佛她一直在朝着人世间张望,义愤填膺地凝视着人世间的一切,并要戳穿那个令她蒙羞受辱的弥天大谎。

"没有任何证据表明死者死于某种疾病,更没有证据表明死者死于梅毒。"负责检查的几位医生下了结论。

清白无辜。

"经过检验,死者每部分组织和骨头都给出了证据,证明死者体内存在着放射性物质。"几位医生断定。

莫莉根本没有患上所谣传的"丘比特病"。害死她的是镭。

医生的验尸结果引起了广泛的关注。为了争取正义而斗争的几位表盘画工也开始出名。如今,正是受到这种媒体宣传的影响,又有一个表盘画工来到了贝里的办公室,不过她当时还没有请他担任自己的代理律师。

来的是莫莉·马贾的朋友埃拉·埃克特。埃拉留着一头金色卷发,一向爱笑、爱闹、爱玩。每当公司举办野餐会,她都会玩得不亦乐乎,笑得前仰后合。1927年秋,她敲响了纽瓦克律师办公室的门。跟其他五个正在提起诉讼的表盘画工相比,埃拉的健康状况要好得多。不过,她还是跟贝里说:"我至少化了200美元[现约2 724美元]做X光检查、验血和看病吃药,但都没用。"一年前,她在班伯格百货公司上班时不小心摔了一跤,摔坏了肩膀,到现在都没有痊愈,无奈只好辞了工作。事实上,贝里发现她的整条胳膊"从肩膀到手都肿得厉害"。埃拉表示自己非常痛苦,请求贝里帮助她。

实际上,求助并不仅仅是为了她自己。在当时的人们看来,埃拉·埃克特已经玩出了格。她跟一个已婚男子搞婚外恋,但等儿子出生后,已婚男便人间蒸发了。如今她只能独自抚养这个男孩。她既不能失业,也不能生病,因为她的儿子需要她。

贝里知道他们以后还会再打交道;与此同时,他也加快了工作速度。1927年11月14日,这是个相当重要的日子,是针对表盘画工诉讼案第一次取证的日子。贝里已经向德林克博士发出了正式传票,如今这位心不甘情不愿的博士开始宣誓做证。

正是在这一刻,贝里遭遇了他的主要对手:爱德华·A. 马克利

(Edward A. Markley)。马克利是为美国镭公司承保的保险公司的律师,此番出任美国镭公司的主辩律师。他身高将近 6 英尺(约 1.83 米),棕色头发,棕色眼睛,戴着一副眼镜。父亲曾经担任法官之职,而他是家中长子。他温和自信,沉着冷静。他比贝里年长 6 岁,工作经验更加丰富。

从取证工作开始的那一刻起,贝里就意识到这一过程将会困难重重。他打算全面认可德林克所提供的证据:罗德为了给压制德林克报告找到理由所写的狭隘、虚张声势的信件;美国镭公司向劳工部提交的虚假声明。对于贝里提出的每个问题和每项证据,美国镭公司的律师团都立即予以反击。

"反对,"马克利说道,"这个问题没有任何意义。"

"反对,"斯特赖克说道,"证人无权陈述他跟罗德先生说过的话。"

律师团甚至直接让德林克闭口不言。

"我想从我个人的角度对此事说几句。"德林克博士平静地说道。

"反对。"德林克还没来得及说出下文,马克利就立即跳了出来。

律师团认为贝里所收集的这些真实信件"不过是些无从证实的流言蜚语",并对这位具有探索精神的科学家和他的几位同事采取了一系列巧妙的提问方式。他们对撰写德林克报告的三名调查员提出了同一个问题:"你有调查镭中毒的经验吗?"

三个人的回答无一例外是"没有"。这个回答的隐含意思就是:既然这些专家自己都经验不足,那人们又何必将他们的话当真呢?只有凯瑟琳·德林克明白指出了一个显而易见的事实:"这种疾病属于首次[发现]。"

然而,贝里并没有被这一切吓倒。他在提交德林克的报告时,不无戏谑地说道:"这是我们能提供的最佳证据。罗德先生'遗失'了原件。它最终会发挥作用。"

对此,镭公司的律师团只是简单地回答道:"我方反对使用原件……"

可以想象,整个1月,案件进展得相当不顺利。然而,1月还没过完,一件意外事件让所有人都大吃一惊。贝里对于年初曾拜访过自己的那位名叫埃拉·埃克特的表盘画工一直非常担心,因为他听说最近几个星期埃拉在骨科医院处于"奄奄一息"的状态。她表现出了镭中毒的常见症状:贫血,骨头上出现白色阴影。然而,尽管有这些不言自明的症状,但马特兰医生评论说:"这个病例很令人费解,不像其他病例那样清楚明了。"

1927年12月13日,埃拉·埃克特不治而亡。马特兰在必死之人名单上找到了她的名字,在名字边上写下了一个字母D。D代表死亡。

那天早些时候,医生针对她肿大的肩膀做了一次手术,并在手术中找到了她神秘的病因。当主刀医生切开她的肩膀时,发现"那里长着一个巨大的钙质增生物,并且[已经]蔓延到了整个肩部"。这个增生物的"尺寸相当大"。对包括马特兰在内的所有医生来说,这种增生物闻所未闻。据他们所知,从来没有一个表盘画工出现过类似状况。

镭这种毒素非常狡猾。它侵入受害者骨骼内部,却隐藏了入侵的路线;它蒙蔽了经验丰富的内科医生。它就像专业的连环杀手一样,如今提高了自己的作案手法。埃拉长的这个瘤,是一种在骨头上生长的癌变瘤。她是有史以来首个死于这种疾病的表盘画工,但她绝不是最后一个。

她的离世让还在打官司的五个表盘画工深感震惊;她死得太快了。然而,这也增加了姑娘们为未来而战的斗志。

1928年1月12日,长达十年的审判将会拉开帷幕。

28

"听证会前一天夜里……我几乎无法入睡,"凯瑟琳·肖布写道,"为了这一天,我已经等了太长时间。"

不过,她并不孤单。在1月那个寒冷的日子里,五个表盘画工刚一抵达衡平法院,大批记者便涌了过来,将她们围在中间,闪光灯此起彼伏。接着,记者将法庭内旁听席上的座位全部坐满了。

贝里希望姑娘们能够为未来可能发生的一切做好准备,他也竭尽所能为姑娘们做好庭审前的一切准备工作。就在两天前,他把五个姑娘叫到了一起,给她们把陈述词过了一遍。然而,姑娘们的精神力量只能发挥一部分作用而已,明眼人都看得出来她们的健康状态每况愈下。在过去的半年里,她们过得简直生不如死。贝里写道:"这些姑娘的身体状况真的岌岌可危。"

他最担心的就是阿尔比娜·拉里切。她的左腿比右腿短了4英寸;由于无法弯腰,她自己连鞋袜都穿不上。她和埃德娜·胡斯曼的医疗预后如今最堪忧。然而,让她饱受折磨的却并非自己赢弱不堪的身体……

"就是因为自己现在这个样子,"阿尔比娜哀叹道,"我已经失去了两个孩子。"就在前一年秋天,贝里从医生处得知,她的第三个孩子没了。如果当时她的情况不是这样,那个孩子很可能会活下来。阿尔比娜在发现自己身怀有孕时不禁欣喜若狂,但她的喜悦却并没有持续多久。医生发现她怀孕后,考虑到她的身体状况,不允许胎儿在她体内继续发育。医生要求她必须接受"治疗性人工流产"。

"有时我真的感觉心灰意冷,"阿尔比娜吐露心声,"就会想还不如把煤气打开一死了之,那样便可以一了百了了。"

汉弗莱斯医生曾经说过,镭中毒"正在破坏[病人的]生存意志"。贝里只能希望在这一天姑娘们能找到斗争的意志和勇气。

埃德娜·胡斯曼第一个出庭陈述,而路易斯几乎不得不将自己的妻子抱上了发言席。从照片上看,他的金发埃德娜仍然美丽迷人,看上去与往常一样的造型,一条腿似乎漫不经心地搭在另一条腿上,摆出了拍照的姿势。然而,外表是具有欺骗性的:她再也不能分开双腿,因为她的髋关节已经锁定在那个"不正常的角度",动弹不得。她的右胳膊也已经丧失功能,甚至连在发言席上发誓时都举不起来。

监督诉讼程序的庭审法官是副大法官约翰·巴克斯(John Backes),65岁,庭审经验丰富。巴克斯的父亲原来在一家轧钢厂工作,后来因工伤离世,所以贝里当时肯定希望法官在听证会上能大发怜悯之心。巴克斯胡须浓密,戴着一副眼镜。当埃德娜准备陈述时,他便用亲切和蔼的目光注视着她。

就像在庭审前排练的那样,贝里不疾不徐地引导埃德娜提供口头证据。埃德娜将注意力全都集中在他身上,回答一些简单的问题,诸如她住在哪里,现在是怎样当家庭主妇的;不过,就像她在法庭外所说的,"我已经没有能力料理家务"。她解释道:"我尽量做些力所能及的家务,但我丈夫包揽了绝大部分家务活。"

埃德娜感到疲惫不堪。"最让我难以忍受的就是臀部的剧痛,我在夜里根本无法入睡。"她透露道。在回答第八个问题时,埃德娜开始简单描述自己在美国镭公司的工作性质,但镭公司的律师团马上插嘴打断她,让她的发言无法达到预期目的。自此,律师团便开始多次反对原告的陈述。不过，这倒并没有出乎贝里的预料。1月4日，他曾经与镭公司的律师代表共同进行了一次长达三个小时的取证，那次做证的是纽瓦克的牙医巴里医生。镭公司的律师团也是对一切都表示质疑。艾琳·鲁道夫的牙科诊疗记录上写了这样一句话："恢复了吗？是的。"巴里解释，这句话的意思是说艾琳从麻醉状态下恢复过来。然而，律师团却刻薄地回应道："这里的'恢复'难道不是指从治疗中恢复过来吗？"

他们分别以不同的方式和角度，就这同一个问题翻来覆去地问了至少八遍后才肯放过。

然而，埃德娜·胡斯曼无法与巴里医生那样的职业人士相比，她只是个26岁的残疾家庭主妇。镭公司的律师团对她也采取了同样咄咄逼人的逼问策略，不过最终没给他们自己带来什么好处。当他们不依不饶地要求她回忆具体哪一天臀部开始疼痛，以及她跌倒在地的频率时，巴克斯制止了他们无止无休的提问。"这些问题重要吗？"他一针见血地问道。随着埃德娜的陈述，在场听众对埃德娜的同情之心也随之增长。埃德娜跟在场的人们说道："我无时无刻不在饱受痛苦的折磨。"

贝里缺乏庭审经验这一点有时候会暴露无遗。尽管他聪明睿智，但毕竟进入律师行业的时间尚短。不过，他发现庭审法官非常愿意帮自己摆脱困境。当霍夫曼紧接着出庭做证时，巴克斯帮助贝里把问题表述得更加清晰（巴克斯提示说："他通过何种途径获得了信息？他了解到了什么？"），甚至在预料到反对意见时，巴克斯也会及时介入，助贝里一臂之力。

镭公司的律师团在对霍夫曼进行交叉询问时故伎重施，将他们对付德林克夫妇的策略用到了霍夫曼的身上。

"这是不是你第一次有机会思考有关镭性坏死的问题呢？"身材高大的马克利一边向统计学家抛出问题，一边在法庭上踱来踱去。

"是的，先生。因为这是个全新的课题。"

"以前你对此一无所知,是吗?"

"没有人会……"霍夫曼指出。

"我现在问的是你,"马克利断然说道,"你只需要说出自己的情况。[这是不是]你有生以来第一次接触这类问题?"

"是的,先生。"霍夫曼不得不点头称是。

接着马克利开始筹划让法庭全面驳回霍夫曼的证词。"法官大人,"他带着一种居高临下的讥笑口吻说道,"我认为一个统计学家根本没有资格在法庭上就此案做出判断。"

不过,马克利发现巴克斯根本就不理会他的提议。

"我倒觉得他的能力绝不仅限于此,"法官反驳道,"你太低估他了。"

五个表盘画工一直在一旁观看整出戏码。镭公司的证人就坐在她们旁边,"变色龙一般的"弗林博士隔着过道坐在法庭的另一侧。格蕾丝知道下一个将轮到自己出庭陈述,但她仍然心静如水。"格蕾丝早就习惯于谈论疾病和衰变,"记者弗赖尔小姐写道,"她在跟你谈论死亡时眼睛都不会眨一下。"

不过,当法庭警卫动作轻柔地扶着她走上发言席时,格蕾丝还是感到些许忐忑。这一时刻终于到来,格蕾丝心想。她终于有机会公开自己的遭遇了。

她坐到发言席上,但看上去有些别扭。一是因为金属后背支架擦破了皮肤,二是因为她刚刚又接受了一次手术,下巴换了一条新绷带。然而,这位身材窈窕的姑娘一头黑发整洁利落,双眸中透出一股智慧的光芒。如今她静心敛气,开始陈述。

"当初公司指导我们用嘴唇抿笔尖。"她说道。

"[所有表盘画工]当时全都这样做吗?"巴克斯问道。

"我看到的都是这样做的。"格蕾丝解释道。

"当时有没有人警告你不要抿笔尖呢?"贝里一针见血地提出质疑。

"只有一次，"她说，"冯·索科基走过我身边，当时他看到我抿笔尖，就跟我说不要那么做。"

"他还说别的了吗？"

"他说那么做会生病。"

格蕾丝的回答简单明了，但信息量却很大。她和贝里之间进行了一番机智的问答，问题和回答就像他们原来演练的那样，一来一回如行云流水，轻松应对。不过，贝里还是给她提供了空间，让她有机会讲述自己所遭受的痛苦折磨，这样在场的每个人就都能了解到镭公司的所作所为。

"我的下颌骨做了17次碎骨清理，"格蕾丝言简意赅，"医生用刮匙取出的全是碎骨片。大多数牙齿都已经拔掉。脊椎骨正在腐烂，脚上的一根骨头已经完全坏死。"

简单几句话，却听得人心惊肉跳、毛骨悚然，坐在旁听席上的很多人早已经泪流满面。难怪就在马克利自作聪明地发表评论时，法官对他进行了狠狠回击。"如果我发现你们有罪，你们肯定会悔不当初。"巴克斯言辞尖刻地警告道。

考虑到法官提出的警告，马克利在对格蕾丝进行交叉询问时便谨慎了许多。毋庸置疑，他自己也心知肚明，这个姑娘可不那么容易被击垮。格蕾丝当然不是个怕事的人。

对于美国镭公司的律师团来说，在衡平法院的法庭上所提出的所有辩护依据中，有两点至关重要，即诉讼时效以及表盘画工们获知实情的时间。如果她们在1925年7月前得知画表盘的工作令她们重病缠身，那么她们当时就应该提起诉讼。因此，马克利打算对格蕾丝施加压力，逼着她承认她很早以前就已经知道自己所从事的职业就是她的致病原因。

"[给你看病的牙医]有没有跟你说过，他认为你的职业就是导致你生病的罪魁祸首呢?"马克利一边在法庭上走来走去,一边开始询问。

"没说过,先生。"

马克利又把问题重复了一遍。

"怎么啦？没有啊,"格蕾丝机智地解释道,"我找他看病时是在富达联合信托公司上班。"

律师团还就格蕾丝曾经找过不同律师的问题进行询问。当他们谈到贝里时,问道:"[他是]你找的第一个代理律师吗?"

"不是,他并不是我找的第一个律师,"格蕾丝的目光锁定了这位年轻的律师,"他是唯一一位愿意帮我提起诉讼的律师。"

凯瑟琳·肖布热切地关注着法庭上的进展。她后来写道:"我当时想,一切都进展得相当顺利。"她注视着金塔一瘸一拐地走到发言席上。法官的脸上马上露出了关切的神色,对此凯瑟琳感到非常欣慰。贝里还没来得及开始提问,法官巴克斯就急切地向金塔抛出了问题:"我注意到你的腿瘸得厉害,你这是怎么啦?"

金塔答道:"我的臀部有问题——实际上是两边都有问题。两个脚踝也出了状况,不能长时间穿鞋子。我的两个膝盖、一条胳膊连着肩膀都疼得厉害。"

凯瑟琳全神贯注地听着。"明天还有一场,后天还有一场,"她写道,"在整个听证会结束之前不知道还有多少场。然后,法庭就要做出裁决。也许直到那时我才能摆脱这一切,将这一切彻底地抛在脑后。"她一边听着金塔的陈述,一边开始想象未来的生活,她真希望能从此幸福地生活下去。再熬上几天,等把听证会熬过去,不管用哪种方式,这一切就会画上句号,她心想。

然而,天不遂人愿。"副大法官的木槌敲击桌面的声音将我拉回到了现实世界,"她后来说道,"当时副大法官正在说话。他宣布下一次开庭日期为4月[25日]。一听这话,我差点就哭出来,可我也知道眼泪根本不能解决任何问题。我必须鼓起全部勇气,继续斗争下去。"

❖ ❖ ❖

尽管庭审延期的确令人感到焦躁不安,但最终时间还是很快就过去了。贝里担心这几个表盘画工在医疗方面无法得到救助,便说服纽约的一些医生接受这几个姑娘入院治疗。于是,五个姑娘都入院一个月,得到了医生们的精心护理。几位内科医生都相信,也许会有一些治疗方法可以消除沉积在姑娘们骨头中的镭。

"一位苏联医生认为,"格蕾丝回忆道,"他可以用某种[治铅中毒的]疗法解除我们的痛苦,但这种疗法似乎无法清除我们体内的镭。我想永远也不会有真正有效的治疗吧。"也许格蕾丝已经知道自己痊愈的希望渺茫,于是她把贝里请来,正式起草了一份遗嘱。其实,她也没有什么遗产可以留给家人。

尽管治疗方法毫不见效,但几个姑娘却一直保持着积极乐观的心态。"我可以不屈不挠地面对那些无法避免的事情,"金塔说道,"除此之外,我还能做什么呢?我不知道哪天我会告别人世,只能尽量不去想那一直如影随形的死神。"不过,跟其他几个姑娘相比,死神离金塔似乎还有一段距离。例如,跟阿尔比娜相比,金塔的病情发展得更加缓慢。因此,金塔已经习惯于"同情姐姐所处的困境,却完全忽略了自己的身体状况"。

姑娘们发现,离开了纽瓦克后,平静的住院生活让她们的人生观都发生了很大的变化。凯瑟琳一入院便写道:"刚刚洗了个澡,还没有吃饭。因为有人帮忙,澡洗得很舒服。生病时有人在旁护理真不错。"

纽约的生活对姑娘们来说还有一个好处。正如凯瑟琳所写,她们终于"摆脱了不速之客的造访,甩掉了那些令人生厌的顾问,远离了他们鬼鬼祟祟窥探的眼神"。

惹人生厌的顾问弗林博士无处不在。尽管贝里已经发现了他的踪迹,但弗林依然没有放弃接近表盘画工的企图。弗林近期曾经告诉汉弗莱斯医生,说自己是"姑娘们真正的朋友",而且弗林自己对此也深信不疑。然而,几个姑娘如今都已经知道弗林是镭公司的人。她们一听到这个消息就立刻找到了贝里,称她们对弗林"私下里给出的建议"深表怀疑。于是,应姑娘们的请求,贝里在给弗林的信中,要求他立即停止对姑娘们的骚扰行为。弗林在回信中称贝里粗鲁无礼,并声称自己将不会理睬贝里信中提到的其他不实指责。

然而,姑娘们不可能从此跟弗林老死不相往来。4月22日,就在第二次庭审之前三天,镭公司的几个医生将姑娘们召集到一起,对她们进行强制体检。弗林以及赫尔曼・施伦特(Herman Schlundt,与副总裁巴克私交甚好)医生等专家负责检查事宜。

几个医生将针管刺入格蕾丝的血管抽血时,格蕾丝不由得心生畏惧。她对于任何可能导致割伤或擦伤的东西一直都感到异常紧张,因为当时她皮肤上的伤口已经无法自然愈合。有的表盘画工的"皮肤薄得就像一张纸,哪怕只是拿指甲刮一下,马上就会裂开一道口子"。一个星期后,格蕾丝意识到,当时她的担心完全合情合理:针眼周围的肌肉都发黑了。

在检查过程中,几个医生还对姑娘们进行了放射性测试。不过,他们在安放检测设备时有意远离病人,这样一来,摆放仪器的"桌子便使病人的身体与仪器隔开了一段距离"。弗林甚至"还将仪器往后挪了两三英尺,远离受检病人,如此这般,仪器便无法检测到辐射"。因此,镭公司得出她们体内根本不存在辐射的结论,便也不足为奇了。

然而,姑娘们的诉讼案还没有结束。三天后,她们将回到法庭,为自己的生命而战。

29

凯瑟琳·肖布率先走上了发言席。

"当时我一步一步地走上去,"她写道,"在发言席上的感觉非常怪异,比我想象的更加奇怪。但我还是宣了誓。"

贝里的做法跟此前一样,仍然不疾不徐地引导着凯瑟琳陈述。凯瑟琳的记忆回到了1917年2月1日那个寒冷的冬日,那是她上班的第一天。当时她激动地走在上班的路上。"一位年轻的女士指导我,"她回忆说,"告诉我拿嘴唇抿笔尖。"

贝里让她回顾了自己痛苦的经历。她透露自己曾经"非常焦虑不安"。毋庸置疑,美国镭公司的律师团认为她的心理健康问题是个弱点,这或许可以解释为什么他们让凯瑟琳吃足了苦头。

她刚说到"有时候[画一个表盘]就会抿四五次笔尖,而且有可能还不止四五次",马克利立刻就站起身来开始交叉询问。

"有时候不止四五次,是吗?"他开始攻击。

"是的,先生。"

"那有时候就会不到四五次,对吧?"

"是的,先生。"

"有时候你可能就不会抿笔尖,对吧?"他一边转过身,一边大声问道。当时凯瑟琳可能对给出这个问题的答案表现得有些犹豫不决。"你自己都不清楚吗?"他难以置信地问道。

"我正在回想。"凯瑟琳紧张不安地回答道。

"这要看驼毛笔的状况了,对吧?[……]是公司给你们提供的毛笔吗?"

"没错,先生,是公司提供的。"

"那就是说你想拿几支就可以拿几支,对吧?"

"不是。"

"那么当你需要毛笔时,你就可以[去找领班要],是吗?"他步步紧逼。

"是的,先生,"凯瑟琳答道,"但公司不允许浪费毛笔。"

"公司当然不允许浪费毛笔,但给你们提供了大量的毛笔,对吧?"

这些问题连珠炮般一个接一个抛出来,几乎不给人思考的时间。马克利询问的节奏把握得非常到位。在凯瑟琳还没来得及结结巴巴地给出一个问题的答案时,他的下一个问题就已经蓄势待发了。

就像他们此前对待格蕾丝的做法一样,镭公司的律师团用大量问题向凯瑟琳狂轰滥炸,有的问题涉及她最初接受的牙科治疗,剩下的则是针对她所患之病是否在1920年代初就已经被确定与其职业相关。在如此密集炮火的攻击下,凯瑟琳难免会出现紧张情绪,结果情急之下出了差错。她想起来当初和其他几个表盘画工在巴里医生的诊室里看病时,巴里认为她们的病是磷中毒,于是她透露说:"以前有一次谈到工业病……"

马克利马上抓住了这一点。"你说的'有一次谈到工业病'是什么意思?"

凯瑟琳意识到了自己的失误。"我从来都不认为我自己和那次讨论之间存在任何联系,无论从什么角度来说都没有。"她急忙说道,但马克利可不会轻易放过这个失误。他提起凯瑟琳1923年过世的表妹艾琳。"巴里医生曾经告诉艾琳,说他认为艾琳可能患的是工业病,你知道这事,对吧?"

"嗯,他只是有点儿怀疑。"凯瑟琳无力地承认。

"是他亲口跟你说的吗?"马克利追问道。

"他从没有直接跟我说过……我们家的亲戚跟我说的,仅此而已。"

"他们是什么时候跟你说的?"马克利立刻插话,可能希望凯瑟琳能够给出令整个案件无法成立的答案。

"嗯,不记得了,"凯瑟琳反击道,此时她的思路已经回到了正轨上,"表妹生病的时间太长,我不记得了。"

问答似乎永无休止。凯瑟琳面无血色、疲乏无力,就连巴克斯的注意力也不由得被坐在发言席上的这个姑娘给吸引了过去,她是如此羸弱不堪。巴克斯突然插嘴问道:"你累了吗?"

但凯瑟琳态度坚决。"不累,"她说,"我的脊椎骨有些不中用了,不过我会尽量坐直。"

凯瑟琳在描述自己所遭遇的种种苦难时,注意到一群记者边听边匆忙记录细节,这让她颇感欣慰。

本次听证会跟1月份的那场一样,法庭的旁听席上坐满了各路记者,人数甚至比上次还多,这是因为表盘画工的苦难遭遇已经引起了国际范围的关注。随着凯瑟琳、阿尔比娜以及金塔先后走上发言席,各路记者随后便用感人至深的笔触对姑娘们的陈述做了描写。媒体称她们为"一群面带微笑的不幸女人",说她们"保持了一种近乎豁达的态度"。

表盘画工的沉着冷静跟旁听席上那些人的表现形成了鲜明对比。一份报纸报道说:"[姑娘们]旁听时若有所思但又坚忍克制,通常会表现得很冷淡的那些旁听者此番却不断拿起手帕擦拭泪水,而且他们似乎并没有因这一举动而感到难为情。"

贝里引导着金塔·麦克唐纳讲述朋友们的悲惨命运时,闻者无不动容。

"你跟艾琳·鲁道夫熟吗?"贝里问道。

"我们很熟,先生,当时我也在镭工厂工作。"

"认识黑兹尔·库瑟吗?"

"认识,先生。"

"莎拉·梅勒费尔呢?"

"认识,先生。"

"玛格丽特·卡洛呢?"

"认识,先生。"

"埃莉诺·埃克特?"

"认识,先生。"

"她们全都死了,是吗?"

"是的,先生。"

格蕾丝可能跟贝里暗示过她希望能再次做证,因此她现在又出现在发言席上。美国镭公司的高管们全都聚在法庭的另一侧,格蕾丝目不转睛地盯着这群人。其中的一张脸给她留下了难以磨灭的印象。

"弗赖尔小姐,"贝里与格蕾丝简单商议后开始发问,"1926年夏,你曾经接受过一次体检,给你体检的除了弗雷德里克·弗林博士外,还有一个你不认识的医生也出现在体检现场。从那以后,你有没有再次见过那位助理医生呢?"

"我见过他,先生。"

"他今天在法庭上吗?"

格蕾丝朝着那群高管看过去。"是的,先生。"

贝里指着她已经指认的那个人问道:"是这位巴克先生吗?"

"是的,先生。"格蕾丝给出了肯定的回答。

"你知道他是美国镭公司的副总裁吗?"

"当时我并不知道。"她直截了当地答道。

弗林曾经跟格蕾丝表示她的身体状况比自己的还健康。弗林说这话的那天，巴克也在场。当弗林声称格蕾丝的身体不存在任何问题时，巴克就站在弗林身边。巴克出现在体检现场，表明镭公司参与了弗林的各项行动：公司的副总裁竟然参与了表盘画工的体检。

接下来出庭做证的是贝里聘请的呼吸测试专家伊丽莎白·休斯。她做证说，众所周知，既然"该领域几乎所有人的手都曾经被灼伤过"，那么"所有操作人员和全体工人都应受到保护，避免受到镭射线的伤害"。各大报纸在提到休斯女士时，几乎都提到"她对这个问题的了解相当透彻，她的证词非常具有说服力，至少副大法官相信她言之有物"。

当然，镭公司的律师团对她是深恶痛绝的。尽管休斯女士经验丰富，但律师团很快就对她展开攻势，大肆诋毁。

"请问你现在在从事什么职业？"马克利明知故问。

"家庭主妇。"她答道，因为当时她不得不在家里照看自己的几个小孩。

接着，马克利便开启了询问攻势，将问题一个个地抛出来，每个问题都暗示她实际上对镭一无所知。他对休斯纠缠不停，不但贬低她的资历，而且质疑她呼吸检测的技术。最后，他把休斯逼到毫无退路，强迫她承认她"无法确定镭的量"。

"好吧，"马克利得意地说道，"如果你承认你一无所知，我便心满意足了。"

然而，听到这话，巴克斯再次出手干预。"我关心的是证人所知晓的东西，"他大声说道，"而不是证人说她不知道后你感到心满意足。我认为证人刚才所言要比你意图呈现的一无所知要多一些。"

伊丽莎白出庭做证未完，就到了午餐休息时间，她和贝里似乎都松了一口气。午间休息后，马克利卷土重来，仍然摆出一副好战的样子。现在轮到曾经负责莫莉·马贾尸检工作的医生出庭做证。这位医生证实，镭是导致莫莉死亡的元凶。马克利想要拿到所有关于莫莉的证据，但未果。"我要听取证词。"巴克斯表示。

"我想提醒法官大人注意一个事实,"马克利对这一决定感到愤愤不平,低吼道,"这个姑娘的死亡证明显示她死于梅毒。"

马克利有充分理由不顾一切地为镭公司卖命。在关闭了那个让他们倍感头痛的奥兰治镭工厂后,从财务角度来说,美国镭公司的发展已经回到了正轨。就在几天前,公司刚刚接到了一笔50万美元(现约700万美元)的订单。管理层可不想输掉这场官司。

4月25日那天,最后一个走上发言席的是长期给姑娘们提供治疗的汉弗莱斯医生。他关于这些表盘画工不同寻常的身体状况的描述非常具有权威性。他做证说,"所有病人"全都出现了同样的情况;不但在这几个姑娘身上,而且在他曾经治疗过的詹妮·斯托克等女工身上也出现了同样的问题。汉弗莱斯此前解开了詹妮膝盖问题之谜。如今他当庭宣布:"我认为她死于镭中毒。"

汉弗莱斯做证所花时间较长,这对五个表盘画工而言有点像是一次耐力测试。这是因为他详细地描述了她们每个人病情的发展变化——她们第一次是如何带着那些令她们惶惑不安的病痛找到了他;他是如何靠"猜测"对她们进行治疗;如今这几个病人是如何全都变成了残疾。如今的她们,跟他第一次见到时相比已经大相径庭;尽管她们努力在精神上保持活泼开朗,但身体却背叛了她们。"我当时以为他的证词可能永远都没有结束的时候,"凯瑟琳在回忆汉弗莱斯出庭做证时写道,"因为那证词听上去令人感到痛苦不堪、胆战心惊。"然而,她还是选择坚强地面对一切。"该做的还是要做,"她继续写道,"该说的还是要说,否则我们便无法为应得的正义而斗争。"

于是,五个姑娘选择了倾听。汉弗莱斯在法庭上坦言:"我认为这病无药可医。"姑娘们听到了他说的每个字。

很多记者都已经泪眼蒙眬,但还是朝着姑娘们的方向瞥了一眼。然而,镭姑娘们表现十分坚忍,坦然地接受了汉弗莱斯对她们下的死亡宣判。

不过,巴克斯跟在座的诸位记者一样,似乎已经不忍心再听下去。"你是不是时时刻刻都希望能发现行之有效的治疗方法?"他急不可耐地问道。

"我们的确希望能有所发现。"汉弗莱斯给出了肯定的答复。

"时时刻刻都希望吗?"法官再次追问道。

"是的,先生。"汉弗莱斯简单地回答道。但法官的督促之辞无法创造奇迹,治愈良方根本不会凭空出现。这些姑娘注定要死。

唯一的问题是,她们在临死之前能否得到公正的对待。

第二天,听证会继续举行,很多专家纷纷出庭做证。几位成就卓著的医生做证说,至少从1912年起,镭会对人体造成伤害就已经成为众所周知的事实。为了给这几位医生的证词提供佐证,贝里向法庭递交了大量的文献资料,其中就包括美国镭公司自己发表的一些文章。

为了削弱这些文献资料对法庭的影响,马克利开始引证镭的治病功效,例如,镭公司的客户威廉·贝利在推广镭钍水时使用的那些溢美之词。然而,很明显,他的论据存在很多漏洞。马克利在引用一本不知名的期刊上刊登的一篇鲜为人知的研究报告时,其中一位出庭做证的医生表示自己从未听说过这篇文章的作者。这位专家证人追问道:"他是谁?他和本案有何关系?"马克利只能转攻为守,辩称:"我不是来接受质询的。"

对雷蒙德·贝里而言,这一天庭审的情况不错。对方的交叉询问并没有令几位医生感到慌乱。一位医生称那些使用镭的家伙全都是"傻瓜",还说他认为镭疗法"应该马上废止"。

"药剂理事会(Council of Pharmacy)不是已经批准了[这种疗法]吗?"美国镭公司的律师们愤愤不平地提出质疑。

"我想是的吧,"这位德高望重的医生语气轻快地回道,"但是,先生,他们批准的东西不胜枚举,对我来说早已经没有任何意义。"

劳工部的安德鲁·麦克布莱德和约翰·罗奇就他们在诉讼程序中所发挥的作用提供了证词;美国镭公司的两位总裁克拉伦斯·B.李和亚瑟·罗德也出庭做证。罗德证实他的确曾经在表盘工作室里"多次"现身,但又做证说:"我从不记得有任何一个女工用嘴唇抿笔尖。"他还否认冯·索科基曾经跟他说过这种涂料对人体有害;他表示,"在我们听说了一些早期的投诉和病例之后",才第一次得知涂料有可能存在危险。

"你第一次听说的是哪个病例?"贝里抛出问题。

"我可记不住名字。"罗德冷冷地答道。表盘画工对他来说无关紧要,他根本想不起这些微不足道的细节。

接着,贝里又传唤了一个非常特别的人士为这些姑娘做证:哈里森·马特兰走上了证人席。这位出类拔萃的医生设计出来的检测手段足以证实镭中毒的存在,他还为其他医生无法确诊的姑娘们提供了确凿的诊断结果。贝里千方百计地做马特兰的说服工作,最终马特兰同意出庭做证。首席法医俨然一位超级明星,再没有别的词可以形容法庭上的他了。"他直截了当、毫不妥协的证词令人瞩目。"各家报纸极力赞扬,纷纷将马特兰称为"明星证人"。

马特兰首先详细地解释了他对卡洛姐妹所做的尸检,解剖结果证实了二人死于镭中毒。这样的证词对于这五个姑娘来说,实在过于残酷,不忍卒听。尤其是金塔,她觉得证词"令人难以忍受"。一家报纸评论道:"当她听到马特兰的证词时,就已经接近崩溃的边缘。接着,她凭借着坚强的勇气和毅力努力令自己恢复镇静,坚持听完了整场听证会,只偶尔流露出来些许激动的情绪。"

马特兰的进攻势不可当。镭公司的律师团暗示镭中毒不存在，提出的理由是："在两百多个女工中，只有这几个[提起诉讼的]女工出现了这种情况。"对此，马特兰直言不讳："现在有十三四个女工已经死亡，深埋于地下，如果你们把她们的尸骨挖出来，可能就会发现也是同样的情况。"

"对方证人提出的这一假设没有任何依据，我方要求法庭不予采纳。"美国镭公司的律师团慌忙向法庭抗辩。

"暂且搁置该假设。"巴克斯马上答道。

镭公司继续声称，除了奥兰治镭工厂出现的病例外，"并没有其他病例的报道"。

"当然有，还有几个已知病例。"马特兰反驳道。

"只不过几个零散病例，也就一两个而已……"马克利挥了挥手，仿佛这几个病例也可以挥走一样。

然而，马特兰态度坚决地表示，沃特伯里钟表公司已经出现了相同病例。他的证词非常具有说服力。巴克斯甚至直接将美国镭公司的涂料冠以"镭中毒"之名。闻听此言，马克利愤然大叫："这种涂料绝对不会导致镭中毒！"

历时一天的听证会接近尾声时，贝里站起身来，用各种问题引导马特兰给出证词。可以想象，马克利自然会站出来反对。所幸，法官大人再一次驳回了他的抗议。"你提出抗议的目的就是为了削弱[马特兰]证词的影响，"法官对马克利说道，"如果说你已经得偿所愿，那么控方律师[贝里]现在要做的就是恢复其证词的影响力。"

他转过头对贝里说道："请继续。"

看到案件的进展如此顺利，贝里喜不自胜——明天他将要把镭公司打得彻底失败。冯·索科基医生将要出庭做证，他曾经警告过公司，提醒他们涂料有毒。贝里有些迫不及待，只盼着能早些就冯·索科基的警告进行提问。此举将会令整个案件一锤定音,而且裁决结果一定会有利于这些表盘画工。

第二天上午,就在冯·索科基快要结束做证时,贝里抛出了致命一问。

"你是不是曾经说过,"贝里一边说,一边双目放光地直视着冯·索科基,"[你之所以没有制止抿笔尖这一做法是]因为这件事不在你的管辖范围之内,而在罗德的管辖范围之内呢?"

"我反对,法官大人。"马克利马上提出抗议。

然而,法官还没来得及表态,镭公司的缔造者便已经给出了答案。

"绝对没说过。"

马克利和贝里同时盯着冯·索科基,两个人全都惊讶地张大了嘴巴。接着,马克利如释重负地坐回到椅子上,跷起了二郎腿。"好吧。"这位律师语气轻松地说道,示意证人继续。

"绝对没说过。"冯·索科基把刚才的话又重复了一遍。

贝里简直无法相信自己的耳朵。因为不但格蕾丝和金塔曾经跟他说过此事,就连马特兰和霍夫曼也曾经说过,他们全都亲耳听到冯·索科基亲口说了这句话。如今他为什么矢口否认呢?也许他担心自身难保,或者还发生了什么其他事情。"我们应该弄清楚冯·索科基意欲何为,而他人又在何处。"早在上一年7月,美国镭公司的一份备忘录就有这样的提醒。也许是暗地里进行的一次谈话导致冯·索科基改变了说法。

贝里就冯·索科基曾经对格蕾丝提出的警告展开询问。也许至少从这一点上他可以找到一些抓手。

"嗯,贝里先生,"冯·索科基答道,"我并不打算否认这一点,只不过那天的事我记不清了……我有可能曾经跟她说过。不论谁路过工作室，只要看到一个女工用嘴抿笔尖这样不同寻常的事情，都会自然而然地说上一句；那么当然我也会说一句['不要那样做']。"

这样的证词即便在约翰·巴克斯听来都觉得非常刺耳。"你当时那么说的原因是什么？"法官问道。

"因为不卫生啊。"冯·索科基立即答复。

"你当时警告这位年轻女士不要抿笔尖，"巴克斯说道，"我想知道的是，你当时是否担心涂料里含有的镭可能会对她造成恶劣影响？"

然而，冯·索科基却不为所动。他当时的措辞值得深思。"绝对没有，"他答道，"我们当时[对危险]一无所知。"

贝里大失所望。他在法庭上公开谴责冯·索科基，称他是个"心怀叵测的证人"。曾经亲耳听到他警告的格蕾丝·弗赖尔对冯·索科基更是恨之入骨，心里一定也将他骂了个狗血喷头。

贝里又给格蕾丝提供了一个出庭做证的机会。冯·索科基刚一走下发言席，贝里便打算再次传唤格蕾丝。贝里解释道，此举"并非为了败坏[冯·索科基的]名声，而是为了向法庭展示他当时到底都说了些什么"。然而，马克利却立即抗议格蕾丝口述证据，而法官只好违心地表示赞成。"下面我要说的这句话不必记录在案，"巴克斯说道，"这些涉及证据的法律法规制定出来就是为了不让人们说真话。"

接下来的几个证人，包括凯瑟琳·威利和弗林在内，全都是作为美国镭公司的付费证人出庭做证。因此，截止到1928年4月27日上午11点30分，贝里已经将本案所涉及的证据全部提出。在当天接下来的时间以及随后的几天里，美国镭公司将有机会发表自己的观点，接着本案就将做出裁决。当时，姑娘们都满怀希望地开始幻想，想着裁决一刻到来时，她们将会是何种感受。

马克利体态轻盈地从椅子上弹了起来。"我在想，"他平静地对法官约翰·巴克斯说道,"如果我们能有时间开个短会,或许就可以早点结束这个听证会。"

接下来他们讨论的内容不宜公开。后来,法官巴克斯"砰"的一声敲响了小木槌,发表了一项声明:"下一次听证会的时间推迟到 9 月 24 日。"

9 月距离当时还有五个月的时间。五个月的时间啊!坦率地讲,这几个姑娘可能都活不到那时候。

凯瑟琳·肖布哭着喊道,这种拖延"太残忍、太无情"。

然而,法律高于一切。9 月到来之前,任谁也无可奈何。

30

姑娘们的情绪彻底崩溃。就连长期以来一直坚强得令人难以置信的格蕾丝·弗赖尔也都已经无法忍受。她一下扑倒在"自家客厅的沙发上,压抑已久的眼泪喷涌而出"。

母亲想让她平静下来,她温柔地抚摸着女儿金属支架包裹的后背,不敢用力,因为她那薄纸一般的皮肤一碰即破。"格蕾丝,"母亲说道,"这可是你第一次没有微笑面对一切啊。"

然而,姑娘们根本无法相信眼前发生的一切。马克利曾经表示,"对他来说,在剩下的半天时间里法官才开始审理他的案子不划算"。于是,该案件就被延期,直到法庭给该案的审理腾出足够长的时间。镭公司的理由是,他们打算请大约 30 位专家证人出庭做证。《奥兰治每日速递》(*Orange Daily Courier*)在那个星期刊登了有关该案件的系列报道,标题为《孤立无援的姑娘们》。好吧,现在看来,这个标题的确反映了五个表盘画工的真实心理。

不过,她们并非真的孤立无援,她们还有雷蒙德·贝里。他立即对法庭的决定表示抗议,重要的是他还找到了两位律师,弗兰克·布拉德纳(Frank Bradner)和赫维·摩尔(Hervey Moore)。两个人原本有个案子定在 5 月底开庭,但他们都愿意将开庭时间让给贝里,这样法庭就可以先给表盘画工提起的诉讼案举行听证会。巴克斯对这一新的时间安排欣然表示同意,于是贝里将这个好消息告诉了五个姑娘。

然而,美国镭公司对于贝里的横加干涉非常不满,声称他们"不可能"在5月底前就将一切准备就绪,因为他们邀请的专家"要出国好几个月,夏天结束后才会回国"。

贝里怒了。"我相信你一定会同意我的看法,"他在给马克利的信中写道,"因为某些专家必须在欧洲放纵自己,以令中毒的受害者承受痛苦乃至死亡。这不但相当残酷,而且太讽刺了。"

用贝里的话说,尽管镭公司毫不让步,但他"在这场战争中的斗争还远远没有结束"。贝里意识到镭公司故意拖延的行为可以说是十分恶劣,也许公司原本的打算就是希望这几个表盘画工在法庭做出裁决之前就一个个死掉。贝里现在打算利用客户虚弱的身体状况再为她们搏斗一番。他找到四位医生在誓词上签名做证:"这几位女士的身体状况日益恶化。在1928年9月到来之前,这五位女士就很有可能全体死亡,或至少其中的几位会面临死亡。"

对姑娘们来说,这样的文字让她们毛骨悚然。据汉弗莱斯透露,她们"一直处在精神紧张状态"。不过,贝里的直觉告诉他,这样的举动必然会有结果。事实证明,他是对的。媒体在面对这种不公正的状况时必然义愤填膺。贝里的盟友沃尔特·李普曼立刻挺身而出,在《世界报》上撰文道:"我们有理由相信,这是迄今为止我们所关注到的对正义最恶劣的歪曲之一。"

李普曼所发表的社论引起了巨大反响,很快就在全国范围内获得了支持和响应。一位读者在给《新闻报》(*News*)的信中写道:"马上开庭,取消延期,给这五个姑娘一个为自己而战的机会!"与此同时,经常被称为"美国良心"的社会主义政治家诺曼·托马斯(Norman Thomas)宣称,这件事是"一个活生生的例子,展示了资本主义制度极端自私的一面。这种制度不关心工人的死活,一心只保护资本家的利益"。

"到处都有人在问,这几个姑娘只剩下不到一年的生命,为什么不让她们伸张正义?"凯瑟琳几乎带着一种难以置信的语气说道,"这些声音让曾经希望渺茫、无人关注的案子一下子就曝光在公众面前。"

公众深受震撼。"世界各地的信件像雪片一样飞来。"凯瑟琳回忆道。

尽管大部分信件都传达了积极正面的信息,但有些也发出了不和谐的声音。"镭不可能对人体造成伤害,"镭公司的一位管理人员在给金塔的信中言辞激烈地写道,"你的律师和医生竟然如此无知,真是可悲。"一些江湖郎中在信中给出了自己的建议,但语气却显得咄咄逼人。"给我1 000美元[现约1.4万美元],我就能把你们全都治好。"说这句话的女士建议采用"科学沐浴"疗法。"要是治不好,我只收200美元[现约2 775美元]。事关生死……你们最好赶紧决定。如果毒况发展到了心脏,那就永别了,姑娘们。"

很多来信都提出了五花八门的治疗方法,从沸牛奶加火药,到神秘咒语伴大黄汁,不一而足。电热毯制造商将这视为一个独特的营销机会,建议姑娘们使用电热毯疗法。"我们可不是为了赚钱,我们只是想把她们全都治好,"该公司声称,"这一疗法所带来的广告效应可能会给我们带来丰厚回报。"

姑娘们已经声名远扬。没错,她们全都成了知名人物。贝里原本就善于预见各种可能性,如今既然机会已经显现,他打算立即加以利用。他向姑娘们谈起吸引媒体注意的话题,她们都举双手赞成。于是,1928年5月,似乎每天都有来自新闻界的正义呼声,贝里确保姑娘们一直处于舆论中心。金塔和格蕾丝这对闺蜜拍摄合影,共同接受采访。格蕾丝身穿一件樱桃图案的漂亮衬衫,下巴上仍然绑着绷带;金塔则穿了一件领口有蝴蝶结的浅色连衣裙。姑娘们纷纷向媒体透露她们的生活细节:金塔每次是如何被别人送到医院看病的;阿尔比娜是如何连续失去肚子里的孩子的;埃德娜的双腿是如何扭曲变形到无法复原的。她们虽然饱受苦难,但她们的人格却熠熠生辉——公众也因此崇拜她们。

"不要在报纸上宣扬我们能够承受得住所有苦难或者我们无所畏惧之类的话,"金塔开朗地笑了笑,"我既不是殉道者,也不是圣人。"格蕾丝表示自己"仍然活着,并且满怀希望"。"我要面对命运的挑战,"她宣布,"要像斯巴达人一样具有战斗精神。"

并非所有的采访都能让她们感到轻松自在。在有些记者问起莫莉的事时,金塔不得不停下话头,过上一阵子才能让自己的情绪稳定下来。在一次采访中,凯瑟琳·肖布表示:"你们即便看到我落泪,也不要认为我是心灰意冷,那是因为我的臀部疼痛难忍。有时那感觉就像有把刀不停地在我身上剜肉一样。"

然而,悲剧和痛苦原本就是吸引公众注意力的部分原因。镭中毒会导致胎死腹中,也会致人毁容,"而且似乎已经破坏了她们原本特有的女子气质"。公众对此无不感到震惊和悲伤,对这几个姑娘更是充满了关切爱护之情。

贝里很快就意识到媒体报道所产生的巨大威力,因为爱德华·马克利已经恼羞成怒了。"从我个人角度来说,我非常讨厌你的态度,"这位美国镭公司的代理律师在给贝里的信中怒气冲冲地写道,"尤其是你在报纸上对这起案子的大肆宣传。退一步讲,利用报纸对你所代理的案子从道德层面上进行审判,这种动机令人生疑。我相信,你最终会为自己的行为付出代价的,要么今生要么死后。"

贝里的回复言简意赅。"真叫人吃惊,您竟然提到了'道德'……"贝里一脸无辜地写道。

然而,无论马克利对媒体有何看法,他所代表的镭公司却深知必须将自己一方的观点呈现出来。果然不出所料,美国镭公司率先推出了弗林博士。弗林声称自己所做的所有检测都表明这些表盘画工的体内"没有镭";他相信姑娘们的健康问题都是因神经紧张所致。这是女性职业病的常见反应,通常人们都会将女性职业病归咎于女性特有的歇斯底里。不过,《世界报》认为弗林的观点完全站不住脚。李普曼撰文道,弗林的声明"看上去就是为了不失时机地支持[美国镭公司]律师团的观点"。他继续写道:"向法院施加压力并不是报界的惯常做法。但弗林的声明非但没有显示出他具有任何男子气概,反倒显得既有失偏颇又残忍无情。"

马克利根本无力阻止对表盘画工日益高涨的支持浪潮。当有媒体要求他就此事发表评论时,他能说的无非就是他觉得这几个姑娘正遭到纽瓦克一位年轻律师的剥削和压迫。然而,姑娘们自己肯定没有这样的感觉。她们正带头将原来的雇主绳之以法。最后,全世界都在听她们说话,而她们自己也没准备闭口不言。

"当我告别人世后,"凯瑟琳·肖布用一种令人心碎的凄凉口吻跟媒体说道,"人们将只会在我的棺材上摆放百合花而不是我喜欢的玫瑰。如果我能获得25万美元的赔偿金,能不能给我多放点儿玫瑰花呢?"

"我认识的很多姑娘都不愿意爽快地承认事实,"她继续说道,"她们嘴上都说自己没事。她们担心说出实话会失去男朋友,失去美好时光。她们知道自己得的根本不是什么风湿病——天哪!这群傻姑娘!真是一群可怜的傻姑娘啊!她们就是害怕遭到排斥。"

格蕾丝·弗赖尔也吐露了实情。"如果我说我很开心,那就是在自欺欺人,"她坦言,"但至少我没有完全灰心丧气。我打算充分利用剩下的时间。"她说当生命的最后一刻到来时,希望能把遗体捐献给科学研究事业,这样医学界或许可以找到治愈镭中毒的良方;其他几位表盘画工后来也都这样说。"对我来说,我的身体除了带给我无尽的痛苦之外,已经没有任何意义,"格蕾丝实话实说,"如果用来做科学研究,或许对其他人而言,就意味着生命延续或从痛苦中解脱出来。我能贡献的也就只有我的身体。"她的笑容透露出内心的坚定。"难道你们还不明白我为什么要捐献遗体吗?"

她的一番话征服了在场的所有记者。"她这样做并不是放弃了希望，"一位记者在格蕾丝做出捐献遗体的承诺后评论道，"格蕾丝仍然满怀希望——不是像你我这样的普通人可能心怀的那种自私自利的希望，而是为全人类做贡献的希望。"

有了这样一个公众平台，再加上公众爆发出来的同情心，表盘画工们的诉讼案肯定会朝着有利于她们的方向发展。正是基于这一点，法官巴克斯替贝里对法律做出了富有启发性的解释。他说，这些表盘画工的骨头中含有镭，而且镭仍然在伤害她们，她们却无处可逃，"因此，根据相关法律的规定，必须在伤害开始的那一刻起计算赔偿金"。这个建议简直大快人心。

当然，这一建议是否能在法庭上立住还有待检验。但贝里发现，在公众的压力下，整个司法系统现在都愿意站在自己这边。无论美国镭公司做何反应，庭审都会按照原计划进行。快到1928年5月底时，法官芒廷（Mountain）在给贝里的信中写道："我会在下星期四将案件提交审理。因此，请你务必做好准备，当天上午准时出庭。"

通往正义的路上，已经没有障碍了。对于这一点，贝里和姑娘们都深信不疑。公众支持声势渐强，他们眼看着就要大获成功。

贝里正在办公室里忙着为这个案子做准备，电话铃声突然响起。秘书罗斯（Rose）很快就把电话转给了贝里。

打来电话的是法官威廉·克拉克（William Clark）。

31

法官威廉·克拉克非常受人尊敬。他生于富贵之家——祖父是一位参议员;家里有一座名为皮奇克罗夫特的庄园。37岁的他灰眼睛、大鼻子,有一头红褐色的头发。克拉克曾经是林达布里、迪皮尤和福克斯律师事务所的合伙人,因此他也是贝里的前老板。以前贝里曾在该事务所做过职员。

"去克拉克法官的办公室,"贝里在1928年5月23日的日记中写道,"和他谈论镭案的相关事宜。"他的前任老板给他提了个建议。

"是否有可能,"克拉克看似轻松地问道,"实现庭外和解……"

克拉克法官并非只跟贝里一方就此事协商。5月29日,克拉克与美国镭公司的总裁李及其法律团队会面,贝里并不在受邀之列。当一位记者问贝里是否知晓此次会面时,贝里评论道:"对于这样的安排,我一无所知。我从来没有考虑过庭外和解。"

尽管他向记者宣称,他"比以往任何时候都更加坚定地认为,[这场官司]如今一定要打到底",但私下里,他却开始产生了些许怀疑。这并不是说他认为自己打不赢这场官司,而是法庭是否能及时做出有利于几位表盘画工的裁决。每当他见到这几个姑娘,就会发现她们似乎比以前更加羸弱;汉弗莱斯已经明确告诉他,她们的"身体和精神都不能"允许她们出席即将到来的庭审。甚至就连格蕾丝·弗赖尔似乎也变得有些沉默,情绪也不再外露。但就在此前不久,跟她的朋友们相比,格蕾丝还都显得生机勃勃。"我现在都不敢动手做任何事,"格蕾丝说,"总是担心被划伤。因为身体里有镭,即便是最轻微的划痕也无法愈合。"姑娘们如今越来越像瓷娃娃,终日都裹在棉毛织物里。贝里希望她们能获得正义,但最重要的是,他希望她们能在最后的日子里过得舒适。他心想,只要庭外和解是公正的,他就应该适当考虑克拉克的建议。

大约就在贝里心生此念的一天后,凯瑟琳·肖布在教堂做礼拜时突然昏倒。"我全身疼痛,就像架在火上烤一样!"她大声喊道,"我快要坚持不住了,恨不得马上就死掉。"

贝里似乎已经下定了决心:如果对方可以出价,而他不设法为几位表盘画工争取庭外和解,就显得太不近人情了。任何一个案件都可能需要好几年的时间才能解决。贝里清楚地知道,夹在档案里的那四份宣誓证词表明这几个姑娘很可能活不到9月。

据报道,5月30日法官克拉克成为本案的非官方调解人。此事在法律界引起了相当大的争议,因为这位法官插手了一桩超出他司法权限的案件。然而,克拉克表示,他对各种批评之声颇为不满。"就因为我是个联邦法官,"他反问道,"难道就意味着我不讲情理吗?"他表示自己此举完全是出于人道主义精神。

第二天,美国镭公司举行了董事会,讨论公司可能会提出何种和解条件。副总裁巴克当时宣布"董事们都想本着公正的原则做事"。不过,他又补充道:"我们坚决否认负有任何责任。"

美国镭公司当然希望能够实现庭外和解。拜当时所谓"精心设计的宣传战"("那些姑娘虽然注定要死,但她们人性的一面被媒体以一种令人心动的方式做了适当夸大",这种说法并没有任何讽刺意味)之所赐,民众对表盘画工诉讼案的广泛支持给公司造成了巨大的压力。如果能在这个著名案件上实现庭外和解,不但可以一劳永逸地消除所有负面影响,而且也意味着镭公司可以选择何时在法庭上继续战斗。将来肯定还会有其他表盘画工提起诉讼,而公司无疑可以预见,再过几年,各大报纸不再长篇累牍地报道格蕾丝及其朋友们的案件,到时解决这些问题就会比较容易。公司当然认为庭外和解堪称最佳方案。

贝里和镭公司的律师团将在第二天举行会议。事情的进展如此迅速,美国镭公司自然喜出望外。6月1日,星期五,下午4点,会议在克拉克法官的办公室里如期举行。两个小时后,克拉克在跑着去赶晚班火车时,对一直在外等候的激动的媒体发表了一份简短声明:"目前尚无确切消息,但我相信这件事肯定会在周一的会议上得到解决。"

似乎人人都兴高采烈,除了这几个表盘画工。姑娘们并不为之所动。一份报纸的头版大标题夺人眼球:《镭受害者拒绝和解金:将推动案件发展;谈判进行中!》。镭公司已经给她们每个人提供了1万美元(现约138 606美元)的和解金,但如果将姑娘们的医疗费和律师费从这笔款项中扣除后,留给她们的钱少得可怜。

"送上门来的东西我不会要,"格蕾丝态度坚决地宣布,"在经历了这么多痛苦之后,我是不会向他们轻易屈服的。"金塔·麦克唐纳只是简单地说道:"我的两个孩子还小,我得确保我死以后他们的生活能够得到保障。"

姑娘们纷纷表示,不,我们绝不接受。格蕾丝跟以往一样带领着姑娘们继续斗争。她宣布,她"百分百不会接受镭公司的和解方案"。于是,贝里在征得姑娘们的同意后,向美国镭公司提出了替代条款:除了为每个表盘画工一次性支付1.5万美元(现约208 000美元)的现金赔偿外,每年还要提供600美元(现约8 316美元)的补助金,支付过往及未来的医疗费用,并支付所有诉讼相关费用。镭公司将有一个周末的时间考虑这一提议。

6月4日,星期一,注定是忙碌的一天。上午10点,谈判继续进行,来自世界各国的新闻媒体早已在外安营扎寨。45分钟后,律师们从克拉克的办公室里走出来,为了避开大众媒体,不得不从后楼梯离开大厦。

他们准备去起草正式文件。当天下午,贝里将五个英勇无畏的姑娘请到了自己的办公室。她们为出席这一场合都进行了精心打扮:她们无一例外都头戴精致典雅的钟形女帽,格蕾丝还将一条狐皮搭在肩上。就连阿尔比娜也出席了这次非比寻常的会议,她在过去的一个月里可一直卧病在床。然而,相较这些装扮,更光彩照人的是她们那溢于言表的灿烂笑容。因为她们终于成功了。尽管困难重重,尽管她们的身体超乎常人想象的脆弱,经过了一场异常艰苦卓绝的斗争后,她们还是让公司承担了责任。

她们在贝里的办公室里停留了三个小时。在这段时间里,姑娘们签署了和解协议。公司在最后签署的协议中仍然坚持将一次性支付的赔偿金定在一万美元,但同意了其他所有条款。可以说,姑娘们取得了一个相当了不起的成就。

为了纪念这一刻,姑娘们摆好姿势,各大媒体的闪光灯便此起彼伏地亮了起来。金塔、埃德娜、阿尔比娜、凯瑟琳和格蕾丝,五个姑娘站成一排,组成了一支梦之队。媒体称她们为"微笑女生联谊会"——因为就在这一天,姑娘们不再面带苦笑,尽管她们微笑时露出来的是假牙,但脸上却洋溢着发自内心的喜悦之情和当之无愧的自豪。

晚上 7 点,法官克拉克本人正式宣读了和解协议。当时大概有 300 人聚在那里,"通往电梯的所有过道都被堵得水泄不通"。克拉克奋力挤过人群,抵达了一个有利的位置。至少他可以站在那里将消息发布出去。他清了清嗓子,要求在场人员保持安静,全场立刻变得鸦雀无声,耳边传来的只有闪光灯发出的砰砰声以及记者们的钢笔在笔记本上记录时发出的沙沙声。当媒体的注意力全都集中到法官身上时,他宣布了双方达成和解的具体条款。"如果你们愿意的话,"他有些油腔滑调地补充道,"你们可以说法官做得很好。"

和解协议明确规定,美国镭公司否认有罪。马克利故意补充道:

"[公司]不存在任何疏忽大意的行为。即便原告提出的各种主张有充分的依据，诉讼时效的相关规定也已经令其失去了起诉权利。我们认为[美国镭公司的法律]立场无懈可击。"与此同时，公司发布了一份声明，声称其主张庭外和解的动机纯粹是出于"人道主义"。声明最后写道："[美国镭公司]希望为这些表盘画工提供的治疗能够帮助她们康复。"

同时，和解协议还有一个关键组成部分。镭公司坚决要求设立一个由三名医生组成的委员会，定期对这些表盘画工进行体检：一名医生由姑娘们指定，一名由公司指定，最后一名人选要得到双方的同意。贝里指出："如果该委员会的任何两位[医生]认为，姑娘们不再遭受镭[中毒]的折磨，镭公司便会停止支付治疗款项。"

镭公司管理层的意图昭然若揭，他们甚至都没打算瞒着贝里。"我完全相信，"贝里写道，"该公司的意图就是，只要有可能，就一定要找到一个他们能够停止支付医疗费用的借口。"

这一切都让贝里感到心烦意乱，还有一个新发现更让他感到惴惴不安。尽管他知道前老板是个"可敬之人"，但他现在听到传言说克拉克"跟[美国镭公司的]某些董事相交甚好"。更糟糕的是，克拉克"可能与[一家公司的]几个董事之间存在着一些间接的业务往来，因为那几个董事跟他有同窗之谊，但问题是那家公司在[美国镭公司]控制着一定的股份"。贝里甚至了解到克拉克"曾经是，或直到最近一直都是美国镭公司的股东"。

贝里的内心开始变得七上八下："这种情况让我十分担忧。"

在纽瓦克市埃塞克斯县法院的法庭里，精心制作的壁画体现了四大主题：智慧、知识、仁慈……和权力。贝里心中若有所思，对于这个案子，最后一个主题似乎非常契合。

克拉克亲自给五位表盘画工写了信。信中道："我要向您致以我个人最深切的慰问和同情，并衷心希望很快能找到方法帮助您恢复健康。"

在这一天结束之际,对姑娘们来说,签署和解协议的意义极为重大。她们终于占据上风;她们从来没有想过会活着看到这一天。

"能够拿到赔偿金我当然开心,"阿尔比娜满面笑容地评论道,"因为我丈夫现在不用再拼死拼活地工作了。"妹妹金塔补充道:"不仅仅是我,对我的两个孩子和我丈夫来说,这个和解协议的意义也都非同小可。"她继续说道:"经历过这场磨难后,我想休息一下。我打算和家人一起到海边度假。"尽管金塔宣布自己"对和解条款并不满意",但她最后还是说:"一想到以后不必为庭审之类的事情烦恼,一想到马上就可以拿到赔偿金,我就感到心情舒畅。"

"我认为我的律师贝里先生做得非常出色,"埃德娜热情洋溢地说道,心中满怀感激之情,"我很高兴能拿到赔偿金,我们再也不必遭受漫长等待的煎熬。这意味着只要我们珍惜所有,就能实现很多梦想。"

凯瑟琳只是简单地说了一句:"上帝听到了我的祈祷。"

事实上,只有格蕾丝的表现较为淡定。她表示她"很开心":"我认为我们可以得到更多的赔偿金,但能够拿到这些我也可以接受。这笔钱将会发挥很大作用,至少可以缓解一些精神上的痛苦。"在谈到姑娘们一开始提起诉讼的勇气,以及在公众的关注下她们所取得的成就时,她又补充了一句:"我们之所以提起诉讼,并不是因为我们只关心自己。我在想,我们这个案子对数以百计的表盘画工来说,或许是一个范例。"

"你也看到了,镭已经击垮了我们,受影响的人数之多早已经超出了普通人的想象……"

32

伊利诺伊州，渥太华
1928年6月

新泽西州表盘画工案的和解已经成为国际头条新闻，《渥太华日报》(Ottawa Daily Times)的头版也刊登了相关内容。新闻标题引人注目：《含镭涂料致命，死亡人数升至17人》《镭中毒受害者人数激增》。

在镭表盘公司工作室干活的表盘画工们看到新闻后简直目瞪口呆。这并不是说她们好像无所畏惧。埃拉·克鲁斯去年夏天暴毙，好几个以前当过表盘画工的姑娘的身体状况都出现了问题，其中就包括玛丽·达菲·鲁宾逊和伊内兹·科科伦·瓦莱特。姑娘们越看《渥太华日报》的报道，就越感到心惊肉跳。报纸上说，镭中毒的最初表现就是下颌骨和牙齿溃烂。佩格·鲁尼去年拔掉了一颗牙，但牙洞至今都没有痊愈。她看了报纸后顿时变得惶恐不安。

"姑娘们变得张皇失措，"凯瑟琳·沃尔夫回忆道，"大家在工厂里召开了几次会议，会场几乎失控。恐惧的气氛令人窒息，我们几乎都无心工作，更不敢谈论即将到来的命运。"

工作室里寂静无声，气氛压抑。姑娘们在工作上都变得懈怠起来，也不再像以往那样以惊人的速度抿笔尖了。由于她们的工作几乎陷入停滞，生产水平下降，镭表盘公司开始采取行动，邀请专家对表盘画工进行体检。

玛丽·贝克尔·罗西特目光犀利，一直观察着整个事件的进展。她注意到:"他们当时把表盘画工分开体检。他们把一部分女工带到了楼上,剩下的则留在楼下。他们虽然给两组人都做了体检,但是分开检查的。"姑娘们不明就里。这与1925年该公司进行的那次体检有关吗?但当时公司并没有将体检结果公布出来,所以她们也无从知晓。

姑娘们被分成两组后,忐忑不安地去找医生体检。几位内科医生给她们做了呼吸检查,看看她们体内是否含有放射性元素。他们所使用的检测方法正是纽瓦克医生发明的。这几位医生还给姑娘们拍摄了X光片,验了血。

凯瑟琳·沃尔夫、佩格·鲁尼和玛丽·罗西特先后接受了体检。海伦·芒奇虽然当时已准备辞职结婚,但还是对着仪器吹了气。姑娘们都相信公司一定会竭尽全力维护员工的利益。她们回到工作台边等候体检结果,希望能够得到令人心安的消息。

然而,结果一直没有公布。"当我要求拿到体检报告时,"凯瑟琳回忆道,"他们告诉我说,体检结果不会告知个人。"

她和玛丽就此事探讨了一番。难道她们没有了解体检结果的权利吗?一向直率的玛丽认为她们不应消极对待此事。她和凯瑟琳心中满是恐惧和愤怒,她们决定与里德先生当面对质。

里德先生多少有些尴尬地扶了扶眼镜,接着又夸张地摆了摆手。"怎么啦?亲爱的姑娘们,"他带着一种长辈安抚小辈的口吻跟她俩说道,"如果我们把体检报告发给你们看,那工作室岂不就乱成了一锅粥!"他说话时有些半开玩笑的意思。

这样的答复当然不会令姑娘们满意,不过凯瑟琳后来说:"当时我们俩都没意识到他那句话是什么意思。"里德先生似乎看出了她们的满腹狐疑,继续说道:"根本就没有镭中毒这回事。"他又加重了语气说道:"那些镭中毒之类的报道纯属无稽之谈!"

"画表盘到底有没有危险?"玛丽提出了质疑。

"根本没必要担心,"主管重复道,"这工作不存在任何风险。"

然而,姑娘们仍然每天都急切关注着报纸上的报道,满眼所见都是令人毛骨悚然的消息,吓得她们几乎魂飞魄散。

接着,就在新泽西州表盘画工诉讼案宣告庭外和解的三天后,尽管工作室的紧张气氛愈演愈烈,但当地报纸的第三版刊发了大篇幅广告声明,这份声明与主管里德先生的说法是一致的。姑娘们相互传阅了这则声明,读报的她们,肩膀还像以往一样发着光。

镭表盘公司发布的这份声明占据了整个第三版,姑娘们正是通过这则声明才了解到自己最近的体检结果。公司在声明里写道:"我公司经常邀请专家前来……对表盘画工……开展细致彻底的体检。这些专家对所谓的'镭中毒'发生的情况及表现症状非常在行,并没有发现任何类似镭中毒的情况或症状。"

谢天谢地。这样的体检结果已经再清楚不过。她们全都不会死了。公司进一步向她们保证:"如果表盘画工的体检结果不利,或者不论何时,只要我们确认公司的工作条件会危害雇员的身体健康,公司将立即停止运营。[公司的]管理层一致认为,员工的身体健康才是重中之重。"

声明继续写道:

> 鉴于涉及[镭]中毒的谣言甚嚣尘上……提醒公众注意这样一个事实已经刻不容缓,即:到目前为止,媒体对此问题只是偶有提及……所有发生在东部地区的所谓的"镭中毒"诉讼案的确令人感到痛心,但据报道,当地企业所使用的夜光涂料都是用新钍制作而成……镭表盘公司[使用的涂料]只含有镭。

这就是为什么里德先生曾经声称"根本就没有镭中毒这回事",姑娘们现在终于明白了。这就可以解释为什么镭安全无害——因为令东部地区的表盘画工饱受折磨的并不是镭,而是新钍。

镭表盘公司为了证明自己的主张,特意引述了"专家"弗雷德里克·霍夫曼博士的观点。霍夫曼继续宣扬他长期以来坚守的信念:新钍才是罪魁祸首。即便马特兰医生反对他的观点,即便冯·索科基已经改变了想法,霍夫曼依然我行我素。雷蒙德·贝里在看到了他在报纸上发表的一些言论后,曾写信给霍夫曼称:"很多检测结果均表明,对[新泽西州]表盘画工影响更大的是镭而不是新钍。"然而,霍夫曼似乎对所有与自己观点不一致的意见全都视而不见。

如今,渥太华的里德先生得意扬扬地把公司在报纸上发表的广告声明打印出来,故意张贴在工作室的通知栏里,目的就是引起表盘画工的注意。"他当时说我们应该对这则声明给予特别的关注。"凯瑟琳回忆说。

接着,他继续跟姑娘们打包票。"镭会让你们面色红润!"他咧嘴笑着跟玛丽说道。然后,他又转过头来看着玛格丽特·格拉钦斯基,有些油腔滑调地说道:"镭会让你们这些小姑娘变得越来越漂亮!"

表盘画工们继续看报纸,但如今她们只看到了好消息。镭表盘公司将这项声明在当地报纸上连续刊登了好几天,该报编辑部也刊发了一篇支持该公司管理层的社论,称该公司对员工的身体健康"始终保持着高度关心的态度"。全镇居民对此都感到非常欣慰。镭表盘生产业是渥太华的主导产业之一,失去这一产业将会是一件令人深感遗憾的事情。不过,公司对此密切关注,大家没有必要恐慌。

鉴于这一切,姑娘们便回到了工作岗位,心里的恐慌情绪也烟消云散。"她们去上班了,公司让她们怎么做,她们就怎么做,"玛丽的一个亲戚说道,"这件事就这样结束了。她们再也没有对此提出[任何]质疑。"

一位当地居民在回忆当时的情况时说道:"那些姑娘全都是'心地善良的天主教徒'。她们在长大成人的过程中受到最多的教育就是要尊重权威。"那么,还有什么可质疑的呢?体检结果一切正常,涂料中也不含有致命的新钍。这些简单的事实就张贴在通知栏里,白纸黑字;这些简单的事实就像是每天早晨在伊利诺伊州的天边出现的朝阳一样不容置疑。姑娘们回到工作室后,又开始重复原来的工作步骤。抿……蘸……

似乎只有一户人家无法相信公司的托词。

声明刊登出来的第二天,埃拉·克鲁斯的家人对镭表盘公司提起诉讼。

新泽西州,奥兰治
1928年夏

对于新泽西州那五位战胜了老雇主的表盘画工来说,生活终于向她们露出了笑脸。凯瑟琳从到手的赔偿金中拿出2 000美元(现约27 700美元)给父亲威廉用于偿还抵押贷款。"我知道,让家人开心快乐,才是我最大的幸福,"她说,"亲眼看到父亲……摆脱烦恼,我真的是很高兴。"

对她自己来说,她会"像灰姑娘一样在舞会上扮演公主"。她宣布:"今天属于我。"这位崭露头角的作家买了一台打字机,又花了一大笔钱购置了一批衣服。"我买了一件心仪已久的大衣,"她兴致勃勃地说,"还配了一顶咖啡色的呢子帽。"

埃德娜一直非常热爱音乐,便添置了一架钢琴和一台收音机。很多姑娘都买了汽车,这样她们出行就便捷了很多。不过,姑娘们也都非常有经济头脑,将剩下的赔偿金投资到房地产和股市中去。

"[这笔钱]一点儿都没有花在改善家居条件上,"格蕾丝跟一位记者坦承,"对我来说,有了钱并不意味着生活随之变得奢侈,但金钱的确给我带来了安全感。我把那1万美元都做了安全投资。"

"请问投资的目的是什么?"记者问道。

格蕾丝在回答问题时露出了谜一般的笑容:"为了未来!"

令她们精神振奋的不仅是金钱,还有很多医生给她们带来的希望。冯·索科基宣布:"在我看来,姑娘们的寿命比她们自己想象的要长得多。"马特兰注意到,自从莫莉·马贾和玛格丽特·卡洛死后,几年来都没有再出现类似的死亡病例。于是,他推断如今"表盘画工的病例类型主要有两种:早期病例和晚期病例。早期病例的表现为严重贫血以及颌骨坏死……晚期病例则不会出现严重贫血及颌骨感染的症状,或者已经从这两种症状中恢复过来"。马特兰认为新钍衰变速度更快,这一点可以解释为什么会出现两种不同的病例类型。姑娘们在前七年里遭到了新钍的猛烈攻击,不过一旦新钍进入下一个半衰期,其攻击性就会降低,姑娘们就能保住性命。她们毒发的过程就好像是不断上涨的潮水,当潮水开始退却,姑娘们便躲过一劫。尽管镭仍在不断地腐蚀着她们的骨头,但是跟新钍相比,镭的进攻性小了很多。马特兰现在假设,如果晚期患者"经历过早期的症状后幸存下来,她们完全有可能幸免于镭中毒而继续存活下去"。不过,镭将永远穿过她们千疮百孔的骨头进行辐射。"我认为,"他表示,"我们现在正在诊治的这几个姑娘虽然可能无法摆脱残疾的困扰,却有相当大的机会战胜这种疾病。"

这种预测虽然听起来有些悲观,却给姑娘们提供了最有价值的东西:时间。"即使在最后一刻,也会有人为我们找到治愈的方法。"格蕾丝的声音里充满活力。

大多数姑娘都选择出去度假。阿尔比娜和詹姆斯启程去实现"毕生的梦想":加拿大自驾游。路易斯·胡斯曼带着妻子开始了"一次悠闲的长途旅行"。埃德娜在给贝里的信中写道:"我们有一座俯瞰湖面的小屋,可以随时欣赏美丽的景色。"金塔和詹姆斯·麦克唐纳只是到阿斯伯里帕克*进行了几次短途旅行,他们并不想大手大脚地花钱;金塔意识到这笔钱要留下来保障孩子们的未来,不管到时候自己还在不在人世。

---

* 阿斯伯里帕克(Asbury Park),新泽西州的一座海滨小城,拥有非常美丽的海滩。——译者注

无论姑娘们如何度过整个夏天,她们都大可以安心,因为其他受到类似感染的姑娘们也都得到了帮助。鉴于她们的案件所掀起的媒体宣传狂潮,当年年底将举办一次全国镭问题研讨会。此外,斯文·克亚尔如今正在针对镭中毒进行一项更为细致的联邦级别的研究。"毫无疑问,这是一种职业病,而且应该重新展开调查。"克亚尔的上司埃瑟伯特·斯图尔特评论道。有人问他,为什么有些公司在新方法已经发明的情况下仍然坚持用毛笔画表盘的旧方法。对此他精明地回答:"新方法的效率可能太低,阻挡了制造商们赚取最大利润的脚步。"

凯瑟琳·肖布整个夏天都在远离纽瓦克,去享受一种"真正的乡村生活"。如今,她感觉好多了,并宣布她的夏天过得"很棒"。"一个我从未经历过的假期。""我喜欢坐在门廊里,沐浴着阳光,"她若有所思地写道,"眺望着连绵起伏的群山和一望无垠的林海。"

凯瑟琳在门廊休憩的时候,给贝里写了一封信,对他曾经的相助深表感谢。"我深知,"她写道,"从人道主义的角度来看,很难再找到像您这样乐于助人的律师……但您却并没有得到多少回报……一想到如今官司到了最后一刻竟然取得如此巨大的成功,简直令人难以置信。"她也跟其他几个姑娘一样给马特兰写了一封信。她在信中简单地写道:"我给您写这封信是为了表达我最诚挚的谢意,感谢您的鼎力相助,使这一切最后得到了一个圆满的结局。"

一个圆满的结局……如果真是那样就好了。贝里私下里最担心的就是凯瑟琳所说的"圆满的结局"会像童话故事那样不真实。"我认为这件事无论从哪个角度来说都还没有结束,"他在给一个同事的信中写道,"真正的较量尚未开始。"

美国镭公司签署了和解协议后,立即启动了涉及"所谓镭中毒"的损害限制模式;该公司仍然否认涂料中存在危险,而且他们似乎相信,被任命检查这几个表盘画工的医疗委员会,要不了多久就会给出一份五个人未患任何疾病的健康证明书。公司毫不费力地找到了两个医生，而且他们俩很可能就会开出那份证明书。一位是镭医学专家詹姆斯·尤因，曾经公开反对马特兰医生的观点。贝里的一位医生朋友曾经警告贝里："必须要严格监视［他］。"至于另一个人选，双方都没有异议，劳埃德·克雷弗（Lloyd Craver）医生。两个人都在一家"与镭的使用密切相关"的医院里担任顾问，但贝里发现"不可能"让他们置身事外。表盘画工指定的内科医生是爱德华·克伦巴尔（Edward Krumbhaar）。马特兰写道："如今损害已经形成，贝里必须尽力而为。"

1928年秋，委员会将姑娘们召集到纽约的一家医院，对她们进行第一次体检。既然两个内科医生都不承认镭中毒的存在，人们不禁想知道，他们对现在站在他们面前的那几个饱受病痛折磨的姑娘会有何看法。凯瑟琳"显然腿瘸得厉害，连腰也直不起来"；格蕾丝"左胳膊肘的活动明显受到限制"，残存的下颌骨直接"暴露"在口腔内部；金塔身上缠着石膏；埃德娜的双腿扭曲交叉在一起，无法伸直。然而，当姑娘们除去衣服，接受这些对她们来说完全陌生的医生进行侵入性检查时，最让几个医生震惊不已的却是阿尔比娜的身体状况。克伦巴尔后来说："很明显，拉里切太太两个髋关节的活动都严重受限，所以克雷弗医生几乎无法给她做阴道检查。"

三位医生给姑娘们做了呼吸检测，其中两个医生事先都认为检测结果可以令镭公司从此摆脱嫌疑。然而，正如尤因后来所写，"事实证明，检测结果呈阳性，这让我们都颇为惊讶"。几个医生并没有将这一结果视为姑娘们实话实说的证据，相反，尤因继续写道："如今的问题是，患者一方是否可能存在某种欺诈行为……为了让这些检测结果绝对可信，我们认为有必要在病人可以脱光衣服的酒店进行检查。"姑娘们不得不把这一切再经历一遍。

11月，五个姑娘前往马赛酒店接受第二次检查。这一次，委员会里只有克雷弗出席，但负责人却不是他。相反，副总裁巴克的"密友"施伦特医生负责整个检查工作。巴克早在4月镭公司进行的呼吸测试中就已经宣布姑娘们体内不含有放射性元素，而这次巴克本人也到场"协助"。此外，到场的还有一位G.法伊拉（G. Failla）医生。

姑娘们立刻意识到这并不是一次公正的体检，但她们根本没办法阻止这一切的发生。同意接受体检是她们签署的和解协议的组成部分。因此，姑娘们被迫按照指示脱光衣服，接受每一项检测，而镭公司的人就在一旁密切注视着一切。

不过，等她们一离开酒店，格蕾丝·弗赖尔就给贝里打了个电话。从很多角度来说，她一直都是这个小群体的关键人物，也是她们的领袖。如今，她代表大家向贝里提出了抗议。

贝里闻讯勃然大怒。他马上给美国镭公司写了一封信，称他"深刻怀疑"到酒店体检的动机，认为巴克和施伦特出现在体检现场"违背了和解协议的相关规定"，因为委员会的检查应该遵循公平公正的原则。不过，最后，法伊拉医生还是断定："五位患者的体内都含有放射性元素。"

这对镭公司来说无疑是一次真正的打击，因为他们几乎每天都能收到一张诉讼传票，公司早就想让民众认为这几个声名远扬的表盘画工体内已无镭，这样公司就能进一步为自己辩护。贝里正在代理一个新的诉讼案件，原告是表盘画工梅·卡伯利·坎菲尔德。梅曾经指导过凯瑟琳·肖布。跟其他几位表盘画工症状一样，梅的牙齿也全都掉光，牙龈受到了感染；下巴"感觉很不舒服……就好像被人敲打过一样"，右半身间歇性偏瘫。

在这场诉讼战打到一半时，贝里赢了一个回合。梅的主审法官裁定弗林博士无权代表镭公司对她进行身体检查，只有内科医生才有这样的权利。此前贝里曾经向权威部门投诉过弗林的问题，无果。因此，法官的这一裁决可视为一次小小的胜利。弗林却因为无法随意行事就开始大放厥词。弗林接下来便指控表盘画工为了"有意让镭储存在骨骼中"而进行了"不恰当的饮食"。

没有人知道冯·索科基的饮食习惯是什么,但不管他的饮食是否恰当,在11月他输掉了与体内镭的斗争。马特兰向他表达了敬意。"如果没有他的热情帮助和宝贵建议,"马特兰说,"我们的调查研究就会遭遇很大的阻碍。"事实的确如此。如果没有冯·索科基创造出来的检测方法,镭中毒就可能永远无法在医学上得到证实。当然,如果没有冯·索科基发明的夜光涂料,这些表盘画工可能正在过着完全不同的生活……

对姑娘们来说,她们无法忘记冯·索科基此前在法庭上当面背叛的行径。那么,也许当时姑娘们对他的死有一种幸灾乐祸的感觉。一家报纸在报道中将含镭涂料描述为一种"装在试管里的名副其实的弗兰肯斯坦,令其发明者深受其害"。马特兰补充道:"他死得很惨。"

这意味着冯·索科基没能出席1928年12月举行的全国镭问题研讨会。镭领域的重要人物悉数到场:汉密尔顿、威利、马特兰、汉弗莱斯、罗奇、埃瑟伯特·斯图尔特、弗林、施伦特以及镭公司的高管。

没有人邀请表盘画工出席会议。

这次会议由业界组织,自愿参加,其目的是夺回一些控制权。主持会议的美国卫生局局长承认:"我们在这里起草的任何文件都只是建议而已,并不像治安条例那样权威。"正如威利的老板后来所说,这次会议只是为了"粉饰太平"。

与会者就相关问题展开了辩论。斯图尔特针对镭表盘行业的发展前景发表了激情四溢的讲话:"夜光表只不过是一时流行的东西而已。你们还要继续生产推广这种功能很多余的手表吗?别忘了,不管你采取何种措施,这种表所隐含的极端危险的因素始终无法清除。我当然希望在座诸位能够赞同我的意见,这种手表不值得我们为之付出代价。"

然而,几家镭公司却持有不同见解。一家公司称该公司85%的业务跟镭表盘有关,这一行业利润率非常高,想要就此放手谈何容易。几位高管辩称,目前曝光的只有新泽西州的几起诉讼案,这说明该问题并不是一个全国性的问题。由于弗林的干涉,沃特伯里钟表公司的表盘画工悄无声息,除了美国镭公司的诉讼案外,斯图尔特只能用一个有正式记录的诉讼案加以反驳,即伊利诺伊州的埃拉·克鲁斯所提起的诉讼案。然而,她的案件只是一个疑似案件,还没有得到证实。尽管威利的上司称镭表盘行业"可以说是一个实施残忍谋杀的行业",但该问题缺乏普遍性的证据,便意味着即便有人支持表盘画工的诉求,也无力推动任何提议得以通过。

大会并没有确认镭中毒真实存在,甚至没有确认镭是一种危险元素。大会只是同意应该通过两个委员会继续进一步的研究,但这两个委员会从来都没有会议记录。正如新泽西州表盘画工的新闻已经成了旧闻一样,没有人再表示出对表盘画工的支持。贝里沮丧地写道:"镭公司就是在耍花样。"问题是镭公司似乎开始占据上风。

在这次全国镭问题研讨会上,还有两位与会代表值得一提:镭表盘公司的两位高管约瑟夫·凯利(Joseph Kelly)和鲁弗斯·福代斯(Rufus Fordyce)。他们最近刚刚在渥太华当地报纸刊登的该公司声明的下方签上了自己的大名。他们出席大会的目的只是了解事态的进展,并没有参与讨论任何问题。当在场的一位专家说"对当今任何一个手表制造商来说,我的建议是不要再使用毛笔,因为你们完全可以采用其他方法画表盘"时,他们只是听而不语;当与会者就新泽西州表盘画工的死亡和残疾展开争论时,他们仍然听而不语;当这一行业明明犯下了谋杀罪却逍遥法外时,他们还是选择听而不语。

然后,他们就回家了。

34

伊利诺伊州，渥太华
1929 年

1929 年 2 月 26 日，镭中毒调查员斯文·克亚尔前往渥太华小镇的拉萨尔县法院。今天，法院将对埃拉·克鲁斯诉讼案举行听证会。令他瞠目结舌的是，小镇竟然如此平静。鉴于东部地区的镭诉讼案所引起的轩然大波，克亚尔原以为这里的民众会对此案颇为关注。然而，法院周围连一个人都没有。在这个昏昏欲睡的小镇上，没有人愿意对此抬抬眼皮。

听证会进行时，法庭里同样波澜不惊。这里没有蜂拥而至的记者，没有明星证人，没有针锋相对的辩护律师，有的只是克鲁斯家聘请的律师乔治·威克斯（George Weeks）站在法官面前，要求听证会延期举行。新泽西州的系列诉讼案引发了民众的空前关注，但克亚尔惊讶地发现威克斯竟然没有迅速推进此案件。

后来，当克亚尔就此向威克斯提出质疑时，他终于明白了威克斯的苦衷。这位律师曾多次要求延期，因为不但他对镭中毒一无所知，整个渥太华也找不到一个了解相关情况的内科医生。克鲁斯的家人只要求得到 3 750 美元（现约 51 977 美元）的赔偿金，这一数字也算得上合情合理，但按照本案这样的进展速度，他们永远也拿不到一分钱。威克斯就连可以了解镭中毒这种职业病信息的渠道都没有，更不用说找人搞清楚埃拉是否真的死于镭中毒。有人告诉埃拉的父母，获取证据的唯一方法就是对埃拉的尸体进行检查,但尸检费用为200美元(现约2772美元),而她家人根本就拿不出这笔钱。于是,案子就这样陷入了困境。

克亚尔继续在镇上四处走访。几位医生,包括牙医,都曾经答应过他,如果哪位表盘画工出现镭中毒的症状,他们就会及时通知他。然而,当克亚尔挨门挨户拜访他们时,他们跟以往一样都表示没有出现任何类似病例。

克亚尔还到镭表盘公司的工作室进行了实地调查。那里仍然是人头攒动,到处都是女表盘画工的身影。他找到了经理,要求查看公司体检结果的相关材料。镭表盘公司如今定期对雇员进行体检。不过,姑娘们也注意到,她们还是被分成两组接受体检。凯瑟琳·沃尔夫甚至记得,"公司[在1928年]只要求[我]参加过一次体检,但那些看上去健康状况良好的姑娘们却定期接受体检"。

凯瑟琳的身体不太好,走起路来仍然一瘸一拐,而且最近她还经常晕倒。对此她深感忧虑。她曾经问过里德先生自己是否应该再找公司里的医生看看,但他却拒绝了。凯瑟琳告诉自己不要自寻烦恼。公司曾经跟她保证,检查结果表明她的身体非常健康,还发誓说如果发生任何危险,公司就会结束工作室的运营。然而,工作室的业务一天忙似一天。新泽西州的骚动结束后,随着时间的推移,订单又迅速增加到了每年110万块手表。画表盘的生意又回归了正轨。

然而,克亚尔在镭表盘公司的调查结果却令他深感担忧。来自芝加哥的两位实验室工人的体检结果显示,他们的血液构成已经发生了变化,这表明公司所采取的防范措施仍不到位。表盘画工们仍然在不洗手的情况下就在工作室里进食。克亚尔总结道:"公司应该采取进一步措施保护工人。"

他约见了公司总裁约瑟夫·凯利。总裁向他承诺,称公司的"计划"就是"尽全力协助您的调查"。克亚尔在仔细研究了体检结果后,想要跟凯利特别讨论一下两名员工的问题，其中一个员工就是埃拉·克鲁斯。克亚尔说："我觉得这个案子不应该被[我的研究]忽视。"他要求对方提供有关这两个女工的详细资料。

然而，当凯利派人将资料袋送到克亚尔手中时，里面文件写着的只不过是雇用日期，几乎没有任何用处。克亚尔的时间有限，所以他并没有前去进一步盘问公司；他认为他已经获取了足够的资料进入下一步工作。

于是，他在一份镭表盘公司的姑娘们永远无缘得见的报告中写道：

> 24岁的女表盘画工ML受雇于伊利诺伊州一间工作室，于1925年经电镜实验检测证实其体内含有放射性物质。1928年对其又进行了一次检测，结果表明她的身体仍然具有放射性……完整的信息无从获得，而且公司反对将这种疾病称为镭中毒，但检测结果却似乎完全证实了这一点。

ML就是玛格丽特·鲁尼的缩写。公司曾经告诉她，说她"非常健康"。公司还跟她表示，她的体检结果并无任何值得担忧之处。

对于即将发生的一切，她一无所知。

坐在红色货车里的佩格·鲁尼抬起头来，朝着查克·哈肯史密斯微微一笑。她觉得有点难为情，但还是感谢他对自己的帮助。

查克也对着她灿烂地咧嘴一笑，然后伸出肌肉发达的胳膊，抓住了货车的操纵杆。"出发……"他多半会朝着未婚妻颇具特色地吼上一嗓子。正如冰冷的运动员石雕飞身拥抱生活……

"最后，当佩格的病严重到根本无法走路时，查克就开着货车载着她四处游逛。"佩格的侄女达琳回忆道。佩格的妹妹琼也忘不了,"他会把她抱进红色的小货车里,带着她到处走走看看"。

然而,不管查克在发动货车前的笑容有多么灿烂,不管他如何下定决心勇敢地面对一切,他也无法掩饰自己的真情实感。"整件事把他击垮了。"达琳难过地回忆道。

全家人的感受如出一辙。因为1929年夏,满头红发的佩格·鲁尼的健康状况已不妙。起初,她只是牙齿陆续脱落,牙洞无法愈合;接着她又贫血了;然后,臀部的疼痛丝毫没有减弱的趋势,越发严重,她几乎已经无法行走。于是,查克驾驶着小货车载着她到小木屋参加派对,或者带着她到饥饿岩州立公园游玩。他心地善良,疯狂地爱着她。他们二人打算第二年7月举行婚礼。

然而,查克和他的小货车不可能每天都随叫随到。因此,当佩格去镭表盘公司的工作室上班时,只能自己走过去。她妹妹琼永远忘不了自己和其他兄弟姐妹曾经朝着她回家的方向张望。

"当时我们大家都会坐在门廊上等她回家,因为她走路的样子看上去非常痛苦,"琼回忆道,"[她]一路[挣扎着]回家。我们一看到她的身影就会跑过去迎接,每个人都会伸手帮忙搀扶她。"

佩格在兄弟姐妹的搀扶下回到家中后,不再像以往那样帮助母亲料理家务。她只能躺下来休息。看到女儿的身体每况愈下,母亲心急如焚。佩格日渐消瘦。当家人看到她的牙齿陆续脱落,一部分下颌骨也碎裂脱落后,无不惊恐万状。最后,她父母凑出一笔钱送她到芝加哥看病。内科医生检查后告诉她,她的下巴就像蜂窝一样千疮百孔,并建议她换个工作。

也许佩格打算等自己的身体好一些时再换个工作,但她冰雪聪明,知道自己根本不可能好转。渥太华的医生们似乎对治疗她的病毫无头绪。其中一个医生在1929年6月给佩格看病时,治疗方案只是在她的胸口贴上一个冰袋。即便如此,佩格自己似乎对即将发生的事情颇有预感。"她知道自己要走了,"佩格的母亲悲伤地回忆道,"我们都看得出来她的时间越来越少了,但我们什么也做不了。"

"嗯,妈妈,"她过去常说,"我没有多少时间了。"

令她饱受痛苦折磨的并不仅仅是臀部和牙齿,她的双腿、颅骨、肋骨、腰、脚踝……没有一处不令她痛苦。尽管她已经病了有几个月,却仍然每天都去工作室画表盘。说到底,她是个很有责任心的姑娘。

克亚尔曾经警告过镭表盘公司,说政府高度关注佩格这一特殊病例,于是公司也一直在密切注意着佩格的一举一动。公司知道1925年和1928年的两次体检都证实她体内含有放射性元素;公司也从自己开展的体检中确切知道她到底出了什么问题。于是,当1929年8月6日佩格在工作时晕倒后,里德先生马上安排她住进了由公司医生负责的医院。

"全家人在这件事上没有任何发言权,"侄女达琳说道,"我们几乎被拒之门外。我觉得这一切太不可思议。什么样的工厂会有自己的医生呢?这根本不合情理。"

"镭表盘公司可能会支付所有的医疗费用,"她又补充道,"我们没有能力支付巨额的医药费,根本没有。"

佩格独自一人孤零零地住在那家医院,医院离她位于铁轨边的家很远。佩格有九个弟弟妹妹,所有孩子都睡在一间狭小局促的房间里,三个人挤一张床。可现在,整个病房只有她。院方不允许九个弟弟妹妹前来探视。妹妹琼曾经来过一次,但几个医生根本就不让她进佩格的病房。

佩格已经出现了白喉症状,于是医院立即将其隔离。她的身体极度虚弱,很快又感染上了肺炎。镭表盘公司为了表示关心,密切关注着她的病情发展——关注她如何一步步走向死亡。

1929年8月14日深夜2点10分,玛格丽特·鲁尼的生命戛然而止。按计划,她要在第二年嫁给查克;她喜欢翻字典,曾经梦想着当个教师;她那富有感染力的笑声无人不知。然而,她却已经随风而逝。

佩格离世时,她的家人虽然被院方隔离,但也在医院里。佩格的妹夫杰克·怀特(Jack White)当时也在场。杰克健壮威猛,在火车站当加油工,当时已经和佩格的妹妹凯瑟琳组建了小家。他是那种愿意为了伸张正义挺身而出的人。这就是为什么镭表盘公司的人趁着半夜三更打算将佩格的遗体一埋了事时,杰克极力反对。

"不行,"他态度坚决地跟那些人说道,"你们绝对不能碰[她]。她是个信天主教的好姑娘。我们要为她举行天主教葬礼,还要为她做弥撒。"

"我觉得当时他在场可能是件好事,"达琳精明地给出了自己的评论,"因为我不知道家里其他人——目睹眼前发生的一切——是否能够勇敢地面对镭表盘公司的那些家伙和那个医生。不过,杰克的表现的确更加有力。他直截了当跟那帮家伙说:'这事绝对没有任何商量的余地。'"

公司的那些人还想跟他争论。"他们就是想马上了结这件事,一劳永逸,"达琳继续说道,"这简直就是毁尸灭迹。"然而,杰克仍然坚持自己的立场,不允许他们带走佩格的遗体。

镭表盘公司输掉了这场斗争,但并没有就此打住。公司似乎担心佩格的离世是由镭中毒造成的,这可能会令工作室里其他表盘画工感到害怕,也有可能会惹来数不胜数的官司。高管们需要控制局面。他们转而询问佩格的家人对佩格进行尸检一事有何看法。

鉴于芝加哥医生的诊断,鲁尼一家人早就已经怀疑导致佩格死亡的就是她所从事的工作。他们立刻对这一提议表示同意,条件是他们的家庭医生必须在场,因为他们想要知道事情的真相。鲁尼一家人所提出的条件非常重要。镭表盘公司在搞出了那场午夜阴谋后早已经不值得信赖。

公司马上同意了。好的,好的,他们说,没问题。那什么时候开始呢?

等家庭医生拎着公文包在指定时间抵达现场时,尸检工作早在一小时前就结束了。

在那里,他既没看到佩格肋骨上的多条骨折线,也没看到"颅骨的扁骨上'较薄的'区域和'蜂窝'"。镭表盘公司的医生通过检验,在佩格的颅骨拱顶、骨盆和至少16块其他骨头中发现"非常严重的"镭性坏死现象,但家庭医生却并不在场。佩格生前饱受镭的折磨,但家庭医生却没有亲眼看见她浑身上下明显的骨骼变化。

镭表盘公司的医生在佩格·鲁尼"死后切除了"她残存的下颌骨时,家庭医生也不在场。

公司医生带走了她的下颌骨,擅自拿走了最具有说服力的证据。佩格的家人并没有拿到尸检报告,但镭表盘公司却收到了一份。令人感到不可思议的是,报告内容非常私密,记录了佩格的最后时刻。根据这份报告,镭表盘公司的那些人就可以了解到她身体内部的器官都处于什么状态:她各个器官的重量、外部形态;她是否"正常"。在提到她的骨髓和牙齿时,根据公司医生的描述,她肯定是正常的。

"牙齿状况良好,"官方的尸检报告如此写道,"没有证据可以表明上颌骨或下颌骨出现任何遭到破坏的迹象。"

她的死亡证明已经正式签署:死于白喉。

佩格的家人或许并没有拿到报告,但镭表盘公司却理所当然地在当地的报纸上发布了一份尸检报告摘要。因此,应公司的要求,佩格·鲁尼的讣告中涵盖了以下内容:

> 这位年轻女子的身体状况一度令人费解。她受雇于镭表盘公

司的工作室,有传言说她的病是由镭中毒所致。为了使人们对其死亡原因不再存疑,决定对其进行尸检……亚伦·阿金(Aaron Arkin)医生……表示,毋庸置疑,白喉是其致死原因。尸检未发现镭中毒的明显迹象。

也许是突发奇想,打算争取全社会的支持,一位公司高管在一次新闻发布会上发表了奇怪的评论。当时他说:"鲁尼小姐的父母对于尸检结果感到颇为欣慰。"

他们不可能感到"颇为欣慰",因为女儿的离世已经击垮了鲁尼夫妇。

"母亲痛不欲生,"琼说道,"自从姐姐离世后,母亲就像变了个人似的。母亲的心都要碎了。我们过去常常一大早就出发步行前往公墓。到了那儿,就用一台旧割草机把墓地边上的草修剪整齐。墓地离我家有好几英里远,但我们总是走着去。"

对于查克来说,失去心爱的佩格是他永远无法摆脱的痛苦。最后,他选择继续自己的生活,因为他要实现他和佩格曾经共同的梦想。他成了一个大学教授,出版了几本书;毫无疑问,佩格肯定会喜欢读这些书。他结了婚,也有了孩子。他和鲁尼一家人保持了长达四十多年的联系。他的妻子向佩格的母亲透露,每年临近佩格的生日或忌辰时,他都会变得沉默寡言。

"她知道,"达琳直截了当地说道,"他在想念佩格。"

新泽西州,奥兰治
1929 年

体检结束后,凯瑟琳·肖布重新扣好衬衣的扣子,等着克雷弗医生发话。他说过他有些重要的事情要谈。令她倍感意外的是,克雷弗医生竟然建议美国镭公司停止支付她的医药费。在双方签订的和解协议中,该公司曾经同意终身为她们支付医疗费。现在,他想让凯瑟琳接受一笔一次性的费用。

新泽西州表盘画工诉讼案实现庭外和解还不到一年时间,美国镭公司就打算毁约。

支付一笔一次性费用的想法,是由副总裁巴克提出来的,得到了公司全体医生的大力支持。尤因医生认为目前的安排"不尽如人意",因为"这几个表盘画工并不会马上就死"。克雷弗医生如今在办公室里摆出"看似令人信服的有关公司行将破产的证据",以此来诱导凯瑟琳接受公司的提议。然而,美国镭公司并没有破产,而且根本不可能破产。当凯瑟琳焦虑不安地将医生的谋划告诉贝里时,贝里后来表示,这些话"纯属'言过其实',就是为了强迫和解"。

已经过去了近一年,姑娘们仍然活在世上,这似乎为镭公司带来了经济上的困扰,因为那些身体残疾、浑身疼痛难忍的表盘画工不但需要定期找医生看病,还要购买缓解病情的药物。从美国镭公司的角度看,这些花费过于高昂;他们对每张医疗账单都斤斤计较。尤因警告姑娘们,"不要想当然地认为公司会支付她们的每笔医疗费"。

公司原本指望医生委员会能宣布,这几个表盘画工已经不再受镭中毒的影响,这样公司便可以摆脱责任。尤因当然也期待着那样的诊断结果。在贝里看来,尤因的"态度一直充满敌意"。不过,令尤因倍感沮丧的是,尽管委员会对这几个姑娘进行了一次又一次检查,但每一次检查结果都一样。

贝里希望委员会能发表一份正式声明,承认姑娘们身中镭毒。这份声明将会成为表盘画工这一群体全都受到镭中毒影响的确凿证据,那么贝里和其他律师就可以利用该声明在即将提起的诉讼中帮助这几个姑娘的朋友们。然而,尤因却一口回绝。"我方坚决反对将这些体检结果与任何其他病例联系起来。"他严肃地写道。

对于姑娘们来说,她们唯一能做的就是竭尽全力承受住一切磨难。她们接受了一系列痛苦的实验性治疗和测试。内科医生们尝试了令她们痛苦不堪的泻盐和结肠灌洗疗法,还对她们的脊椎和排泄物进行了为期一周的评估。这些医学检查通常都是在尤因和克雷弗的医院里进行,这就意味着这些腿脚不便的表盘画工不得不长途跋涉前往纽约。路易斯·胡斯曼告诉贝里:"对埃德娜而言,这样的长途跋涉很难不对她产生伤害;上次她去纽约,回来后就累到爬不起来。"

埃德娜那头漂亮的金发早已经不见踪迹,只剩下满头似雪的白发。这几个姑娘看上去都要比实际年龄老很多,下颌骨被移除后,下巴上的皮肤松弛下垂,看上去十分怪异。只有格蕾丝的状况似乎跟前一年相比有所好转。当时,她的下巴已经经历了25次手术,但这些手术并没有带走她的笑容。据说,当时她是5个姑娘中最快乐的那个。当她收到和解协议时,她曾坚定地表示:"人们现在都问我是不是打算从此不工作了,我可从来没有过类似的计划。我会尽可能地坚持上班,因为我喜欢工作。"她仍然每天坚持上下班,至于她不得不请假去体检,银行方面也深表理解。

尽管姑娘们经常接受各种检查，但对检查结果一直无从知晓。"几个医生对此全都只字不提，"凯瑟琳抱怨道，"我很想知道我是否有所好转。"实际上，从很多方面来说，凯瑟琳的确有所好转，因为她如今安逸地住在一座山顶上的乡村疗养院里，她将其称为"东方宝石"。该疗养院距离纽瓦克12英里远（约19千米）。她写道，这里的环境有助于她恢复健康，因为她可以欣赏到美丽的"蜀葵花、野蔷薇和牡丹"，还可以享受"阳光"。赔偿金也令阿尔比娜倍感宽慰。那年夏天，见过她的人都说她完全是"一副惬意的模样"。如今她的乐趣就是听收音机、养金鱼、看电影，以及经常和金塔一起到附近的乡村游玩。

然而，就在此时，金塔被收治入院。她已经坐不起来了，只有家人才被允许探视。这不仅意味着她无法再到附近的乡村游玩，还意味着她无法像另外四个姑娘那样在1929年夏天为梅·坎菲尔德出庭做证。不过，金塔请求贝里代表自己出庭。

那次是初审听证。在处理梅的案子时，贝里很快就意识到美国镭公司在前一年和解时的表现相对来说尚不成熟。这次是第二次针对美国镭公司的诉讼，他发现立案的难度更大。德林克夫妇、克亚尔和马特兰都拒绝出庭做证，媒体方面也没有任何支持者逼着镭公司让步。

为了对梅伸出援助之手，五个姑娘不惜放弃了病人隐私权，她们希望医生委员会能利用她们的病例证明镭中毒真实存在。然而，马克利却反对以任何方式提到这五个表盘画工，包括她们的医疗诊断以及前一年实现庭外和解的事实。马克利声称，她们"绝不能与本案产生任何关联"。不仅如此，镭公司指定的医生也拒绝提供证据。

然而，正如凯瑟琳曾经有感而发的，很难再找到像雷蒙德·贝里这样的律师。不管怎么说，贝里还是把克雷弗和尤因都传唤到了听证会上做证，结果他们俩"怒不可遏"。姑娘们在做证时发誓说她们很高兴看到尤因能讨论她们的病例，而且尤因也亲眼看到了这一幕，但他最终还是以尊重病人隐私的保密制度为由拒绝做证。

克伦巴尔医生是姑娘们在医生委员会里的盟友，他很乐意提供证据。尽管马克利威胁他说，如果克伦巴尔做证，马克利将起诉他，但贝里做通了医生的工作，让他继续做证。不论是与证人打交道，还是陈述案情，贝里的律师技能也在提高。如今，经验丰富的他已经掌握了所有资料，足以令美国镭公司的日子不好过，他已经成了该公司的眼中钉、肉中刺。镭公司的那些高管原以为等他们解决了前五起诉讼案后，贝里就不会再来招惹他们。现在他们意识到自己大错特错了。

1929年10月29日，人们都把那天称为"黑色星期二"。就在那一天，一场金融风暴席卷了整个华尔街，"纸上财富……就像烈日下的霜花一样化为乌有"。

"华尔街，"当天目睹股市崩盘的一个人写道，"是一条令希望化为泡影的大街，是一条安静到令人恐惧的大街，是一条让人麻痹如被催眠的大街。"

在距离美国经济崩溃中心华尔街以北一百多个街区的纽约纪念医院，金塔·麦克唐纳躺在病房里。这里同样安静到令人恐惧，这里的人同样处于麻痹状态。但金塔自己暗下决心，绝对不能让希望化为泡影。

她在9月份入院接受治疗，当时基本上"处于奄奄一息的状态"。如今过去了一个月的时间，她仍然在跟死神搏斗。真的很难想象她是怎样熬下来的。目睹这一切的朋友和家人都感到难以置信。"当时她就像个斯巴达勇士一样英勇无畏。"她的弟妹埃塞尔慨叹道。金塔入院治疗后，埃塞尔便开始照看麦克唐纳家的两个孩子。"每次我问她感觉怎么样，她都说'很好'。她从来没想过自己就要死了。"

"她唯一的想法就是要为孩子们活下去，"金塔的丈夫詹姆斯说，"这样的念头让她有了与疾病斗争的勇气。"

麦克唐纳夫妇如今已经和好如初，但过去的一年对这对夫妇来说却是混乱的一年。根据1928年签署的和解协议，詹姆斯获得了400美元（现约5 544美元）的赔偿金，但这笔钱跟妻子新增的财富相比显得微不足道。这样的差距令詹姆斯心生怨恨。接着，詹姆斯丢了工作，才一个夏天的工夫，就把那些赔偿金挥霍到不同的地下酒吧里去了。而金塔则用这笔赔偿金给两个孩子建立了一笔信托基金。1928年9月的一天夜里，詹姆斯心中的怨恨到达了顶点。当金塔一口回绝了他要钱的请求时，詹姆斯气急败坏，开始殴打残疾的妻子，并威胁要放煤气毒死金塔。当时，金塔裹在石膏里，只能无助地躺在床上，詹姆斯却不管不顾地把家里所有的煤气阀门全都打开。詹姆斯被捕，但金塔并没有提起诉讼。这并不是金塔第一次遭遇家庭暴力。不过，在贝里的帮助下，金塔着手起诉离婚。后来，詹姆斯似乎让金塔回心转意，两个人最终决定继续过下去。"我丈夫想尽量勇敢地面对生活，"有一次金塔谈到了他，"跟女人相比，男人能做到这一点更难。"

如今时间走到了1929年秋，不得不勇敢面对生活的人轮到了金塔。"在过去的三个星期里，"埃塞尔在11月初说道，"她一动也不能动，只能靠别人一勺一勺地喂才能吃点东西。"所幸她的状况出现了转机，这让几个医生都大感意外。现在金塔在这场殊死搏斗中开始有了一线生机。

金塔在与疾病抗争的过程中可能受到了格蕾丝和阿尔比娜的激励，她们两个人恢复得都还不错。一天晚上，当格蕾丝前往医院探视金塔时，大批记者等候在医院外，格蕾丝接受了他们的短暂采访。格蕾丝自豪地向记者透露，她已经不用一直佩戴背部金属支架了。"医生告诉我，我对疾病有很强的抵抗力，这就是我能恢复的原因。"她跟记者们说道，接着又半开玩笑地补充道，"我的战斗力十足，也许我本该卧病在床，但我一定会站起来给胡佛*投票的!"金塔也希望不久后可以再次站起身来,或者至少可以回家养病。她的健康状况大为好转,詹姆斯已经把家里收拾妥当,等着她出院回家。当他们一家人在一起庆祝感恩节,庆祝海伦的十岁生日时,心里想的全都是金塔即将出院的好消息。一想到这,一家人就都不由得喜上眉梢。

"在前几个星期里,每次我们去[看她],"格蕾丝满怀热情地说道,"她的身体看上去都一天好似一天。而今天她看起来就好像从来都没生过病一样。已经有好久没有见过她这么有活力了。"金塔请格蕾丝帮忙给两个孩子买些圣诞礼物,她想让这个圣诞节过得与众不同,让家人终生难忘。

12月6日,星期五,那天,金塔看起来精力充沛。当天晚上,詹姆斯前来探视,两个人谈起了如何过圣诞节。两个人都希望金塔到时候能回家和家人一起欢度节日。话说到一半时,金塔突然叹了一口气。

"我累了。"据说这是她的原话。

詹姆斯对此并不感到意外。他弯下腰吻了一下她,小心翼翼地避开了她的腿。她的大腿上肿了一个包,一碰就会剧痛。两个人都抬起头来看了看墙上的钟,探视时间还没有结束。

"你不介意早点走吧?"据说她当时是这么说的。

于是,詹姆斯按照她的意愿,就像平时一样离开了病房,没有任何不祥的预感。

金塔腿上的那个肿块……如果马特兰看到了,可能就知道是怎么回事了。因为这是个恶性肿瘤。就在差不多两年前的12月,埃拉·埃克特就死于这种骨瘤。那天,天寒地冻。

---

* 即赫伯特·克拉克·胡佛(Herbert Clark Hoover),美国第31任总统,任职时间为1929年至1933年。——译者注

1929年12月7日深夜，2点的钟声马上就要敲响的时候，金塔·麦克唐纳突然陷入昏迷。医院拨通了詹姆斯的电话。一接到电话，詹姆斯立即出发，以最快的速度开车赶往医院。由于车开得太快，他被警察拦下了两次，但当得知他的情况后，警察选择了放行。然而，他的努力仍然化成了泡影。詹姆斯抵达纪念医院时，"泪水像断了线的珠子从他的脸颊上不断滑落下来"，他只晚到了几分钟，金塔·麦克唐纳就已经跟他天人两隔。愤怒和沮丧的情绪翻来覆去折磨着他，然而更深刻的感受莫过于内心的悲痛。

"我的心碎了。"他后来说道。接着他又平静地补充道："我很高兴她终于找到了平静和安宁。"

她的朋友们闻讯后，全都崩溃了。她们几个姑娘早已经形成了一个亲密无间的小团体。五个人齐心协力与镭公司做斗争，与世界抗争。金塔是她们中第一个倒下的。阿尔比娜得知这个消息后昏倒在地；凯瑟琳·肖布也大为震惊。凯瑟琳选择不出席金塔的葬礼，而是回到乡下的家中"抛开一切继续学习"。她正在选修哥伦比亚大学的一门英语函授课程，计划将自己的经历写成一本书。她说："有一段时间，我完全沉迷于听课和写作，几乎忘记了周围的世界。"

对于那些仍然留在奥兰治的姑娘们来说，她们没有选择遗忘。从某种程度上说，她们更愿意铭记：将金塔铭记于心。12月10日，星期二，埃德娜、阿尔比娜和格蕾丝抵达圣维纳蒂斯教堂参加葬礼。对于等候在那里的记者们来说，这几个姑娘命运的变化显而易见。格蕾丝"走起路来脚步轻快，不需要别人帮忙"，而埃德娜"似乎病得最严重"。对阿尔比娜来说，这是她第二个死于镭中毒的妹妹，出席葬礼都是一种痛苦的挣扎。然而，她还是决定亲自前去悼念妹妹。通往教堂大门的是一段长长的台阶，阿尔比娜每登上一级台阶都需要花上浑身的气力。即便"看起来就要倒的样子"，她还在坚持向上爬。现在不是在乎自己的身体舒服与否的时候，现在的一切都是为了金塔。

葬礼并没有多长时间。麦克唐纳家的两个孩子海伦和罗伯特"一直紧贴着他们的父亲，他们俩太小了，还没有意识到自己从此跟母亲再也无法相见，但也能模模糊糊地感觉到些什么"。在接下来的几个星期里，他们确实会度过一个令他们终生难忘的圣诞节。

弥撒结束后，她的家人和朋友去了罗斯代尔公墓，金塔将在这里和她的姐姐莫莉一起安息。这是一个简单的葬礼，安静肃穆，正如金塔所希望的那样。

金塔生前曾经提出一个请求，她希望自己的死能够为朋友们的生做出贡献。埃塞尔悲伤地说："这样她就可以给其他受害者留下一个临别礼物。"于是，马特兰对金塔进行了尸检，发现她跟埃拉·埃克特一样死于一种罕见的肿瘤。金塔的肿瘤虽然没有长在肩膀上，但性质却完全一样。究其原因，只是镭在她的骨骼里选择了一个不同的目标。马特兰就这一新发现发表了一份声明。"受害者的骨头，"他透露说，"实际上在她们的生命尚未结束之时就已经坏死。"

人们或许会认为，美国镭公司在得知金塔的死讯后，态度最终会有所软化，毕竟公司的几个医生都曾经声称金塔根本死不了。如果真有人有这样的想法，那就大错特错了。在新的一年里，贝里的确帮助梅·坎菲尔德赢得了8 000美元（现约113 541美元）的和解赔偿金，但该公司却在和解协议上增加了一项限制条款。公司声称，要让他们向受害者支付赔偿金，除非贝里自己也参与到这个交易中来。贝里对该公司的各种阴谋诡计了如指掌，在法庭上的表现也越发游刃有余，但对此他却束手无策。

于是，雷蒙德·贝里，这位法律的拥趸、律师中的先锋、唯一一位响应格蕾丝求助的律师，要被迫在以下声明中签名："本人同意不参与任何其他针对美国镭公司的诉讼案件，不管是直接参与还是间接协助；同意在任何针对上述公司的诉讼案中不向任何人提供帮助;同意在任何针对上述公司的诉讼案中不向任何人提供资料或信息。"

贝里被迫出局。他在对抗美国镭公司的诉讼中一直都表现得像个严肃的斗士,对该公司而言,他就是一根令人不胜厌烦的肉中刺。但是现在,公司就像是做了一个精准的外科手术,不但把这根刺拔了出去,而且还令其近身不得。

两次庭外和解,但最终是美国镭公司赢得了这场战争。

伊利诺伊州,渥太华
1930年

凯瑟琳·沃尔夫深深地叹了口气,工作台上积留下来的那层镭粉便飞到了半空中,形成了一片薄雾。她感到有些疲劳,伸出双手搓了搓脸颊,又把乌黑的短发向后拢了拢,接着便懒洋洋地盯着眼前那片还没有尘埃落定的镭雾。她有些不太高兴。尽管心里不大情愿,但她还是回过神来继续给表盘画工称量她们所需的涂料。凯瑟琳如今已经不再做全职工作;工作室的几个老板商量后决定调整她的工作。

实际上他们对自己还是蛮不错的,她心想。里德先生一直都非常善解人意。前一年的一天,他把凯瑟琳叫进办公室,对她说,鉴于她的健康状况不佳,她可以休假六个星期。镭表盘公司知道她生病了,就像曾经对待玛格丽特·鲁尼那样密切关注着她。

不过,假期并没有发挥预期作用。公司最终给她调换了工作岗位。她现在的工作除了给材料称重外,还要把姑娘们的材料盘里的剩余材料刮下来,这份工作经常只需要用指甲即可完成。不出所料,她那双没有任何保护措施的手开始变得"闪闪发光"。由于她习惯用手捋顺头发,于是她的整个脑袋也发出了耀眼的光芒。当她在黑暗浴室的镜子里盯着自己看时,经常会萌生这样一个想法:如果说这份新工作有什么不一样的话,那就是跟原来的工作相比,她身上沾的镭粉比以前更多了。

新工作可不像画表盘那么有趣,不过镭表盘公司跟以前相比也大不相同。当时，跟凯瑟琳相知相熟的那些姐妹都已经离职，只剩下她和玛丽·罗西特、玛格丽特·格拉钦斯基等几个人。凯瑟琳尽量把这个职位视为公司对自己的提拔：镭价值不菲，因此，被公司专门挑选出来做分发镭和回收镭的工作，无疑有一种成就感。她在这家公司工作了八年，终于成为最值得信赖的员工之一。

即便如此，她也知道有些姑娘对于自己工作岗位的调换颇有微词。一个同事如此说道："我觉得她之所以从画表盘的岗位上调走，是因为她的技术太差了。"

我的技术才没那么差，只不过是不像过去那样经常画表盘而已，凯瑟琳在心里为自己辩解。似乎每个星期都会有紧急订单，这时候就需要更多的人手画表盘。于是，凯瑟琳就会用嘴唇将驼毛笔的笔尖抿尖，蘸上镭粉画表盘。在镭表盘公司，表盘画工们仍然使用这种老方法，因为从一开始接受培训指导到现在，这种工作方法从来就没改变过。

工作室里的姑娘们突然都站起身来。凯瑟琳听到声音后，抬起头来看究竟，却发现她们是要去参加体检。于是，凯瑟琳也起身，准备一同前往。但里德先生却不容置疑地拦住了她的去路。"我被排除在体检行列之外，"凯瑟琳回忆道，"里德先生不让我去。"

私下里，她曾经就公司体检的问题，不止一次问过里德先生，但他总是拒绝回答。凯瑟琳曾经找当地一位内科医生看病，他的诊断结果是她患了风湿病，所以走起路来一瘸一拐。凯瑟琳觉得自己才27岁，这个年纪不可能得那种病。"我当时知道自己生病了，但不知道到底生了什么病。"她沮丧地说道。

凯瑟琳深深地叹了一口气，重新靠在椅背上，心想，至少这一切都没有使汤姆·多诺霍感到厌烦。一想到他，凯瑟琳不由得微微一笑。她知道，要不了多久，他们就会步入婚姻的殿堂。她又开始幻想，也许他们俩会有个孩子，虽然谁也无法确定上帝带给自己的是儿子还是女儿。玛丽·罗西特已经流产两次了,不过她刚刚发现自己怀上了第三胎。凯瑟琳热切地祈祷这个孩子能活下来。

夏洛特·珀塞尔和她的丈夫阿尔有一段时间也过得很痛苦。去年8月,他们的儿子唐纳德(Donald,昵称巴迪[Buddy])降临到这个世界上,但早产了两个月,体重只有2.5磅(约1.1千克)。医生们把他放在保温箱里待了一个半月。最后,这个勇敢的小骑兵终于闯过了难关。

其他姑娘都去体检后,工作室里只剩下凯瑟琳一个人。里德先生拒绝了她的请求,这让她大失所望。也许她应该像伊内兹·瓦莱特那样做,凯瑟琳有些漫不经心地想着。伊内兹因为头痛欲裂以及髋关节交锁,到明尼苏达州的梅奥诊所接受检查。伊内兹只有23岁,但她现在根本无法工作。在过去的一年里,她的体重减轻了20磅(约9千克)。上次凯瑟琳在教堂里见到她时,发现她已经骨瘦如柴。更令人担忧的是,她的牙齿开始松动,口腔内部遭到感染。伊内兹不得不用纱布不停地擦掉下巴渗出的脓液。

这些症状有些像佩格·鲁尼曾经遭受的痛苦,但佩格的死因是白喉。可怜的佩格,凯瑟琳仍然忘不了她的一颦一笑。凯瑟琳当时可能并不知道,佩格的家人跟埃拉·克鲁斯的父母一样,已经咨询了一位律师,并对镭表盘公司提起了诉讼。(顺便提一句,克鲁斯的诉讼案尚无进展。)

"家里人都觉得死亡证明搞错了。"佩格的妹妹话里有话。

他们聘请了一位名叫奥米拉(O'Meara)的律师。1930年,法庭就此案举行了一次听证会,但没有任何结果。也许奥米拉跟乔治·威克斯一样遇到了麻烦。"没有人会帮助我们。"佩格的妹妹琼回忆道。

"没有人愿意为此做任何事,"她的侄女达琳继续说道,"我觉得没有一个律师愿意与公司作对。我们全家人都感到走投无路,我们觉得没有人会倾听我们的声音,没有人会在乎这个案子。"

琼补充道:"我父亲最后无奈地说:'你根本告不赢他们,没有必要去尝试。'"

"我祖父意识到佩格已经远离人世,而他自己在与公司对抗的问题上几乎束手无策时,"达琳坦承,"选择了放弃。"

"算了吧,"迈克尔·鲁尼(Michael Looney)痛苦地说道,"处理这种麻烦事太不值当。"

他已经无计可施。

对玛丽·维奇尼·托涅利来说,医生们也已经无计可施。玛丽生病后就辞去了镭表盘公司的工作。她以为自己得了坐骨神经痛,但当她小心翼翼地触摸后背时,意识到自己的脊椎上长了个肿块。"医生说是恶性肿瘤。"玛丽的哥哥阿方斯(Alphonse)后来回忆道。

1929年秋,玛丽做了肿瘤切除手术。然而,四个月后,她的状况却丝毫不见好转。事实上,阿方斯透露:"她像狗一样痛苦地过了四个月,那段时间她饱受折磨,一刻都不得安宁。"

1930年2月22日,玛丽·托涅利病故,年仅21岁。她的新婚生活还不到两年。丈夫约瑟夫将她葬在渥太华大道公墓。

"我们觉得她就是死于镭中毒,"阿方斯无望地说道,"可她丈夫和家里的老人当时都不愿意去调查。玛丽离世,他们都太难过了。"

37

新泽西州,奥兰治
1930年

凯瑟琳·肖布小心翼翼地将拐杖的一头挂在面前第一级台阶上。她现在如果不拄着拐杖,便寸步难行。迫不得已,凯瑟琳只好搬回了纽瓦克。为了恢复健康,她已经花费了大笔金钱,现在她完全依赖于600美元(现约8 515美元)的养老金,但这笔钱可不包括她住在乡下的开销。凯瑟琳不愿意回到城里。只要一进城,她就觉得自己的健康状况开始走下坡路。

她迈步走上了第一级台阶,但脚下一滑,直接跌倒在台阶上。这一跤对任何人来说都会觉得疼痛难忍,更何况凯瑟琳是个镭姑娘,她全身的骨骼就像瓷器一样一碰就碎。她知道自己骨折了,但当汉弗莱斯医生检查了她的X光片后,却告诉她一个比骨折更糟糕的消息。

凯瑟琳·肖布的膝盖上长了一个肿瘤。

她开始入院治疗。在长达两个半月的住院期间,医生们用X光治疗这个肿瘤。经过治疗,肿瘤似乎消掉了一些,但凯瑟琳却开始变得意志消沉,一蹶不振。她被石膏包裹了几个月后,最终被告知骨头"没长好"。于是,从那一刻起,她不得不再次戴上了金属支架。"当医生把那个奇怪的东西绑在我腿上时,"凯瑟琳回忆道,"我的喉咙好像突然被什么东西堵住了一样……我哭了一会儿,但我的信仰告诉我要坚强。"

然而,尽管信仰令她的内心得到安慰,但凯瑟琳发现自己的预后效果却令人深感沮丧。已经多年没有在脑海中出现的老电影,现在又开始反复播放,影片里鬼姑娘的阵容一直在壮大。凯瑟琳曾经因为沐浴在阳光下而感到放松解脱,但如今她表示,"灯光和屋顶射下来的阳光都令我感到窒息"。她结结巴巴地说道:"脑子里不断出现的画面让我毛骨悚然,我不知道这感觉到底是我幻想出来的还是真实存在的……眼前的灯光让我无法忍受;一到下午4点灯亮,我就崩溃了。"可能这就是为什么她开始"对酒充满了渴望"。

医生委员会一如既往地伸出援手,但凯瑟琳对尤因和克雷弗所建议的治疗方案一概否决。她自信地写道:"人们常说,如果你不和一个人生活在一起,你便无法彻底了解他。镭已经在我体内存在了十年之久,我自认为应该对镭有所了解。至于[他们所提出的]治疗方案,我觉得全是无稽之谈。"她不愿意再屈从于他们的要求。

尤因和克雷弗火冒三丈,不仅凯瑟琳的固执己见令他们勃然大怒,其余几个姑娘越发大胆的表现也让他们暴跳如雷。克伦巴尔写道:"医患关系并不尽如人意。让她们过来看病太难了,而且她们也不愿意接受我们的治疗。"

然而,姑娘们虽然在坚决捍卫自己的权利,但同时也在玩一场危险的游戏,因为委员会对她们的医疗费用享有完全的控制权。没过多久,委员会便通知格蕾丝不能再找麦卡弗里医生看病;委员会还对汉弗莱斯医生表示了关切,他们写道:"尽管几个表盘画工完全信任[汉弗莱斯],但综合考虑下来,也许最好还是由其他人来照顾她们。"

美国镭公司本身财务状况良好,却对每一笔医疗费用都"极尽推诿"。尽管华尔街股市崩盘,但市场对镭表盘的需求却并未减少。此外,公司还为镭针水以及其他药品的生产提供镭。当表盘画工的遭遇首次见诸报端时,这些产品的需求量出现了短暂的下滑,但如今,从前的狂热卷土重来。

1930年缓缓流逝,不经意间,1931年已经到来。年初,凯瑟琳仍然未能出院,不过在汉弗莱斯的精心治疗下,她的肿瘤已经小了很多,周长为45厘米。到了2月份,她还是无法下地走路,但似乎已经熬过了最严重的那段时期。

1931年春,格蕾丝·弗赖尔的精神状况也不错,部分原因是她去医院看病时交到了一个新朋友。巧的是,著名飞行员查尔斯·林德伯格(Charles Lindbergh)当时就在楼上工作,偶尔会去看望她。格蕾丝的小弟弟阿特经常开车送她去看病。据阿特说:"我记得林德伯格偶尔的几次拜访让她感觉好多了,只可惜也就一会儿。不过,能看到格蕾丝精神振奋,大概是我觉得最开心的事了。"

格蕾丝下定决心,继续保持乐观的生活态度。的确,她不得不重新戴上金属支架,但她可不想让支架成为自己生活的绊脚石。她说:"我上班、休闲,偶尔还'跳跳舞',我四处开车兜风,甚至去游泳,但每次只能在水里待两分钟,因为只要超过两分钟不戴支架我就受不了。"

然而,在奥兰治的医院里,一位刚被推进大门的病人——艾琳·科比·拉波特——可没有精力进行这样的娱乐活动。艾琳曾经在第一次世界大战期间跟格蕾丝做过同事。现在,她追随朋友们的脚步,也来到了汉弗莱斯医生的办公室。

1930年夏,她发现自己出了问题。她和丈夫文森特一直都想要个孩子。当时,艾琳已经经历了三次流产。那天,他们俩正在位于鲨河山边的小房子里做爱,但艾琳感觉身体内部不对劲。她的阴道肿胀,妨碍了交欢。

文森特带着她找到汉弗莱斯医生,诊断结果是她的阴道里长了个大约核桃大小的肿瘤。尽管汉弗莱斯想方设法加以治疗,但她病情恶化的速度非常快。"她整条腿和半个身子都开始浮肿,令她动弹不得,"她妹妹回忆道,"她的病情每时每刻都在恶化。"

艾琳开始住院治疗，但截止到1931年3月，所有医生都说，除了缓解她的疼痛外，他们已经无能为力。当时，由于肿瘤在体内疯长，她大腿根周围区域比原来肿大了四倍。医生们发现"肿瘤阻塞了阴道口，很难给她做阴道检查"。艾琳排便异常困难，每次排便都"痛不欲生"。

4月，医生们请来了马特兰医生。"我看到病人很憔悴，卧床不起，体内长了一个巨大的肿瘤。"他回忆说。他直截了当地做出了不容置疑的诊断。

"他明确告诉我，"文森特·拉波特哽噎着几乎出不了声，"说她肯定是[镭中毒]，只剩下大约一个半月的时间了。"

他们不想让艾琳难过，所以并没有告诉她实情，但艾琳冰雪聪明，早已经心知肚明。给她治疗的一位内科医生回忆道："当时她总是说：'我知道我是镭中毒，就快不行了。'我说服她，让她相信自己没得那个病，她会好起来的。医生不向患者透露致命的预后是明智之举。"

马特兰不假思索地向世人揭示了镭在体内的运作过程。他这些年接触了足够多的病例，现在看出这些恶性肿瘤就是镭毒变化的新阶段。潜伏在受害者体内的肿瘤可能会让她在接触镭后的数年内仍然保持健康，但令人感到胆战心惊的是，肿瘤随时会恢复活力，进而完全掌控患者的身体。他补充说："当我第一次描述这种疾病时，一些对镭的生产和医疗用途感兴趣的人们倾向于把全部责任归咎于新钍……在最近进行的几例尸体解剖中，新钍已经没有了，但镭还在。"因此，他得出结论："我现在坚信，人体不应该过多接触放射性物质；[这样做]太危险。"真实情况就是如此，因为每个星期都会有一个表盘画工被查出来长了恶性肿瘤，每个人的肿瘤生长部位都不一样，脊柱、腿、膝盖、臀部、眼睛……

艾琳的家人不敢相信她会如此迅速地离他们而去，她还在咬紧牙关坚持着。1931年5月4日，还在医院里垂死挣扎的她，向美国镭公司提出了赔偿要求；她愿意与对方实现庭外和解。

但该公司刚刚签署了一项和解协议。现在他们已经赶走了贝里,接下来的对手他们并不放在心上。

过了一个月,在经历了一场异常艰苦的战斗后,艾琳于1931年6月16日离开了人世,因为这是一场她注定永远不会获胜的战斗。在她离世时,马特兰说她的肿瘤已经"大到离谱"。那个肿瘤到底大到何种程度呢?他继续说道:"如果不把这个姑娘的肚子剖开,谁也无法把它完整取出来。那个肿瘤比两个足球加在一起还要大。"艾琳·拉波特就是这样丧命的。

她的丈夫文森特怒不可遏,但不知道该朝哪里撒气。一开始他强烈的怒火夹杂着痛苦和悲伤,使他备受煎熬,但随着时间的推移,愤怒的情绪逐渐冷却平静下来,变成了一种冷血的、磐石般强烈的复仇欲望。文森特·拉波特将继续为妻子而战。他会依据法律坚持不懈地斗争下去,他的斗争将持续到1931年底,并贯穿1932年和1933年,甚至更久。

艾琳·拉波特针对美国镭公司诉讼案的裁决,将会最终影响法庭对奥兰治所有表盘画工的判决。文森特刚开始并不知道这一结局,但这场斗争无疑将会持续好几年。而美国镭公司对此才不会着急。

那么,再说一遍——文森特也不着急。

关于恶性肿瘤,马特兰还有最后一项声明要发表。如今他已经深知,对于任何一个曾经抿过笔尖的表盘画工来说,她们每个人的体内都隐藏着一颗狡猾邪恶的定时炸弹。

"我相信,"他说,"在我们还没来得及搞清楚一切之前,受害者的人数将会多到骇人听闻的地步。"

38

伊利诺伊州，渥太华
1931 年 8 月

凯瑟琳·沃尔夫在上班路上休息了一会儿。她在苏必利尔东街的拐角处停下了脚步，歇了口气。通常从她家走到工作室只需要七分钟，但近些天她却花了很长时间。当她一瘸一拐地沿着哥伦布大街往前走时，前方白色的教堂让她的精神振奋起来，那里就像是她的第二个家。她在那里接受洗礼，接受圣餐，总有一天还要在那里举办婚礼……

她一边走，一边心想着上帝赐给自己的福，努力让自己的精神振奋起来。就像数着念珠串上的一颗颗珠子一样，她心里细数着那一件件值得回味的美好事件。第一件幸事当属她的健康状况：凯瑟琳虽然走起路来一瘸一拐，但非常健康。第二件幸事就是遇到了汤姆·多诺霍，他们二人将在 1932 年 1 月步入婚姻的殿堂。第三件幸事是朋友们也好事不断：玛丽已经生下了一个健康的小男孩，取名叫比尔（Bill）；夏洛特·珀塞尔足月生了一个女儿，取名帕特里夏（Patricia）。第四件幸事就是她的工作。眼下 600 万美国人都处于失业状态，而凯瑟琳每个星期可以赚到 15 美元（现约 233 美元），她对每一分钱都心怀感激。

最后，她终于走到了镭表盘公司。跟她相识相知的那些姑娘，如今只剩下玛格丽特·格拉钦斯基还可以聊上两句。凯瑟琳艰难地朝着工作台走过去时，感受到了其他姑娘都在看着她。她知道自己走路困难已经成为"姑娘们茶余饭后的谈资"，但里德先生从来没有因为她的工作质量而对她横加指责,于是她也尽量把那些闲言碎语当作耳旁风。

她刚开始称量材料,离窗子最近的几个表盘画工就转过头跟工作室里的其他姑娘说,她们看到总裁凯利先生和副总裁福代斯先生已经进了公司大门。他们二人从芝加哥远道而来。姑娘们纷纷整理衣装,而凯瑟琳先紧张地拢了拢头发,接着便扶着工作台站起身来,跛着脚穿过工作室,朝着仓库走去。

她刚走到半路,里德先生和两位高管就走了进来。里德先生不断向高管们介绍着工作中的各个细节,但凯瑟琳有一种奇怪的感觉,似乎来访的两位高管一直在盯着自己。她取来所需的材料后,又慢慢地走回到工作台旁。里德先生几个人仍然站在那里窃窃私语。凯瑟琳突然有了一种莫名其妙的焦虑情绪,她转过脸看着窗外,8月的阳光亮得刺眼。

忽然,一片乌云飘了过来,遮住了太阳。

"里德先生叫我?"凯瑟琳抬起头来问道。

里德找人通知凯瑟琳去办公室。她有意把脚步放慢了很多。凯利先生和福代斯先生也在办公室。她又伸出手往后拢了拢头发。

"很抱歉,凯瑟琳。"里德先生突然冒出来这么一句。凯瑟琳看着他,一头雾水。

"很抱歉,我们得辞掉你了。"

凯瑟琳惊讶地张大了嘴巴,突然觉得喉咙干涩。为什么?她不明白。是她工作不利吗?还是她做错了什么事?

里德先生当时肯定看穿了她的心思。

"我们对你的工作很满意,"他坦承,"主要是因为你在这里走路一瘸一拐。"

她的目光从里德身上滑向了旁边的两位高管。"公司里对你的残疾已经有了各种闲言碎语,"里德先生继续说道,"每个人都在讨论你的瘸腿。你这样会影响公司的整体形象。"

凯瑟琳不由得低下了头，她也不清楚自己是因为羞愧难当，还是因为怒火中烧，或者是因为内心受到了伤害。

"我们认为……"里德先生停下了话头，和两位高管交换了一下眼神。两位高管对他点点头表示赞同：他们是一伙的。"我们认为我们有责任让你离开公司。"

闻听此言，凯瑟琳目瞪口呆。这消息简直就像晴天霹雳，震得她手足无措。"公司让我卷铺盖走人，"她后来回忆说，"公司竟然赶我走。"

她走出了办公室，将那三个人丢在身后。她拿起小提包，一瘸一拐地沿着楼梯下到一楼。周围的一切对她而言是何等的熟悉——在过去的九年里，她每个星期都有六天是在这间工作室里度过的。老高中里似乎一下子回荡起她所熟知的姑娘们的欢笑声，那是夏洛特和玛丽·贝克尔的笑声，是伊内兹和珀尔的笑声，是玛丽·维奇尼的笑声，是埃拉和佩格的笑声。

如今欢笑声早已经销声匿迹。

凯瑟琳·沃尔夫因为生病被公司解雇。她拉开了工作室的玻璃门，只需要往下走六级台阶，就可以走到人行道上，但她每往下走一步都觉得髋骨疼痛难忍。她为公司付出了九年的光阴，最后却落到了这样一个下场。

没有人出来为她送行。解雇她的这几个人丝毫不受影响。毋庸置疑，凯利和福代斯的到来令里德先生更加活跃。里德先生对公司无比忠诚，无论如何也不会错过与老板近距离接触的机会。姑娘们全都忙着画表盘，不可能放下手中的活计。凯瑟琳走到了最后一级台阶，她不用想都知道姑娘们在里面忙着什么。抿……蘸……画……

没有人出来为她送行。然而，镭表盘公司完全低估了凯瑟琳·沃尔夫。

公司已经犯下了一个弥天大错。

新泽西州,奥兰治
1933年2月

凯瑟琳·肖布感觉疼痛难忍,但她双眼紧闭,拼命咬着下嘴唇,不让自己叫出声来。

"都好了。"护士给凯瑟琳的膝盖换好药后,似乎是在安慰她。

凯瑟琳小心翼翼地睁开了眼睛,却又一眼都不想看自己的那条腿。在过去的一年里,医生们一直在密切关注肿瘤的变化:他们告诉她,肿瘤的周长是45厘米;接着变成了47.5厘米;然后又长到了49厘米。此前肿瘤曾经一度缩小,但现在却开始疯长。在过去一个星期左右的时间里,不断膨胀的骨瘤已经胀破了她那薄如纸张的皮肤;如今她的股骨下端已经从伤口处伸了出来。她尽量把注意力集中在快乐的事情上。在入院治疗前,为了缓解紧张情绪,她曾经在一家名为山景城的私人疗养院住过一段时间。那段美妙时光令她难以忘怀。她的回忆录已经完结,而且部分内容也已经在一本主张社会改良的杂志上发表。她,凯瑟琳·肖布,已经成了一位发表过作品的作者,这可是她一直渴望实现的美好愿望。她心境平和而又愉悦地写道:"我得到了[一件]无价之宝——我已经找到了幸福。"

要是她还能待在山里就好了,只要待在那里,她就会感到充满活力。然而,随着她身体状况的不断恶化,她只能定期打车到奥兰治找汉弗莱斯医生看病。但医生委员会每次一到支付医疗费用时就开始推诿塞责。

事实上，对于几个姑娘的医疗费用，他们早已经不胜其烦。

1932年2月，凯瑟琳、格蕾丝、埃德娜和阿尔比娜都收到了尤因医生写来的信，信中措辞严肃："我们谨通知您，任何医疗账单若未经克雷弗医生的特别许可，委员会也将不予批准。委员会一致认为必须更加严格地审查每笔医疗支出。"委员会现在在拒绝报销"我方认为没用的"药品支出、医生的例行探访以及家庭护士的开销。委员会认为姑娘们如今在清洁卫生和穿着打扮方面越来越依赖于家庭护士提供的服务。信中写道，委员会正在采取行动，"防止对镭公司的这种'剥削行为'。"

委员会的决定掀起了轩然大波。对凯瑟琳而言，这项决定让她更加坚定了不接受委员会成员各项实验的决心。"我已经饱受折磨……我觉得我不应该听凭这些纽约医生的任意摆布。"几个内科医生都对她意见很大，只不过没有当面跟她说而已。"[她]这个病人太难打交道了，"一个医生抱怨道，"我真不知道该如何应对这个歇斯底里的女疯子。"

凯瑟琳质疑医护人员，这令她对于接受任何治疗建议都显得紧张不安。汉弗莱斯医生建议她接受腿部截肢手术，但她一口回绝。汉弗莱斯写道："在这件事上我说服不了她，而且深刻怀疑到最后我也无能为力。"凯瑟琳一旦打定了主意，十头牛也拉不回来。这或许可以解释为什么在这五个姑娘中，她会是第一个从美国镭公司那里获得和解赔偿金的表盘画工。

尤因的信中曾经把"极度萧条的经济状况"作为不再付钱的理由。随着经济的崩溃，镭手表的销售不可避免地也跟其他商品一样持续下降。然而，令公司银行账户上的钱流失的原因可并非只有这一个。还有一个原因就是埃本·拜尔斯（Eben Byers）事件。

1932年3月的各大报纸上刊载的全都是这一事件。拜尔斯是一位世界闻名的实业家和花花公子。他很有钱，喜欢赌马，住在"宫殿一样的豪宅"里，行事高调炫耀，势力盛极一时。1927年，拜尔斯不小心伤了后背,他的医生给他开了瓶"镭钍水"。拜尔斯认为这药很神奇,便在以后的岁月里陆续喝掉了几千瓶。

当有关他的报道见诸报端时,大标题为《镭水显奇效,他的下巴掉》。1932年3月30日,拜尔斯死于镭中毒。不过,他在临死前向联邦商务委员会(Federal Trade Commission)提供了证据,证明镭钍水是杀死他的元凶。

相较于对表盘画工事件的反应,当局对拜尔斯这件事的反应速度明显迅速了很多。1931年12月,联邦商务委员会发布了一项禁止生产放射性药物的规定。接着,美国食品和药物管理局(U. S. Food and Drug Administration)宣布镭药物为非法药品。最后,美国医学会将内服的镭药从"非法定新药集"的名单中删除,而在表盘画工死亡事件发生后,这些镭药仍然保留在该名单上。似乎富裕的消费者比工薪阶层的表盘画工更值得保护;毕竟,即使到1933年,画表盘这一行当仍然存在。

凯瑟琳在报纸上看到了拜尔斯的相关报道,为这位受害者感到悲伤,但内心也产生了一种终于拨云见日的强烈感觉。镭就是毒药。姑娘们私下里都对此心知肚明,但直到拜尔斯事件爆出来后,舆论才开始转向。事实上,自从姑娘们的诉讼案实现庭外和解,至今已经过去了将近五年时光,四个著名的表盘画工仍然活在世上,于是,社会上出现了一些有关她们诉讼案的风言风语,有人甚至认为她们对美国镭公司采取了欺诈手段,目的就是骗钱。

拜尔斯事件对美国镭公司来说无异于晴天霹雳。公司为很多生产镭产品的公司提供原料,但现在那些产品都禁止生产了。整个镭行业土崩瓦解。也许是受到这一事件的影响,也许还有其他原因,但不管怎么说,到了1932年8月,由于没有公司愿意收购奥兰治老工厂,美国镭公司便请人将其夷为平地。最后一个被推倒的建筑便是表盘画工的工作室。

眼见着工作室灰飞烟灭,姑娘们的心情颇为复杂。也许这可以视为一种苦乐参半的胜利,只不过对她们来说,将工作室夷为平地后,再用平淡无奇的沥青将原址彻底覆盖,可不是像看上去那么简单。1933年2月,凯瑟琳·肖布躺在医院的病房里,强迫自己直面镭所造成的影响。一条腿已经烂得一塌糊涂。经过慎重考虑,她最终决定接受截肢手术。

这个决定关系到她的未来。"我的远大抱负是继续写作。"她说。不管有没有腿,我还可以继续写作,她心想。

然而,汉弗莱斯医生告诉她的却是个坏消息。"现在已经无法做截肢手术了。"他说道。最近,凯瑟琳的整体状况急剧恶化,她的身体非常虚弱,根本不能承受这样一台大手术。结果,凯瑟琳每况愈下。1933年2月18日晚上9点,年仅30岁的凯瑟琳离开了人世。

就在凯瑟琳的葬礼前两天,也许是因为悲伤过度而心烦意乱,深爱她的父亲威廉在纽瓦克的家中摔下了楼梯。虽然被紧急送往医院,但他在凯瑟琳离世的一个星期后也不治而亡,追随女儿而去。威廉的葬礼跟凯瑟琳的葬礼在同一家教堂里举行,两个人都葬在圣塞普尔公墓。正如凯瑟琳所写,最后,就在她的人生旅程即将终结之际,她和父亲团聚在一起。

很久以前,2月份的一天,凯瑟琳·肖布在镭公司开启自己的职业生涯,那时她只有14岁。她曾经梦想着能发挥自己的才能,潜心写作。后来她的确出版了作品,也将潜力发掘出来。只不过实现梦想的方式却不是那个小姑娘曾经幻想的模样。在与美国镭公司的不懈斗争中,她成为捍卫自身权利的典范。

情况可能会更糟糕,格蕾丝·弗赖尔心想,真的可能更糟。

1933年7月,格蕾丝卧床不起,根本无法四处走动。正如她一直对自己所说的那样,情况可能会更糟糕。"我在家的时候感觉会好一些,"她欢快地说道,"我想这是因为哪里也无法跟家相提并论。"

格蕾丝的朋友埃德娜跟她的想法大同小异。她表示:"只要在家,我就觉得舒服多了。我的状况时好时坏,但只要在家,我就能忍受一切。"

综合考虑各项指标,埃德娜总体恢复得不错。尽管她的髋关节交锁,两条腿扭曲在一起,但挂着拐杖她还能设法四处走动,还可以去拜访朋友们,甚至还可以举办桥牌派对。她已经开始拿起钩针钩东西,这样她就可以一连几个小时坐在椅子上不动。尽管镭如今已经影响到了她的脊椎骨,但她仍然保持着积极的态度,甚至认为自己还可以活上"好几年"。她的乐观深受路易斯的影响。"他无微不至地帮助我。"她平静地说道。

埃德娜宣称,她从没想过自己得的是不治之症。"即便有那样的想法,又能带来什么好处呢?"她叫道。还是让命运女神决定一切吧。

与此同时,阿尔比娜·拉里切也颇感意外。别人都认为她会比其他几个姑娘死得早,但六年过去了,她仍然活在世上。凯瑟琳·肖布已经撒手人寰,阿尔比娜的小妹妹金塔也已经香消玉殒,但她仍然活着。这真是一件奇怪而又令人困惑的事。

跟埃德娜症状相同,阿尔比娜的脊椎骨也受到了影响,她现在穿了一件钢质胸衣,但至少能拄着拐杖一小步一小步蹒跚走路。阿尔比娜只有37岁,但她跟埃德娜一样也已经满头白发。众所周知,她并不像埃德娜那样积极乐观,那是因为她失去的太多了,她已经失去了三个孩子、两个妹妹。这样一连串命运的打击令人感到震惊,她的一生充满了悲剧。

不过,多亏了丈夫詹姆斯的精心照料,近来她比以前开朗了很多。以前,她只要一躺到床上,满脑子想的就是应该如何了结自己的残生。"我知道人们都说我已经无药可医,但我还是希望能发生奇迹。"阿尔比娜有些害羞地说道。

1933年9月,格蕾丝也抱有这样的希望。但随着日子一天天过去,希望变得越来越渺茫。尽管母亲尽其所能在家里照料她,但格蕾丝最终还是入院接受汉弗莱斯医生的治疗。

汉弗莱斯表示,他很担心格蕾丝腿上不断生长的肿瘤。

"我活不了多长时间了,"有一次格蕾丝说道,"得了这种病的人谁都不能幸免于难。所以,我当然也只有死路一条。既然如此,还有什么可担心的呢?"

"格蕾丝不怕死,"她母亲说道,"但她怕没完没了的痛苦折磨。她一直都很勇敢,直到生命的最后一刻。"

1933年10月27日,生命的最后一刻到来。早上8点,正是医生们刚刚开启一天工作,可以为病人提供帮助的时间,格蕾丝告别了人世。马特兰医生主持了她的尸检工作,最后一次小心翼翼地彻底检查了这位非常特殊的病人。格蕾丝的死亡证明上写着她死于"镭引起的肿瘤,工业中毒"。这是个不容置疑的事实:镭行业杀死了她,美国镭公司夺去了她的生命。

格蕾丝被埋葬在安宁墓园,墓碑上刻有她的名字,名字下方留了一块空白。14年后,当她的母亲过世后,母亲的名字便刻在了她的名字下方。她们母女终于可以安息了。

当地各大报纸都对格蕾丝的离世做了报道。家里人为新闻报道提供了一张格蕾丝生前的照片,那是她在镭中毒之前拍的。照片上的她看上去永远年轻,双唇光滑柔亮,眼神非常具有穿透力,就好像可以看穿人的灵魂一样。她身穿一件肩上镶花边的衬衫,戴着一条经典款珍珠项链。她是那样明艳动人、完美无瑕,就这样定格在那些深爱她的人们心中。

"全家人伤心欲绝。"她的侄子阿特回忆说。阿特出生时格蕾丝就已经离世,他是格蕾丝的小弟弟阿特的儿子。当初弟弟阿特经常开着车送她去医院看病。"我父亲不怎么谈论这件事。我觉得他一辈子都深受这件事的影响。毕竟去世的是他大姐,那么漂亮的一个女孩子。"

格蕾丝·弗赖尔不仅容貌姣好,而且聪明伶俐,做事情也干净利落。她意志坚定、坦率真诚、坚强自信,是个与众不同的姑娘。

后来小弟弟阿特有了孙子。在孙子的追问下,阿特曾经谈起过姐姐格蕾丝。"我永远都不会忘记她,"他简单地回答道,"永远都不会。"

人们也永远不会忘记她。人们现在仍在怀念她——你现在就是在怀念她。作为一个表盘画工,她身上沾着的镭粉让她闪闪发光;但作为一个女人,她则带着更闪亮的荣耀在历史的长河里流光溢彩:身体内的骨头碎裂了,但她没有崩溃;夺其性命的镭和信口雌黄的无良镭公司都很强大,但她表现得更加强大;她的生命很短暂,却长久地活在那些读过她的故事、了解她的人们的记忆中。

当所有的希望似乎都遥不可及的时候,她仍然选择抗争到底;即使自己的世界已经分崩离析,她依然选择为正义挺身而出。格蕾丝·弗赖尔,激励了许多人为自身权益而战。

她在安宁墓园长眠了。然而,即便她已经和这个世界挥手作别,但她的故事却还没有结束。因为她的斗争精神仍然在 800 英里外的那些追随着她的姑娘们身上长存。格蕾丝离世时,没有一家镭公司因为害死了工人而被认定有罪,也没有任何一家公司要为此负责。如今,格蕾丝虽然已经安息,但其他表盘画工将接过她手中的火把,她们将追随着她的脚步,继续斗争下去。为了赔偿金而战,为了得到认可而战。

更是为了正义而战。

下篇
正义

伊利诺伊州,渥太华
1933 年

镭表盘公司的管理层至少从 1925 年起,就已经确切了解到镭中毒的相关信息,那时距离他们在渥太华开设首个工作室还不到三年。就是在那一年,玛格丽特·卡洛在新泽西州首次提起诉讼;也是在那一年,马特兰找到了检测镭的方法。几位高管都曾经读过克亚尔的研究报告,参加过全国镭问题研讨会,也曾亲眼见证了埃本·拜尔斯事件的始末。他们完全知道镭有毒。

1928 年,当公司雇员获悉新泽西州系列诉讼案时,镭表盘公司撒谎了。他们在报纸上刊登整版广告声明:公司的体检结果证实,女工们安然无恙;涂料无毒无害,因为它"只含有镭"。当佩格·鲁尼含恨离世时,公司却鬼话连篇,声称"未发现镭中毒的明显迹象"。然而,真实原因却是他们趁着佩格死后将她的下颌骨切除,偷走证据,这样人们根本无从得知事实真相。

各大报纸上刊载的全都是诸如此类的保证,于是镭表盘公司得到了全镇民众的支持。毕竟,公司的高管们曾经承诺,一旦有任何危险,公司都将关闭工作室。全镇民众看到他们对雇员照顾有加,看到他们愿意将雇员的生命置于公司的利益之上,也就难怪会支持公司。大家都认为,在那里工作一定非常非常安全。

自玛格丽特提起诉讼,时间已经过去了八年,镭表盘公司仍然每天在渥太华这个小镇上运营如常。

❖　❖　❖

当地医生表示：哦，不是，凯瑟琳·沃尔夫·多诺霍的病绝对不是镭中毒。她一瘸一拐地走出诊疗室，对于致病原因还是茫然不解，只好朝着位于苏必利尔东街的家慢慢挪去。她不是孤身一人；她推着一辆婴儿车，里面坐着的是儿子汤米（Tommy）。就在她嫁给汤姆·多诺霍一年多后，他们的儿子出生了，那是 1933 年 4 月。"上帝赐福与我，"凯瑟琳写道，"给了我一个了不起的丈夫和［一个］可爱的孩子。"

1932 年 1 月 23 日，她和汤姆在圣高隆巴教堂举行了婚礼。婚礼规模不大，只有 22 位宾客到场。当时凯瑟琳的叔叔和婶婶都已经过世。汤姆的家人不赞成他们二人结婚。他们的侄女玛丽回忆道："汤姆的家人都不同意他娶她为妻，因为他们都觉得她身体不好。"然而，汤姆·多诺霍喜欢凯瑟琳·沃尔夫，这是一场源自真正爱情的婚姻。不管家里人怎么说，汤姆都要娶心上人为妻。

在双方交换誓约的时候，多诺霍一家人似乎终于改变了想法。汤姆的弟弟马修（Matthew）担任伴郎，他的孪生妹妹玛丽也出席了婚礼。当地报纸将这场婚礼称为"隆冬季节最美好的一场婚礼"。当凯瑟琳身穿绿色褶皱长裙，手捧一束茶玫瑰，一瘸一拐地穿过两排座椅之间的过道走向汤姆时，当时她心想，尽管她步履蹒跚，但她从没有过如此美好的感觉——当大家纷纷祝贺汤姆的时候，她更觉得高兴万分。如果不是因为身体每况愈下，她肯定会感到幸福到了极点。

今天预约的这个医生已经是她咨询过的第三个医生了，但他跟前面两位一样无法提供任何有用的信息。"他们都只是在猜测而已，"一位表盘画工的亲戚在评论镇上的内科医生时说道，"他们根本不知道［她们到底生了什么病］，全渥太华没有一个医生知道。"

也许是由于小镇闭塞,当地的内科医生不可能见识广博,这倒也是个不容辩驳的事实。尽管当时马特兰医生已经发表了很多有关镭中毒的论文,但有的医生对此病仍毫无头绪,明显是因为无知。例如,渥太华有一个内科医生碰巧曾经给佩格·鲁尼看过病,他表示,"我从来都没有注意到使用夜光涂料竟然会让人长恶性肿瘤"。

不管以前这种情况是否曾经引起渥太华那些医生的注意,至少现在他们亲眼看到了这些曾经当过表盘画工的姑娘们的特殊状况。萨迪·普雷的额头上长了一个巨大的黑色肿块;1931年12月,她死于肺炎。露丝·汤普森据说死于肺结核。两个姑娘都在镭表盘公司里工作,医生们认为这纯属巧合;她们的死因不同,她们的症状也千差万别,显然两者之间不存在任何可能的联系。

凯瑟琳沮丧地推着婴儿车走到了家门口,推开前门走了进去。她的家位于苏必利尔东街520号,房子是叔叔在1931年去世后留给她的。这是一座独立的白色两层尖顶木板房,屋顶延伸出来一部分遮住了门廊。整个街区非常宁静。"房子不大。"凯瑟琳的侄子詹姆斯回忆道。厨房有点小,布局紧凑;餐厅也不大,一到晚上汤姆就会坐在那里看书;房间里摆着一张蓝色沙发和一张橡木质地的圆桌。这所房子非常适合一家人居住。"我们当时就待在家里,陪着汤米玩,那时候真幸福啊。"汤姆回忆着往事,脸上洋溢着笑容。

凯瑟琳把汤米放在地毯上,看着他在那里玩耍,思绪又回到了刚才看病时的情景。前些日子她注意到了发生在东部地区的几起表盘画工死亡事件,于是她今天问医生有没有可能自己就是镭中毒;但他却明确说他并不认同这一想法。这位医生跟其他医生一样,也"反复告诉她,他对镭中毒一无所知,所以他不能以此为依据为她诊断"。也许这些医生全都受到了报纸上那些内容的影响:画表盘所使用的材料很安全,所以渥太华的姑娘们不可能镭中毒。

每当凯瑟琳去教堂做礼拜时,都会注意到马路对面的镭表盘公司。近些天来,这里安静了许多。事实上,由于伊利诺伊州是个农业大州,全国性的经济衰退在这个小镇上的表现非常明显,很多表盘画工都已经下岗。那些留下来的表盘画工也不再使用嘴唇抿笔尖的工作方法,也许是因为受到了埃本·拜尔斯事件的影响。有些表盘画工开始用手指将笔尖捋尖,此举令姑娘们使用的涂料总量比以前翻了一番。不过,鉴于当时的经济困境,女工们都会竭尽所能,那些有幸找到工作的姑娘都对这家公司忠心耿耿。当时有这样一种氛围:全镇人民似乎都应该支持这个雇主。毕竟在这样的困难时期,这样的雇主寥寥无几。

虽然大多数曾经共事的表盘画工都已经被公司解雇或主动辞职,但她们之间的友谊并没有因此变淡。玛丽·罗西特和夏洛特·珀塞尔的家都离凯瑟琳的家不远,她们经常聚在一起,一见面就无话不谈。她们谈到了凯瑟琳脆弱不堪的下巴,谈到了夏洛特疼痛难忍的胳膊肘,谈到了玛丽隐隐作痛的双腿。玛丽和夏洛特也找过好几个医生看病。当姑娘们谈到不同的医生所说的话时,她们意识到这些医生所给出的解释一模一样。不仅仅是他们,玛丽·罗宾逊的母亲说,当她提到镭中毒可能是女儿生病的原因时,医生们竟然"嗤之以鼻"。

奥兰治曾经发生过的一切正在这里重新上演,各种神秘难解的疾病正在困扰着渥太华的姑娘们。不幸的是,这里没有做出开拓性医学发现的马特兰医生,也没有熟悉磷毒性颌骨坏死的巴里医生。在这个小镇上,姑娘们正在遭遇的各种健康问题前所未有。

尽管……联邦调查员斯文·克亚尔曾经来访。他曾经拜访过当地的很多牙医和其他医生,而且他并不是只来过一次,而是两度来访。克亚尔曾经告诉他们自己正在寻找什么,跟他们描述过镭中毒的种种表现。然而,当地的医生们却似乎并没有把这些问题联系起来,也没有像他们曾经承诺的那样,把这些奇怪的病例报告给美国劳工统计局。

难道这纯粹是疏忽所致？或者就像有些表盘画工开始担心的那样，"没有一个当地医生会承认"？一位表盘画工的亲戚就有这样的想法。"他们当时不希望公司发生任何事情。"他表示。

"公司把他们全给收买了。"另一个人声称。

"这太令人费解，"凯瑟琳的侄女玛丽回忆道，"我只记得似乎没有人知道出了什么问题。但我们都知道的确出了问题，而且是相当严重的问题。"

42

夏洛特·珀塞尔抱起几个装满杂货的袋子,转身朝家中走去。她开始算计刚刚买来的食物可以够全家人凑合吃几顿。时局艰难,每个人都不得不勒紧腰带过日子。

1934年2月,报纸上报道的坏消息越来越多,全国各地都在经历有史以来最严重的旱灾。夏洛特和阿尔现在有三个孩子要养活,家里经济困难的程度可想而知。夏洛特停下脚步稍作休息,小心翼翼地揉了揉左胳膊。从去年起,她就觉得左胳膊不时隐隐作痛,至今这疼痛就没停止过。"当地的几个医生都告诉她要用热毛巾敷。"她的丈夫阿尔回忆道。

然而,热敷根本没有任何作用。夏洛特伸出手,用指尖轻轻地触摸左胳膊。没错,她心想,这个小肿包又大了点。她紧盯着肘关节内侧的那个小肿包。一开始这里只是肿起来一点而已,但她觉得,这个小肿包似乎越长越大。她想,得让阿尔看看这个小肿包,看他会怎么说。

突然,夏洛特痛得大叫了一声。左胳膊抱着的纸袋一下子全掉到了地上,里面装着的东西也都散落在人行道上。她刚才感到"胳膊肘突然出现的剧痛就像是有人举起锋利的匕首将其刺穿了一样"。她咬着下唇,又揉了揉刚才剧痛的部位,然后才弯下腰去收拾掉在地上的东西。这种状况出现的频率越来越高,尤其当她手里抓着什么东西时就会感觉拿不住,东西就会掉到地上。对此她恨之入骨。三个孩子分别只有四岁、三岁和一岁半,她得赶紧好起来。

也许向上帝祈祷会有帮助。那个星期天,她像往常一样虔诚地坐在圣高隆巴教堂的长椅上低头祈祷。突然,前面的人群中出现了一阵骚动,夏洛特抬起头来,却发现凯瑟琳正在痛苦地挣扎。当时,凯瑟琳的两条腿已经僵硬无比,很难跪下来祈祷。凯瑟琳的两条腿几乎无法弯曲,根本无法在长椅上落座。汤姆搂着她,想要帮着她坐下;他对妻子的身体状况感到惊慌失措。

实际上,汤姆发现自己"焦虑到躁狂"。凯瑟琳有时候仍然勉强能够跪下来或四处走动,有时候却根本动不了。她总是说他们没钱,没法得到更好的治疗,但汤姆如今暗下决心,打算做点什么。毕竟,凯瑟琳拥有这所房子的产权。他们可以将房子抵押出去,这样就可以拿到一些现金用来支付各种医疗账单。

汤姆帮助妻子慢慢地站起身来。她拼命伸直两条腿,这动作把她累得气喘吁吁:腿好痛啊。是啊,这种情况持续的时间太长了。如果渥太华的医生都无能为力,汤姆决定求助外地的医生。

他去了最近的城市——芝加哥。那里距离渥太华只有 85 英里(约 137 千米),但汤姆走了一个来回,一共 170 英里,只为将一位医生请到渥太华来。这位医生就是查尔斯·洛夫勒(Charles Loffler)。洛夫勒是一位"颇有名望的医生"和血液专家,他长着一对招风耳,待人友好和善。1934 年 3 月 10 日,他第一次在渥太华见到凯瑟琳,是在她工作的办公室里。尽管洛夫勒经验丰富,但她表现出来的症状一开始还是让他感到困惑不解。不过他的态度很坚决,坚持要搞清楚病因。于是,他抽取了一份血样。他在芝加哥检测血样时,注意到"她的血液中含有毒性物质"。

第二个星期六,洛夫勒又来到了渥太华,却发现凯瑟琳的身体状况在这七天内明显更不好了。她的病情加重,只能辞掉工作。而就在此时,医生账单上的数字却在不断飙升——到诊疗结束时,洛夫勒的诊费将会高达605美元(现约10 701美元)。洛夫勒一边竭尽全力缓解她的贫血症状和不断加剧的疼痛,一边继续寻找病因以求确诊。

与此同时,夏洛特·珀塞尔胳膊肘内侧的肿块已经发展到了高尔夫球大小。整条手臂都"疼痛难忍";晚上的情况更糟糕,她躺在床上痛到无法入睡,心里感到非常害怕却又困惑不解。她和阿尔也像邻居汤姆·多诺霍一样去了芝加哥,却发现"芝加哥的15位专家都对她的病例感到茫然"。

凯瑟琳向夏洛特提起了洛夫勒医生,于是当医生又一次来到渥太华时,夏洛特也去向他寻求医治,而且似乎她还说服了很多前同事都来找洛夫勒看病。"她把大家召集到一起,"一个亲戚说道,"在这件事上,她有点固执己见。"姑娘们在工作的时候就形成了小圈子,那些还活着的姑娘并没有忘记她们之间情同姐妹的友谊。最后,洛夫勒有好几次在当地的一家旅馆里给这些姑娘看病。

海伦·芒奇也来看病,当时她已经单身。据她说,由于她生病,丈夫已经跟她离了婚。她坦言,自己的双腿感觉仿佛"是中空的……就好像有空气在里面四处乱窜一样"。她痛苦地说道,自己原本是个"一直都坐不住的人,但现在必须安静下来,一动不动。我从来都没想过自己要安静下来"。

奥利芙·韦斯特·威特一头黑发,性情温柔,但现在却心烦意乱。"我告诉你我是什么感受,"她说道,"我才36岁,但我的生活状态就像个75岁的老太太。"伊内兹·瓦莱特也步履蹒跚地来到了旅馆。自从前一年2月以来,她的半边脸不断渗出脓液,并且髋关节交锁十分严重,导致她几乎"既不能朝前走,也不能朝后退"。玛丽·罗西特告诉医生,她"很想跳舞,但我的脚踝骨和腿骨疼痛难忍,根本就跳不了"。夏洛特还说服了格拉钦斯基姐妹俩——弗朗西丝和玛格丽特,让她们也来找洛夫勒医生看病。"夏洛特从来没有因为自己的病感到难过,"一个亲戚说道,"她只想着帮助[别人]，照顾[别人]。"

虽然洛夫勒在1934年3月和4月的每个周末都要赶去渥太华，但他还没有办法确诊。到了4月10日这天，夏洛特等不及了。她胳膊上的肿块越来越大，让她倍感痛苦。"我们最后带着她到芝加哥去找马歇尔·戴维森(Marshall Davison)医生看病。"她的丈夫阿尔回忆道。

在库克县医院，戴维森医生向夏洛特提出了一个治疗方案。他告诉她，如果想继续活下去，只有一个选择。他将不得不截掉她的左臂。

时年28岁的夏洛特当时有三个小孩，最大的还不到5岁。然而，她还有什么别的选择吗？她得活下去。

医生们从肩膀起对她的整条胳膊做了切除手术。她的一个亲戚后来说道："他们不可能给她安装假肢或安装上一个钩子，因为这些东西都没办法跟身体连接到一起。"一条胳膊就这样没了。从她出生起，左胳膊就在那里，她曾经举起胳膊挠鼻子、抱东西、把住表盘，但现在那条胳膊已经不见了。这条胳膊令医生们感到困惑不解，他们完全被它吸引住了。手术后，他们便将这条胳膊泡在福尔马林溶液里，因为它太与众不同了。

对于珀塞尔夫妇来说，手术后他们的心里产生了一种奇怪的解脱感。"戴维森医生说，我们很幸运，因为她仍然可以跟我们生活在一起。"阿尔·珀塞尔平静地说道。

不过，他的妻子却变得很"无助"。夏洛特在手术前最后一次从左手无名指上摘下婚戒。如今，她只能把戒指戴在右手上，还要请阿尔拿别针把空荡荡的左袖管别住。后来她说："我丈夫就是我的手。"

夏洛特和阿尔只希望做出这样巨大的牺牲后就能结束所有的痛苦。然而，失去一条胳膊似乎对夏洛特来说没有起到任何作用。阿尔表示："就算是医生已经切除了她的手和胳膊，她仍然能感受到原来那种钻心的疼痛。"这个"鬼姑娘"竟然从已不存在的胳膊上感受到了虚幻的疼痛。

"我们不太确定她的右胳膊是否会重蹈覆辙。"阿尔补充道。

时间会揭晓一切。

43

一封信送达苏必利尔东街520号。这封信薄薄的,信封也毫不起眼,收信人是托马斯·多诺霍先生。这封信从外表看平淡无奇,但里面的消息却绝非如此。洛夫勒医生已经做过好几次检测,还对凯瑟琳·多诺霍的下巴拍了X光片,现在他可以确诊,凯瑟琳的病是镭中毒。

"汤姆崩溃了,"他侄女玛丽回忆道,"简直伤心欲绝。我不知道他当时是如何肩负起一家之主的责任的。"

"从那以后,"汤姆亲口说道,"当[凯瑟琳]无法照顾[汤米]时,就由我来照顾。"

凯瑟琳从未在公开场合谈起过自己的感受。跟很多其他受害者一样,她能做的就是祈祷。她的一个朋友写道:"我坚信只有祈祷才能帮助我熬过一切。"

然而,就在凯瑟琳和汤姆收到芝加哥来信的几天后,凯瑟琳病情急剧恶化,就算祈祷也无法让她感到些许慰藉。1934年4月25日,星期三,她步履蹒跚地来到了圣高隆巴教堂,却发现自己已经无法跪下。她的髋关节交锁严重,已无法屈膝祈祷。对于凯瑟琳这样一个虔诚至极的人来说,这让她深感痛苦。大约与此同时,夏洛特从医院回到家,"第一次以缺了一条胳膊的样子示人"。医生们已经确认这一切的罪魁祸首是镭——汤姆·多诺霍觉得需要有人将这一切告知镭表盘公司。

渥太华只是个小镇。里德先生和里德太太分别在镭表盘公司担任主管和女培训师之职。他们从来不去圣高隆巴教堂做礼拜,但上班路上却总会经过这家教堂。

"我在大街上看到他，"汤姆记得当时他朝里德先生跑过去，"我告诉他，表盘画工们的健康状况都不容乐观，医生们已经发现病因就是她们当时画表盘使用的材料。"

然而，里德先生根本不愿意承担责任。当他从工作室下台阶往人行道上走时，一眼就看到夏洛特和她的丈夫正从眼前经过，他仍然拒绝承担责任。阿尔对于所发生的一切感到"愤怒"，但里德先生对他们所说的话却一概置若罔闻。

洛夫勒医生也努力与镭表盘公司沟通。他越过里德先生直接给副总裁福代斯打了个电话。"我告诉他，根据我所接触到的病例，我认为最好对所有[其他]病例展开调查。"

对于鲁弗斯·福代斯来说，洛夫勒的电话在他的意料之中。别忘了，早在1928年，公司就已经拿到了对所有表盘画工所做的放射性检测的结果。当时的检测结果表明，在当天接受检测的67个表盘画工中，有34个结果为阳性或疑似阳性。34个姑娘，占了当时总人数的一半以上。

当时，公司在报纸上发表声明称："专家并没有发现任何类似[镭中毒]的情况或症状。"那份声明并不是由于对数据的误解而造成的某种误判。数据很清楚，大多数雇员体内都含有放射性物质——这是镭中毒的明显迹象。不过，尽管姑娘们的呼吸已经将事实真相暴露出来，但镭表盘公司仍然故意隐瞒。

该公司仍然保留着一份秘不外宣的检测结果名单，上面全都是表盘画工的名字，每一个都有根据其身体所含放射性程度进行的编号。检测结果呈阳性的排列顺序为：玛格丽特·鲁尼，玛丽·托涅利……玛丽·罗西特。"疑似阳性"的名单中包括凯瑟琳·沃尔夫和海伦·芒奇。

在过去将近6年的时间里，镭表盘公司早就知晓这些姑娘的体内含有放射性元素。不过，"公司小心翼翼地隐瞒了，因为公司担心一旦真相大白于天下,其业务发展就会中断……由于害怕女工们产生恐慌情绪,公司既没有告知受害者她们的健康状况,也没有告知她们病因"。

所有这一切都意味着,当洛夫勒打来电话时,福代斯已经做好了一切准备。他打算消极对待。

然而,凯瑟琳、夏洛特以及其他所有表盘画工都已经下定决心,她们要让公司付出代价。从很多方面来看,她们已经别无选择。为了治病,凯瑟琳已经花了一大笔钱,情况却丝毫没有好转,而她和汤姆已经一贫如洗。

帮助姑娘们采取下一步行动的不是别人,正是洛夫勒医生。他帮她们联系到自己的一个熟人:一位芝加哥律师的速记员杰伊·库克(Jay Cook)。库克以前是伊利诺伊州工业委员会(Illinois Industrial Commission)的成员,该委员会负责监督所有工业赔偿案件。库克"实际上是出于怜悯之心"同意代理姑娘们的诉讼案。

尽管姑娘们与远在芝加哥的库克从未谋面,但他还是给她们提出了很多建议。库克跟之前新泽西州的很多律师一样,很快就发现她们的诉讼案情况复杂,尽早实现庭外和解对她们来说更有利。姑娘们告诉他,传言说她们的前同事玛丽·鲁宾逊在年初做了截肢手术后,得到了一些赔偿金。"镭表盘公司的人给了她一些钱,"玛丽的母亲证实,"他们把钱汇给了她的丈夫弗朗西斯。没多少钱,全部大概不超过100美元[现约1 768美元]。"

这笔赔偿金可能并不多,却为其他表盘画工找到了出路,她们都希望公司能给予自己一些经济援助。姑娘们与公司接触的另一个原因与诉讼时效有关。根据伊利诺伊州的法律规定,在确诊之初,姑娘们就必须将自己的健康状况通知镭表盘公司。那么,这样的通知应该可以促使公司依法给她们提供医疗费用及赔偿金,因为姑娘们患的都是职业病。

夏洛特和凯瑟琳一开始便如此行事,她们俩给其他表盘画工做了表率。她们只是希望现在公司能够公平公正地对待她们。在杰伊·库克的帮助和几位丈夫的共同协作下,这几位表盘画工制订了一个行动计划。1934年5月1日,凯瑟琳代表所有表盘画工写了一封信,接着阿尔·珀塞尔打通了工作室的电话,让凯瑟琳把这封信读给经理听。然后,汤姆立即拿起那封信,沿着街道跑到邮箱处将其投递了出去。公司已经接到表盘画工的通知。现在,姑娘们只需要耐心等待。

她们等啊……等啊……等啊……到了5月8日,她们没有收到任何回音,一点消息也没有。

在库克的建议下,姑娘们现在开始将主动权把握在自己手中——她们来到镭表盘公司,与老上司里德先生当面对质。

这条路线,凯瑟琳以前不知道走过多少回。从家里出来后先向右拐,径直走到哥伦布大街后左转,再走上一个街区就到了镭表盘公司。不过,今天和以前不一样。凯瑟琳有些忐忑不安,但她深知必须为自己和其他所有表盘画工挺身而出。姐妹们都赞成凯瑟琳和夏洛特做"其他所有姑娘的发言人"。

凯瑟琳一瘸一拐地走着,夏洛特则步履缓慢地跟在她身边,跟她保持着同样的速度。夏洛特心想,现在走路的感觉真奇怪。以前她从来没有意识到一个人在走路时竟然会用到双臂。如今,她的左袖管里空空荡荡,除了空气,什么也没有。

夏洛特并非那种沉湎于过去的人。"她从来没有为自己感到遗憾,从来没有。"一个亲戚说道。尽管她在接受截肢手术后说过"我没法干家务活了",但她已经开始寻找解决问题的办法:她想方设法用牙齿撕开或粘上孩子尿布上的搭扣;她发现,如果用下巴夹住煎锅的手柄,就可以把煎锅洗刷干净。当然,凡是她干不了的,阿尔便全部接手。

但阿尔现在不在身边,只有她和凯瑟琳一起并排朝前走着。她们俩一路走着,与第一次走进工作室时的情形相比,她俩就像换了两个人一样。凯瑟琳一瘸一拐地走上通往工作室前门的六级台阶,尽量站直身子。走进工作室,她俩找到了里德先生。

"我收到了医生写给我的信,这位医生一直都在给我治病,已经有好几个星期了。"凯瑟琳郑重其事地跟他说道。她说话的声音听上去"很有教养",措辞不容置疑。"他做出了确定无疑的诊断结果,我的血液里含有放射性物质。"她指着夏洛特说:"我们都是镭中毒。"

是的,这就是事实真相。的确很难大声说出口,但事实就是事实。她停下话头,想看看对方有什么反应,但这个曾经当过她九年主管的人却面无表情,一言不发。

"我们已经咨询过几位律师,"尽管里德先生保持沉默,凯瑟琳还是继续说道,"[几位律师都]建议我向公司提出赔偿和医疗护理的要求。根据法律规定,我们有权获得赔偿。"

里德先生审视着这两个公司前雇员:凯瑟琳就连走进工作室都很艰难,夏洛特失去了一条手臂。

"我觉得你们都没生病嘛。"他慢条斯理地说道。

两个姑娘闻言都大吃一惊。

"没什么大不了的。"他又说道。

"他拒绝考虑我们的赔偿要求。"凯瑟琳气愤地回忆道。

她把其他表盘画工的情况跟里德先生讲了一遍,但他却丝毫不肯让步。甚至当两天后,玛丽·鲁宾逊离世,他仍然毫不让步。

她的死意义重大。"玛丽是第一个确诊镭中毒的病例,"她的母亲苏茜(Susie)回忆说,"[她的医生们]把她的一块骨头寄给了纽约实验室,那里的人回话说就是镭中毒。渥太华的医生对此绝对不能否认。"

然而,苏茜根本没有料到渥太华当地内科医生顽固不化的程度。就因为这些装腔作势的纽约人和芝加哥人说渥太华的姑娘们镭中毒,她们就一定是镭中毒吗?在那些医生看来,这绝无可能。渥太华当地的医生仍然对此持怀疑态度:"坚决不承认镭中毒是导致这些表盘画工患病和死亡的原因。"在签署玛丽的死亡证明时,有人问道:"死者的病与她的职业是否有什么联系?"主治医生对此给出了否定的回答。

不过,尽管当地医生对此无法确信,但姑娘们却百分百确定。鉴于镭表盘公司不愿意给她们提供帮助,1934年夏,一大群表盘画工,包括凯瑟琳、夏洛特、玛丽和伊内兹·瓦莱特在内,提起了诉讼,每人提出了5万美元(现约884 391美元)的赔偿要求。杰伊·库克认为她们获胜的可能性很大,因为伊利诺伊州的法律不断修订,早在1911年就通过了一项颇具开创性的法案,要求所有公司必须保护其员工的利益。

问题是并非所有人都对镭表盘公司可能破产的前景感到高兴。镇上的居民"痛恨这些表盘画工,认为她们的指控令整个社会'蒙羞'"。渥太华镇上的居民彼此之间关系密切,民风淳朴,但姑娘们很快意识到,当全镇居民都开始反对你时,这些人就变得冷酷无情。"镇上的居民对她们不太友善。"玛丽的一个亲戚含蓄地评论道。

不管怎么说,镭表盘公司长期以来一直都是个颇有价值的雇主。由于整个国家正处在前所未有的经济衰退期(有人现在将这段时期称为经济大萧条),整个社会自然更愿意保护那些能给人们提供就业机会和发工资的公司。表盘画工们发现,当她们大声说出自己所患疾病及病因时,全镇居民竟然对她们采取了怀疑态度,不予理会,甚至避而远之。

随着时间的推移,以前的同事和朋友纷纷开始对她们进行言语攻击。"依[我]看,玛格丽特·鲁尼似乎在被公司录用之初,一只脚就已经踏进了坟墓里!"镭表盘公司的一个工人直言不讳:"人们认为[有的表盘画工]死于镭中毒,看上去惨不忍睹,实际上,当初公司雇用她们的时候,她们就没个人样。"

"有些人一见到我们就唯恐避之不及,就好像我们染了瘟疫一样。"凯瑟琳的朋友奥利芙·威特说道。凯瑟琳的家离渥太华的迪威臣街*只有几步远。考虑到姑娘们已经使得这座小镇两极分化,她家所处的位置真的是再巧不过了。小镇的上层人士也发出了反对的声音,"商业利益集团、政客和神职人员"全都反对表盘画工们提起诉讼。

不过,凯瑟琳待在坐落于苏必利尔东街的家里,对外界所发生的一切全都不予理会。如今她的世界已经大为缩小:小到只有木板房子四面墙围起来的空间那么大,小到只有她所处房间那么大,小到只有在身上晃晃荡荡的连衣裙那么大……小到只有自己的身体那么大。她一言不发地站在房间里,仿佛在倾听。接着,她又感受了一遍。

她认出了那种感觉。她知道那意味着什么。

凯瑟琳·沃尔夫·多诺霍怀孕了。

---

* 即 Division Street,division 在英语中有"分开、分隔"的意思。——译者注

洛夫勒医生立即停止了对凯瑟琳的治疗。尽管她严重贫血,但医生不会再给她打针,也不会再给她服用有止痛作用的镇静剂,因为这些有可能对胎儿的发育有害。终止妊娠是绝对不可能的事情。凯瑟琳和汤姆都是虔诚的天主教徒,从来就没有考虑过这一点。这个孩子是上帝的赐福。

不过,凯瑟琳继续找洛夫勒医生看病,这是她唯一能信任的医生,尽管他收费很高。对她的丈夫汤姆来说,越积越多的医疗账单令他不堪重负,但他还是尽量不让妻子看到。

随着渥太华周边地区的人们开始了解到表盘画工提起的诉讼案,她们遭受的谴责也更多了。尽管所有人都持否定态度,但对有些人来说,这些风言风语却给她们带来了极大的解脱,因为长久困扰她们的问题终于有了答案。

珀尔·佩恩写道:"那些曾经在镭表盘公司画过表盘的姑娘过早地离世,而且死得不明不白,这件事引起了我的注意。根据现有的情况判断……我可以得出结论,我也镭中毒了。"

在1920年代初,珀尔只画了8个月的表盘。她不住在渥太华,而是住在拉萨尔,两地之间的公路距离大约为13英里(约21千米)。如果没车的话,这样的距离可以说是相当远,而大多数人到1930年代都没有私家车。珀尔从镭表盘公司辞职后便去照顾母亲,后来把全部心思放在和丈夫霍巴特一起组建大家庭上。1928年,当他们的第一个孩子——珀尔·夏洛特(Pearl Charlotte)出生时,她激动万分。

然而,令珀尔感到绝望的是,从第二年起,一切都出了问题。她开始走路摇摇晃晃,整个1929年大病小病不断。1930年,她做了一台腹部手术,切除了一个肿瘤;后来,她的脑袋整个肿了起来,是原来的两倍大,而且自此便没有消肿的迹象。"她的两只耳朵后面全都是黑色的大肿块。"她的丈夫回忆道。他们请来了一位专家。为了排出肿块里面的脓液,专家把珀尔的两只耳朵从里到外切开,而且每隔几天就得再把伤口切开,放出里面的新积液。珀尔说,虽然这种做法最终可以起到消肿的目的,但"我的半边脸瘫了"。经过一段时间,面瘫终于好了,但马上新的状况又出现了。

珀尔的月经淅淅沥沥的总不见干净。于是,医生又从她体内切除了一个肿瘤,还给她做了"刮宫"手术,这就意味着刮掉了她子宫内的一部分组织。然而,这些治疗手段全都于事无补。手术后她首次来月经时,一连持续了87天才彻底干净。她回忆说:"在这段时间里,就连医生也都困惑不解,他们说我一定是流产了。"当珀尔血流不止时,医生坚持这一诊断结果,就又给她做了一次刮宫术。"我当时就知道情况不是这样的,"面对医生的诊断结果,珀尔沮丧地号啕大哭,"因为我什么都没做,怎么可能怀孕?"问题似乎应该是肿瘤在她体内不停生长,而且是在她原本应该孕育胎儿的地方生长。

她的病情很严重。她痛苦地忍受了"连续五年的治疗,经历了六次手术,前后九次住院"。有一段时间,她觉得自己死期已近,便决定在临终之前给霍巴特写一封信。她写道:

> 我最亲爱的宝贝儿,我爱你。虽然我躺在这里,但我满脑子想的都是你。我真希望此刻我能躺在你的臂弯里。非常抱歉,恐怕我有一段时间对你太过暴躁。请你原谅我,因为我病得太久了,而且

我的精神一直都过于紧张。即便如此,我依然深深地、全心全意地爱着你。

请你每天为我祈祷,希望我能够完全康复。如果我无法痊愈,请你不要悲伤,我们一定要服从主的旨意……请你一定要善待我们的宝贝女儿,教她爱我,教她不要忘记我,最重要的是要做一个心地善良、纯洁高尚的姑娘。

请告诉她,我非常爱她。

精神上的压力让人难以忍受。珀尔永远不知道今天是否就是她生命中的最后一天。随着时间的推移,她的疾病不但影响到了她的身体健康,而且也影响到了她的精神状态。"我不能像一个正常的女人那样享受生活。"她郁郁寡欢地写道。

医生告诉她,"有一类患者,整个医学界都不知道病因,她就是其中之一"。医生先后按照疟疾、贫血及其他病因对她进行治疗。对珀尔来说,医生的种种猜测尤其让她感到沮丧,因为她曾经接受过护士培训。她当然清楚几位医生提出的每种治疗理论都不正确,但她也不知道自己真正的病因到底是什么。

到了1933年4月,珀尔对一切不再抱有希望。"我跟医生说[我又开始流血],"她回忆说,"他建议我切除子宫。我拒绝了,然后连着好几天躺在床上纠结我到底应该怎么办。"接受子宫切除手术意味着她想多生几个孩子的梦想就此终结。不行,她心想,不做,现在还不是做这个手术的时候。她需要更多的时间,她应该满怀希望。

她又找了几个医生看病,接受了不同的治疗方案,希望会产生不同的结果。然而,这一切都无济于事。"1933年7月,"她绝望地写道,"我彻底丧失了生育能力。"

珀尔伤心欲绝。"我患上了严重的心脏病,病情开始恶化。"她回忆说。当她在报纸上看到有关渥太华镭中毒病例的报道时,立刻意识到自己得的是不治之症——但至少她知道了事实真相。

"我相信,"她在谈及自己的病情时写道,"镭附着在某些器官的组织上,导致这些器官因肿瘤的生长而遭到破坏。"

她决定和老朋友凯瑟琳·多诺霍取得联系。从性情上来说,她们俩有很多相似之处,如今变得更加亲密无间。没过多久,珀尔也加入了这场正义之战。诉讼案的发展势头越来越猛,这些表盘画工正在赢得越来越多的朋友的支持。

不过,在芝加哥,镭表盘公司总裁约瑟夫·凯利所遭遇的情况却恰恰相反。到了1934年10月,也许是受到这些诉讼案的影响,他在公司里已经连一个朋友都没有了。一位名叫威廉·甘利(William Ganley)的高管夺取了镭表盘公司的控制权,凯利和他的合伙人都被淘汰出局。一位公司高管回忆道:"由于公司不断使用各种阴谋诡计,内部早就已经怨声载道。"

不过,凯利却认为他跟渥太华之间的纠葛还没有结束。现在每个仍然在镭表盘公司工作的表盘画工都收到了一封信。特纳(Turner)先生——里德先生领导下的工厂经理——邀请她们所有人到一家餐馆去吃饭。就在大家开始吃饭时,特纳开始发表讲话。他先是宣布镇子里将要开办一家新的表盘工厂。接着他提出了一个问题:在座诸位都是技术精湛的表盘画工,不知诸位是否愿意加入我们新开办的夜光产品加工公司(Luminous Processes)呢?

特纳先生似乎并没有告诉姑娘们,这家新公司将由约瑟夫·凯利和鲁弗斯·福代斯经营。别忘了,在镭中毒丑闻期间,他们二人就是镭表盘公司的总负责人。不过,他倒是告诉了她们一些不同寻常的事情。特纳先生"告诉她们,以前的那些表盘画工之所以会死得那么早,是因为她们用嘴唇抿笔尖。既然现在已经禁止抿笔尖,那么即便是暴露在镭环境中,也不会有任何风险"。这番话无异于认罪,但原来的那些表盘画工却永远无从听到。

新工作室设在一座两层的红砖仓库里,距离镭表盘公司只有几个街区远。因为在餐馆召开的秘密会议,大多数表盘画工都跳槽到了这里。她们都认为新的操作方法更加安全。她们手持海绵和木铲涂上涂料,再用手指将其抹平;她们身穿薄薄的棉质工作服,以保护自己免受镭尘的污染。

不过,并不是所有工人都选择跳槽,里德先生就留下来了,继续担任老公司的主管。他和里德太太一直忠心耿耿地坚守着公司,认为公司成就了他们。他们面临着"激烈的竞争局面",因为镭表盘公司现在直接与约瑟夫·凯利的新公司在同一个小镇竞争。

尽管那年秋天这场企业之间的战争进行得轰轰烈烈,但凯瑟琳·多诺霍对这种企业之间的明争暗斗一点儿也不感兴趣。对她来说,最重要的是她抱在怀里的那个小姑娘。她和汤姆以汤姆母亲的名字给女儿起名,叫她为玛丽·简(Mary Jane)。"我们一直都叫她玛丽·简,"她的表妹说,"从来不叫她玛丽,只叫她玛丽·简。"

凯瑟琳·多诺霍发誓要让女儿以他们为荣。

45

1935年伊始,杰伊·库克忙着处理表盘画工的诉讼案。他代表女工们分别提出了两项索赔:一项是向普通法院提出,另一项是向伊利诺伊州工业委员会提出。库克认为,主导案件将是伊内兹·瓦莱特的诉讼案。"她简直就是个活死尸,"凯瑟琳谈到她的前同事时说,"像个老太太一样蹒跚走路。"

然而,随着案件的推进,姑娘们几乎马上就陷入麻烦之中。代理镭表盘公司的是一群顶尖律师,他们很快就发现了法律上的一些漏洞,通过这些漏洞,他们开始对案件进行歪曲。他们反对招数还是老一套:诉讼时效。伊内兹在离开镭表盘公司几年后才提起诉讼,而她在受雇期间并没有出现身体残疾的问题。镭有毒,这是事实,但《职业病法案》(Occupational Diseases Act)并不涵盖中毒所造成的伤害。另外,还有法律本身存在的问题:镭表盘公司指控说,该项法案措辞陈旧,"表意不清,界限不明,无法提供一个明白易懂的行为标准"。

"当律师库克向法庭提出判例案件时,"《芝加哥日报》(Chicago Daily Times)后来撰文,"镭表盘公司甚至都不愿意费力否认表盘画工的指控。实际上,该公司对此给出的答复是:'即便是真的,那又怎样?'"

1935年4月17日,法庭做出裁决。据《渥太华日报》报道:"法院裁定,立法机关没有制定任何衡量守法情况的标准。"由于诉讼程序上的一个技术细则作祟,这些表盘画工输了官司。她们不敢相信眼前的一切,但她们选择继续战斗。库克自己承担一切费用,将案件一路申诉到了最高法院。然而，这一切都无济于事，法律并不支持她们。

《芝加哥日报》称此为"难以置信的司法不公"。但是，姑娘们也无能为力。她们曾经在法庭上大为风光，但法律本身是不完善的。该报哀叹道："这个案件从来没有按照事情的是非曲直进行审判。"

姑娘们继续向伊利诺伊州工业委员会提出索赔，而立法部门现在也发誓要根据表盘画工的案件改写法律。库克虽然很不情愿，但也只好放弃了诉讼请求。他后来表示："这个案子让我很不甘心，但如果继续打下去，从经济角度来讲我也负担不起。如果我有钱的话，我一定会替她们把官司打到底，而且分文不取。这种事情应该坚持到底。我希望她们能另请高明。"

然而，另请高明说起来容易，做起来难。在渥太华镇的黄页上，一共列有41位律师的名字，但没有一个人愿意向她们伸出援手。律师行业的做法与当地内科医生们的做法如出一辙，对当地一家忠诚的企业实施攻击已经被视为丑闻一桩，律师行业当然同样避之唯恐不及。

好像是故意戳人痛处，就在渥太华当地报纸报道表盘画工案件败诉的同一天，报纸还刊登了一篇有关美国著名律师克拉伦斯·达罗（Clarence Darrow）的文章。他正是姑娘们所需要的那种人，但她们却没钱获得他的法律援助。

多诺霍夫妇现在发现他们房子的抵押贷款已经攀升到了1 500美元（现约2.5万美元）。凯瑟琳说："有些药能减轻疼痛。"她和汤姆已经为此花费了数百美元。他们发现自己就像将脑袋埋进沙子里的鸵鸟一样，假装看不见他们四口之家的遭遇。"我们从来都不谈论这些，"汤姆坦白道，"我们只是一起往前走，就好像我们要永远在一起一样。这是我们唯一能做的。"

"我们一家人在一起非常幸福，"凯瑟琳咧嘴笑道，"只要我们在一起，一切就好像不那么糟糕了。我们都假装我还是刚刚嫁给汤姆时的那个样子。"

他们并没有停止寻医问药。凯瑟琳走遍了芝加哥大大小小的医院和牙医诊所,尽管她经常因为疼痛过度"在检查过程中晕倒",但她还是逼着自己去找不同的医生就诊。"她一直在寻求帮助,"一位评论员说道,"她想得到任何可能的帮助。"但是,没有一位医生能阻止凯瑟琳口腔的崩解,她的情况一天比一天严重。

姑娘们在重重困难中继续坚持着:法庭裁决败诉令她们垂头丧气;即便她们心里不愿意承认死神即将来临,却也不得不直面死亡,因为她们无处躲藏。后来,就在那年年底,她们听说了一桩案件裁决的消息。这个消息并不一定会影响到她们的案子,但还是引起了她们相当大的兴趣。

1935年12月17日,新泽西州艾琳·拉波特一案的最终裁决终于下来了,艾琳的丈夫文森特为此案已经斗争了四年多。美国镭公司选择把这个案子作为突破口,将所有赌注全押上,坚持到底,就是为了看到最后的判决。当时,该公司并没有否认艾琳的死亡原因,它只是以诉讼时效作为借口拒绝支付赔偿金。"[一旦艾琳的]雇用合同终止,"美国镭公司的律师团表示,"不再是我们的员工时,我们就不再对她负有任何责任。此后我们之间也不存在任何关系,她完全就是个陌生人。"

庭审时,一些表盘画工出庭做证,其中不少人也有自己的诉讼案等待裁决。所有人都希望艾琳能打赢这场官司,因为如果她赢了,判决结果也会适用于其他表盘画工的诉讼案。大家全都聚在一起聆听法官的判决。

法官说:

> 当然,在这种情况下,人类的怜悯之心到底应该向哪方倾斜是毫无疑问的……根据当今的认知……人们很容易产生一种想法,即

认定[该公司]一定在某些方面疏忽大意。如今,[该公司]所采用的生产方法不仅是疏忽大意,而且属于犯罪行为。然而,应该注意的是,根据1917年法律的规定,本案必须以事实为依据进行裁决……当时制定的法律无法预见眼下出现的状况,而法院也没有权力修改法律以满足当下的需求。

法官直截了当地总结道:"本[案]必须驳回。"

美国镭公司在应诉案件时做了明智的选择。格蕾丝·弗赖尔的案子已经过去了七年,现在媒体上已经没有任何批评的声音,甚至连法官也没有谴责。这家公司得到了它想要的答案:无罪。

正义抛弃了艾琳·拉波特,但不仅仅她一人遭此噩运。对于所有仍在等待法庭裁决的新泽西州表盘画工来说,对于所有在为天人两隔的亲人奋起斗争的家庭来说,对于那些即便眼下还没有在臀部、腿部或手臂上发现令人担忧的肿块,但将来一定会出现肿块的新泽西州表盘画工来说,正义的大门轰然关闭。

美国镭公司的高管们都觉得,这一天真是个好日子。

46

奋起抗争，失败跌倒，重整旗鼓，继续斗争。但总有一天你会精疲力竭。

1936年2月25日，年仅29岁的伊内兹·瓦莱特离开人世。经历了8年的痛苦折磨，她最终因"颈部肿瘤出血"离世。尽管医护人员拼命止血，但她还是因出血过多而死。表盘画工弗朗西丝·奥康奈尔回忆："瓦莱特先生根本不想谈起他的妻子，因为她死得太惨了。他不忍心回忆这件事，哪怕只是略有提及都于心不忍。"

渥太华的医生们开出了她的死亡证明。死者死因与其职业有所关联吗？

没有。

在败诉之后，伊内兹的死让渥太华的姑娘们感到无所适从。原来小圈子里的许多成员都想再见她最后一面，但她们都病势沉重，根本无法出席她的葬礼。近些天来，凯瑟琳·多诺霍的"身体一下就垮了，在家里走动都很困难"，因此很少出门。

芝加哥当地的几家报纸就伊内兹之死做了一些报道。媒体非常沮丧地将这些姑娘组成的小圈子称为"自杀俱乐部"。一位参议员就此事评论，他将设法让工业委员会关注到她们的案件，但他又补充说："不幸的是，任何拟议的立法都不能追溯既往案件。这真令人感到遗憾。"当伊利诺伊州州长签署新《职业病法案》时，这些表盘画工甚至没有一丝雀跃。该法案现在包括了一项涉及工业中毒的条款。新法案的制定是姑娘们提起诉讼的直接结果,将可以保护数千工人的权益,但这项法案却直到1936年10月才真正施行。

鉴于姑娘们全都已经奄奄一息,她们对于是否能够活着看到那一天根本不抱什么希望。

就在新法案签署的当月,一位记者给姑娘们指明了新的奋斗方向,这令她们的精神为之一振。《芝加哥日报》的首席记者玛丽·多蒂(Mary Doty)代表她们向公众发出声音。1936年3月,她连续三天在报纸上发表文章,让公众注意到了表盘画工们的痛苦。"对于《芝加哥日报》,我们永远心存感激,"珀尔·佩恩后来表示,"在暗无天日的时候,这家报纸向我们伸出了援手。"

《芝加哥日报》有"芝加哥画报"之称,是一份平民主义出版物。多蒂知道如何为她的目标读者撰写文章:"在伊利诺伊州,人们偶遇偷牛贼时,会毫不犹豫地开枪射击,就连鱼儿和鸟儿也都受到了狩猎法的严格保护——但女人却不值钱。"对于"13年来,渥太华的表盘画工不断死亡,官方对此却既不发表任何评论,也不展开深入调查",她强烈谴责。她还画了一幅漫画凸显当时表盘画工所处的境地,读者看到后无不感到触目惊心:"有的[姑娘]四肢着地爬行,速度慢到赶不上一只蜗牛;还有的姑娘衣袖空空,鼻子残缺,双手干瘪,下巴萎缩。"

表盘画工们摆好了姿势等候拍照,其中许多人把孩子也一并带来了。玛丽·简·多诺霍看上去非常娇小,多蒂称她为"干瘦的小婴儿"。玛丽·简1岁时只有10磅(约4.5千克)重,"四肢纤细瘦小得就像火柴棍儿"。"她的父母,"多蒂写道,"都希望她母亲所患之病没有遗传给她。"

凯瑟琳亲口告诉媒体:"我一直在疼痛中煎熬,我连走一个街区的力气也没有,但无论如何我都不能倒下。"当记者问及她的朋友伊内兹时,她"顿时泪流满面"。

玛丽·罗西特谈到了她的儿子比尔。"我害怕得要死,但为了我儿子,我希望活得越长越好。"她告诉媒体。虽然玛丽现在已经有五颗牙齿坏死,但"[芝加哥的]牙医说,他们不会碰这几颗牙齿,因为镭中毒会侵蚀我的下颌骨"。

夏洛特·珀塞尔和女儿帕特里夏拍了一张合影。她已经逐渐适应了用仅剩的一条胳膊干家务活。"她要照看三个孩子,必须尽快适应一切。"一个亲戚说道。随着时间的推移,她重新学会了铺床、削土豆皮,甚至还会拿嘴叼着衣夹子把洗好的洗衣服晾晒起来。就像她向记者描述的那样,一想到截掉一条胳膊也不能完全解脱,她就感到心烦意乱。镭在她体内到处乱窜,她不知道接下来会发生什么。

多蒂系列报道的最后一篇文章运用乐观的笔调对凯瑟琳·多诺霍进行了特写:"她满怀希望,等待着城里来电话通知她去做手术。"

汤姆不得不私下里跟多蒂吐露实情:"[这个电话]永远也不会打来。"

姑娘们发现,报纸的连续报道再次激发了她们的斗志。夏洛特的儿子唐纳德记得:"妈妈过去经常穿戴得整整齐齐,约上朋友们一起去芝加哥见律师。"几个月后,夏洛特、凯瑟琳和玛丽聘请了一位名叫杰罗姆·罗森塔尔(Jerome Rosenthal)的新律师,代理她们在伊利诺伊州工业委员会的案件。姑娘们还决定向政府寻求帮助:她们的目标是劳工部部长弗朗西丝·珀金斯(Frances Perkins)——这是有史以来第一位在总统内阁任职的女性。最早跟她取得联系的是汤姆。汤姆曾经跟劳工部部长"进行过几次电话交谈,还保持着私人通信往来"。不管这个沉默寡言的男人到底说了什么,毋庸置疑,他的话的确产生了作用,因为联邦政府中至少有三个部门开始着手调查此事。

这桩案件的影响如滚雪球般越滚越大。如今,汤姆开始为眼下这件最重要的事情深谋远虑。他的妻子曾经跟他讲过,公司给她们做过几次体检。既然镭表盘公司明显对体检结果撒了谎,那么他判断,只要掌握了原始体检资料,就可以给法庭提供强有力的证据。1936年5月20日,他决定直接向里德先生询问体检结果。他觉得公司无论如何都应该把体检结果交给表盘画工,或者至少可以交给他,因为他是凯瑟琳的丈夫。他只要求得到表盘画工们应该得到的东西。汤姆说:"今天我就想知道那些医生都是谁,他们当时应该给那些曾经在公司画过表盘的女工们检查过身体,但没有把体检报告发给她们。"

里德可能看到汤姆正朝工作室走来。不管怎么说,他们俩并不是在工作室里碰面,而是在渥太华的大街上。

汤姆一开始的表现非常心平气和。"为什么不把体检报告给我呢?"他问。

汤姆直截了当的问题把里德给吓了一大跳,不过他重施故技,故意视而不见、充耳不闻,直接从汤姆身边走了过去。

"我只问你这一个问题!"汤姆发现主管竟然擦肩而过,不由得大声吼道,接着他就跑过去追上了里德,"我只是想帮助那些女工!"

里德先生已经忍无可忍。也许是愧疚感令他不堪重负,以至于发生了后面的事情。"他竟然朝我挥起了拳头。"汤姆的回忆里带着惊讶。

汤姆虽然身材不高,但有着"爱尔兰人的火暴脾气"。他的一个亲戚后来说道:"我觉得我们家族的人都不会没事找事,但如果真有事情发生,我们也不怕事。我相信他当时肯定火冒三丈。他竟然还能够尽量保持冷静克制,这还真让我吃惊。"里德曾经亲眼看见汤姆的妻子遭到慢性毒害;等毒性显现时,他便直接将她解雇。如今,里德竟然还要出手打自己,汤姆便也不再假装与他文明交谈。"我向他猛扑过去。"汤姆多少有些得意地回忆道。他说里德"一下子就激动起来"。

两个男人在大街上大打出手,就像在一场"遭遇战"中一样开始贴身肉搏。为了凯瑟琳、伊内兹,为了夏洛特截掉的那条胳膊,为了埃拉、玛丽、佩格,为了所有的表盘画工,汤姆愈战愈勇,拳拳落到实处。汤姆攻势凶猛,里德只能勉强挣扎。没过多久,警察赶到。尽管此次挑起战火的是里德,但镭表盘公司这位受人尊敬的主管还是让警察带走了汤姆·多诺霍,并指控其殴打和妨害治安。

汤姆如今在州检察官埃尔默·莫恩(Elmer Mohn)的控制之下,面临着两项刑事指控。

47

殴打、妨害治安……以及精神错乱。这件事中的"利益控制者"现在甚至打算对汤姆提出精神错乱的指控。在霍巴特·佩恩看来,这是因为他"强烈反对[镭表盘公司]工厂的运营";他认为汤姆受到了"迫害"。

汤姆的亲戚们都认为这样的举动表明"公司已经明显没有退路"。"他们知道自己快完了,"他的侄女玛丽说道,"他们什么事都干得出来,不论什么阴招都会试试。"对汤姆来说,幸运的是,警方并没有进一步指控,而只是做了几次初步听讯;也许是因为镭表盘公司捏造出来的罪名本来就没有任何依据。

就像所有找不到退路的胆小鬼一样,公司现在选择逃跑。1936年12月,镭表盘公司突然关门大吉,不告而别——人都跑到哪里去了呢?无人知晓。公司里空无一人。里德一家原本住在邮政大街,他们夫妇在新的一年里搬了家,跟着公司不见了踪影。多诺霍和珀塞尔家的人在进城时再也不可能与表盘画工的前任老板不期而遇了。

在约瑟夫·凯利开办的新公司——夜光产品加工公司的竞争压力下,镭表盘公司的"生意日渐萧条"。公司在老高中校园内的运营已经超过了14年,如今一切都归于平静。再也听不到姑娘们的闲谈,听不到暗室里传出来的欢笑声,所有的房间都空空荡荡,留下的只有对过往的回忆。

随着镭表盘公司人间蒸发,约瑟夫·凯利完全垄断了渥太华小镇画表盘这一行业。尽管整个国家正在经历经济大萧条,但对这位总裁来说,公司业务的发展却蒸蒸日上。然而,对于那些前表盘画工的丈夫们来说,生活大相径庭。他们设法勉强熬过了经济大萧条时期,但当时间到了1937年,他们的运气便耗尽了。利比-欧文斯玻璃厂开始解雇工人,而汤姆·多诺霍和阿尔·珀塞尔位列其中。

对于珀塞尔夫妇来说,他们有三个孩子要养活,这样的生活简直无以为继。一个亲戚表示:"他们在经济上陷入了困境。"夏洛特最后只能给孩子们喂芥末三明治。"任谁都是什么都剩不下,"汤姆的侄女玛丽在回忆那段时期时说道,"那段日子非常难熬。"夏洛特和她的姐妹们找到了一个解决方案:搬到芝加哥去。

不过,城市里的生活也很艰难。夏洛特的儿子唐纳德回忆说:"我们过去常去一家面包店向他们要隔夜[面包]。当时我们住的是公寓,取暖全靠一个煤炉,所以我们就常常跑到芝加哥火车站附近,来来回回地沿着铁轨捡火车上掉下来的煤块。"

城里的生活的确艰难,但在伊利诺伊州的农村地区,情况更加糟糕。珀尔·佩恩说,自己基本上找不到"稳定的工作,只能偶尔打打零工"。不幸的是,汤姆·多诺霍就连零活也找不到。房子已经抵押出去,他无计可施。"汤姆快破产了,"他的一个亲戚回忆道,"凯瑟琳浑身都是镭,一只脚已经踏进了坟墓。她饱受疼痛折磨,[汤姆把所有钱都拿来]买药,想要缓解她的痛苦。"如今全家人的债务已经高达2 500美元[现约41 148美元]。

一家人已经束手无策。"有一段时间他们只能接受救济,"他们的侄女玛丽坦言,"[他们觉得]羞愧难当,不想让别人知道这件事。"

然而,他们并不是唯一需要帮助的家庭,很多绝望的居民都在渥太华的施粥所外排着长队。每个人的日子都是吃了上顿没下顿。多诺霍一家几乎不再考虑打官司的事——眼下面临的可是一场生存之战。到了1937年春天,他们聘请的律师罗森塔尔还是放弃了这个案子。按原计划,在那一年的下半年,这些表盘画工提起的诉讼案将在伊利诺伊州工业委员会举行听证会,但就当时的情况来看,她们已经找不到律师可以代表她们出庭。

时间飞逝。1937年3月28日,凯瑟琳·多诺霍和全家人一起庆祝复活节。对天主教徒来说,这个日子非常重要。有人将一只"胆小的兔子"送给了玛丽·简和汤米。那年汤米四岁,而玛丽·简只有两岁。汤米跟她的父母一样喜欢画画;他有一套水彩画颜料,经常拿出来摆弄。

来访的神父给她送来了圣餐,这让凯瑟琳感动不已,因为她现在的身体状况已经不允许她去教堂做礼拜,就只能在家里领圣餐。全家人开始在一起祈祷。人们欢度复活节是为了庆祝耶稣基督复活,节日的主题就是救赎、希望以及修复耶稣破碎的身体。

然而,可怕的是,这一天却成为凯瑟琳的身体进一步崩溃的时刻。"她的一块下颌骨,"霍巴特·佩恩写道,"直接穿透了口腔里的肌肉,从里面[钻了]出来。"她的舌头舔到了这块骨头,这是什么东西?凯瑟琳眼含泪水把骨头从嘴里拿了出来。那是她的下颌骨。竟然是她的下颌骨!

"简直吓死人了!"她的侄女玛丽回忆道,"[那骨头]竟然掉出来了。就那么……你想一下,哦,我的天哪! 她连饭都没法吃了! 太可怜了。"

汤姆·多诺霍别无选择,只能眼睁睁地看着妻子在自己眼前崩溃。这场景真让人感到毛骨悚然。然而,在这个原该庆祝耶稣复活的重要日子,汤姆发现自己至少让一样东西重生了:他对于正义的渴望。他知道现在凯瑟琳到底需要什么人的帮助。

她的朋友们。

汤姆在挑选可以求助的朋友时表现得非常明智,玛丽·罗西特就住

在离多诺霍家不远的苏必利尔西街上。很快,正在狭小局促的家里忙碌的玛丽接到了汤姆的电话。汤姆请她跟以前的表盘画工联系一下,看看她们都有谁想要聘请一位律师。

玛丽是那种"不畏艰险,勇敢面对一切的人"。她曾经说过,"我祖母谁都不怕",而她继承了祖母的勇气。"玛丽是个斗士。"一位近亲披露道。而另一个亲戚又补充说:"如果她[认为]自己有能力帮助[一个]人,她就会毫不犹豫地出手相助。她非常愿意保护弱小。"她不但愿意保护弱小,而且人缘颇佳。

"她跟随便哪个姑娘都很合得来,"玛丽的亲戚们回忆道,"她天生就是个领导者。"

在汤姆的呼吁下,玛丽一如既往地立即行动。她给所有表盘画工都打了电话。现在轮到夏洛特·珀塞尔继续这个故事了。虽然夏洛特现在住在芝加哥,但她对此事仍然非常投入,她自始至终对自己的朋友都非常忠诚。据夏洛特透露,接到电话的表盘画工给的全都是否定的答复,她们都不愿意出手相助。因为有的表盘画工不愿意面对眼下正在发生的一切。虽然镇上很多人都否认镭中毒存在的事实,但否认的理由却各不相同。"她们全都吓得不敢站出来,"奥利芙·威特说道,"还问这样做是不是太引人注目了。"

玛丽对镇上居民的态度颇感失望。一个亲戚回忆道:"她过去常说:'没有人愿意听一听我们的话!'我觉得那样做太伤人心了。"尽管如此,她还是不断地做表盘画工的思想工作,最终还是有一些姑娘加入了这场正义之战。"玛丽一直在尽心尽力地推进整件事的发展。她把姑娘们聚到一起,"一个亲戚披露,"她们全都是朋友,团结起来一起为[凯瑟琳]而战。"

这一小群姑娘如今要完成的,是一件在别人眼中永远不可能完成的事情:她们要找她们听说过的最优秀的律师。姑娘们认为,去找律师的人最好是支持她们的丈夫,于是霍巴特·佩恩和汤姆·多诺霍给当时在全国各地都大名鼎鼎的律师写了一封信。这位律师"一向接手的都是在别人眼中必败无疑的案子"。

他们给克拉伦斯·达罗写了一封信。

"亲爱的先生,"霍巴特在信中写道,"我现在已经走投无路,只能向您寻求帮助,或者您能给我一些建议……这几件诉讼案[不久]将在工业委员会进行最后的听证,但没有一个律师愿意代表这些表盘画工出庭。不知您是否愿意接下这个案子呢?"

然而,1937年的达罗已经将近80岁高龄,而且身体状况欠佳。尽管他对这些表盘画工深表同情,但他无法伸出援手。不过,他答应将这一案件委托给其他律师代为处理。

接下来,姑娘们想起前一年玛丽·多蒂为她们的遭遇大声疾呼的经历,于是转而求助媒体对她们所处的困境进行宣传。1937年7月7日,《芝加哥日报》在头版向大众高呼:《镭死亡大爆发!》。《被正义抛弃的活死人!》——独臂夏洛特·珀塞尔的照片登上了这期报纸的头版。她告诉该报记者,她"每天都生活在恐惧之中,无处可逃"。夏洛特、玛丽和凯瑟琳只是身陷其中的三个姑娘而已,其他的除了格拉钦斯基姐妹、珀尔·佩恩、奥利芙·威特、海伦·芒奇(她现在住在芝加哥)外,还有另外一些表盘画工。

按照姑娘们的要求,《芝加哥日报》报道了她们在伊利诺伊州工业委员会即将举行的听证会上没有代理律师。工业委员会定于7月23日,也就是16天后举行听证会。这次听证会是"她们最后一次抗争,是她们能获得损害赔偿金的最后希望"。"如果没有律师出手相助,"该报写道,"表盘画工们担心会出现法律欺诈。事实上,她们的前景令人绝望,因此她们中的很多人可能会选择缺席听证会。"

凯瑟琳·多诺霍大胆表达了自己的见解。"我想,这正是公司的代理律师们想要看到的结果,"她敏锐地说道,"让我们所有人都无法出现。"

"镭表盘公司,"这篇文章接着写道,"已经将其渥太华工厂关闭,'趁人不备,抽身而去',只给工业委员会留下了价值1万美元[现约164 595美元]的债券。"鉴于镭表盘公司凭空消失,那1万美元是这些表盘画工可以得到的赔偿金和医疗费的唯一来源。

尽管约瑟夫·凯利创办了一家一模一样的公司,而且其业务也发展得风生水起,但曾经担任姑娘们代理律师的杰伊·库克解释说:"这是一家'新'公司。根据法律规定,'新'公司对'旧'公司的任何行为均不承担责任。"姑娘们的起诉对象是镭表盘公司,而不是约瑟夫·凯利。"真正需要依法扣留的是那1万美元,"库克表示,"当然,除非他们能找到'老'公司藏在其他地方的资产……"

第二天,姑娘们的新闻界盟友再次重拳出击。《渥太华镭表盘公司现在就在纽约!》——《芝加哥日报》为找到了事实真相而欢呼雀跃。文章中写道:"本报记者今天在纽约下东区发现了镭表盘公司的踪迹,该公司仍处于运营状态。"他们还在招收女孩子画表盘……

既然行踪已经暴露,镭表盘公司的新任总裁威廉·甘利便出来反击。"这些表盘画工的诉求非但不成立,而且不合法,"他公然说道,"很多表盘画工只在我公司工作了几个月,尤其值得一提的是,她们所有人在多年前就已经离职。"

接着,他不但否认了公司秘密进行的体检的结果,而且否认了由公司牵头的对佩格·鲁尼所做的尸检——当时镭表盘公司曾指示尸检医生销毁鲁尼真实死因的证据。他声称:"在我们渥太华工厂真的有所谓的'镭中毒'受害者吗?我怎么不记得?"

镭表盘公司不可能轻易认输。他们曾经在法庭上打赢过官司,曾经在伊内兹·瓦莱特的诉讼案中大获全胜,如今他们对于再次获胜充满了信心。

　　总裁的态度向姑娘们强调了一个现实：她们实在太需要律师的帮助了。然而，虽说听证会对她们而言无比重要，但眼看听证会的日期一天天临近，却仍然没有律师挺身而出。当时，信件往来、媒体呼吁和口口相传都没有发挥任何作用。尽管姑娘们所患之病令其行动不便，但她们还是决定自己出手解决问题。

　　"自杀俱乐部"去大城市寻求帮助已经刻不容缓。

48

芝加哥，一座由钢铁、石头和玻璃构成的城市。在那里，摩天大楼组成的森林不断向空中延伸。从那上面俯瞰街道，来来往往的市民像蚂蚁一样渺小。5个姑娘穿过拥挤的城市街道，放眼看去，四面八方全都是大大小小、高高低低的城市建筑。这里没有她们所熟悉的那种辽阔的地平线。在她们的家乡，金色的太阳总是悬挂在无边无际的田野上空。这里没有田野，有的只是各种机会，随时等候人们去伸手把握。

这一天是7月21日，星期二，还有两天就是举行听证会的日子了。姑娘们朝着位于剧院区中心地带的拉萨尔北街走去。她们一个个穿着入时得体，好几个人还穿着量身定做的外衣，大家戴着系带的时尚女帽。她们顶着7月的酷暑，找到了此行的目的地——拉萨尔北街134号。大家都很高兴。这里就是大都会大厦的所在地。

姑娘们即便使劲仰着头往上看，也没能看到大厦的顶部；这座大厦总共有22层。这可不是一栋普普通通的办公楼。当她们还在大厅外犹豫着要不要走进去时，眼前的场景就已经令她们眼花缭乱：大厅的四壁镶着镀金的护墙板；地上有一个巨大的字母"M"，那是大都会大厦的缩写；大门上方写着这栋大楼的全称，每个字母都是纯金打造。毋庸置疑，这里跟她们早上出发的地方有着天渊之别。

凯瑟琳·多诺霍全力以赴，一定要和姑娘们一起完成这次远征，因为她无论如何也不愿意错过这次预约。幸存的表盘画工们已经"形成了一个组织，联合起来诉讼"。尽管凯瑟琳的身体状况越来越差，但她还是做了这个组织的主席。她必须在这次远征中发挥领导作用,以确保能找到一位律师代表大家出席听证会,这一点至关重要。

她精挑细选了一件剪裁时尚的黑底白点连衣裙,这是她所有衣服中最漂亮的一件。那天早晨,她穿连衣裙时,既紧张又担心。她忧心忡忡,想到了臀部长出来的那个肿块。当连衣裙滑过她那日渐消瘦的身体时,那肿块肯定显得比以前更大了一些。

和她一同前往芝加哥的有玛丽·罗西特、珀尔·佩恩以及格拉钦斯基姐妹弗朗西丝和玛格丽特。这五个姑娘是所有提起诉讼的表盘画工的代表。当然,她们也代表了伊内兹·瓦莱特的主张,她的索赔要求和仍然在世的表盘画工的要求会一并提出。姑娘们将帽子戴端正,又整理了一下连衣裙,便无所畏惧地走进大厅,乘坐装饰得非常具有艺术气息的电梯,来到了她们要找的办公室。

办公室里摆满了书橱,每一层都装满了大部头的法律书籍。墙上挂了好几个镜框,里面全都是各种资格证书。房间里最显眼的莫过于一张有光泽的红木大办公桌,桌面上压着一块玻璃。不过,当姑娘们看到站在办公桌后面的那个男人时,他的风采令室内的所有装饰都黯然失色。他身穿三件套的粗花呢西装,大鼻子上架着一副眼镜;一头黑发三七分,发型时尚,一丝不乱。他的身材稍显壮硕,但眼神中满是温和与善良。

"女士们,"他朗声说道,隔着办公桌伸出手欢迎她们的到来,"我是伦纳德·格罗斯曼(Leonard Grossman)。"

这些表盘画工可能是克拉伦斯·达罗介绍给格罗斯曼的,或者也有可能是达罗向表盘画工推荐格罗斯曼。和达罗一样,格罗斯曼是一位富有传奇色彩的律师,他作风张扬,对生活在社会底层的普通民众关注有加。1891年,他出生在亚特兰大市。在5个表盘画工敲开他办公室的大门前不久,他刚刚在7月4日美国独立日过完46岁生日。

事实上,他的性格和情感在很多方面都跟出生日期的特殊之处不谋而合。他是妇女参政的早期支持者。曾经有一篇文章报道了女权主义者在华盛顿举行的大游行,标题是《200个女人和1个单身汉》——那个单身汉就是伦纳德·格罗斯曼。每当有新闻记者碰巧在附近进行现场报道时,他就是那种想方设法进入电视镜头里的人。他刚从法学院毕业时,曾经在好几家不同的报社里做过记者,他对新闻的嗅觉一向都非常敏锐。他还是一位才华横溢的演说家。格罗斯曼曾经参与过政治活动,但真正激发他热情和干劲的则是涉及工人的赔偿案件。"他对工薪阶层和陷入困境的普通民众充满了热情,"他儿子莱恩(Len)说道,"他从来都没想过去赚大钱。"

有时,他甚至连小钱都不去赚。"他曾经把鞋子当作律师费收了下来,"他儿子回忆道,"像这类事他没少干。"这或许可以解释为什么在1937年7月,尽管他的办公室看起来光鲜亮丽,但格罗斯曼自己却"看起来像个局外人,显得格格不入"。但这对他来说一点都不重要,金钱并不是格罗斯曼的动力,他所坚守的信条才是他的力量之源。

这就是格罗斯曼,一个做事有激情和优先选择项的男人;来自渥太华的五个表盘画工走进了他的办公室。这也许会是最完美的思想交集。

"就在我们走投无路之际,他向我们伸出了援助之手,"凯瑟琳·多诺霍回忆道,"当时他根本就没有考虑费用的问题。他所想的只是帮助我们这些表盘画工,帮助素不相识的他人。"格罗斯曼向几位新客户宣布:"我会全心全意为你们服务,我很高兴能为你们而战。"

最后,姑娘们终于获得了法律援助。她们找到他的时间恰到好处;两天后,格罗斯曼将和姑娘们一起出席在伊利诺伊州工业委员会举行的听证会。

❖ ❖ ❖

7月23日,星期五,凯瑟琳和其他几个姑娘几乎是一步一步、一寸一寸艰难地朝着黄石铺地的拉萨尔县法院走去。法院位于圣高隆巴教堂以南,有四个街区的距离,所以姑娘们并没有多少路要走。她们到达法院时,发现很多媒体等着采访报道她们的事迹,这让她们感到非常高兴。

凯瑟琳最需要的就是这种助力。她在芝加哥格罗斯曼的办公室里没待多长时间,但就那么一会儿工夫,她的一块下颌骨就从肌肉里直接拱出来钻进了口腔。她不知道该怎么办,就把那块骨头放进了一个纸质的小药盒里。

尽管凯瑟琳饱经磨难,但那天她似乎还是从格罗斯曼身上得到了启示,为她所坚守的原则找到了动力——为了正义挺身而出。因此,凯瑟琳和其他表盘画工在面对媒体发表讲话时,"主导了各路记者的报道方向"。当姑娘们走进法庭,看到格罗斯曼早已就位,准备为她们而战时,她们知道,这一次终于有了搏斗的机会。

格罗斯曼做准备工作时,有的姑娘就和他一起坐在律师席旁。本次代理镭表盘公司的仍然是两年前曾经在伊内兹·瓦莱特案件中为该公司辩护并取得胜利的那家律师事务所。主辩律师是亚瑟·马吉德(Arthur Magid),这个年轻人留着一头浓密的黑发,戴着一副眼镜。还有一位沃尔特·巴克拉克(Walter Bachrach)。

格罗斯曼的第一个任务是要求庭审延期,以便让他有时间"熟悉这个案子,并在可能的情况下追踪这家'老'公司的资产"。马吉德欣然同意:镭表盘公司并不急于开始审理,司法程序的时间拖得越长,表盘画工们就会越虚弱。第一次听证会并没有多少实质性内容,不过,巴克拉克倒是透露了公司的辩护内容。他表示,他"认为涂料无毒无害,而且表盘画工中没有一个真的镭中毒"。

无毒无害!即便格罗斯曼对此案知之甚少,他也意识到这一立场与这些律师在瓦莱特诉讼案中的观点截然相反。当时,该公司曾经承认镭是一种毒药,而相关法律并没有涵盖有毒物质,因此法庭不得不做出不利于这些表盘画工的判决。如今,既然法律已经改写,涵盖了有毒物质,该公司便开始尝试相反的策略。

这正是格罗斯曼以前交手过的那种狡猾、不公正的阴谋诡计。他的战斗力完全被激发出来,他决定挺身而出,应对这一局面。尽管这只是个保守的听证会,但格罗斯曼却充分展示了他的办公室设在芝加哥的剧院区是多么合情合理,因为他是一个善于引起公众注意的人物,"一个能言善辩的演说家"。当他站在法院的中央舞台,他展示了自己精湛纯熟的技巧。在场的观众发现,姑娘们目睹了他出类拔萃的表现后都"激动得泪流满面",因为终于有一个卓尔不凡的律师和她们站到了一个阵营里。

格罗斯曼用他那严肃但又悦耳的声音说道:"我们应该制定法律并清除那些让人们饱受痛苦折磨的事物。"

他转过身来,扫视了一下那些坐在桌边的残疾女人。他指着她们,动情地说:"这个社会不应该出现像她们那样长期饱受痛苦折磨的受害者,更不应该出现那么多曾经和她们一起工作却过早离开人世的受害者。"

他突然停下话头,众人的目光一下子齐刷刷地集中到了他的身上,他用目光扫视了一遍全场后才又继续开口。"这对各各他[*]来说,无疑也是一个难以承受的十字架,"他宣布,"但我们会扛起这个十字架。在上帝的庇护下,我们将抗争到底。"

---

[*]　耶稣被钉死于十字架之地。——译者注

49

有关这个案子的工作立即按部就班地开展起来。同一天,就在听证会结束后,格罗斯曼为了收集更多的证据,和几个表盘画工又碰了一次头。然后,他收拾好他的棕色大皮包,转身直奔芝加哥而去。

协助格罗斯曼为此案做准备的,是他忠诚的秘书卡罗尔·赖泽(Carol Reiser)和他的德国太太特鲁德尔(Trudel)。大部分有关镭的历史文献都是用德语写就,所以特鲁德尔花了很长时间翻译相关文件,格罗斯曼同时也抓紧时间对这一错综复杂的案件展开了调查。他每天都要工作18个小时,而他的团队则全力以赴跟上他的节奏。

阿尔·珀塞尔当时住在芝加哥,于是他就跑到格罗斯曼的办公室,去看看这些表盘画工是否需要做些什么。"老天啊,"格罗斯曼说,"赶紧去找医生拿报告吧!"

姑娘们依言行事,但事实证明要拿到医疗记录很困难。"我已经给医生写了信,"凯瑟琳在那年下半年说道,"但没有收到任何回复。"珀尔·佩恩还发现,曾经给她治疗过的医院拒绝透露有关她的诊疗记录。最后她只能恳求医生:"请您一定要帮我拿到这些记录。我这个案子正在进行最后的审理。"

要求提供诊疗记录的并不是只有这些表盘画工。那年秋天,格罗斯曼给镭表盘公司寄去了一份通知,要求该公司"提供所有员工的体检[结果]"。镭表盘公司此前隐瞒了真实的体检结果,格罗斯曼想了解的是公司到底知道了多少信息,以及什么时候知道的那些信息。

看到他如此努力工作,姑娘们都感到非常欣慰。"您为此做出了巨大的牺牲,"珀尔·佩恩给格罗斯曼写了一封信,对他大加赞扬,"为了能够恰如其分地在法庭上陈述这些案件,您每天都要抛开其他事务,为此专心准备大量材料。"

格罗斯曼最后决定,第一主诉人为凯瑟琳·多诺霍,第二主诉人为夏洛特·珀塞尔。格罗斯曼说夏洛特是"我下一个最佳案例"。凯瑟琳不一定有最有力的证据支撑,出庭时她也不是最有说服力的那一个,甚至都不能说她的战斗力最顽强。大家只是认为下一个离世的表盘画工非她莫属。"她活不了多久了,"珀尔平静地说道,"我们都希望她能在法庭上出面。"

虽然凯瑟琳和她丈夫一样都不是性格外向之人,但她似乎接受了这一责任。她的一个亲戚表示:"我们家族的女人总是尽力做义事,为她们的信仰挺身而出。[凯瑟琳]既然看到了这个弥天大错,[她就不会]对此保持沉默。"

就在格罗斯曼在芝加哥四处奔走之时,对凯瑟琳·多诺霍来说,那年秋天却显得格外漫长,格外孤独。她的病情继续恶化,而且恶化的速度越来越快。"珀尔,我的屁股出了大问题,"凯瑟琳向她的朋友坦承,"我能做的就是想尽一切方法应对。"不可否认,她屁股上的那个硬块越长越大。为此,她接受了X光治疗,但她后来说道:"嗯,我先后做了30次治疗,可没有产生任何效果,病情一点都没有得到缓解。"她的主治医生似乎也无法阻止她的身体逐渐衰弱下去,但凯瑟琳不愿意放弃希望。前一段时间有报道说,有一种治疗方法可以消除受害者骨头中的镭——她只要能坚持下去,就一定会有治愈的办法。

由于臀部畸形,凯瑟琳再也无法上下楼梯,于是汤姆把她那张铁床挪到楼下的客厅;他就睡在床脚的一张沙发上。为了尽量让凯瑟琳住得舒适,他在床头柜上临时摆放了一盏床头灯和一台收音机,又在床上方的墙壁上挂了一个巨大的木十字架。十字架上有耶稣的雕像,这样上帝可以俯视凯瑟琳,在她睡着的时候照看她。她的双拐就靠在墙上,等她需要去卫生间时可以随时取用;一双"旧拖鞋"摆放在床前的地板上。孩子们在去年复活节收到的那只"胆小的兔子"就放在床头柜上,陪伴着她。

客厅的正面有两扇窗户,西面也有一扇。"房间里的光线很好,"她的侄女玛丽回忆道,"但是他们把窗帘全给放下来;我想这可能是她当时想要的氛围。"整个房间相当昏暗,但凯瑟琳自己有一盏灯。

"即便是眼下,"凯瑟琳似乎有些麻木地说道,"当我被黑暗包围时,我的身体仍然在发着微光。"

"她身上的每一块骨头都可以看见,"她的侄子詹姆斯回忆道,"而她只是躺在床上。"

表盘画工们过去上班的时候经常会在暗室里玩这样的游戏:在镭发出的耀人目的光芒中,她们的身体似乎消失不见了一般,人眼所能看到的就只剩下镭。镭这种令人体黯然失色的效果现在似乎成了一种诡异的预言,因为现在无论谁来探望凯瑟琳都看不到她本人,只能看到她身体中毒后表现出来的种种恐怖症状。

"人们现在都不敢跟我说话,"凯瑟琳坦言,"有时候我觉得非常孤独——人们看到我的反应就好像我已经是一具尸体一样。身边明明有人,却仍然感到孤独,这真让人难过。"

以前,每到星期天,多诺霍夫妇总是在参加完教堂的礼拜后举行家宴。他们会给客人提供鸡蛋和培根,而凯瑟琳会用那把印着粉红色玫瑰花苞的白色茶壶给来访的客人们倒茶。詹姆斯记得,如今每次有人来访时,大家就会到别的房间交谈,以免影响凯瑟琳休息。倒茶的任务也交给了别人。

凯瑟琳的孤独感在快到年底时变得更加强烈。她现在"几乎无时无刻不躺在床上，没有昼夜之分，只有在别人的帮助下才能到外面看看，通常帮助她的都是她的丈夫"。"他常常把她抱在怀里。"詹姆斯回忆道。

在这种情况下，就算她想要照看孩子或尽其母职，她都无能为力。尽管多诺霍夫妇没钱，他们还是请了一位管家；这位住家保姆名叫埃莉诺·泰勒（Eleanor Taylor），她现在成了汤米和玛丽·简的代理母亲。凯瑟琳躺在床上尽量指导她照看两个孩子。

"我觉得她没法照顾小女儿这事让她感到很难过，"她的侄女玛丽评论道，"不管怎么说，以前她还可以照看大儿子，至少他曾经得到过真正的母爱。这种状况真让人感到心酸。"

如今，让凯瑟琳远离孩子的，不仅仅是她的健康状况。玛丽·简还很小，凯瑟琳非常担心自己在黑暗中发出的光芒会伤害到孩子。玛丽回忆道："家里人都不敢让玛丽·简和她母亲有过多的接触。他们真的不太懂镭所引发的疾病[以及镭到底会产生什么影响]。这才是让人感到悲哀的地方。"

"我遭受了这么多的痛苦，"凯瑟琳在给珀尔的信中写道，她可能指的并不仅仅是令她苦不堪言的臀部和下巴，"有时候我觉得自己快要承受不住了。"

凯瑟琳整天都只能躺在床上，自然感到极度孤独。夏洛特现在住在芝加哥；珀尔则生活在十几英里外的拉萨尔。尽管姑娘们彼此之间经常通信，但毕竟比不上面对面交谈。那年12月，凯瑟琳在写给珀尔的一封信中说："我有很多话要说，但换作谁也不可能把所有想说的话全都写在纸上。"她的孤独跃然纸上。"我很久都没有听到你们的消息或者见到你们了，那感觉就好像我现在是在给陌生人写信一样。我真希望我们能住得近一些。"然而，至少她可以跟姑娘们实话实说。"至于我的健康状况，"她毫不掩饰地写道，"我还是个瘸子。"

凯瑟琳的离群索居，意味着她对于庭审案件进展到何种程度一无所知。"我们到现在为止也没有收到格罗斯曼的来信,我也不知道是怎么回事,"凯瑟琳在给珀尔的信中写道,"汤姆现在失业,否则我就给格罗斯曼打个长途电话,问问他是否要到我们这里来。他一封信都没有来过,你们是不是也觉得有点儿奇怪呢?"问题是格罗斯曼忙得不可开交,根本没时间写信。"这是起诉镭表盘公司系列案件中的第一桩案子,"他后来说道,"我得想尽一切办法去寻找光明和真相,找到所有记录在案的事实。"不过,他给姑娘们寄过节日贺卡,上面写着"致以最美好的祝福,愿您节日快乐"。

凯瑟琳接受了他的建议,让圣诞节变成了一个快乐的节日。尽管汤姆仍然没找到工作,但她在给珀尔的信中却显得非常积极乐观:"圣诞节前后的情况很糟糕,但我们不能怨天尤人。"当格里芬神父(Father Griffin)来看望她,顺便给她送来圣餐时,凯瑟琳做了一次简短的祷告,感谢上帝赐福于她。她和汤姆、汤米、玛丽·简可能一贫如洗,而且她重病缠身,但只要全家人能聚在一起欢度圣诞节,这就已经足以让她感激不尽了。

新的一年——1938年如期而至。格罗斯曼这一整年都在为庭审做准备。庭审日期定在2月10日,那天正好是凯瑟琳35岁生日过后的第六天。格罗斯曼和以前一样忙碌,现在由于要帮姑娘们准备陈述词,他在渥太华的时间更多。当时恰逢冬季,伊利诺伊州的天气酷寒无比,有时他不得不克服很多困难才能赶到渥太华。他的儿子莱恩回忆道:"他们来来回回不知道去过多少趟。我记得有一次路况太差,他就租了一架私人飞机,然后就有人开来了一架双座或者是四座直升机直接把他送到了渥太华。"此举倒能显示出格罗斯曼那典型的夸张风格。

凯瑟琳在过完生日的第二天,和汤姆前往芝加哥体检,这样的行程现在对她而言已经变得极为费力。给她检查的一共有三位医生：洛夫勒医生、达利奇（Dalitsch）医生（牙科专家）以及西德尼·韦纳（Sidney Weiner）医生。韦纳医生给她拍了X光片，结果显示她的骨头里全都是镭。三位医生都同意在法庭上做证，他们的证词将以体检结果为依据。

那个星期六上午，当凯瑟琳步履蹒跚地走进三位医生的办公室时，他们全都感到大为震惊。韦纳医生回忆道："这个女人看上去比她的实际年龄老得多，她在两个人的搀扶下走进来；骨瘦如柴，[面]无人色。"她身上一点儿肥肉都没有。她什么也吃不下去，因为吃东西会让她感到极为疼痛，她的身体极度消瘦，显得身上的衣服十分宽大。凯瑟琳知道自己的体重在不断减轻，然而，当她站上医生的体重秤时，连她自己都震惊了——她的体重只有71磅（约32千克）。

达利奇通过牙科检查发现，凯瑟琳的口腔遭到了"严重破坏"，而且破坏力大到"直接打穿了下颌骨"。下颌骨骨折后导致"骨碎片移位"——这就是凯瑟琳不得不持续从口腔里取出下颌骨碎片的原因。达利奇指出，她口腔里还"流出了相当多恶臭的脓水"。

与此同时，洛夫勒给她进行了血液检查，发现她"血液质量变差的情况令人深感震惊"。他发现她的白细胞数只有几百个，而正常水平大约是八千个。他心想，她就是"因为缺乏这些[细胞]而精疲力竭，进而濒临死亡"。

然而，最让三位医生感到困扰的是她的X光透视结果。在过去的几个月里，髋骨上的硬性肿瘤一直困扰着凯瑟琳，现在这个肿瘤已经发展到"一个葡萄柚那么大了"。

三位医生并没有将检查结果告知多诺霍夫妇。凯瑟琳是个病人，需要回家休息。和艾琳·拉波特的医生一样，这几位医生认为将预后判断告诉凯瑟琳并不合适，因为他们担心这样会加快她身体衰弱的速度。所幸，她一直都保持着乐观和积极的态度；医生们相信，跟了解真实病情相比，这种积极乐观的态度更能战胜病魔。

凯瑟琳和汤姆艰难地回到了位于苏必利尔东街的家中。汤姆抱着妻子走进客厅，轻轻地把她放在床上。她需要休息，因为再过五天，她就要出庭。凯瑟琳·沃尔夫·多诺霍要让镭表盘公司对她和她的朋友们所做的一切承担责任——她下定决心，无论如何，都要让目前这一切有所改变。

50

1938年2月10日,星期四,黎明时分,天气清凉而阴郁。在苏必利尔东街凯瑟琳家的客厅里,汤姆·多诺霍帮着妻子穿戴整齐。他帮她穿上及膝的肉色长筒袜,把黑色平底鞋的鞋带系好。凯瑟琳仍然挑选了那件最漂亮的黑底白点连衣裙。她从头上套进裙子后,裙子便顺着身体滑落下来,她慢慢地把黑色裙带系在自己那纤细的腰上。这件连衣裙比她7月份第一次见到格罗斯曼的时候更显宽松,但今天她无暇考虑这些。

最后,她在左手腕上戴上了汤姆在婚前送给她的一只银带手表,这只手表不是夜光表。她戴上眼镜,再戴上一顶黑帽子,最后又在身上裹了一件黑色的裘皮大衣。她终于做好了出门准备。

她的丈夫也精心打扮了一番。汤姆通常穿的都是干活时的服装,不是蓝粗布工作服就是干粗活时耐磨的衣服。今天,他穿的是黑色三件套西装,打着一条素净的条纹领带。他把浓密的头发和胡须打理得非常干净整齐,鼻子上也架了一副眼镜。他戴上了一顶浅色软毡帽,准备带着凯瑟琳出庭。

不过,他一个人并无法完成这项任务。奥利芙的丈夫克拉伦斯·威特(Clarence Witt)前来助他一臂之力。汤姆把凯瑟琳安置在一张浅色木椅上后,两个男人便抬起椅子出发。她的皮肤一碰即伤,骨头也几乎一碰就断,所以汤姆很难像以前一样把她横抱在胸前。让她坐在椅子上可以说是个更加安全的选择。他们俩一路抬着凯瑟琳走到法庭,把她抬到四楼。格罗斯曼早就在那里等候着他们的到来,看到他们的身影便紧走几步上前帮忙。

他们把凯瑟琳扶到一张黑色椅子上坐下。落定后,凯瑟琳便开始环顾起法庭。这里并没有任何特别之处。这是在工业委员会举行的听证会,因此,这房间看上去不太像法庭,更像是一间会议室;事实上,这里是县审计员的办公室。房间里铺着菱形图案的地砖,最显眼的是一张稳固结实的大木桌;桌子周围摆着几把椅子,供案件的关键人物使用,还有一些椅子排列成半圆形,组成了旁听席。

凯瑟琳的朋友们也已经到场,包括珀尔·佩恩和玛丽·罗西特,不过她们并不是仅有的旁听者。正如十年前新泽西州表盘画工的诉讼案一样,这些姑娘的困境得到了全国人民的关注,全国各地的记者和摄影师蜂拥而至,全都挤到了这个房间里。

尽管媒体纷纷赶来参加这次审理,但镭表盘公司的高管们似乎并没有到场,其律师团队的成员也并没有全部出席。在大桌子边紧挨着仲裁人(法官)就座的只有亚瑟·马吉德。沃尔特·巴克拉克、里德先生、总裁甘利全都没露面,只有马吉德一个人代表该公司出席。也许他们认为这案子不值得他们重视,也可能是其他什么原因使他们无法出庭。

凯瑟琳仔细地打量着法官,这可是将要决定她命运的人。乔治·B. 马弗尔(George B. Marvel),时年 67 岁。这位老绅士圆脸,头发花白,鼻子不大,靠近鼻尖的位置上架着一副眼镜。在加入工业委员会之前,他曾经当过律师,还担任过银行总裁。凯瑟琳想知道他会如何裁决这个案子。

当凯瑟琳到场落座,等待着九点钟庭审开始时,媒体记者也都注意到了她。《芝加哥使者与稽查员报》(*Chicago Herald and Examiner*)撰文道:"多诺霍太太难以自己站起来。她双颊深陷,手臂就像小孩子的胳膊那么细,整个人看上去疲惫憔悴。但是,即便是无框眼镜也挡不住她那双黑眼睛里喷射出来的熊熊怒火。"《芝加哥日报》则对她多少有点不怀好意,称她为"牙签女人"。

凯瑟琳坐在大桌子边,汤姆就坐在她身后。她小心翼翼地脱下裘皮大衣,叠整齐后放在腿上,但她没把帽子摘下来。近些天来,她一直觉得寒气逼人,一是因为身上没有多少脂肪,二是因为心脏正在衰竭。她觉得下巴里的脓又开始往嘴里渗流,便掏出一条花手帕放在身边。她似乎经常要拿手帕擦嘴。

格罗斯曼询问她是否已经做好了准备,凯瑟琳轻快地点了点头。律师穿的仍然是他惯常所穿的三件套粗花呢西装,双目炯炯有神,充满了对眼前工作的期待。半年多来,他一直在不知疲倦地为姑娘们的案子工作:他知道自己和凯瑟琳都已经做好了充分的准备。

格罗斯曼在开庭时表示:"我们不是那种任人宰割的受害者。我们的对手声名显赫,但我们决不会把喉咙伸向对手举起的利剑……在勇敢无畏的伊利诺伊州工业委员会,承载着我们希望的彩虹会帮助我们战胜邪恶,以弱胜强。"

"我国的国防部队之所以能够拯救人们的生命,"他继续说道,并开始介绍处于案件漩涡中心的表盘画工们,"是因为凯瑟琳·多诺霍为军方使用的各种仪器描画夜光刻度盘。为了保证别人的生命安全,她和她的同事们却变成了活死人。她们为国家牺牲了自己的生命。她们全都是我国的无名女英雄,我们的国家和人民亏欠她的则太多太多。"

现在,轮到无名女英雄发言。凯瑟琳第一个当庭陈述。她坐在正中间,格罗斯曼坐在她旁边,而马吉德和马弗尔就坐在她对面。虽然她拼命想让人觉得她很坚强,但她的声音从那张饱受镭摧残的嘴里发出来后就出卖了她。各大报纸纷纷对她那"微弱而含混不清的声音"进行了评论,说她的声音"颤巍巍的","甚至连[她那些]坐在后面椅子上的[朋友们]也听不清楚"。

但是她的确说了很多。她描述了自己画表盘的工作,解释了表盘画工如何浑身上下沾满了镭粉以至于整个人闪闪发光,讲述了捱笔尖的工作方法。"这就是这种可怕的毒素进入我们体内的方式,"她哭道,"我们甚至从来都不知道这东西是有害的。"

格罗斯曼朝她微微一笑,以示鼓励。她做得非常出色。就在凯瑟琳喝水的间隙,格罗斯曼把镭表盘公司在当地报纸上刊登的整版虚假广告声明拿出来作为佐证。

"反对。"据报道,当时马吉德立刻站起身来说话。但乔治·马弗尔判定该证据有效。

"1928年,当新泽西州出现了表盘画工镭中毒死亡事件后,"凯瑟琳继续说道,"我们都感到害怕。但不久之后,里德先生就提醒我们注意[这则]广告声明,他说我们根本不必担心。"

马弗尔慢慢地点了点头,在纸上写下了几个字,接着又仔细地将这份引发争议的声明看了一遍。凯瑟琳回过头看着她的朋友们,发现她们坐在一起,正专心致志地听着。她转过身来面对着法官,回忆过去发生的事情:"在我和玛丽·罗西特小姐第一次接受公司组织的体检后,我们都想知道公司为什么不把体检报告发给我们。当时里德先生跟我们说:'亲爱的姑娘们,如果我们把体检报告发给你们看,那工作室岂不就乱成了一锅粥!'我们俩当时都没有意识到他那句话的真正含义。"

不过,她们俩现在已经明白了。当凯瑟琳在法庭上讲述这些事时,玛丽"脸色渐渐变得苍白"。

"天哪!"玛丽情不自禁地叫出了声,直到这时她才明白里德那话里所隐含的意思。

"那个里德先生现在仍然在纽约为镭表盘公司工作。"凯瑟琳向法官明示。

媒体已经发现了他在纽约的踪迹,他还在监督当地表盘画工的工作。他"已经承担了公司运营的重要责任",这很可能是一次职务上的晋升,因为纽约工厂比渥太华工厂名气更响。这似乎是该公司对员工忠诚的奖励。

接着,一个不速之客的到来打断了法庭上的发言。工业委员会的首席安全检验员冲了进来,送来了格罗斯曼所传唤的文件。格罗斯曼迅速地浏览了一下这些文件。他立刻发现,里面并没有女工们在1925年和1928年的体检报告。不过其中倒是有几封特别令人感兴趣的信件。

镭表盘公司的总裁凯利在1928年曾经给伊利诺伊州工业委员会写了一封信。信中写道:

> 自1928年8月18日我公司的保险单被取消以来,我公司一直未能获得赔偿保险。鉴于总部位于纽约市的美国镭公司所谓的镭中毒案件的公开,[保险公司]决定不再接受我公司继续投保,也不再承担我公司在伊利诺伊州渥太华工厂发生此类案件的风险。

凯利曾经向十家不同的保险公司提出投保申请,但都被拒之门外。

"显而易见,"凯利继续写道,"这对我公司来说是一种相当糟糕的情况。你们能告诉我们怎样才能得到保护吗?伊利诺伊州有赔偿保险吗?"

凯利唯一的想法就是他该怎么操作才能保护公司的金融资产;他似乎没有意识到保险公司之所以拒绝为他承保,正是因为他所做的事情危险性太高。委员会给他的答复是:"你唯一能做的就是独立承担风险。"

凯利当时就决定赌一把。这就是为什么这次庭审没有保险公司律师出庭:因为镭表盘公司没有承保公司。1930年10月30日,伊利诺伊州工业委员会向镭表盘公司发通告,该公司违背了《劳工赔偿法》的相关规定——公司必须投保。有鉴于此,镭表盘公司"被迫将一万美元的债券汇给工业委员会并做出保证,表示该公司正在自行承担风险"。这就是镭表盘公司汇给工业委员会那一万美元的来龙去脉,而凯瑟琳和她的朋友们现在正努力将这笔钱变成她们的赔偿金。

除了这点保证金外,再没有其他的钱了。格罗斯曼运气不佳,在追踪镭表盘公司资产方面没有任何收获,这样姑娘们便无法向其索赔更多。既然该公司已经逃到了纽约,伊利诺伊州工业委员会似乎没有跨州没收该公司资产的权力。从经济角度来说,这样的结果令人大失所望,但是从很多方面来看,这案子并不单纯是为了获取赔偿金。当然,如果有了赔偿金,事情的发展就会有很大的不同。尤其对于汤姆和凯瑟琳来说,如果他们夫妇打赢了这场官司,就能从贫困中解脱出来。不过,对表盘画工们来说,更重要的是要让整个社会都意识到在她们身上所发生的一切。以前人们见到她们都唯恐避之不及,说她们欺诈;她们眼睁睁看着公司犯了谋杀罪却逍遥法外。她们奋斗的目标就是让事实真相大白于天下。

尽管亚瑟·马吉德不断提出反对意见,但都被法庭一一否决。凯瑟琳现在讲述的是她和夏洛特在确诊后去找里德先生对质的经历。"里德先生说,他认为我们没有任何问题,"凯瑟琳轻声说道,但即便声音再微弱,也掩饰不住内心的怒火,"他拒绝考虑我们的赔偿要求。"

马弗尔点了点头,凯瑟琳的状态让他感到震惊。"她那瘦弱的身体一直在颤抖。"但她并没有因此而停止控诉。

"两年后,"她说道,她回想起1924年的事情,"我的左脚踝开始疼,疼痛慢慢发展到了我的臀部。我经常痛到不省人事。一到夜里就会痛到无法忍受。"

她讲述了疼痛如何在她全身上下蔓延——从脚踝开始,向上蔓延到了膝盖、臀部,一直到了牙齿;叙述了她是如何变成了一个卧床不起的病人,吃不下东西,也照看不了自己的孩子。接着,她一边用手指搓捻着一个肩衣徽章(天主教的一种护身符),一边说她再也不能跪下来祈祷。她满怀悲怆地描述了她所遭受的种种磨难。其实不仅仅是她自己饱受折磨,凯瑟琳告诉法庭,她的两个孩子也深受影响。

就在凯瑟琳快要结束法庭陈词之时,她伸手拿起小提包,从里面摸出来一个小首饰盒。她小心翼翼地把首饰盒放在膝盖上。她和格罗斯曼事先就此事讨论过,于是格罗斯曼便问凯瑟琳她要向法庭展示什么。凯瑟琳低下头,用瘦骨嶙峋的双手把盒子举起来。法官探着身子,想知道盒子里面装的是什么。就像电影里的慢动作一样,她极为缓慢地打开了盒子。然后,她从里面拿出来两块小骨头。

"这两块骨头是我下颌骨的碎片,"她简单地说道,"是从我下巴里掉出来的。"

51

眼见凯瑟琳在法庭上举着自己的骨头,她的朋友们"不寒而栗"。

法庭将这两块骨头连同她的几颗牙齿都采纳为本案的证据。在凯瑟琳给出了如此撼动人心的证据后,格罗斯曼让她稍事休息。她平静地坐在椅子上,拿出手帕轻轻地擦了擦嘴,看着沃尔特·达利奇医生走到桌子前为她做证。

达利奇医生五官端正,额头宽阔,嘴唇厚实,满头黑发。他的证词非常具有权威性。格罗斯曼引导着达利奇讲述了他对凯瑟琳所做的牙科检查,接着他们又就镭中毒问题进行了更加广泛的讨论。达利奇明确指出,很多表盘画工的"病因和死因都与事实真相不符"。马吉德闻听此言立刻表示反对,但马弗尔直接予以驳回。法官强调说:"这位医生医术高超,是专家证人。"仲裁人似乎站在达利奇这边。

达利奇就凯瑟琳的病因发表了专业意见。"这种情况,"他直言不讳,"是放射性物质导致的中毒。"

使出撒手锏后,格罗斯曼便开始快速提问。

"依你看,"他问道,"凯瑟琳·多诺霍现在还有能力干体力活吗?"

牙医隔着桌子看了一眼凯瑟琳。凯瑟琳蜷缩在椅子上,听他讲话。"不可能,"他悲哀地说道,"她没这个能力。"

"她有能力谋生吗?"

"不可能。"达利奇说,他把注意力重新集中到格罗斯曼身上。

"你认为她的伤害是永久性的,还是有康复的可能?"

"永久性的。"他迅速回答。凯瑟琳低下了头：这样子是永久的。

"你认为，"格罗斯曼接着问道，"她的病是否会致命？"达利奇犹豫了一下，"意味深长地瞥了一眼"离他不过几米远的凯瑟琳。格罗斯曼提出的问题仿佛凝固在半空中，连时间仿佛也停滞在那一刻。就在五天前，三位医生在芝加哥给凯瑟琳做了检查后达成了一致意见，他们都认为她的身体状况已经到了"无药可救的弥留阶段"。然而，三位医生出于医者仁心都不想让她难过，所以并没有将实情告知凯瑟琳·多诺霍。

"一定要当着她的面说吗？"达利奇有些迟疑地问道。

其实他什么也不必说了，他那犹豫不决的态度早就已经昭示一切。凯瑟琳"开始抽泣，随即用双手捂住了脸，身体从椅子上滑了下来"。起初，她一言不发，任由眼泪顺着脸颊流淌，但接着，仿佛达利奇没有说出口的话全部化作巨石击中了她一般，她开始"歇斯底里地尖叫"。她疯狂地尖叫着，心里想到自己即将与汤姆和孩子们天人两隔，想到眼前的生活将成为过眼云烟，想到自己即将面临的悲惨结局，她不知道该如何面对。她曾经满怀希望。她一直坚守自己的信仰。凯瑟琳真的相信自己的死期不会很快到来，但达利奇脸上的表情却给出了别的答案。她可以从他的眼睛里看懂一切。于是，她尖叫起来。刚才陈述时她的声音是沙哑的，而且有气无力，可如今恐惧和痛苦让她的声音变得异常响亮。汤姆一听到妻子的尖叫声，"精神立刻崩溃，开始呜咽"。

凯瑟琳的失声尖叫成了转折点。在那之后，凯瑟琳无法保持自己直立的坐姿。她瘫软下来，"如果旁边没有医生抓住她，她肯定会摔倒在地"。韦纳医生跳起来扶起了她。汤姆似乎也从崩溃的状态中恢复过来。凯瑟琳瘫倒在椅子上时，他一下子冲到她的身边。当韦纳检查凯瑟琳的脉搏时，汤姆的心里只有凯瑟琳。他用手抱住她的脑袋，抚摸着她的肩膀，努力让她苏醒过来，让她回到自己身边。凯瑟琳抽咽得太厉害，她张大了嘴巴拼命喘气，口腔内部的惨状毕露：牙齿掉光了，只剩下一个个牙洞。可她根本不在乎别人看到。她的脑海中只剩下达利奇的那张脸。致命,这种情况会致命。这是第一次有人跟她讲了实情。

珀尔看到朋友如此心神错乱,紧跟着汤姆,也冲到了凯瑟琳身边。他们俩俯下身子,珀尔拿起一杯水喂给凯瑟琳。汤姆搂着凯瑟琳,在她尖叫痛哭的时候努力安慰她。他的两只大手撑住了她的身体,一只手扶着她的脊背,另一只手贴在她的胸前,让她知道自己一直都在她身边。

媒体记者们立即用镜头捕捉这一瞬间。汤姆突然意识到了周围记者的存在,突然意识到他应该让妻子远离这一切。汤姆拜托珀尔暂时照顾一下凯瑟琳——她温柔地抚摸着朋友那一头黑发——自己去叫来格罗斯曼和韦纳,三个人一起抬起椅子,把凯瑟琳抬出了法庭。珀尔在前面为他们开路。

"走廊里都能听到那个女人的抽泣。"一份报纸评论道,语气颇为凄凉。

当法官宣布立即休庭时,凯瑟琳被抬到了县职员办公室,平放在一张桌子上。珀尔把凯瑟琳的裘皮大衣铺在她身体下面以免硌到她,这样她也稍微舒适一点;又把一摞出生记录垫在她脑袋下,权当一个临时枕头。汤姆动作轻柔地摘下了妻子的眼镜,然后就站在她身边,他一只手握住了妻子戴着手表的那只手,另一只手轻轻地抚摸着她的头发。珀尔则握着凯瑟琳的另一只手,试图安慰她的朋友。他们俩对着这个他们所爱的女人喃喃细语,语气里充满了安抚。

当时,凯瑟琳身体极度虚弱,已经没有力气哭了,但当她感觉到丈夫就站在自己身边时,她有话要说。她抓住他的手,用一种"微弱的、颤抖的"声音喃喃说道:"别离开我,汤姆。"

他哪儿也不会去。

凯瑟琳无法再出席听证会。"她彻底垮了,"一位主治医生说道,"她活不了多长时间了,也不可能活很长时间。"

医生说这话时，汤姆并不在场。他要带着凯瑟琳回到位于苏必利尔东街的家中。第二天，当各大报纸将汤姆和凯瑟琳的照片刊登出来时，记者们全都毫无保留地表达了自己的看法。在这对饱经磨难的夫妇合影的上方是新闻的大标题：《死神已经到来》。

当天下午1点30分，听证会在凯瑟琳缺席的情况下继续举行。汤姆在家里把妻子安顿好后，又赶回了法庭，想代表凯瑟琳继续出席这场听证会，因为这对凯瑟琳来说太重要了。她的身体状况不允许她到庭，汤姆就做她的代表。

当汤姆麻木地在法庭后面的椅子上落座后，听证会接着上午休庭前的话题继续举行。

"她的病是致命的吗？"格罗斯曼向达利奇问道。

医生清了清嗓子。"这病对她来说是致命的。"他坦言。

"根据你的判断，"律师接着问道，"凯瑟琳·多诺霍还能活多久？"

"我认为我们尚无法给出肯定的答复，"达利奇有些怒气冲冲地说道，也许他意识到凯瑟琳的丈夫还在法庭上旁听，"这要看她能得到何种程度的照顾等因素，比如治疗……"

格罗斯曼盯着他看。这里是法庭，又不是诊所，绕着弯子说话对凯瑟琳的案子不会有任何好处。在格罗斯曼的怒目之下，达利奇不由得坐直了身子。

"可能还有……几个月。"他直言不讳。汤姆的眼泪又开始在眼眶里打转。几个月。

"这病到了晚期就没药可救了吗？"格罗斯曼提出了质疑。

"是的，"达利奇答道，"无法医治。"

在接下来的时间里，另外两位医生也接受了律师的询问。对凯瑟琳的丈夫来说,医生们的每句新证词都是对他的重击。

"毋庸置疑,她的病已经发展到了晚期。"韦纳医生证实。

"她活不了多久了,"洛夫勒表示赞同,"没有希望了。"

没有希望。无法医治。世间再无凯瑟琳。

汤姆听着这些话,泪水滚滚而下。他必须要挺住,忍受住这一切。下午的听证会快要结束时,他已经到了崩溃的边缘,不得不被人带出了法庭。

作为镭表盘公司的律师,马吉德没有任何引人注目的表现。他在对几位医生进行交叉询问时,只提出了一个该公司认为至关重要的问题:镭有毒吗?洛夫勒说:"她的职业与她所患的疾病有着明确的因果关系。"但这话在马吉德听来似乎跟自己没有任何关系,他大声宣告:"放射性物质可能会有磨蚀性,但并不具有毒性。"

"我公司秉承的立场是,"这位精明的律师解释说,"根据新的法律条款规定,[这些女工]无法获得赔偿,因为该条款只适用于职业中毒所引起的疾病。"由于公司认定镭不是毒药,他们便认为自己"无责"。

马吉德认为镭中毒只不过是一种"提法",该提法"仅仅是为了方便地描述放射性物质对人体的影响而已"。对此,洛夫勒义愤填膺地表示:"放射性化合物对[凯瑟琳的]身体系统产生了有毒的影响,其作用不仅是通常所说的磨蚀,而是完全满足了医学对中毒的定义。"即便如此,马吉德仍然固守己见。

格罗斯曼没有忘记指出,就在几年前,同一家事务所的律师在伊内兹·瓦莱特一案中还认为镭就是一种毒药。格罗斯曼认定马吉德如今是在故意歪曲事实真相,称马吉德是个"善于颠倒是非的高手",称其此举是一种"颇为高明的诡辩,意在蛊惑人心"。

姑娘们的律师补充道:"尽管被告坚持镭不是毒药的理论,但历史记录就像埃及的狮身人面像——虽然沉默不语,但赫然在目。"镭表盘公司没有提供任何证据来支持自身的说法。

相比之下，姑娘们却有很多话要说。凯瑟琳已经从崩溃的状态中恢复了一点，她决定继续出庭陈述。然而，几位医生都认为她身体过于虚弱，最好还是卧病在床，还说"如果她勉强继续出庭，她将完全崩溃，很可能会马上给她带来致命的危险"。

但凯瑟琳的态度很坚决。针对此种情况，格罗斯曼建议第二天的听证会最好搬到她的床边继续举行。如果她来不了法庭，那么格罗斯曼就把法庭挪到她跟前。乔治·马弗尔认真考虑了这一请求后，给出了肯定的答复。

通知媒体的责任就落到了格罗斯曼的肩头。当他宣布第二天将举行一场病床边的听证会时，他最后又增加了一句评论，因为他知道这句话将激发媒体极大的兴趣并将占据报纸的显目位置。

"也就是说，"他一边扫视着聚在一起的媒体记者，一边脸色阴沉地说道，"如果她能活到明天……"

-52-

2月11日,星期五,黎明时分,凯瑟琳·多诺霍仍然活在世上。苏必利尔东街的天气"阴晴未定",而凯瑟琳尽管身体虚弱,却对自己该做的事情了如指掌。

"对我来说,这一切来得太晚了,"她勇敢地表示,"但也许会对其他人有所帮助。如果我赢了这场战斗,我的两个孩子就安全了,和我一起工作、跟我同样染病的朋友们就会获得胜利。"

镭表盘公司已经同意将凯瑟琳的诉讼案视为判例案件。如果法庭做出对她有利的判决,那么所有其他受害者都将可以获得正义。对她而言,避免在这最后一个难关中跌倒就显得格外重要。无论发生什么,她都必须继续战斗。

汤姆虽然支持她继续陈述的决定,但一直忐忑不安。"对我们来说,这一切来得太晚了,"他把凯瑟琳的话又重复了一遍,"但凯瑟琳还是打算竭尽所能帮助别人。就算这种刺激可能会……"

他的声音戛然而止。他听过几位医生所说的话:继续出庭可能给她带来致命的危险。然而,凯瑟琳决心已定,任谁也不能阻拦。"我们俩在一起的时间太少了。"他只是平静地说道。他们俩结婚才六年。

当时,四岁的汤米和三岁的玛丽·简都在家中。当大群客人进入餐厅时,兄妹二人就留在楼上玩耍。凯瑟琳躺在蓝色沙发上,身后摆了几个枕头支撑起她的身体,身上盖了一条白色毛毯,只把脑袋露在了外面。大约三十位客人鱼贯进入房间,来的人除了双方律师、证人和记者外,还有凯瑟琳的朋友们。

凯瑟琳几乎没有气力睁开眼睛欢迎他们的到来。她的模样着实悲惨,她的朋友们都非常关切地跟她打招呼。以前她们也经常来这里串门,但今天却是一个截然不同的场合。姑娘们坐在沙发旁排好的椅子上:从芝加哥赶来的夏洛特·珀塞尔离凯瑟琳最近;她旁边就是珀尔。夏洛特一个星期前又有一颗牙齿脱落,随后她的身体状况也迅速恶化。她蜷缩在椅子上,身穿一件厚厚的灰色外套,左袖管在身边晃荡着,里面空空如也。

律师们从橡木圆桌旁拉出椅子先后就座,然后在桌子上把相关文件铺开。在圆桌边落座的有格罗斯曼、马吉德和马弗尔,格罗斯曼的秘书卡罗尔在一旁做记录。汤姆想到了楼上的孩子们,朝着楼梯方向走去,半途又停下了脚步,神情沮丧地靠在了门框上。

一切准备就绪后,听证会正式开始。"凯瑟琳身体虚弱,但意志坚决,已经准备好继续讲述自己的遭遇。"

当格罗斯曼向凯瑟琳提问时,他单膝跪在她身旁,这样凯瑟琳就可以清楚地听到他的提问。她"闭着眼睛"回答律师的提问。即便偶尔睁开眼睛,她似乎什么也没有看到。

"给大家演示一下,"格罗斯曼鼓励道,"就像你昨天陈述的那样,公司是如何指导你不让[毛笔尖]分叉的。"他把一支儿童画笔递给她,那是他从汤米的水彩颜料盒子里拿出来的。

当凯瑟琳从毯子下伸出一只枯瘦的手接过画笔时,坐在圆桌边的亚瑟·马吉德立即站起身来。"反对,"他说,"我方反对使用画笔,因为没有证据表明工厂曾经使用过这种类型的画笔。"

马弗尔转过头问格罗斯曼:"你可以拿到工厂使用的画笔吗?"

"可以,"格罗斯曼的话有些犀利,"夜光产品加工公司现在正在使用的就是这种画笔。该公司使用的所有设备全都来自镭表盘公司,雇用的员工中有一些也是镭表盘公司的老员工,甚至还有一位镭表盘公司过去的高管。"

"法庭裁决画笔可以用来演示。"一位记者在目睹了这一轮交锋后写道。凯瑟琳拿起了律师提供的小画笔。她顿了一下,画笔轻飘飘,放在手里几乎感觉不到它的重量,接着她动作娴熟地捏起画笔。"整个过程是这样的。"沉默片刻之后,她有些嘶哑地说道,声音听上去疲惫不堪。"我们先把毛笔在镭合成材料里蘸一下。"凯瑟琳想象着眼前有一个材料盘子,她把画笔蘸了进去。接着,她缓慢地将她僵直的胳膊弯曲,并把画笔举到了嘴边。"然后我们把笔尖抿尖,"她的声音里有了情绪波动,"就像这样。"她把毛笔尖放在嘴唇之间,开始抿笔尖。抿……蘸……画……当她完成这一动作后,颤颤巍巍地举起了那支画笔:所有笔毛全都服服帖帖地聚在一起,笔尖完美,一丝杂毛也没有。看着这笔尖,"她不由得打了个寒战"。

凯瑟琳的朋友们和前同事们目不转睛地看着她,"神情紧张"。她们显然都受到了凯瑟琳这一套演示的影响,拼命忍住马上就要夺眶而出的泪水。

"这个动作我重复过千千万万次,"凯瑟琳情绪黯淡地说道,"这就是公司指导我们干活的方式。"

汤姆站在门口远远地看着妻子——看着她向众人演示自己如何被慢慢地夺去了生命。尽管他以为自己的泪水早已流干,但当凯瑟琳演示着这个让她成为行尸走肉的简单动作时,汤姆还是默然流下了泪水,毫不在意别人的眼光。

格罗斯曼的提问打破了房间里那恐怖的气氛。"在镭表盘公司,有没有管理人员告诉过你,美国政府曾经谴责用驼毛笔蘸镭涂料画表盘呢?"

闻听此言,凯瑟琳看上去大为震惊。"没有。"她答道。坐在她身后的姑娘们面面相觑,内心的愤怒都写在脸上。

"反对。"马吉德这一声大叫几乎就要打断凯瑟琳的话。

"反对有效。"马弗尔答道。

格罗斯曼没有偏离正轨,他还有一个问题等待抛出。"公司有没有张贴过任何通知,警示用毛笔画镭表盘的危险之处?"

"没有,先生,"凯瑟琳回答得很肯定,"从来没有。我们当时甚至就在摆放着镭涂料的工作台上吃午餐。主管里德先生跟我们说,在那里吃饭没关系,只要不让食物弄脏表盘。"她现在说话有些气喘吁吁:"他们当时跟我们说的就是让我们千万小心,不要让表盘沾上油污。"

格罗斯曼轻轻地拍了一下她的肩膀。他看得出来她已经耗尽了所有精力。他小心翼翼地引导凯瑟琳讲述剩下的关键点,包括玻璃笔如何被淘汰,她如何因为走路一瘸一拐而被公司解雇等。然后他便让她好好休息。

接着,格罗斯曼要求法庭传唤夏洛特·珀塞尔出庭做证。

"反对。"马吉德立即大声叫道。他可不想让其他表盘画工出庭做证,给出的理由是这是凯瑟琳独立起诉的案件。

"法官大人,这是一起判例案件。"格罗斯曼顺利切入,将马弗尔的注意力吸引过来。"我不知道将来还有没有机会跟这些姑娘在一起,"他的目光扫视着坐在凯瑟琳临时床铺旁边的那一排年轻的表盘画工,尖锐地补充道,"她们中的一些人可能就不在了。"

马弗尔点点头。他批准姑娘们接受律师询问,但"不允许直接讲述自己的健康状况"。

当夏洛特站起身来准备做证时,珀尔帮她把灰色大衣脱了下来。夏洛特里面穿了一件带白领子的绿色衬衫,白领子洗得有些发黄;左袖管"软塌塌地垂下来,一望即知左手臂不在了"。她走到桌边开始发誓。接着,她也将画笔尖在嘴唇间转了几转。当她抿笔尖时,在场观众都发现她缺了好几颗牙齿。她的朋友们看着她做证，都显得焦虑不安，不过她倒是一副泰然自若的模样。当夏洛特开始张嘴说话时，一个姑娘的眼里早已经噙满了泪水。

"当凯瑟琳·多诺霍受雇于镭表盘公司时，"格罗斯曼问道，"你是不是和她在同一家公司的同一间工作室里工作呢？"

"是的，先生。"夏洛特答道。她说话铿锵有力，跟凯瑟琳拼尽浑身力气才说出来的轻声细语形成了鲜明的对比。

"当时你有左胳膊吗？"

夏洛特痛苦地咽了一下口水："有的，先生。"

"你在该公司工作了多长时间？"他问道。

"一年零一个月。"她恨恨地说，听起来就好像每个字都是从口中啐出来似的。

格罗斯曼向她问起她和凯瑟琳与里德先生当面对质的事。"当时你的左胳膊还在吗？"

"不在了，先生。"她直接回答道。

"里德先生当时怎么说的？"

"里德先生当时说，"夏洛特说着话，眼睛里喷射着怒火，"他觉得根本没有镭中毒这回事。"她做证说，"她失去一条胳膊就是因为接触过有毒的化合物"。

格罗斯曼轮流将这些姑娘传唤上来做证，于是她们依次走到多诺霍家的餐桌边上，坐在律师身边提供证词。玛丽·罗西特在讲述所发生的一切时，一会儿激动地攥紧拳头，一会儿又松开。

"里德先生说镭会让我们面色红润，"她厌恶地想起了往事，"还说镭只会给我们带来好处。"

格罗斯曼依次询问她们每一个人，凯瑟琳演示的使用画笔的方式是否就是她们所接受的技术指导的精准再现。表盘画工们全都点头称是。

珀尔·佩恩、格拉钦斯基姐妹、奥利芙·威特和海伦·芒奇,所有姑娘都为凯瑟琳做证。当每个姑娘为朋友起身做证,挺身而出时,无一例外遭到了亚瑟·马吉德的反对。他不断反对姑娘们提供证词。汤姆·多诺霍的发言很简短,只是证实了他和凯瑟琳为了支付医疗费用所欠下的巨额债务。

自始至终,凯瑟琳都一言不发地躺在沙发上,有时在朋友们摇篮曲般的说话声中昏昏欲睡。听证会终于结束了。在这两天里,先后有14名证人为凯瑟琳做证。现在,格罗斯曼一方的举证暂时告一段落,所有人的目光便都转向了亚瑟·马吉德。

然而,这位镭表盘公司的代理律师却没有提供任何证据,也没有传唤任何一个证人出庭。该公司仅仅将镭无毒无害这一观点作为辩护的切入点。

既然没有其他证据可以听取,下午1点刚过,马弗尔就正式宣布听证会结束。他表示自己将在大约一个月后做出裁决。在此之前,双方都有机会提交复杂的书面案情摘要,充分阐述各自的观点。

整个诉讼程序还剩下最后一个部分——对于聚在一起的记者来说,永远都不会轻易放过这个机会。在大家离开多诺霍家之前,媒体要求所有人拍一张合影。格罗斯曼单膝跪在凯瑟琳身边,手指间夹着一支雪茄,乔治·马弗尔和亚瑟·马吉德则站在沙发后。当几个男人进入她的视线后,凯瑟琳向乔治·马弗尔伸出了自己那只瘦削不堪的手。马弗尔也伸出手,轻轻地握住了她的指尖,她瘦骨嶙峋的躯干和她那只纤细虚弱的手都令他大为震惊。后来,凯瑟琳断定马弗尔是个"富有同情心"的人。

记者们并不是只要求律师们拍照留念。等律师们走开后,凯瑟琳的朋友们便马上围到了她身边。夏洛特坐在凯瑟琳脚边的沙发扶手上,其他表盘画工则站在沙发后。珀尔·佩恩居中,握着凯瑟琳的一只手。姑娘们的目光全都投向了凯瑟琳，不过凯瑟琳的眼睛却看向了汤姆。既然听证会已经结束，汤姆便走上前来，坐在凯瑟琳的身边。当记者按动快门的那一刻，这对夫妇的眼中只有彼此。

"突然之间，"一位记者后来在描述目睹汤姆和凯瑟琳偎依在一起的情景时写道，"我完全忘记了她脱落的牙齿、破碎的下巴……忘记了这个曾经端庄秀美的女人所遭受的镭中毒，忘记了她体内还残留着给她带来痛苦悲剧的余毒……我只是看到了那个拥有丈夫全部爱的女人。在别人眼中，这个女人脆弱不堪，一触即溃，但他们的爱情却可以让两人对此视而不见。"

还有一张照片值得一提。汤米和玛丽·简听到听证会结束，就跑进了餐厅。汤姆把兄妹俩抱起来，一只胳膊抱一个，把他俩放在沙发的靠背上，这样凯瑟琳就能看见她的两个孩子。回顾整个上午，只有在这一刻她才恢复了活力。她握住汤米的手，与儿女交谈，脸上流露出快乐的表情。玛丽·简留着一头可爱短发，戴着一条发带，身穿一条彩色的小连衣裙；汤米穿了一件长长的白色衬衫。面对着这么多客人和摄影师，两个小家伙似乎都有些不知所措。不久后，汤姆就把大家都引出了餐厅。

格罗斯曼和其他表盘画工直接前往镇中心的一家旅馆，在那里进行了长时间的沟通。之后，格罗斯曼返回了芝加哥。姑娘们都知道，无论接下来发生什么，都会影响她们所有人。甚至就在那天举行的听证会上，马吉德曾经再次确认，无论法官做出何种裁决，公司在处理其他表盘画工的诉讼请求时都会遵照该裁决结果。

随着法庭喧嚣嘈杂的声音远去，汤姆关上了苏必利尔东街520号的大门。不知怎么的，现在这所房子似乎比听证会举办前更显安静。

现在，他和凯瑟琳所能做的只有等待。

53

听证会结束后的那个周末,《芝加哥日报》上出现了标题:《春意盎然!》。报纸上刊满了情人节浪漫礼物、桥牌派对和舞会的广告,但渥太华的表盘画工们只奔赴一个约会,那就是和凯瑟琳·多诺霍的相聚。

姑娘们登门拜访时,发现她心情不错。一位跟着姑娘们一同前往的记者问凯瑟琳,"什么让她对生命充满了渴望"?她回答说"是战斗的爱尔兰人",一边说一边用爱恋的眼神瞥了一眼汤姆。"我会活下去的。"她坚定地表示。医生曾经说过她"绝不会活着下床",但她并没有因此而停止战斗。

姑娘们一起向上帝祈祷,希望能有治愈疾病的良方,但"她们中没有人惧怕死神的到来"。"所有人都宣称,"《芝加哥使者与稽查员报》报道,"如果命中注定如此,她们将会坦然面对死亡,因为她们已经意识到牺牲自己的生命或许可以拯救他人。"

对于这些表盘画工来说,令她们感到惊讶的是,她们已经成为工人权利的代言人。她们已经促成了当局对法律做出重大修改,以保护成千上万的弱势员工,而且堵上了公司可以逃避责任的漏洞。在她们所取得的成就的鼓舞下,珀尔·佩恩在同一天写信给格罗斯曼,提出了一个想法:

> 镭表盘公司诉讼案的其他参与者和我都深刻感受到,您在帮助社会底层人士时满怀人道主义的热情。我们都认为您已经创造出

一个伟大社会的开端。在这个社会里，数以千计的人们可以团结起来，获得法律援助，并可以通过一个组织来简化、推动和改进旨在保护因职业危害致残的工人的相关法律。

格罗斯曼觉得这个想法很有创意。因此，在1938年2月26日，星期六，协会举行了第一次会议。创始成员包括珀尔·佩恩、玛丽·罗西特、夏洛特·珀塞尔和凯瑟琳·多诺霍。四人中有三人前往芝加哥与格罗斯曼举行会议；凯瑟琳病得太重无法前往，汤姆代表她去了。她们将协会命名为活死人协会（The Society of the Living Dead），这可能是格罗斯曼的点子，目的是引起媒体的注意。

"本协会的目的，"面对闻风而至的媒体记者，格罗斯曼宣布，"是通过法律以及其他方式，更好地保护遭受职业病危害的人们。"

会议举办的当天，格罗斯曼恰好准备向马弗尔提交第一份案情摘要，这可能是有意为之（他儿子说"他对媒体宣传情有独钟"）。在此起彼伏的闪光灯的照射下，格罗斯曼将案情摘要的副本逐一交到了每个姑娘的手中。那份摘要的封面为浅绿色，珀尔在上面写下了协会的口号："为了全人类的事业。"这份厚厚的案情摘要大约有八万字，充分体现了格罗斯曼口若悬河、滔滔不绝的雄辩才华。

> 面对当前的情况，我不得不以笔为剑，一吐为快。我只想要求[法律]所设置的保护层可以成为保护凯瑟琳·多诺霍获得赔偿的盾牌，而不是肆意破坏她人权的利剑。只有根据上帝的旨意和人类的法律规定，公平公正地给予凯瑟琳·多诺霍分内所得，你们才算是真正给了她我们所诉求的一切！

案情摘要在当天下午晚些时候提交给了法官，正好赶上了晚报的排印时间。各大报纸争先恐后地做了报道；此案相关报道刊登在各大报纸的头版上，与有关德国纳粹分子的消息一起抢夺着读者的注意力。如果这是一场由媒体主导的审判，姑娘们就会轻松获胜——各大报纸一致认为镭表盘公司"从刑事角度来说粗心草率"。

媒体记者询问汤姆·多诺霍，凯瑟琳是否有治愈的希望。他回答说，劳工部部长弗朗西丝·珀金斯已经"派遣医学权威对此展开调查"。人们曾希望钙疗法能延长凯瑟琳的寿命，但她的病情太严重，根本挺不下来整个治疗过程。与此同时，珀金斯曾经下令对表盘画工中毒事件所进行的联邦调查似乎没有结果。受到大萧条期间两次经济衰退的打击，政府还有其他要务。一位政界人士承认，政府在经济问题上"举步维艰"："我们已经想尽了所有办法，如今早已经束手无策。"汤姆仍然没有工作，这对他来说根本就谈不上是令人感到安慰的消息。

尽管钙疗法无法实施，但凯瑟琳仍然拒绝认输。她说："我希望能够发生奇迹，我祈祷奇迹的到来。我想拥有生命的权利，为了我的丈夫和孩子，我想推迟生命的终结时间。"凯瑟琳的母亲在她年仅六岁时就去世了，她知道母爱缺席的成长过程是什么滋味，她下定决心，不让自己的孩子遭受同样的命运。

然而，尽管凯瑟琳的话听上去勇气可嘉，但几个星期过去了，大家都还在等待判决结果，她的健康状况却迅速恶化。"一旦病情发展到了[晚期]，"她的侄女玛丽回忆道，"整个情况盘旋向下，不断向下，向下，再向下……这并不是一个逐步的过程，而是快速下降。"

如今凯瑟琳甚至无法通过指导住家保姆照料自己的两个孩子。"她病得很严重，"玛丽说，"我真的不记得她和孩子们有过任何互动。她心有余但力不足。你根本无法想象……疾病耗尽了她的精力，耗光了她的一切。"

凯瑟琳所能做的就是虚弱无力地躺在客厅的临时床铺上，窗帘紧闭。每天只有吃药之时以及房后铁轨响声才会打破这样的平静。满载乘客的列车车厢呼啸而过,而凯瑟琳·多诺霍却再也无法开启这样的旅程。房间里弥漫着"一股尿骚味"。她的整个世界就是那间客厅。她盖着毯子躺在床上,髋骨上的恶性肿瘤像一座小山一样高高隆起,她浑身上下每一块骨头都很痛。她所受的创巨痛深无法形容。

"我只记得她不停地呻吟,"玛丽轻轻地说起了往事,"谁都知道她痛不欲生,但她却没有力气尖叫。她所能做的也就只剩下呻吟而已。我觉得她当时根本没有力气哭或叫,她只能在那里呻吟。"

"我觉得我无法用语言描述出那所房子的氛围有多压抑、多难过,"她继续说道,"只要一走进她家,任谁都会感到悲从中来。"

随着凯瑟琳的病情不断恶化,她的一些亲戚觉得她的身体状况过于可怕,不适合与她年幼的侄子侄女们见面。"镭已经让她支离破碎,"她的侄女艾格尼丝(Agnes)回忆道,"家里人都不想让我们去探望她,他们都说她看上去非常吓人。"因此,尽管艾格尼丝的父母每个星期都会去探望凯瑟琳,但艾格尼丝却只能等在外面。

经常探望凯瑟琳的是汤姆的大姐玛格丽特。51岁的玛格丽特矮壮结实,是"一家之主"。"在我认识的所有女人中,她是唯一一个会开车的。"她的侄子詹姆斯回忆道。"当时她有一辆车,她给爱车起了个名字叫惠比特(Whippet),"另外一个亲戚说道,"她经常去照看[凯瑟琳],照顾孩子们。她做了一个好姐姐所能做的一切。"

格里芬神父也是常客,凯瑟琳也欢迎来自修道院的修女,她们给她带来了圣物真十字架。"这就像是上帝和我在一起一样。"她兴高采烈地惊呼。

她还从一个意想不到的来源——公众那里得到安慰。各大报纸上对她的故事铺天盖地地宣传报道,从某种程度上说,广大读者对此都感到毛骨悚然,毕竟他们的女邻居可从来没有经历过这样的事情。凯瑟琳收到了数百封来自全国各地的"亲切友好的信件"。人们给她寄来了一些小饰品,还给她提供了很多治疗的点子;有的人为了让她的房间明亮起来,给她寄去了买花的钱;有的人只是写信给她,希望"我的信能让你高兴一点"。有一个人在信中写道:"我对你深表同情,我最强烈的愿望就是希望你能获得彻底胜利。我知道千百万人跟我有同样的想法。"

她的朋友们也不断鼓舞她的精神和斗志。玛丽会整个晚上都跟她待在一起,就坐在她的铁床边。奥利芙"给我送来了一只美味可口的鸡,她跟你一样,都是我真正的伙伴,愿上帝保佑你们",凯瑟琳在给珀尔的信中开心地写道。

到了3月,凯瑟琳的心情已经大好。"今天我坐了几分钟,"她在给珀尔的信中自豪地写道,"哦,躺在床上这么久之后能起来坐一会儿,这感觉简直妙不可言!"

伦纳德·格罗斯曼却已经很长时间没见过他的床了,或者至少看上去是如此。在整个2月和3月,他和马吉德在向马弗尔提交的案情摘要中进行了繁复的交锋,这些案情摘要厚得如同一本书。"他不眠不休地工作了一个星期,"格罗斯曼的儿子说道,"他有三四个秘书随时待命。"格罗斯曼手里拿着一支雪茄,或在办公室里踱来踱去,或坐在宽大的椅子上,滔滔不绝地发表他那出名的精彩演说。每逢此时,那群训练有素的优秀助手就会记下他口授的内容。格罗斯曼后来给珀尔的信中写道:"我没日没夜地忙着处理与这件案子相关的事情。"

1938年3月28日,格罗斯曼提交了最后一份案情摘要。马弗尔将在综合考虑这份摘要的内容后裁决。在这份摘要中,格罗斯曼谴责了镭表盘公司所做的"令人不齿的、出尔反尔的辩护",称"被告所找的种种托词简直如同化粪池一样臭不可闻"。他继续说道:"都无法找到合适的字眼可以用来谴责这样冷血残忍、精于算计[的镭表盘公司]。[女工们]都被卑鄙、邪恶、欺诈性的误导所迷惑,陷入了一种虚假的安全感之中。"他写道,该公司知道,"它没有[对雇员]承担起相应的法律责任,并毫无人性地拒绝履行这些义务"。该公司的管理层一再欺骗凯瑟琳,"诱使她和其他雇员保持沉默,既不了解真实情况,也不采取行动"。他说,他们"背叛了她"。

格罗斯曼直截了当地表达了自己的观点。"我无法想象,即便是一个刚从深不见底的死亡深渊中跑出来的恶魔,也不会像镭表盘公司那样犯下如此灭绝人性的罪行。天哪!难道镭行业完全没有羞耻可言吗?难道完全控制镭表盘公司的竟然是一头野兽吗?"

"这是一种有违道德和人性的行为,"他最后总结道,"顺便提一句,这更是一种违法犯罪行为。"

格罗斯曼的案情摘要写得铿锵有力。法官曾经宣布他要到4月10日才会做出最终裁决,但在4月5日,星期二,格罗斯曼办公室就来了电话,对方要求他前往伊利诺伊州工业委员会总部。工业委员会总部位于瓦克尔西大街205号,就在大都会大厦的拐角处。

判决结果出来了。

- 54 -

格罗斯曼没时间通知多诺霍一家,只能设法联系上当时住在芝加哥的几个前表盘画工,但只有夏洛特·珀塞尔和海伦·芒奇能及时赶过来参加庭审。庭审将在中午 12 点前举行。海伦紧张到难以自持,只能通过抽烟稳定自己的情绪。所有人一起走进工业委员会那间四壁镶着木板的房间,听取裁决意见。工业委员会主席大声宣读了乔治·马弗尔的判决书。马吉德和格罗斯曼都站在那里听他讲话,两位律师在主席要求全场保持安静的时候互相用眼神较量了一番。

马弗尔在判决书中写道,多诺霍太太患有一种"潜伏期长、逐步发展恶化、持续时间长达几年"的慢性病。他的结论是,"持续的残疾使多诺霍太太无法从事任何能够获得经济收益的职业"。法庭上的人们都有些坐立不安,这些他们全都知道。问题是:他会认为公司有错吗?

主席继续宣读判决书。"工业委员会发现……公司和原告之间存在着雇主和雇员的关系……[凯瑟琳·多诺霍的]残疾确实是在她受雇的过程中出现的。"

他裁定公司有罪。

夏洛特和海伦情不自禁地做出了一致的反应:她们欣喜若狂。格罗斯曼转过头看着她们俩,脸上洋溢着难以抑制的笑容。海伦握住了他的手,满怀感激之情。"我真为多诺霍太太感到高兴,"海伦激动得有点喘不上气来,"这才是公正的判决。"

马弗尔判决镭表盘公司向凯瑟琳支付她过去的医疗费用、她因身体状况无法工作期间的欠付工资、损害赔偿金以及她余生每年的补助金277美元（现约4 656美元）。镭表盘公司需要支付的总额约为5 661美元（现约95 160美元），这是法官根据法律规定可以做出的最高判罚。

人们怀疑马弗尔希望自己在这件案子上能够追究到底。据报道，当凯瑟琳在法庭上崩溃后，马弗尔曾表示："[根据]庭上披露的信息，我认为针对这些人本可以提起普通法诉讼。镭表盘公司不论是现在还是过去，都存在着重大过失。"

镭表盘公司的管理层有罪。他们导致了凯瑟琳和夏洛特的残疾。不仅如此，他们还致使佩格·鲁尼、埃拉·克鲁斯、伊内兹·瓦莱特等多名表盘画工丧命。那些姑娘已经无法起死回生，但夺取她们性命的那些家伙如今终于被暴露在光天化日之下。格罗斯曼在案情摘要中写道："上帝在创造世界时，并没有留下任何角落供镭表盘公司隐藏其在本案中所犯下的罪恶，更不可能任其逍遥法外。"如今正义之光倾泻而下，这些残忍冷血的杀手再也无处藏身。再也不会有整版的广告声明歪曲事实；再也不会有满脸堆笑的主管试图抚平姑娘们紧蹙的额头；再也不会有见不得光的体检报告隐藏事实真相。多年以后，真相终于大白于天下。

"正义获胜！"格罗斯曼在庭审现场兴高采烈地宣布，"在大量证据面前，不可能会有其他的裁决结果。只有遵循良知法则的裁决才是公正的裁决。感谢上帝为这些活死人伸张正义。"

夏洛特·珀塞尔满怀感激之情，但只是简单地说道："这是我们在多年的沮丧失望之后第一次看到希望的曙光。"

这是一场旷日持久的战斗。从很多方面来说，这场战争始于1925年2月5日，那是玛格丽特·卡洛第一次在新泽西州提起诉讼的日子。她是有史以来第一位敢于反击的表盘画工。13年后，凯瑟琳胜诉，这是法律要求雇主对雇员的健康负责的首批案件之一。表盘画工们取得了令人瞩目的成就,这一成就开天辟地,不但改变了法律法规,而且拯救了无数人的生命。司法部部长办公室密切关注此案的进展,并宣布该案的裁决结果为"一场伟大的胜利"。

向凯瑟琳·多诺霍透露这一消息的据称是《渥太华日报》。裁决结果传来后,该报的一个记者飞速赶往苏必利尔东街520号,将这一消息报告给这位处在漩涡中心的表盘画工。

他发现她一个人待在家中;汤姆带着孩子们出门散步去了。她当时正躺在客厅的临时床铺上——其实她别无选择,只能躺在床上——银带手表在她纤细的手腕上晃荡着。记者兴奋地告诉她,法庭已经在五天前做出了判决,凯瑟琳惊讶地眨了眨眼睛。"没想到这么快就判了。"她费了很大力气才哑着嗓子说道。

记者向她报告了这个好消息,因为他迫不及待地想要告诉她这个秘密。然而,凯瑟琳已经病入膏肓,她对于打赢了官司一事并没有表现得十分激动,甚至都没有笑一下。汤姆后来透露:"她哭多笑少,已经不知道怎么笑了。"

可能是她难以相信这样的结果。"她想半坐起来,好好看看赔偿决定",但她太虚弱了,根本坐不起来。她只能靠在几个枕头上。得知消息后,她首先想到的是汤姆。这位热心的记者写道:"她的第一句话就是希望她的丈夫托马斯能够尽快听到这个结果。"

"我真替我丈夫和孩子们感到欣慰,"凯瑟琳低声说道,"这笔钱可以帮到[汤姆],他已经失业很久了。"

好像忽然想起来什么,她朝记者虚弱地微笑了一下,然后说道:"这是我们这个星期收到的第二个好消息。我丈夫刚刚又回到玻璃厂工作了。"利比-欧文斯玻璃厂开始召回一些老员工,汤姆便设法去厂里上夜班了。

记者没有急着离开凯瑟琳的家,他希望能为稿件多采集些素材。凯瑟琳便继续表达自己的见解:"法官大人非常了不起,公正无私,令人赞叹。这对我来说意义重大。"

"公正无私"这个词仿佛激发了她心中的某些想法,她的眼中一瞬间闪过了熊熊怒火。她近乎痛苦地说道:"这案子很久以前就应该解决。一直以来,我都在饱受煎熬。在以后的日子里,我还得忍受更多的痛苦。"她接着说道:"我不知道自己是否能活着收到这笔赔偿金,我真希望临死之前能收到,但我恐怕等不到那天了。"

然而,凯瑟琳并不是为了自己才把生命置于危险之中;她这样做,更多的是为了家人和朋友。"现在[汤姆]和两个孩子也许可以真正地开启新生活,"她满怀希望地说道,"我自己可能没有机会花这笔钱了,但[我希望]其他姑娘能及时获得赔偿。我希望她们不要像我这样病入膏肓才拿到赔偿金。"

最后,她又说了一句话。在这个异常安静、弥漫着怪味的房间里,她的声音听起来微弱嘶哑,与芝加哥法庭上欢欣鼓舞的气氛形成了鲜明的对比。

"我希望律师们不要因为我刚才说的话感到不安……"凯瑟琳·多诺霍说道。

55

判决结果下来两个星期后,镭表盘公司"认为裁决结果与证据不符",提出上诉。格罗斯曼和活死人协会早就预料到该公司会采取这一行动,便立即举行了一次媒体照相会议,并呼吁立即向凯瑟琳支付赔偿金。"她没有钱,也没办法通过自己的努力获得任何需要的东西,更没办法支付越积越多的医疗账单,"夏洛特·珀塞尔说,"我担心多诺霍太太熬不到案子判决的那天。"

朋友们的支持令凯瑟琳大为感动,但她最放心不下的还是汤姆。他很难接受公司上诉的消息。"他嘴里没说什么,"凯瑟琳在给珀尔的信中写道,"但他心里承受的压力太大了。"

姑娘们在争取正义的斗争中继续寻求媒体的帮助。多诺霍夫妇邀请《多伦多星报》(Toronto Star)到家里来采访。"卧病在床的那个蛋壳般脆弱的女人已经奄奄一息,"星报记者弗雷德里克·格里芬(Frederick Griffin)写道,"但她还在战斗。"

大家都在战斗——姑娘们在战斗,她们的支持者也在战斗。4月的一个晚上,静谧无声,格里芬来到苏必利尔东街520号,他见到了所有提起诉讼的表盘画工,见到了对她们鼎力相助的男人们:伊内兹的父亲乔治,还有汤姆、阿尔、克拉伦斯和霍巴特。这场无意义的悲剧将他们以及他们的妻子、女儿全都卷入其中。"她们就像惊弓之鸟,一点疼痛就会把她们吓得魂飞魄散。"克拉伦斯·威特在谈到这些表盘画工时说道。当时他太太奥利芙正在和其他女工一起将凯瑟琳抬到另外一个房间。

自从上次凯瑟琳挣扎着在病床上陈述,时间已经过去了两个月。她的身体在这中间几个星期里进一步恶化。"我看到她脸部干瘪,双臂萎缩,瘦骨嶙峋,下巴和嘴都已经不成形,"格里芬回忆了他走进凯瑟琳临时卧室时的情景,"任谁只要看到她在被子下这副骨架轮廓,都会觉得她活不过一个星期。"

然而,当凯瑟琳抖动着眼皮睁开眼睛,盯着格里芬时,格里芬意识到凯瑟琳远比他想的勇敢坚强。"多诺霍太太,这个奄奄一息的女人,充分发挥了自己作为活死人协会主席的作用,"他后来写道,"她一动不动地躺在那里,但看起来就是一副认真谈事的样子。"

"请您发布这一点,"她坦率地说道,"我希望您在写我们的报道时,为我们的律师格罗斯曼先生说几句好话。"

格里芬表示,她就是在发号施令;她在会面时说话的声音"爽快干脆",而且"气场十足"。格罗斯曼自己承担了整个法律诉讼的费用,包括上诉后持续产生的各种费用,凯瑟琳想确保他至少在媒体宣传方面可以得到一些回报。

"你们听到的是活死人协会发出的声音,"格罗斯曼拉长了声音说道,"这些活死人不仅在这个房间里发表见解,还要向全世界发表自己的言论。她们的声音将要打碎套在美国工业奴隶身上的枷锁。这些表盘画工有权使法律变得更加完善,而这也正是整个社会要为之奋斗的目标。"

格里芬依次采访了每一位表盘画工,每个人都有令人心碎的故事。"我真不愿意告诉你[我现在什么感觉],"玛丽叹了一口气,"我的两个脚踝和下巴的疼痛就没停过。"

"我不知道哪一天会是我生命的终点,"奥利芙忧心忡忡地说道,"夜里我躺在床上,眼睛盯着天花板,心里想着也许明天早上我就醒不过来了。"

"我也想平平常常地做事,表现得正常一些,但这对我来说太难了,"珀尔坦言,"我尽量装作不在意,可现在我觉得惶恐不安、浑身颤抖。我所失去的一切永远、永远都无法再拥有。"

"我失去的东西太多了,"她几乎是在大声喊叫,"我丧失了再次做母亲的机会……我丈夫那么优秀,可我却不配成为一个好妻子和好母亲。"

这时,凯瑟琳突然冒出来几个字:"什么都没了!"也许就像凯瑟琳·肖布一样,她的脑海中也有一群"鬼姑娘":埃拉、佩格、玛丽和伊内兹……

"这句话,"格里芬评论道,"虽然说得出乎意料但掷地有声。所有人又都沉默了。"

汤姆·多诺霍原本只是在一旁听他们谈话,妻子的这句话让他一下子受不了了。他愤怒地说道:"我们这个社会有猫狗协会,却不愿意为人做些事情,表盘画工是有灵魂的人啊!"

格里芬在告别之前问了最后一个问题:"你们是如何保持士气的?"

回答问题的是凯瑟琳。她的回答"一鸣惊人"。她答道:"靠信仰上帝!"

不过,尽管凯瑟琳的信仰一如既往的坚定,但随着岁月的流逝,她的身体也渐渐衰弱。就在大约一个星期后,她给珀尔写信:"曾经尝试着早点给你写信,但不知怎么的我就写不下去了。对我来说,哪怕只爬起来一小会儿都很难。等我真的从床上爬起来,在接下来的一个星期里我就再也动不了,只能一直躺着。"持续不断的法律纠纷对她的身体来说并无益处。"我只希望我的案子能够快点了结,"她惆怅地写道,"上帝知道我需要医疗护理,迫切需要。"

朋友们纷纷给予凯瑟琳帮助:奥利芙给她送来了水果和一桶新鲜的鸡蛋,珀尔甚至从她和霍巴特的微薄收入中省出钱来给她买了一件新睡衣。尽管如此，凯瑟琳的身体却没有因为这些善意而有所改善。她忍受着无休止的剧痛的折磨，因此只能不断地使用麻醉剂进行缓解。她的下颌骨持续断裂成越来越小的碎骨片，每一次断裂都比上一次更加疼痛。随着下颌骨的分崩离析，凯瑟琳的病情也有了新发展。

凯瑟琳的下巴开始大出血。

她每次失血大约 1 品脱 (约 473 毫升)。尽管她想和汤姆待在家里，但劳伦斯·邓恩 (Lawrence Dunn) 医生还是急忙把她送到了医院——凯瑟琳称之为"一次匆匆忙忙的旅行"。"我想待在家里，"她凄凉地躺在医院的病床上给珀尔写信，"我好孤独……医生想让我留在这儿，汤姆想雇个护士在家里照顾我。我也不知道如何是好。我好痛啊。"她请求珀尔前来探望自己。"如果可能的话，你能不能一收到信就来看看我呢？我觉得孤零零的，太难过了。"

邓恩医生越来越担心凯瑟琳的身体。虽然他把她留在医院里观察了好几个星期，但她的病情已经到了晚期；她的身体太虚弱，他认为即便是最微不足道的体力劳动，对她来说都存在着致命的危险。他发表了一份正式声明："在我看来，任何不寻常的压力，如出庭，都可能会导致她生命的终结。我劝过她，敦促她不要再做这种事了。"

但他所劝的可不是什么一般人，而是凯瑟琳·多诺霍。不管医生怎么说，她早已经下定决心，要竭尽全力与镭表盘公司斗争到底。这次决不能让公司继续逍遥法外。1938 年 6 月初，她出院了，正好赶上在上诉听证会举行的前一天在她家召开的会议。格罗斯曼和其他表盘画工也都来了。"对我来说，现在已经没什么希望了，"凯瑟琳对大家说道，坦然承认了现实，"我只需要再熬上一段时间。这会有助于［你们］赢得胜利，也将帮助到我的孩子们。"

她表示，为了汤姆和两个孩子，"受再大的苦，遭再多的罪都值得"。

同一天,洛夫勒医生也来探望凯瑟琳。他发现她的身体极度瘦弱,躺在床上的她"几乎没有在床垫上留下凹痕"。当他给凯瑟琳抽取静脉血时,注意到她的"手臂几乎没比手指粗多少"。近些天来,凯瑟琳的身体越发虚弱,她连眼镜都不戴了,却一直没有摘掉汤姆送给她的那块手表,表带已经收缩到最紧之处。以前每逢这样的聚会,她都会穿上那件黑底白点连衣裙,但如今她却穿着一件浆过的白色棉质睡衣,睡衣的尖领上绣着两个十字架。

邓恩坚决反对凯瑟琳出席第二天的听证会。当洛夫勒医生称过了她的体重后,凯瑟琳立刻意识到洛夫勒绝对不可能否决邓恩的决定。凯瑟琳·多诺霍当时的体重只有 61 磅(约 28 千克);她并不比自己那 5 岁的儿子重多少。事实上,即便她的身体恢复到可以出席听证会的程度,两位医生也几乎不可能允许别人把她送过去。她的身体再也承受不起丝毫压力。

虽然凯瑟琳无法出席上诉听证会,但她相信格罗斯曼无疑最能代表她的利益。"他差不多是最好的律师了,对吧?"她谈起了对他的看法。格罗斯曼并不是唯一为她辩护的人:珀尔、夏洛特、玛丽、奥利芙和其他姑娘都会出席听证会,汤姆·多诺霍也会前往。星期一下午,听证会召开,现场座无虚席。前一天,格罗斯曼探望过凯瑟琳,现在他宣称处理此案就是"跟死亡赛跑"。"如果多诺霍太太在最后裁决结果出来之前就离世,"他郑重地说,"根据法律规定,她将不能获得赔偿。"

可能这就是为什么马吉德立刻要求听证会延期举行,所幸他的请求未获批准。也许是应凯瑟琳的要求,格罗斯曼建议在病床边举行听证会,这样她就可以出席,但该建议遭到了镭表盘公司的强烈反对。最后,法官决定在当天下午听取上诉证据。

媒体云集,纷纷猜测镭表盘公司到底基于何种理由提出上诉。该公司提出的第一个理由是伊利诺伊州工业委员会没有司法权,但此观点立刻就被驳回；第二个理由是诉讼时效问题（这已经是第二次提出）；第三个理由与前两者完全属于不同的领域。

因为如今镭表盘公司完全驳回了这些表盘画工的诉讼主张：该公司声称她们全都在说谎。镭表盘公司向法庭递交了一份里德先生的正式声明，这是他作为证人宣誓后所提供的证据。里德先生是姑娘们曾经的上司。

在这份声明中，里德发誓说"他从来没有跟凯瑟琳·多诺霍或其他任何雇员说过镭不会对她们造成伤害，也从来没有听到任何人跟她们说过类似的话"。他还发誓说，"当凯瑟琳暴露在镭环境中时，他并不在该公司工作"。他太太默西迪丝·里德也提交了一份签过名的声明。他们夫妇二人都表示，他们"都会证明，他们俩谁都没有给凯瑟琳·多诺霍下达过任何命令或做出过任何指示，让她把用过的毛笔塞进嘴里，他们俩也从来没有听说过任何人下达过类似的命令或做出过类似的指示"。

姑娘们震惊了。里德夫妇才是说谎的人！不论是谁，只需要翻看一下渥太华镇的黄页，尤其是凯瑟琳受雇于镭表盘公司那些年的黄页，查找一下他们夫妇的名字，就会发现镭表盘公司名称下面就有里德先生的名字。在所有人眼中，里德就是公司的代名词。他怎么能说自己不在这个公司工作呢？至于他发誓说没有人跟表盘画工们说过镭不会对她们造成伤害——不幸的是，一份由公司总裁签名并一连几天刊登在当地报纸上的整版声明便可以驳倒这一说法。

为了回应里德夫妇提供的宣誓证词，当天到场的所有表盘画工都宣布她们会做证，证明里德夫妇在撒谎。在听证会上，夏洛特和阿尔·珀塞尔都提供了这方面的证据。汤姆·多诺霍也出庭做证，但这个沉默寡言的男人面对这一场合似乎有些不知所措；毋庸置疑，他对妻子的牵肠挂肚令他发挥失常。他"在做证时有些结结巴巴，声音轻到几乎听不见，因此专员对他[几乎]所有的证词都不予采信"。

镭表盘公司在其上诉中提交的唯一证据便是里德夫妇的所谓声明。于是,下午3点30分,听证会结束。一个由五人组成的委员会将进行最终裁决,他们承诺在7月10日前公布结果。

凯瑟琳需要再坚持一阵子了。

56

在美国，宗教为王。很明显，1938年出现了一位王位继承人：芝加哥的基恩神父（Father Keane）。他负责主持"悲伤的母亲诺维娜（Sorrowful Mother Novena）"祈祷仪式。这是一种每周举办一次的教会祈祷仪式，全国有二十多万人参加，信众向该仪式提交个人援助请求。基恩公开为他们祈祷——在教堂里，在电台里，每周还会出版一本小册子，这样美国各地的天主教徒就可以为那些需要帮助的人们祈祷。诺维娜祈祷仪式已经成为一种文化现象。

如果没有汤姆的帮助，凯瑟琳已经没有精力读书看报，所以可能她也没有看到那些出版的祈祷小册子。不过，珀尔·佩恩的弟媳看到了。"我建议你们大家一起给基恩神父写封信，"她鼓励道，"我相信你们一定会受益匪浅，即便在当今时代，奇迹也会发生。所以，珀尔，不要放弃希望。"

凯瑟琳已经没有什么可失去的了。和玛丽·简、汤米度过的每一刻都令她感到心痛欲碎。她需要更多的时间……她太需要更多的时间和孩子们在一起。于是，在闺蜜珀尔的指点下，1938年6月22日，凯瑟琳鼓起了全部勇气和信念，情真意切地写了一封信。

尊敬的基恩神父：

医生们都跟我说我快死了，但我绝对不能死，因为我还有很多牵肠挂肚的人和事——深爱我的丈夫，我挚爱的两个孩子。然而，医生们还说,镭中毒正在吞噬我的骨头,令我浑身肌肉萎缩,医学界早已经放弃了对我的治疗,因为我是"一个活死人"。

他们都说我已经无药可救,除非发生奇迹。而这也正是我所需要的——一个奇迹……但如果这有悖于主的旨意,或许您的祈祷可以让我的死亡变得快乐幸福。

拜托了。

凯瑟琳·沃尔夫·多诺霍太太

那句"拜托了"已经说明了一切。凯瑟琳正在祈求帮助。如今她既没有因此感到屈辱,也没有感到丝毫荣耀,她只是想活下去,哪怕只是多活一个月,多活一个星期,甚至只是多活一天也好。

她作为活死人协会的领袖早已经名声在外,于是她的信便登上了报纸的头版。即便按照诺维娜祈祷仪式广受欢迎的标准来看,民众对这封短函的反应也可谓非同寻常。"从东海岸到西海岸,从阿拉斯加州到佛罗里达州……反响势不可当"。据说全国各地每天都有人为凯瑟琳祈祷;成千上万的教徒在雨中排着队为她祈祷。凯瑟琳本人收到了近两千封来信。"我想给所有人回信,"她有些不知所措,"但我心有余力不足。"

即便有人对报纸上的报道持保留意见,但民众的祈祷还是奏效了。到了第二个星期日,凯瑟琳已经能坐起来,并和家人一起吃饭。这是几个月以来第一次。

"几位医生今天告诉我说,"伦纳德·格罗斯曼在7月3日说,"他们也搞不清楚到底是什么让她继续维持着生命。幸运的是,凯瑟琳在祈祷中找到了安慰。幸运的是,她是一名天主教徒,也许她永远不会忘记,但她会选择原谅。"

凯瑟琳每天都数着日子过;7月10日很快就要到来。她要为两个孩子而活,为汤姆而活,同时也为正义而活。她只是祈祷这案子能了结。

1938年7月6日,她的祈祷终于得到了回应,比原定日期提前4天。这一天,伊利诺伊州工业委员会驳回了镭表盘公司的上诉。他们支持原判;不仅如此,他们还要求该公司另外赔偿730美元(现约12 271美元),用以支付凯瑟琳自4月份以来的医疗费用。这是审判小组5位成员的一致决定。"这是一场伟大的胜利。"凯瑟琳兴高采烈地写道。

"我真为凯瑟琳高兴,"珀尔得知这个好消息后兴奋不已,她在给格罗斯曼的信中写道,"我真诚地希望她能立刻受益,这样她就可以享受一些她真正希望得到的医疗护理,也能得到一些想要的东西。"

然而,凯瑟琳真正希望得到的是恢复健康。尽管她日夜祈祷,但这个愿望似乎永远无法实现。7月中旬,凯瑟琳一度"情况危急",不得不请医生诊治,但凯瑟琳·多诺霍并没有就此放弃与疾病的斗争。一天后,当奥利芙来探望凯瑟琳时,她发现刚下夜班的汤姆已经睡熟,但凯瑟琳身穿珀尔送给她的漂亮睡衣,正坐着吃午饭。"她穿着这件衣服的确很漂亮,"奥利芙深情地说道,"可怜的孩子,我真的很同情她。"

凯瑟琳看上去精神头十足。于是姑娘们决定在7月17日聚一次会,庆祝她们取得的成功。大家在谈论这次难以置信的胜利时度过了一段"美好时光"。其他表盘画工都为自己的诉讼案制订了详尽的计划。多亏了凯瑟琳在法庭上大获全胜,姑娘们现在也可以向伊利诺伊州工业委员会主张索赔。格罗斯曼表示,他将立即开始对夏洛特的案件提起诉讼。其他表盘画工则正在芝加哥接受体检以支持她们的索赔主张。珀尔开始咨询达利奇医生,她在给他的信中写道:"我个人认为,您为了凯瑟琳·多诺霍的诉讼案亲自到渥太华来,一定是上帝的旨意。"

近些天来,珀尔产生了一种陌生的感觉,她惊讶地意识到这是对未来的一种令人愉快的期许。"我活着,"她简单地说,"怀着生活的希望活着。"

凯瑟琳的感觉也如出一辙。然而,生活注定不能一帆风顺。7月22

日,星期五,汤姆对她的病情焦虑过度,将格里芬神父请到家里做临终祈祷。凯瑟琳虚弱地躺在床上,"惆怅地"问她的丈夫:"有那么糟糕吗?"

汤姆无法作答,但事实上,她的病情并没有那么糟。日复一日,凯瑟琳仍然活在世上,法庭的裁决似乎令她精神振奋。这又给了她多活一个小时、多活一天的力量。只要多活一天,她就可以给汤姆送上清晨的问候,和玛丽·简道晚安,还可以看汤米用水彩颜料再画一幅画。凯瑟琳继续顽强地活在世上。

接着,7月26日,镭表盘公司越过伊利诺伊州工业委员会,向巡回法庭提出了另一项上诉。他们声称,该委员会并没有适当考虑该公司的"司法主张"。

这消息如同晴天霹雳,一下子戳破了凯瑟琳一直抱在怀中的快乐的希望气球。这个打击过后,她发现自己根本无法恢复。格罗斯曼说道:"她曾经竭尽全力抓住了最后一线生机,但昨天,剥夺她合法权益的举动实在令她不堪重负。她不得不松开了手。"

凯瑟琳·沃尔夫·多诺霍于1938年7月27日星期三深夜2点52分撒手人寰,就在镭表盘公司再次提出上诉的第二天。她在苏必利尔东街的家中去世,当时汤姆和孩子们都在她身边。离世前,她的头脑一直保持着清醒,直到最后一刻她才陷入昏迷,停止了呼吸。"一直陪在她身边的人们都认为她死得非常平静。"

她去世时的体重还不到60磅。

根据传统,她的家人把她的遗体停放在家里。他们为她擦洗了身体,给她穿上了一件漂亮的粉红色长袍,把她最珍爱的念珠串缠在她僵硬的手指上。灰色的敞口棺材尽显朴素,内衬象牙色的丝绸,上面覆盖着一层白纱。她躺在里面,看上去非常平静安详。灵柩四周摆满了花环和高高的蜡烛。凯瑟琳在她称之为家的地方度过的最后几个夜晚,是这些蜡烛在黑暗中给她带来了光明。

现在,左邻右舍赶来了。他们中的一些人以前对她避之唯恐不及,如今也赶过来帮忙。从早到晚不停有人过来,给住家保姆埃莉诺帮忙,送来食物。"人人都那么善良。"她说,只不过这话听起来有些刺耳。要是凯瑟琳在世的时候他们也能如此就好了。

凯瑟琳的朋友们也赶过来了。她们送来了鲜花,带来了她们的爱与悲痛。珀尔来了,身上穿的是那年夏天她和凯瑟琳一起到芝加哥时穿的那件衣服。那天,她们说服格罗斯曼接下她们的诉讼案。她选择这件衣服也许出于它的象征意义,为快乐时光而穿。然而,这一选择并未奏效。当跪在灵柩旁为凯瑟琳祈祷时,珀尔对于再也无法见到闺蜜表现得"近乎歇斯底里"。

奇怪的是,汤姆表现得十分坚忍,尽管他一直低着头,脸颊也已经凹陷进去。有人观察后表示,他的精神似乎"彻底崩溃",但他为了孩子们不得不坚持下去。他身穿一套黑色西装,系着领带,表达着自己对凯瑟琳的敬意,但他的鞋子已经磨损得厉害,鞋面上也全是灰尘。也许擦鞋子这类事原本都是他妻子帮他做的吧。汤姆和埃莉诺帮助孩子们为这一天做好准备。他们在玛丽·简的头发上系上了一条发带,把汤米的头发尽量梳得妥帖(其实没什么用,有一缕头发总是翘起来)。汤姆全神贯注地照顾着他们,让玛丽·简摆弄着自己身上那件不常穿的西装上衣;当儿子羞怯地用一只胳膊搂住自己的脖子时,他给了汤米一个拥抱。

两个孩子站在母亲的灵柩前,但他们不明白发生了什么事情。他们和她说话,但很奇怪,为什么她没有回应?

"妈妈为什么不说话呢?"玛丽·简一脸天真地问道。

汤姆无言以对,他真的无法回答这个问题。他张了张嘴,但夺眶而出的泪水却哽住了喉咙,一个字也说不出来。他默默地把两个孩子带离。

凯瑟琳告别人世的第一天晚上,她曾经就读的圣高隆巴教区学校的修女们来到她身边,一起为她念诵玫瑰经。她们吟诵着祷文,送别凯瑟琳的灵魂,就像唱着一首哀婉的歌曲。当两个孩子在母亲去世后的第一个晚上例行跪祷时,修女们也在那里祈祷。

三岁的玛丽·简"声音细小",但她的话却在静谧的夜里传遍了房间里的各个角落。母亲的遗体就停放在楼下,但可能对她幼小的心灵来说,母亲只是睡着了而已,所以玛丽·简就像往常一样做睡前祷告。

"愿主保佑妈妈和爸爸。"

在凯瑟琳葬礼的前一晚,根据伊利诺伊州有关中毒案的法律规定,召开了一次死因审理会。汤姆和凯瑟琳的朋友出席了会议。格罗斯曼也在场,他表示,她的死"是一桩谋杀,死于有些人的冷血、算计和唯利是图"。

尽管格罗斯曼的结论听上去非常激动人心,但最能撼动人心的却是汤姆提供的证词,因为他的感情真挚动人。审理会进行的那天正是凯瑟琳死后的第二天。在记者的笔下,汤姆被描述成"一个疲惫不堪的小个子男人,头发灰白,悲痛到浑身颤抖"。但不管他如何难以控制自己的感情,他都必须在审理会中做证。"在描述妻子的死别时,他费了很大气力才说出口,却又哽咽到无法自持,"一位目击者说,"他哽咽到几乎喘不上气来,根本无法接受进一步的询问。他泪流满面地离开了证人席。"

陪审团的六位成员始终保持着沉默。除了汤姆外,邓恩医生和洛夫勒医生也提供了证据。根据验尸官的指示,陪审团"只需要找出死因,无须确定谁应该为多诺霍太太的死负责"。

但他们还是这么做了。"我们陪审团的六位成员一致认为,[凯瑟琳·多诺霍]在渥太华一家工厂工作时因吸入镭而中毒,致其死亡的原因正是镭中毒。"在格罗斯曼的建议下,正式结论中增加了镭表盘公司的名称。

"多诺霍太太生前只在这家工厂工作过。"他厉声道。

陪审团的结论下来后,凯瑟琳的死亡证明也得以正式签署。

死者死因与其职业有所关联吗?

有。

❖ ❖ ❖

1938年7月29日,星期五,凯瑟琳·沃尔夫·多诺霍落葬。她的两个孩子年龄太小,未能参加葬礼,但数百人却从四面八方赶来,聚在这里,向这个不同寻常的女人表达自己的敬意:她为人娴静、谦逊,她唯一的愿望就是努力工作,爱护家人,但她对自己个人悲剧的回应方式改变了无数人。沃尔夫和多诺霍两家亲戚把她的灵柩从家里抬出来。最后一次旅行终于不再令她痛苦。

她的朋友们静候在她家外面的街道旁,等着陪她一起前往教堂;只有夏洛特·珀塞尔没露面,因为孩子们得了猩红热,她被隔离在芝加哥照顾他们。姑娘们全都穿着自己最漂亮的衣服——不是黑色的衣服,而是花裙子和彩色长袍。当凯瑟琳的棺材经过她们身边时,她们低下头致意,接着就跟在后面一起前行。送葬队伍穿过迪威臣大街后,来到了哥伦布大街,然后,步履缓慢的众人向左转弯,朝着圣高隆巴教堂走去。那里一直是她的精神家园:她出生后在那里受洗,她和汤姆在那里举行婚礼,现在又成了她人生谢幕处。

自从病倒后,她就再也没来过教堂。但在举办葬礼的这天,凯瑟琳·多诺霍再次沿着教堂里两排座椅间的过道缓缓向前,再次安息在上帝无与伦比的恩典之中。那高高的拱形穹庐,她早已经不知道仰望了多少回,阳光透过彩色玻璃窗洒在她的身上——这些彩色玻璃窗,她丈夫家人还曾捐资过。

格里芬神父主持了弥撒。他"谈到了多诺霍太太在忍受了漫长的痛苦后，死亡给她带来了宽慰和解脱"。在汤姆看来，弥撒太短暂，因为结束后就是葬礼。葬礼之后，凯瑟琳就要入土为安，他的余生都将没有她的陪伴。向妻子告别时，汤姆"几近崩溃"。

汤姆孤独无助，悲痛欲绝。其他的哀悼者也感同身受。一位目击者写道："凯瑟琳的好朋友们，那些曾经和她一起在工厂里做工、同样中毒的姑娘们，一一与她告别。没有人说话，但那一刻令人永生难忘。这一场景让人想起了辉煌壮丽的古罗马角斗士们曾经说过'Moritamor te salutamus'［原文如此］，意思是：我们这些将死之人向你致敬。"凯瑟琳将活在她们的心里，姑娘们将永远怀念她。当她们走出教堂，一眼看到街对面那所让凯瑟琳丧命的老高中时，她们首先想到的还是她。她们对她念念不忘，就像珀尔当天晚些时候给格罗斯曼的信里写的：

> 当我从凯瑟琳·多诺霍的葬礼回家时，她的音容笑貌一直出现在我的脑海里。一想到您在审理会和巡回法庭上所做的伟大工作，我就觉得我必须给您写一封信。我想让您知道，每当我想到您代表我们这些表盘画工所发起的英勇无畏的战争时，我的心里就充满了感激之情。

在信的末尾，她写道："为取得进一步的成功而祈祷和祝福。"因为即使在凯瑟琳葬礼举行的当天，格罗斯曼仍然在法庭上为她的诉讼主张辩护。镭表盘公司已经被剥夺了上诉权，但他们仍然在提请上诉。他们一遍又一遍地提请上诉。事实上，镭表盘公司要把这个官司一路打到美国最高法院。

其他律师可能会以缺乏资金为由放弃此案——因为格罗斯曼仍在支付全部费用——但伦纳德·格罗斯曼曾经发誓要支持这些表盘画工，

而且他没有让她们失望。他的妻子特鲁德尔说:"他因为在这个案子上超负荷工作而晕倒在地。"也许镭表盘公司希望他或姑娘们放弃战斗,希望耗尽他所有的钱财,但是他们挑战的是人们对凯瑟琳的怀念,而这才是最强大的阻力。

格罗斯曼必须获得特别许可证才能进入最高法院。"[那张]许可证一直压在我家的玻璃板下,"他儿子说道,"他经常谈起[那个案子]。他为此感到骄傲,有关那案子的剪贴簿总是摆放在书架的正中间。有些故事我都不知道听了多少遍。可以说,这桩案子伴随着我长大成人。"

"当该案件被提交给最高法院时,"他接着说道,"我父母都去了华盛顿。我曾经查过这案子的一些情况。据报道,双方在法庭展开口头辩论后,庭审结果只有一句话:'由于缺乏实质性问题,驳回上诉。'这一结果有效地维持了下级法院的裁决,并给这案子最终画上了句号。"

凯瑟琳·沃尔夫·多诺霍的这场官司终于打赢了。她前后总共打赢了8次,但最后的胜利却是在1939年10月23日。

各大报纸称她的正义之战是"对抗工业领域职业危害最壮观的战斗之一"。现在,这场战斗已经结束——终于结束了。这是一场纯粹的、彻底的胜利。这当中没有幕后操作,也没有意外事件玷污这场胜利。

没有庭外和解;没有医生委员会指指点点,声称没有镭中毒这种疾病;也没有任何公司违背法庭外达成的善意和解协议。如今不再有法律上的各种阴谋伎俩,不再有律师歪曲事实,不再有哪条法律的措辞含糊不清而令慈悲陷入困境。一切都公正、清楚、真实。事实证明,这些姑娘是无辜的。表盘画工赢了。

最后率领着姑娘们走向胜利的人,是凯瑟琳·沃尔夫·多诺霍。

"如果这世上真有圣人,"一位评论员说道,"而且人们也果真对此深信不疑的话,我认为凯瑟琳·沃尔夫·多诺霍就是其中之一。我真是这么想的。"

　　凯瑟琳就葬在圣高隆巴公墓。她的墓碑样式简单,表面平整,干净整洁,毫不张扬,就像她自己在生活中一样。

尾　声

镭姑娘们并没有白白死去。虽然姑娘们无法从令她们的骨头千疮百孔的毒物中拯救自己,但她们的牺牲却以各种方式拯救了成千上万的其他人。

在凯瑟琳·多诺霍取得最后一次胜利的50天前,欧洲爆发了战争。这意味着夜光表盘的需求量再次大增,因为军事设备的仪表板和扛枪作战的士兵的手表都需要发光。然而,由于凯瑟琳、格蕾丝以及其他表盘画工勇敢地说出了发生在她们身上的事情,画表盘如今已经成了年轻女性最害怕的职业。政府对此再也不能袖手旁观：镭姑娘的死亡要求政府做出回应。

安全标准的引入保护了新一代的表盘画工,而这完全是在那些以前从事过此行业的女工死亡事件中总结出来的经验和教训。这些标准很快就被制定出来。7个月后,美国正式参战。美国镭表盘行业迅猛发展,仅美国镭公司的工作人员就增加了16倍。镭表盘的业务发展比上一轮的规模更大：第二次世界大战期间,美国使用了190多克的镭用于画表盘;相比之下,在早些时候的冲突中,全世界使用镭的总量还不到30克。

此外,一位名叫格伦·西博格(Glenn Seaborg)的化学家受雇执行一项高度机密的任务——曼哈顿计划*。他在日记中写道:"今天早上我在实验室里巡视时,突然想到了镭表盘行业女工的工作情景,这令我颇

---

*　即美国陆军部研制原子弹计划。——译者注

为不安。"原子弹的制造涉及放射性钚的广泛使用,他立刻意识到从事这个项目的人员也面临着类似的危险。西博格坚持要对钚进行研究;结果发现,从生物医学角度来说,钚与镭非常相似,这意味着钚会沉积在与其发生接触的人的骨骼里。曼哈顿计划直接以镭的安全使用标准为蓝本,向员工们发布了无可商榷的安全指引。西博格下定决心,不让那些为赢得战争胜利而工作的同事们加入无辜丧命的表盘画工的行列。

在部署了曼哈顿计划制造出来的原子弹后,同盟国取得了最后的胜利,而国家对镭姑娘们欠下的债也终于得到了完全承认。美国原子能委员会的一位官员写道:"如果没有那些表盘画工,[曼哈顿]计划的管理部门也许就会有理由拒绝接受对其采取的极端预防措施。若事实果真如此,数千名工人就很可能从始至终处于极大的危险之中。"官员们承认,这些表盘画工的价值"不可估量"。

即使在战争结束后,随着世界进入核能时代,表盘画工们的亲身经历仍在拯救着无数生命。"我们将生活在一个钚时代,"一个成长于1950年代的美国男子兴奋地表示,"我们会有钚车、钚飞机……钚具有无限可能。"大规模生产放射性物质似乎已经是大势所趋。"在可以预见的未来,"消费者联盟写道,"数以百万计的工人可能会受到电离辐射的影响。"

消费者联盟的预测准确无误。然而,人们几乎立刻就清楚地意识到,面临风险的不仅仅是新的核工业的雇员,而是整个地球。第二次世界大战结束后还不到五年,核军备竞赛就已经开始:在接下来的十年里,全球进行了数以百计的地面核试验。

每一次爆炸都将蘑菇云炸碎片抛向天空,最终导致放射性尘埃飘落回地球,不仅落在了试验基地,还落在了青草、小麦和谷物上——放射性同位素通过这些谷物进入了人类的食物链。就像镭在表盘画工体内沉积的过程一样,这些同位素,尤其是特别危险的新制造出来的锶-90,

开始沉积在人体的骨骼中。消费者联盟发布警告称:"我们每一个人都可能成为受害者。"

美国原子能委员会对这些担忧不屑一顾。他们说,与"在核防御努力中落后以后我们可能面临的可怕未来"相比,这种风险不值一提。然而,此番说辞并不足以平息公众的不安情绪,毕竟,"表盘画工所遭受的痛苦让世人意识到了体内辐射的危险"。消费者联盟指责说:"遥望地平线上的那朵蘑菇云,仿佛还没有一个人的手掌大……但若粗心大意或对其一无所知,必然会导致可怕的结果。这就是我们提出警告的原因。"

1956年,由于公众的不安情绪加剧,原子能委员会便成立了一个委员会专门研究核试验所导致的长期健康风险,特别是锶-90的影响。不过,研究人员认为,他们面对的原本就是一种未知的物质,在这种情况下怎么可能开始这项关于人类未来健康的研究呢?他们只知道锶-90在化学性质上与镭相似,此外,一无所知……

"只有有限的人群曾经接触过内部辐射,"一位放射专家表示,"如果在即将到来的核时代发生什么意外情况,研究只能从这些[人]身上着手。"

全人类都需要表盘画工们再次出手相助。

她们的能力就像卡珊德拉*一样,能够为科学家预测这种新的放射性危险对健康可能造成的长期影响。原子能委员会的一位官员表示:"过去发生过的一些事情可以让我们对未来有更加深入的了解。"他认为这些表盘画工具有"不可估量的价值":她们所遭受的苦难将给我们提供"至关重要的观察角度,会对全世界数亿人产生影响"。珀尔·佩恩曾写过一封信,信中的预言准到可怕。信中写道:"我的病史不同寻常,将

---

* 卡珊德拉(Cassandra),希腊、罗马神话中特洛伊的公主,阿波罗的祭司。虽获得了预言能力,但因激怒阿波罗而受诅咒,以致预言无人相信。——译者注

来的医务人员可能会对我感兴趣。"她可能从来没有想过自己竟然如此具有先见之明。

相关医学研究立即启动，新泽西州和伊利诺伊州也参与了。后来，这项研究被并入了人类放射生物学研究中心。该中心位于价值数百万美元的阿尔贡国家实验室，距离渥太华75英里（约121千米）。该实验室修建在地下，上面除了盖有10英尺（约3米）的泥土外，还浇筑了厚达3英尺（约0.9米）的混凝土。实验室内部修建了特殊的铅质拱顶。科研人员在这里检测表盘画工的体内积存量（也就是镭的含量）。这项研究旨在帮助后世子孙，因此人们普遍认为该研究"对国家安全至关重要"。"如果我们能确定镭的长期影响，"其中一位科学家表示，"就可以准确预测出低水平放射性镭尘的长期影响。"科学家们计划"通过研究所有能够找到的表盘画工，为世界提供一个有关安全辐射的精准指南"。

尽管有些表盘画工的骨头里有一颗定时炸弹一直在滴答作响，但她们仍然活在世上。马特兰医生已经解释了为什么她们能活这么久。众所周知，镭在姑娘们的骨骼中沉积，并可引起恶性肿瘤，但这种致命的肿瘤到底何时才开始生长却仍然像黑暗魔法一样，是个难解之谜。镭还没有把自己所有的秘密都公之于众。

寻找那些仍然幸存于世的表盘画工的工作如今正式启动。各大报纸头条新闻的标题大多都是《寻人启事：喧嚣躁动的二十年代的镭工人》。人们从故纸堆里翻出当年的雇佣记录，找到很久以前美国镭公司举行野餐活动的照片；镭表盘公司在台阶上拍摄的全员合影成为一个重要的线索。科学家们宣称，"这些人中的每一位都有极高的科研价值"；这些姑娘被称为"科学信息的宝库"。以往那些表盘画工在起诉前公司时所遭受的待遇令人不堪回首。有鉴于此，很多私家侦探受雇追查她们的踪迹。

他们找到了那些表盘画工，发现基本都愿意接受研究。"她说，她很愿意配合（为科学研究做任何事）。"一份备忘录如此写道。那些当时仍然在美国镭公司工作的表盘画工提出愿意匿名参加研究，以免危及她们的工作。

有些人不想改变现状。"安娜·卡拉汉（Anna Callaghan）小姐不知道自己身中镭毒，她的家人也不想让她知道。"一封短函上写道。还有一位表盘画工也不愿意接受针对镭含量的测量，因为科学家们"对此也无能为力"。

甚至有些表盘画工的家人也参与了进来。格蕾丝·弗赖尔的弟弟阿特就是其中的一位。阿特的儿子说，"因为父亲和姑姑相处的时间太长，而姑姑身上有辐射"，所以他们对阿特也进行了测试。"我猜政府打算弄清楚他是否会受到不良影响。"

虽然阿特身体没有出现任何异常，但我们也不能认为这种关心过于夸张。斯文·克亚尔在笔记里记录了一位表盘画工的妹妹病故的情形。"据说，她死于辐射接触，但她从来没有在[美国镭公司]工作过。辐射源似乎是她曾经当过表盘画工的姐姐，她们俩曾经共用一张床。"

当然，很多最早进入这个行业的表盘画工都已经不在人世，无法协助科学家们开展研究。埃德娜·胡斯曼于1939年3月30日去世，据说她"到死都保持着良好的精神状态和巨大的勇气"。她死于股骨肿瘤，她的丈夫路易斯才40岁就成了鳏夫。

阿尔比娜·拉里切也已经不在。她于1946年11月18日去世，享年51岁，死于腿部肿瘤。在临死前所拍的照片中，她面带微笑，神情自然。在她和詹姆斯结婚25周年纪念日之前14天，她与世长辞。

然而，即便是已故的表盘画工，也能为科学家们提供一些帮助。马特兰医生在1920年代曾经收集了镭姑娘的组织和骨骼样本，并有了突破性的发现，这些发现最终都收录在研究档案中。为世界辐射知识做出贡献的人还有莎拉·梅勒费尔、埃拉·埃克特、艾琳·拉波特等众多表盘画工。研究人员甚至去了库克县医院，把夏洛特·珀塞尔那条截掉的手臂带了回来。那条手臂还浸泡在福尔马林溶液中，因为患者表现出前所未有的症状而一直被保存在地窖里，长达几十年。

1963年，也许至少在一定程度上是为了回应针对表盘画工所做的研究，肯尼迪（Kennedy）总统签署了《部分禁止核试验条约》（Limited Test Ban Treaty），该国际条约禁止在地面、水下和外层空间进行核试验。科学家们已经确定锶-90对人类来说过于危险。这项禁令无疑拯救了很多人的生命，甚至很可能拯救了全人类。

核能仍然是世界的一部分，甚至在今天成为我们生活的一部分。当今世界，有56个国家控制着240个核反应堆，还有更多的核能用于为核动力船和核潜艇提供动力。然而，多亏了镭姑娘，她们的经历直接促成了联邦政府对放射性行业的监管，总的来说，核能能够安全地应用。

对表盘画工的研究并没有随着核战争威胁的消退而结束。这项研究的领先人物罗布利·埃文斯（Robley Evans）"掷地有声地给出了理由，尽可能多地了解辐射可能产生的影响是一种非常审慎的举动，实际上也是对子孙后代负责"。原子能委员会对此表示赞同，因此，科学家们便开始在人类放射生物学研究中心对表盘画工进行"终生"研究。

几十年过去了，很多镭姑娘来到人类放射生物学研究中心接受测试。她们同意进行骨髓活检、血液检测、X光检查、体格检查。研究中心要求她们在来之前空腹，并穿着"容易穿脱"的衣服。研究人员对她们进行有关心理健康和身体健康的调查，并进行呼吸测试，当然，研究人员会在地下密闭的铁室里测量她们体内镭的积存量。即便她们死了，科学家们也对其中一部分人做尸检，因为她们的身体里隐藏着科学家们毕生都无法了解的秘密。成千上万40岁到60岁的表盘画工，甚至更加年长的表盘画工，都参与了这项研究；她们对医学研究的发展做出了难以估量的贡献。她们的勇气和牺牲让我们生命中的每一天都受益匪浅。

在那些为了全人类的利益而接受检查的表盘画工中,有一些我们所熟悉的名字。珀尔·佩恩就是其中之一。"我相信我是幸运的,"她在谈到自己仍然幸存于世时曾经说过,"事实上,[我体内的]镭并没有沉积在一些无法切除的骨头中,这跟很多死于镭中毒的姑娘不一样。"

珀尔不但没死,而且满怀热忱地享受生活。她用缝纫机缝制窗帘和连衣裙,用刚从后院树上掉下来的水果制作"香甜可口的馅饼"。她还存活,意味着当她小妹妹需要帮助时,她可以鼎力相助。"当时我父亲抛弃了我母亲,"珀尔的外甥兰迪说道,"家里再没有别的人了,也没人愿意出手帮助我们。于是珀尔阿姨和姨夫霍巴特就成为生活中对我们一家人最好的人,他们很愿意照顾我们。"

来到阿尔贡国家实验室的表盘画工还有玛丽·罗西特。她活着看到了儿子比尔娶了隔壁的德洛丽丝(Dolores)为妻,活着看到了孙女帕蒂(Patty)长大后成了一个舞蹈家。尽管一生中的绝大多数时光,玛丽都得拖着拜镭所赐的"肿大的、布满斑点的"两条腿一瘸一拐地走路,但不管怎么说,她都会和帕蒂一起跳舞。"她喜欢和我跳舞,"她的孙女饱含深情地回忆起与祖母的点点滴滴,"我们跳得没那么合拍,但还是愿意一起跳。她对生活充满热情。以前我一看到她,就觉得这世上没她不能做的。"玛丽可不愿意让镭控制她的生活。"她饱受疼痛的折磨,"儿媳德洛丽丝回忆道,"她走路会痛,站着不动也痛。有时候痛得她实在受不了。"然而,尽管玛丽经历了很多不幸时光——"我真希望自己马上就死了,可又不能死,"她曾经说过,"我已经遭受了那么多痛苦,为什么还要继续活下去呢?"接着她又坚定地补充道:"我曾经亲眼看过整个时代的不景气,但人们不也全都熬过去了嘛。"

她的朋友夏洛特·珀塞尔也度过了这段困难时期。早在1930年代,就有人跟她说,在渥太华的所有表盘画工中,她是最有可能步凯瑟琳·多诺霍之后尘的那个人。然而,30年过去了,她仍然活在世上。玛丽·罗西特认为这完全是上帝干预的结果，暗示主曾经对夏洛特伸出了援助之手，保住了她的性命，因为夏洛特曾经给予凯瑟琳很大的帮助。

夏洛特在1934年就长了恶性肿瘤，但选择截肢的勇气无疑挽救了她的生命。她的牙齿已经全部脱落，而且一条腿长、一条腿短，但就像玛丽一样，她绝不会让镭把自己打倒。"虽然我还有点关节炎，但我现在感觉很好，"她在1950年代对一位记者说道，"那些经历都过去了，现在我可不愿意总想着这些事。"尽管在她生命中，这都是她想要抛诸脑后的一些事情，但当科学家们邀请她前往阿尔贡国家实验室接受检测时，夏洛特还是响应了他们的召唤。因为医生们都跟她说这样做可以帮助到别人。对于别人的求助，夏洛特·珀塞尔从不拒绝。

凯瑟琳·多诺霍的判例案胜诉之后，阿尔贡国家实验室所开展的研究公布了渥太华表盘画工诉讼案的情况。在凯瑟琳的庭审获胜后，许多表盘画工都在格罗斯曼的帮助下继续战斗，但是区区1万美元的总额意味着镭表盘公司赔付的金额很低。那些声称获得赔偿的表盘画工每人只拿到了几百美元。夏洛特只拿到了300美元（现约5 000美元），这样微不足道的赔偿金使阿尔·珀塞尔"怒气冲天"。夏洛特截肢所花的医疗费用就有这么多，这算是赔偿金吗？其他人则一分钱也没拿到。当玛丽去阿尔贡国家实验室接受检测时，有人带她去吃午餐。午餐期间，她说："这顿饭大概就是至今我们最大的收益。"有人放弃了她们的案子，比如格拉钦斯基姐妹和海伦·芒奇。也许她们是为了凯瑟琳才联合起来，凯瑟琳一死，她们的战斗也就戛然而止。总之，能拿到的赔偿金少之又少，也许事情发展到了最后，很多人就觉得这样做似乎有些得不偿失。法庭的裁决结果才是她们奋斗的目标，也是她们所取得的成就。

至于这些镭公司，最终它们也未能逃脱法律的制裁，只不过那时对表盘画工的伤害已成事实。1979年，美国环保局（Environmental Protection Agency）发现，美国镭公司位于奥兰治工厂原厂址的放射性水平比安全水平高出了20倍,不但对环境有害,而且如此高的放射性污染从任何角度来说都不能接受。奥兰治工厂的污染影响范围很广,不但原工厂所在地污染严重,而且公司将放射性废物作为垃圾填埋倾倒的地方同样污染严重。这些垃圾填埋场的上面建成的近750座房屋也需要清除污染。奥兰治地区超过200英亩(约81万平方米)的土地受到了影响,其影响程度之深在某些地方直接渗透到地下15英尺(约4.6米)处。

环保局命令美国镭公司的继任者执行清除污染物的任务,但该公司除了同意建立一个新的安全围栏(即便这座围栏该公司也没有建造完成,最后环保局迫不得已自行完成)外,再无其他举动。法院对此没有听之任之;1991年,新泽西州最高法院裁定美国镭公司对污染"永久"负责,并宣布该公司在当地运营时对危险"应当知道"。当地居民对该公司提起诉讼;7年后,这些案件最终实现庭外和解,该公司总共赔偿了约1 420万美元(现约2 400万美元)。据报道,政府花费了1.44亿美元(现约2.09亿美元)来清理新泽西州和纽约的放射性污染场地。

至于镭表盘公司,尽管在战争期间繁荣发展,但该公司还是在1943年宣布破产。然而,该公司留在渥太华镇中心的大楼的影响却在随后的很长时间内继续存在。后来,一家肉类冷藏公司在其地下室运营。结果,几名员工陆续死于癌症,而经常在那家公司购买肉类的一户人家发现,"两兄弟半年内先后患上了结肠癌"。1968年,这座大楼被拆除。"他们只是把大楼拆了而已,"佩格·鲁尼的侄女达琳回忆道,"然后就把建筑垃圾运到各个地方填充地基。"这座大楼的建筑垃圾被倾倒在渥太华镇的各个角落,甚至倾倒在一所学校的操场旁。后来的研究显示,工厂附近和整个渥太华镇的癌症发病率都高于平均水平;人们发现,他们的宠物狗还没长大就纷纷死亡,当地的野生动物也患上了令它们倍感痛苦的恶性肿瘤。"我注意到,"佩格的另一个侄女说道,"在[我长大的]那个社区里,几乎每个家庭都有一个人生了癌。"还有一位居民说:"没有受到影响的家庭寥寥无几。"

然而,镇上的官员们再次拿出他们对凯瑟琳及其朋友们的态度,不肯出手解决这个摆在明面上的问题。电影制片人卡萝尔·兰格(Carole Langer)拍摄了一部名为《镭城》(*Radium City*)的纪录片。该片着重反映了渥太华镇存在的放射性问题。而镇长宣称:"那位女士想要毁了我们镇。"他下令要求"任何人都不要去[看]那部电影"。

"嗯,"玛丽的儿媳德洛丽丝评论道,"他的话根本没有任何道理可言。在电影放映期间,影院里座无虚席,后来他们不得不再加映一场。"电影放映时观影人数爆满,有将近500位镇上居民没有座位,站着从头看到了尾。

"镇上居民的观点不尽相同,"达琳回忆道,"有的人对此采取了视而不见的态度,有的人则不愿意相信这是真的,还有些人就说,'好吧,那我们就把它清理干净吧'。"

最后,居民的确开展了清除污染物的工作。环保局介入,调集基金用于处理镭表盘公司遗留在渥太华的放射性残留物。就像在奥兰治一样,这种污染已经渗透到地下几十米处。这一清理行动需要花上几十年的时间;直到2015年,清除污染物的工作仍在进行之中。

人类放射生物学研究中心对表盘画工的研究持续了几十年。科学家们逐渐意识到镭是一种狡猾、顽强的元素。镭的半衰期长达1600年,它可以在潜入人体后,随时向人显示自己的存在感,可以在长达几十年的时间里给人体施加特殊的伤害。研究人员跟踪研究了这些镭姑娘数年,见证了真正的体内辐射的长期影响。

幸存下来的表盘画工们也并没有毫发无损地逃脱镭的魔爪——事实远非人们想象的这样。有些表盘画工年纪轻轻就发病,她们在下半辈子的几十年里不得不一直忍受着镭的痛苦折磨；沃特伯里钟表公司的一个女工就卧床不起长达50年。表盘画工在画表盘时年龄越大、工作年限越短，她们在早期阶段死亡的可能性就越小，因此她们可以继续存活下去，但镭却一直与她们相伴相生，至死方休。

许多表盘画工遭受了严重的骨骼变形和骨折，大多数人的牙齿全部脱落。患有骨癌、白血病和贫血的人数非常多，有些人接受了多年的输血治疗。镭将姑娘们的骨骼打出了蜂巢一般的孔洞，因此，以夏洛特·珀塞尔为例，后来她患上了脊椎骨质疏松症，脊椎骨部分塌陷，她就像先前的格蕾丝·弗赖尔一样，最终也戴上了背部支架。

由于肿胀的双腿逐渐变黑，玛丽·罗西特至少接受了六次腿部手术，到最后只好截肢。"她当时大叫，"德洛丽丝回忆道，"把这条腿截掉！马上就截掉！我不想回家后再考虑这个问题。"

医生在玛丽剩下的那条腿里从膝盖到脚踝给她加了一块金属棒。她成了个瘸子，但这并没有减慢她的活动速度。后来，她住进了养老院。虽然她只能坐在轮椅上，但这并不影响她四处活动，她也因此成为养老院里生命力的象征，成了那里的灵魂人物。

人类放射生物学研究中心的科学家们一开始就在寻找辐射暴露的阈值，在这一阈值下不会产生任何伤害。最终他们认同马特兰的观点，马特兰在几十年前就警告过，"人体不应该过多接触放射性物质"。

到底有多少表盘画工死于职业病，我们不得而知。很多镭姑娘被医生误诊或从来就没有被查出病因，因此相关的医疗记录根本无处可寻。有时，有的表盘画工直到晚年才被查出来患了癌症，她们在十几岁时所从事的画表盘工作便是患癌的直接原因，但人们从来不会归咎于此。镭中毒所导致的死亡只是该职业病所引发的无数后果中的一个；到底有多少表盘画工因为镭中毒而致残或遭受终身无法生育之痛，我们同样一无所知。

阿尔贡国家实验室的文件里记录着成百上千个表盘画工的名字，或者更确切地说是成百上千个数字。每个女工都由一个编号指代，对科学家来说，一个编号代表的就是一个表盘画工。任谁看到阿尔贡必死之人名单都会感到毛骨悚然，因为它以冷静而又超然的态度将每个女工所遭受的痛苦绘制成了图表。诸如"双腿截肢；右膝截肢；死于耳癌；大脑；髋关节；死因：恶性肿瘤"之类的字眼一遍又一遍地出现在文件里。有些表盘画工幸运地存活了40年或更长时间，但镭到最后总会如期拜访。各大报纸关注了其中的一些死亡事件。《镭，休眠的杀手，再度出击！》这样的标题多年来经常出现在头条。

据说，默西迪丝·里德于1971年去世，享年86岁。"我百分百坚信，"一位研究员表示，"她骨骼中的镭含量一定很高。据说她死于结肠癌，但这一诊断结果未必准确。"里德夫妇在镭表盘公司破产之前就跟公司断了联系。研究人员发现："最终，里德先生被工厂解雇，人人都知道他对此牢骚满腹。"有的人可能会说，他对镭表盘公司的愚忠不可饶恕。所以被解雇后，他到基督教青年会当了一名维修工。

里德的前任老板约瑟夫·凯利于1969年去世。在多次中风之后，"[他的]智力水平不断下降……身体也变得越来越虚弱"。在生命的最后几年里，他经常问的一个问题是："你最近见过某某某吗？"他问起的都是1920年代曾经和他一起工作过的那些人。当他在报纸的声明下方签下自己的名字，告诉那些表盘画工她们非常安全时，他的这一举动无异于给那些姑娘判了死刑。鉴于他和表盘画工在公司里几乎没有交集，他那受伤的大脑似乎也不太像是被这些枉死的"鬼姑娘"所困扰。

至于他以前在渥太华雇的那些表盘画工，有几个人克服了重重困难，不但长寿，而且日子过得很幸福。珀尔·佩恩活到了98岁，她和霍巴特充分享受了他们意外得到的宝贵时光。"他们周游世界，"他们的外甥兰迪透露，"他们去了耶路撒冷、英国……还游遍了全美各地。"

去世之前的一天,珀尔将兰迪叫到自己家中。据兰迪回忆:"她让我到阁楼上去把几个盒子拿下来。"兰迪发现珀尔在阁楼里保存了很多东西,包括婴儿车和婴儿床。一个老人在阁楼藏着这些东西,很奇怪。珀尔年轻的时候一直都想要多生几个孩子,但这个梦想自她患病后便无法实现。也许她发现自己对这一梦想永远也无法释怀,便留下一些最后的痕迹。兰迪最后终于找到了她所说的那几个盒子,里面装的全都是有关凯瑟琳·多诺霍的剪报以及与凯瑟琳诉讼案有关的信件和文件。

"这可是发生在我们身上的真事。"珀尔热切地对兰迪说道。随后她又强调:"这些东西非常重要,一定要谨慎保管。如果我出了什么事,一定要把这些东西转交给珀尔[她同名的女儿]。"

兰迪说,霍巴特和珀尔"心地非常善良","[通常情况下]我不愿意去墓地,但我会去看望他们。跟你说实话吧,每次我站在他们的墓前,都要跟他们说句谢谢。他们就是那种让你心存感激、毕生难忘的人"。

夏洛特·珀塞尔活到了 82 岁,深受孙辈的爱戴。"她可能是我在全世界最喜欢的人之一,"她的孙女简说道,"她是我这一生中见过的最勇敢无畏、最受爱戴的人之一,也是对我影响最大的人之一。祖母教育我,不管生活把什么抛给了你,你都要学会适应。"

"以前我求她教我跳绳时,她说:'嗯,我觉得我教不了你,因为我只有一条胳膊。'我估计那个回答当时让我有点伤心,于是她说道:'那好吧,你等一下。'她把绳子的一头系在铁丝网做的栅栏上,然后用一只胳膊摇绳子,向我展示怎样跳绳。"

简的哥哥唐(Don)补充道:"对我来说,[她缺一只胳膊]不是什么特别的事,因为那是她自己的选择。"

孩子们会异口同声地提出要求:"跟我们讲讲你的胳膊是怎么没的吧!"

"她就会把这个故事再给我们讲一遍,"简回忆道,"无论我们什么时候问起来,她都会不厌其烦地把这个故事讲述一遍又一遍。"

"我还是个小姑娘的时候,"夏洛特·珀塞尔一般都会这样讲起这个故事,"我靠给手表和时钟的表盘画数字赚了很多钱。我们都不知道那涂料有毒。等我辞职后,我的好朋友凯瑟琳·多诺霍就已经病得相当严重了。很多姑娘一个接一个地病倒。毒虽然只沉积在我的胳膊上,却遍布我朋友凯瑟琳的全身各处,后来她就去世了,抛下了丈夫和两个没妈的孩子。"

每当她讲到这里时,总会说上一句"真让人难过"。

虽然夏洛特未能参加凯瑟琳的葬礼,但她儿子想起了母亲生活中的一些往事,也许从浪漫诗意的角度来看,这意味着她的那些朋友们以一种特殊的方式跟她道别来了。"天气好的时候,"唐纳德回忆道,"母亲常常会坐在门廊上的秋千长椅上,荡过来荡过去。这时,一只黄黑相间的小金丝雀就会飞过来落在她的左肩膀上[她的左胳膊已经截掉],每次都待半个小时左右,然后展翅飞走。这种情形发生了好几次。正常情况下,鸟类与人类是没有任何交集的。"

这些表盘画工并没有和家人谈起她们给世人留下的不可思议的遗产。这些镭姑娘不仅制定了安全标准,而且为科学做出了不可估量的贡献,她们在立法过程中也留下了自己的痕迹。1939年凯瑟琳·多诺霍一案发生后,劳工部部长弗朗西丝·珀金斯宣布,劳工赔偿问题的这场斗争"远未获胜"。随后,基于表盘画工在生活中所取得的成就,立法部门进一步修改了法律,以保护所有雇员。表盘画工提起的诉讼案最终促成了职业安全与健康管理局(Occupational Safety and Health Administration)的成立,该机构目前在全美范围内开展工作,以确保工作环境安全可靠。如果企业生产中使用危险的化学品,员工必须具有知情权。企业不得欺骗员工,谎称那些具有腐蚀性的化学物质会使他们面色红润。现在有了安全处理、职业培训、职业保护等各道保护程序。工人们如今也可以依法查看任何医疗检查的结果。

然而,让表盘画工们感到沮丧的是,阿尔贡国家实验室并没有将检查结果告知她们。对检查结果保密,很可能与研究人员所做测量的高度技术性有关。也许他们认为这些结果对表盘画工们毫无意义,但她们仍然想了解。德洛丽丝回忆道:"他们什么都不[对玛丽]说,这让她很抓狂。"截至1985年,夏洛特·珀塞尔连续去了那里几十年,她的忍耐已经到了极限。那年,当研究人员给她打电话时,她表示自己一直感觉身体不舒服,"但我为什么要讨论这个问题,你们这些家伙从来都不帮我的忙,我按照你们的要求做了,却什么也得不到,我连看病的钱都没有"。她拒绝再次配合检查。

玛丽也如法炮制。让她感到困扰的不仅仅是科学家们的缄默,还有她所在的渥太华镇居民对表盘画工们所遭受的痛苦磨难的反应。她一直以为整个故事"会迅速被人们置之脑后……这件事永远都不会被曝光。人们永远也听不到关于这件事的任何消息"。当卡萝尔·兰格来到渥太华拍摄纪录片时,玛丽的震惊程度无以复加。玛丽当时说道:"上帝让我留在这里。我就知道总会有人打开那扇门走进来。我终于有机会讲述我自己的故事了。"兰格把这部电影献给了玛丽,因为尽管玛丽穷其一生都在与各种艰难险阻做斗争,但一直笑对人生,坚守心中的信仰。

1993年玛丽去世时,她跟许多表盘画工一样,把遗体捐献给了科学事业。"她想也许可以帮助别人,"她的孙女帕蒂说道,"也许他们能发现究竟她出了什么问题,没准儿还能找到治愈方法。也许她可以帮助到其他表盘画工。"玛丽的遗体不会是渥太华表盘画工中最后一具有待研究的遗体,也不是第一具。第一份荣誉属于玛格丽特·鲁尼(昵称佩格)。

佩格的家人一听说官方战后要对表盘画工开展研究,就打算把她的遗体挖出来接受检测。然而,当时的研究范围仅限于活人。等到人类放射生物学研究中心成立后,研究的范围便扩大了。最后,终于有人准备开始调查佩格的真正死因。

她的九个兄弟姐妹都在相关表格上签字认可。"这么做可以帮助别人好起来,"她的妹妹琼说,"我们当然会允许他们调查。"

1978年,研究人员从圣高隆巴公墓中将佩格的遗体挖掘出来。当时,她的墓挨在父母的墓旁。研究人员发现她的骨头里有19 500微居里的镭——那是当时发现的最高含量之一。这一数值是科学家们当时认为的安全数值的1 000多倍。

研究人员不仅发现了镭,还发现镭表盘公司的医生在她死后切除了她的下颌骨。这大概就是鲁尼一家发现事实真相的始末。

"我快要气炸了,"佩格的一个妹妹说道,"公司的那帮家伙明知道她的身体里都是镭,却堂而皇之撒谎。"

"每个家庭都会有悲伤与痛苦,"琼语气坚定地表示,"但玛格丽特死得太冤了。"

这就是人间悲剧。自1901年以来,镭就被科学界认为是有害元素。在那以后的每一次死亡都是无谓的死亡。

研究人员挖掘出100多名表盘画工的遗体。许多检测都得出了不容置疑的结果,证明了这些镭姑娘的真正死因并不是梅毒或白喉,而是镭中毒。科学家们对一位已故的表盘画工非常感兴趣:凯瑟琳·多诺霍。1984年,人类放射生物学研究中心写信给她女儿玛丽·简,要求挖掘她的遗体进行研究。

研究人员之所以写信给玛丽·简,是因为凯瑟琳所挚爱的丈夫汤姆已经去世。他于1957年5月8日身故,享年62岁。在他的余生里,汤姆一直生活在苏必利尔东街520号,从未离开曾经和凯瑟琳共同生活过的那个家。在这里,当获知凯瑟琳的案子庭审获胜时,他和全家人一起吃了顿便饭以示庆祝。"我们都到他家去,和他一起庆祝,"他的侄女玛丽回忆道,"因为这是一场道德上的胜利,是一件前所未有的大事。"

虽然这笔赔偿金的确发挥了很大作用,但不能让凯瑟琳死而复生。"我觉得他在凯瑟琳离世时就已经崩溃,"一位亲戚说道,"他的心碎了。"

多诺霍一家人非常团结。有一段时间,汤姆的姐姐玛格丽特搬过来帮助汤姆照看孩子。汤姆对两个孩子宠爱有加。"他们俩就是他仅存的全部。"玛丽简单地说道。

"随着时间的推移,"她接着说道,"他的心情慢慢地好了起来。他开始面带微笑。能看到这一幕真让人感到欣慰。"他很少提起凯瑟琳,不过,玛丽说:"这是一段非常痛苦的记忆,因为她死得太惨了。"

汤姆·多诺霍之后没有再婚。没有人能够取代凯瑟琳·沃尔夫·多诺霍。

玛丽·简的哥哥汤米曾参加过朝鲜战争,回国后没多久便复员回家。他娶了一个来自斯特里特的年轻女子为妻。汤米和父亲一样,也在一家玻璃厂工作。然而,他在1963年30岁生日后不久便死于霍奇金氏病——一种癌症。玛丽·简已经独自生活了很长时间。

她的生活一直都不太安逸。那个在1岁生日时体重只有10磅的小女孩,长大成人后身材也还是瘦小。她的表妹玛丽回忆道:"她看上去就像个小孩子一样,小小的。"

然而,玛丽·简展现出了她母亲的斗争精神,克服了自己所面临的种种挑战。玛丽说:"她能保住工作,真是了不起,因为她太瘦小了。虽然她是个成年人,但长相却像小孩子一样可爱,每个人都喜欢她。我们邀请她参加所有家庭活动,当然因为她家里没有人了。"

玛丽·简收到阿尔贡国家实验室研究人员寄来的信件后,经过仔细考虑,写了一封回信。"我真的遇到了很多医疗问题,"她在信中写道,"我现在意识到其中大部分问题可能是我母亲怀我时生病所致。方便的话,如果你们希望我这样做,我愿意去阿尔贡国家实验室接受检测。我觉得这样做无论对我自己还是对研究来说都很重要。"玛丽·简似乎也接受了检测,为科学做出了自己的贡献。1984年8月16日,她正式许可研究人员挖掘她母亲的遗体。"这样做哪怕只能帮到一个人,"她表示,"都是值得的。"

于是,1984年10月2日,凯瑟琳·多诺霍离开了圣高隆巴公墓,踏上了一段意想不到的旅程。科学家们对她进行了多项测试,她对医学知识的发展做出了独特的贡献。1985年8月16日,凯瑟琳再次被埋葬于故地。时至今日,她一直陪伴在丈夫汤姆的身旁。

当玛丽·简写信给人类放射生物学研究中心时,她说:"我一直都在向上帝祈祷,希望我能够长寿。当然,我一直都在努力,争取过上充实幸福的生活。"这番话跟她母亲写给基恩神父的最后一封信的内容不谋而合。

然而,天不遂人愿。1990年5月17日,玛丽·简·多诺霍的一生在经历了各种身体上的挑战后,大败而归。据她的亲属说,她死于心力衰竭,享年55岁。

很长一段时间以来——应该说太长时间以来——有关镭姑娘的事迹只在法律书籍和科学文件中有所记载。但在2006年,伊利诺伊州一个八年级学生玛德琳·皮勒(Madeline Piller)偶然读到了罗斯·穆尔纳(Ross Mullner)博士所写的有关表盘画工的一本书。穆尔纳博士在书中写道:"人们从来没想过为她们竖起一块纪念碑。"

玛德琳下决心改变这种状况。"人们应该记住这些表盘画工,"她说,"她们斗争的勇气令联邦卫生标准应运而生。我想让人们知道有一块纪念碑是为这些勇敢的表盘画工而立的。"

当玛德琳开始为自己的想法东奔西走时,她发现渥太华终于准备好向当地的女英雄和她们的战友们致敬了。镇上举行了鱼苗募捐会,并上演了好几出戏剧,总共筹得善款8万美元。"镇长对此很支持,"莱恩·格罗斯曼说道,"这可以说是个彻底的转变,真是大快人心。"

2011年9月2日，伊利诺伊州州长亲赴渥太华为表盘画工的铜像揭幕。这座铜像雕刻的是一个年轻女子，一副1920年代的装扮，一手拿着驼毛笔，一手拿着郁金香，站在时钟的表盘上。她裙裾飘逸，仿佛随时都会从表盘底座上走下来，活过来一样。

"这些镭姑娘，"州长宣布，"值得我们的尊敬和钦佩……因为她们在必死无疑的情况下，与一家狡猾的公司、一个冷漠的行业、轻蔑的法庭和不屑一顾的医学界进行了斗争。本人特此宣布，2011年9月2日为伊利诺伊州的镭姑娘日，以表彰这些镭姑娘在斗争中表现出的惊世骇俗的不屈不挠、无私奉献的精神和正义感。"

"如果[玛丽]泉下有知，看到今天的纪念铜像，"玛丽·罗西特的儿媳说道，"她肯定不敢相信自己的眼睛。等我死了以后见到她，我就会跟她这么说：'玛丽，他们终于有所行动了！'要是今天她还活在世上，看到这个铜像，她肯定会说：'差不多是时候了。'"

这座铜像不仅纪念渥太华的那些表盘画工，也纪念"曾经在全美各地受苦受难的全体表盘画工"。这个青铜质地的镭姑娘永远不会老去，也永远不会消失。她代表了格蕾丝·弗赖尔和凯瑟琳·肖布，代表了马贾和卡洛姐妹，也代表了黑兹尔、艾琳和埃拉。她代表了所有表盘画工，不管她们是在奥兰治、渥太华、沃特伯里，还是在其他地方，也不管她们是幸存于世还是已经与世长辞。这座雕塑的建造恰到好处，最宜瞻仰纪念。毕竟，我们在很多方面都需要感谢这些表盘画工。

罗斯·穆尔纳博士写道："对表盘画工的研究，为目前世界上许多关于放射性的健康风险知识奠定了基础。这些女工所遭受的痛苦和死亡极大地增加了[科学]知识的储备，最终挽救了后世无数人的生命。"

"我一直很钦佩她们站出来控诉并团结一致的意志。"凯瑟琳·多诺霍的侄孙女说道。

没错，镭姑娘团结起来，最后取得了胜利。这胜利背后是她们的友谊,她们的不屈不挠和纯粹精神。她们给我们所有人留下了一份特殊的遗产。她们的生命不会白白逝去。

她们生命中的每一秒都价值非凡。

后　记

　　一个女工说:"我们这些女孩子都坐在大桌子旁,一边说笑一边画表盘。在那里工作真快乐。"

　　"我很幸运能在那里工作,"另一个表盘画工说道,"这份工作的工资是本地女孩能拿到的最高工资。我们大家相处得非常融洽。"

　　"我们把沾在身上的镭粉拍打下来,镭粉就像蛋糕上的糖霜一样漫天飞舞。"

　　姑娘们虽然穿着工作服,但每周只洗一次,而且都是和家人的衣服混在一起洗涤。工作间隙,她们从工作室的自动售货机上买来罐装汽水,没喝完也不盖盖子。她们在画表盘时,双手没有采取任何防护措施;她们"为了追求刺激",用镭粉涂指甲。公司允许她们携带镭粉回家练习画表盘。

　　工厂内部到处都是镭,工厂外面的人行道也难以幸免。脏抹布要么就堆放在工作间里,要么就直接在院子里焚烧;放射性废物被倒进了男厕所的马桶里;通风井排出的废气直接飘到了附近儿童游乐场的上空。表盘画工们在下班前不擦鞋,所以当她们在镇子里四处走动时,镭粉也到处飘。员工们回忆说,只要你在工厂里做工,从头到脚都会沾满镭粉。一位表盘画工回忆道:"晚上下班回家后,只要照镜子,就能看到头发上的点点亮光。"姑娘们如果想刮掉散发着这种不自然光芒的镭粉时,手就会流血。

　　"公司一直在诱导我们,让我们相信,"一个姑娘说道,"一切都在可控范围之内,不存在任何危险,但我觉得他们根本就不在乎我们的安危。"

她说得没错。不久,女工们就开始遭受各种磨难。"我不得不接受一次口腔手术,"一名表盘画工说道,"但现在我的牙齿全都松了,很可能会掉光……我得了一种血液病,可能永远也无法痊愈。"这些表盘画工注意到她们的脚、腿和乳房上都出现了肿瘤。一个姑娘回忆说,医生们不断给她的同事露丝做腿部切除手术,每次手术都是把病变的那部分截掉……直到整条腿截完。然而,露丝最终还是难逃一死。

姑娘们忧心忡忡,一起去找主管。一个镭姑娘回忆道:"来自纽约总部的一个男主管出来告诉我们,说[我们的工作]不会危害身体健康。"

"医学界都认为引发乳腺癌的是激素问题,而不是放射性物质。"这位主管说道。

但他说错了。国家癌症研究机构的一位专家注意到,乳腺癌和辐射之间存在着不容置疑的关系。

这位主管继续叫嚣:"不能都怪工厂经理。雇员们自己也要对安全负责。"

然而,工作室里没有张贴任何警示标志。姑娘们被告知,只要她们不用嘴唇抿笔尖,就会安然无恙。

这些表盘画工在伊利诺伊州一个叫作渥太华的小镇上工作。她们在约瑟夫·凯利经营的夜光产品加工公司工作。

那一年是1978年。

最初,镭姑娘们确实跟卡珊德拉有很多相似之处,因为没有人耐心倾听她们的预言。只有当工人所在的公司使用安全标准时,该标准才能真正保证工人的安全。几十年来,人们一直对渥太华的镭工厂表现出深深的担忧,但直到1978年2月17日,这家危险的工厂才最终被关闭。检查人员发现,该工厂的辐射水平比安全标准高出1 666倍。对于渥太华的居民来说,这座废弃的建筑成了恐怖之地,当地人不论是走路还是开车,都要避开。有人在这座建筑上涂了几个字:"致命的夜光表盘"。

"我们中的很多人都死了。"夜光产品加工公司的一位表盘画工直言道。她提到的100名工人中有65人死亡,癌症发病率是正常情况的两倍。

然而,夜光产品加工公司却不肯认错,并千方百计逃避支付清理污染物的费用。该公司原本应该支付数百万美元的清理费用,结果却只拿出来大约6.2万美元(现约14.75万美元)。当表盘画工要求公司的高管们给出答复时,他们就"含糊其辞"地敷衍。女工们只得到100美元(现约363美元)的遣散费,而且很难起诉这家公司。"他们根本不尊重女工的身体健康,"夜光产品加工公司的一名女工愤愤说道,"他们只想着让我们把活儿干完。"

当地报纸撰文道:"夜光产品加工公司似乎认为利润比人重要。"

我们何等健忘。

作者的话

我第一次了解到镭姑娘的故事是在 2015 年的春天。当时,我在伦敦执导梅勒妮·马尼奇(Melanie Marnich)创作的精彩话剧《这些熠熠生辉的生命》(*These Shining Lives*)。这出话剧讲述的是渥太华镇那些镭姑娘的故事。这类节目很少在英国上演。我在谷歌上搜索"为女性创作的伟大戏剧"时偶然发现了这个剧本。虽然我是英国人,而且生活在离该故事的发生地 4 000 英里远的地方,但我一读到凯瑟琳·多诺霍的开场白,我就知道我一定要把这个故事讲出来。这段历史令人难以置信,却展示了真正的女性用力量、尊严和勇气捍卫自己的权利。这种精神不但具有普世价值,而且在我的内心产生了强烈的共鸣。

我坚信,当我们受人之托讲述他人的真实故事时,无论是作为作家、演员还是导演,我们都肩负着一种责任:要公正地对待故事中那些真实存在的人们。这就是我第一次了解到镭姑娘真实故事的过程。于是,我着手进行了大量的背景调查研究,把我能搜集到的所有关于这些女性的资料全都通读一遍,开始为创作做准备。当时,在我读过的所有书中,有两本非常优秀的学术著作:克劳迪娅·克拉克(Claudia Clark)的《镭姑娘:妇女与工业卫生改革,1910 年—1935 年》(*Radium Girls: Women and Industrial Health Reform 1910—1935*)和罗斯·穆尔纳博士的《致命光芒:表盘画工的悲剧》(*Deadly Glow: The Radium Dial Worker Tragedy*)。这些书提供了大量宝贵的信息,使我和演员们能够如实讲述镭姑娘的故事。

然而,我是个讲故事的人,并非学者。当我发现这些书集中展示的是这段历史所涉及的法律和科学研究的方方面面,而不是姑娘们自己的生活时,我大为震惊。事实上,我很快就发现,没有一本书把镭姑娘置于舞台中央,也没有一本书从她们的角度讲述整个故事。为正义而努力和牺牲的那些表盘画工取得了非凡的历史成就,但在成就面前,她们自己却显得有些黯然失色;她们现在只是以"镭姑娘"这一称呼为世人所知,而她们自身独一无二的人生经历——她们所失去的一切和她们的情感,她们取得的成功和内心的恐惧——早已被遗忘,如果起初有记录的话。

我决心弥补这一空缺。通过导演这出戏,这些镭姑娘对我来说变得非常珍贵,我想在一本书里展现她们耀人眼目的斗争精神。这本书要讲述的是她们自己的故事,而不仅仅是那些曾经帮助过她们的著名专业人士的故事。这些表盘画工都是普通的工薪阶层,我打算描绘她们的人生旅程:从她们第一次获得丰厚收入的喜悦之情,到第一颗令她们疼痛难忍的牙齿,再到每个姑娘为了反抗毒害她的雇主而必须挖掘内心深处的勇气。我想跟随着这些女性,描述她们生命中的每个时刻,就好像一切都是在今时今日发生的一样。我希望通过这种创作方式,将读者带入这几十年的曲折历史,和每个镭姑娘感同身受。我想让读者们觉得这些镭姑娘就像身边的朋友。

当然,我时刻将重大的责任铭记于心:要公正地对待故事中那些真实存在的人们。作为一名作家,这种责任感让我远渡重洋,历经4 000英里的行程来到美国,去追寻镭姑娘的足迹。我希望能重走她们的上班之路,参观她们的旧居,祭扫她们的坟墓。我希望能找到连接马贾两姐妹家之间的小路。我意识到,拖着镭中毒后的腿一瘸一拐地沿着陡坡行走有多困难。在创作这本书的过程中,我渴望将每个镭姑娘的独特之处展现出来,所以我一直在寻找线索,寻找她们自己留下的记录,这些都将帮助我,让我能够代表她们发出心声。

令人震惊的是,我在调查研究中发现了她们真实的心声。这些姑娘通过日记、信件和法庭证词留下了她们自己对所经历的事情的描述。她们的声音一直都在,就尘封在档案馆里,只等着别人去倾听。当我深入挖掘她们的生活时,我觉得自己好像变成了她们的代言人,在一百年后支持她们:我愿意帮助她们,让她们的故事最终得以广泛流传。

我所做的研究虽然开始于新泽西州,但我也去了华盛顿特区、芝加哥,当然还有伊利诺伊州的渥太华。当站在镭表盘公司的旧址上时,我突然意识到凯瑟琳所钟爱的教堂就在街道的斜对面。这让我们真正了解到镭表盘公司在她们的社区中占有多么核心的地位,姑娘们有多难还击。与此同时,只要站在凯瑟琳的家门前,就会有一种标志性的感觉。她曾经在这所房子里生活过,最后也死在这里;在马尼奇创作的戏剧中,凯瑟琳引人入胜的开场白中所描述的也是这所房子。我很幸运,采访到了这些表盘画工的亲人,这样我就可以知道本书的女主角们到底是什么样的人。

有些表盘画工的后辈很容易就可以联系到,因为他们此前曾接受当地报纸的采访,并表达过自己的见解,但其他人,包括凯瑟琳·多诺霍的家人在内,我却不得不通过传统的研究方式来查找他们的踪迹。值得一提的是,凯瑟琳的侄孙女在上班期间查收邮件时,发现了一个素不相识的英国女人发来的邮件。这封邮件问她是否可以见面并讨论一位离世已久的亲人的往事。她给出了亲切、慷慨的答复,她非常乐于助人。事实上,我采访的表盘画工的亲人无一例外都是如此。他们无不感到非常欣慰,因为终于有人愿意从表盘画工的角度讲述这段历史。在访谈中,他们分享了很多细腻、私密的细节,这让书中表盘画工们的形象变得栩栩如生。最令人动容的一次访谈,是采访凯瑟琳的侄女玛丽。当我问凯瑟琳是否曾经因为疼痛而大声尖叫时,玛丽回忆说她姑妈没有力气尖叫,只能呻吟,这样的描述尤其令人难以忘怀。表盘画工的家人们还跟我分享了他们的姑姑、姐妹和母亲的童年照片。有一张照片特别令我感动,这是佩格·鲁尼在8岁时与祖母和母亲的合影。站在一起的三代人分别代表着遗产和未来,她们自信地认为,未来至少会持续到20世纪末。然而,她们无法预知的是,15年后佩格因镭中毒早逝,未来便也随之戛然而止。

除了进行个人访谈和现场调查外,我还花了很多时间在图书馆里仔细翻阅了很多无人问津的信件和年鉴,浏览了用缩微胶卷拍摄的律师、医生和报纸对这段历史所做的相关记录。无数次,我流着泪读姑娘们饱受痛苦折磨的细节,我意识到这个"故事"是多么的真实:当我知道金塔·麦克唐纳从横膈膜到膝盖都必须裹上石膏时;当我看到莫莉·马贾的X光片,发现她的骨头在黑色底片上闪闪发光时;当我拿着凯瑟琳·多诺霍和她的朋友珀尔·佩恩之间最后往来的书信时,我知道自己正在触摸着的就是凯瑟琳曾经展开过的那张信纸。

我对镭姑娘墓地的系列探访让我真正领会到她们所遭受的无尽苦难。她们的家人陪着我前往各个墓地。当我蹲下来抚摸着花岗岩墓碑,向死者表达我的敬意时,他们就恭恭敬敬地站在我的近旁。无论是谁,只要看到镌刻在墓碑上的这些表盘画工的名字,知道她们曾经饱受疾病困扰的遗体正静静地躺在洒满阳光的草地之下,都会清醒地意识到她们的牺牲值得我们永远铭记在心。当我回到英国后,我知道我有责任为她们竭尽全力,让她们的故事生动感人。

于是,我尽可能让她们出现在我的生活里。我在创作这本书时,书桌上摆放的是她们的照片;每天早上我都会看着她们的面庞道一声"早安"。当我写到格蕾丝的离世,写到凯瑟琳为了孩子们而战斗不止时,我的目光就会锁定她们的眼睛。这些照片交织着我对她们家乡的生动记忆,她们的家人对她们的回忆,以及我在档案馆中所了解到的关于她们的一切。我描绘了每个表盘画工的生命历程,与她一起感受着前方命运道路的跌宕起伏:对获得治愈良方的迫切希望;不幸流产后的悲痛;无论发生什么都要继续战斗的决心。姑娘们在面对令人难以置信的悲惨遭遇时所展现出来的勇气和精神,令我一次又一次地惊叹不已。

在我写作的过程中,8岁的佩格·鲁尼一直与我为伴。我希望,通过我的书,她和她的母亲、祖母所期待的延续至今的未来,在某种程度上最终可以成为现实。我现在写作的时间是21世纪——因为佩格和她的朋友们所做出的非凡牺牲,她们至今仍然被人们铭记。通过这种方式,镭姑娘继续活在世上,在历史的暗影里熠熠生辉,为了善良、为了力量、为了勇气而发着耀眼的光芒。哪怕在帮助她们做到这一点时我只贡献了微薄之力,对我来说也是一份巨大的荣誉。最后,这本书献给她们每个人。

我只希望我已经公正地对待了她们每一个人。

凯特·摩尔
2017年于伦敦

致　谢

　　本书源于我有幸导演《这些熠熠生辉的生命》，这是一部生动刻画渥太华表盘画工经历的话剧。由此，我想向剧作家梅勒妮·马尼奇表示感谢，感谢她让我了解到这些表盘画工的故事；感谢那些令人难以置信的演员——安娜·马克思、凯西·阿伯特、达伦·埃文斯、戴维·道尔、詹姆斯·巴顿-斯蒂尔、朱莉娅·帕吉特、莱昂内尔·劳伦特、马克·埃文斯、尼克·爱德华兹、莎拉·哈德逊以及威廉·巴尔滕——将这出戏剧栩栩如生地展现在舞台上。感谢 TSL 团队，我们对讲述这个故事怀有共同的热情，这带给我无尽的灵感。感谢你们的才华、你们的努力和你们长久的支持。

　　对那些表盘画工的家人，我将永远感激不尽，你们慷慨大方地为这本书的顺利完成做出了贡献，你们的付出使这本书的内容变得异常丰富。感谢你们为我打开了家门，对我敞开了心扉，为我翻开了家庭相册；感谢你们带着我参观旧地、探访墓地；感谢你们的热情好客和诚挚的友谊。能有机会见到你们所有人，我深感荣幸，我希望我已经公正地对待了你们的亲人。衷心感谢米歇尔·布拉塞尔、玛丽·卡萝尔·卡西迪、玛丽·卡萝尔·沃尔什、詹姆斯·多诺霍、凯思琳·多诺霍、科佛德·阿特·弗赖尔、帕蒂·格雷、达琳·哈尔姆、费利西亚·基顿、兰迪·波齐、唐纳德·珀塞尔、德洛丽丝·罗西特、琼·肖特、唐·塔皮和简·塔皮。你们每个人都有着不同寻常的真知灼见，都有很多信息与我分享，我对你们每一个人都深表感谢。还要特别感谢达琳和凯思琳额外提供的大力支持。

莱恩·格罗斯曼,您是多么慷慨大方。感谢您与我分享您父亲的案情摘要和剪贴簿,也感谢您陪我前往西北大学探访。您不但给我提供了开展进一步研究的无数线索,而且还无私地接受了我的访谈。感谢亚历克斯、哈纳林和黛娜·科尔文对雷蒙德·贝里的深刻见解,非常感谢你们对本书的支持和热情。特别感谢克里斯托弗和威廉·马特兰允许我引用哈里森·马特兰的著作和信件。

在本书之前,克劳迪娅·克拉克和罗斯·穆尔纳就已发表相关著作。我要感谢这两位作家,他们的著作给我提供了宝贵的资源;也感谢罗斯与我分享了他的研究材料并同意接受我的采访。(听说克劳迪娅·克拉克和她书中的主人公一样英年早逝,这真的让我很难过。)美国各地的图书馆馆员和档案工作者都非常乐于助人:感谢奥兰治公共图书馆的爱丽丝,纽瓦克公共图书馆的贝丝·扎克·科恩,芝加哥国家档案馆的道格、格伦和莎拉,拉萨尔县历史学会和博物馆的肯·斯诺和艾琳·伦道夫,以及渥太华雷迪克公共图书馆、国会图书馆、哈罗德·华盛顿图书馆、芝加哥公共图书馆、西北大学图书馆和伊利诺伊州珀鲁的韦斯特洛克斯博物馆的工作人员。我要对罗格斯大学的鲍勃·维特罗戈斯基致以最诚挚的谢意,感谢您为这本书增光添彩。鲍勃,您就是一个传奇。感谢所有为我的研究做出贡献的人们,感谢雷尼·迪亚斯、戈登·达顿、柯尔斯廷·达顿、斯蒂芬妮·贾金斯、斯泰西·皮勒、辛蒂·波齐、阿曼达·卡西迪、D. W. 格雷戈里、埃莉诺·弗劳尔以及杰拉琳·巴克斯。

另外,我还要感谢所有允许我使用照片的人们,也要感谢所有的美国东道主。

事实证明,撰写本书的过程让我受益匪浅,这种感觉占据了我的整个世界。感谢我的父亲约翰·格里布尔和母亲贝丝·格里布尔持续不断的鼓励,感谢我的姐妹佩妮和莎拉的支持,感谢乔·梅森在纽约的热情接待,感谢安娜·莫里斯的睿智话语,感谢我所有的朋友们对本书写作计划表现出来的无尽热情。还要感谢娜塔莉·高尔斯沃西、埃德·皮克福德和詹妮弗·里格比慷慨地与我分享他们的专业建议。

我要对我的丈夫邓肯·摩尔说"谢谢",这两个字并不足以表达我对你为这本书所做的一切的感激之情。感谢你付出的爱与支持,但最重要的是要感谢你敏锐的指导,一如既往地分享你天生的创新智慧。感谢你为我、为表盘画工所做的一切,感谢你成为我的第一位读者。

最后,我要感谢我的出版商:感谢英国西蒙-舒斯特出版公司(Simon & Schuster)整个团队对本书的支持,特别要感谢乔·惠特福德在编辑本书时给我的反馈意见,感谢他的耐心和辛勤工作;感谢负责公关的杰米·克里斯威尔;感谢在权利问题方面给我意见的莎拉·伯德西和斯蒂芬妮·珀塞尔;感谢尼基·克罗斯利在出版社内部工作方面给予我的支持。最重要的是感谢美国Sourcebooks出版公司的团队,感谢编辑总监莎娜·德雷斯和了不起的格蕾丝·梅纳里-怀恩菲尔德。她们对这本书的最初反应是我人生中最精彩的时刻,我会一直铭记在心。感谢你们充分理解我对这个故事的叙述方式,也感谢你们对这个故事的喜爱,最重要的是对这些表盘画工的喜爱。这些表盘画工的故事能在她们的祖国出版,具有特殊的意义。我感到非常幸运,这些姑娘得到了像Sourcebooks这样充满激情的出版商的关注。特别感谢利兹·凯尔施、瓦莱丽·皮尔斯和希瑟·摩尔的宣传推广。还要感谢凯西·古特曼和伊丽莎白·巴格比,她们在引文方面的辛勤工作尤其值得提及和称赞。

最后的最后,我一定要向英国西蒙-舒斯特出版公司的高级委托编辑阿比盖尔·伯格斯特罗姆表达我特别诚挚的谢意,她跟我一样想把这个故事讲给读者听。简而言之,阿比(阿比盖尔的昵称),没有你的出版视野和对这本书的信念,本书就永远不会问世。我不但要感谢你为我所做的一切,更要感谢你为表盘画工所做的一切。她们的故事如今已经述说,但如果没有你的话,这一切没有可能。我发自肺腑地感谢你让世人听到了她们的声音。

凯特·摩尔
2017 年

阅读思考

1. 本书既描写了镭姑娘赢得的胜利,也刻画了她们所遭遇的悲剧。哪一部分对你影响最大?为什么?

2. 本书中有没有哪位镭姑娘比其他人更能引起你的共鸣?如果有的话,你认为她的哪部分故事或什么性格最突出?

3. 在镭被证明有毒,表盘画工的疾病被证实与职业有关后,几家镭公司仍然自说自话。你认为他们为什么如此顽固不化?你能想象当今时代会有公司表现得如此冷酷无情吗?

4. 如果受到伤害的工人是男性,你认为这几家镭公司和媒体对这桩丑闻的反应会有什么不同吗?鉴于当时的历史状况,表盘画工的性别是如何在她们的诉讼案中发挥助力作用和阻碍作用的?

5. 如果这些镭姑娘当时不回击镭公司,你认为今天的世界会有什么不同?

6. 镭的影响需要 1 600 多年才能消失。这意味着表盘画工的尸体和她们曾经工作过的城镇的部分地区至今仍然有毒。鉴于这些令人痛心的影响,你认为这段历史为什么没有被人们广泛而深入地探讨?

7. 本书主要是从表盘画工、她们的家人和朋友的角度描写了那段历史;然而,以前的研究从来没有把重点放在她们的个人经历上。当你了解到这些女工生活中的那些更细腻、更私密的细节后,你对这个故事的理解角度是如何发生改变的?

8. 你有没有注意到还有什么历史事件把女性排挤到边缘吗?

9. 虽然镭在本书中被视为一种邪恶的物质,但它也被用来做有益于人类的事情。研究一下镭是如何以积极的方式改变世界的，你觉得人类为此付出的牺牲值得吗？

10. 除了镭之外，你还能想到哪些改变世界的发现既促进了人类的进步，也导致了悲剧的发生？

11. 你是如何被"闪闪发光的镭姑娘"的力量所激励的？你如何才能将这种力量带入自己的生活中去激发自我改变呢？

参考文献

书籍

Berg, Samuel. *Harrison Stanford Martland, M. D. : The Story of a Physician, a Hospital, an Era*. New York: Vantage Press, 1978.

Bradley, John, ed. *Learning to Glow: A Deadly Reader*. Tucson: University of Arizona Press, 2000.

Clark, Claudia. *Radium Girls: Women and Industrial Health Reform, 1910 – 1935*. Chapel Hill: University of North Carolina Press, 1997.

Curie, Eve. *Madame Curie: A Biography*. Translated by Vincent Sheean. Boston: Da Capo Press, 2001.

Curie, Marie. *Pierre Curie*. Translated by C. and V. Kellogg. New York: Macmillan, 1923.

Kukla, Barbara J. *Swing City: Newark Nightlife 1925 – 50*. New Brunswick: Rutgers University Press, 2002.

Lurie, Maxine N. *A New Jersey Anthology*. New Brunswick: Rutgers University Press, 2010.

Miller, Kenneth L. *CRC Handbook of Management of Radiation Protection Programs*, 2nd ed. New York: CRC Press, 1992.

Mullner, Ross. *Deadly Glow: The Radium Dial Worker Tragedy*. Washington, DC: American Public Health Association, 1999.

Nelson, Craig. *The Age of Radiance: The Epic Rise and Dramatic

Fall of the Atomic Era. London: Simon & Schuster, 2014.

Neuzil, Mark and William Kovarik. *Mass Media and Environmental Conflict*. New York: Sage Publications, 1996.

Robison, Roger F. *Mining and Selling Radium and Uranium*. New York: Springer, 2014.

Shaw, George Bernard. *The Quintessence of Ibsenism*. New York: Dover Publications, 1994.

Stabin, Michael G. *Radiation Protection and Dosimetry: An Introduction to Health Physics*. New York: Springer, 2007.

电影

Radium City. Directed by Carole Langer. Ottawa, Illinois: Carole Langer Productions, 1987.

访谈

以下是本书作者于 2015 年 10 月在美国进行的原始采访人员名单，作者在此向他们致以诚挚谢意：

Michelle Brasser

Mary Carroll Cassidy

Mary Carroll Walsh

Kathleen Donohue Cofoid

James Donohue

Eleanor Flower

Art Fryer（2015 年 12 月通过 Skype 进行访谈）

Patty Gray

Len Grossman

Darlene Halm

Felicia Keeton

Ross Mullner

Randy Pozzi

Donald Purcell

Dolores Rossiter

Jean Schott

Don Torpy and Jan Torpy

零散文章

Conroy, John. "On Cancer, Clock Dials, and Ottawa, Illinois, a Town That Failed to See the Light," National Archives.

DeVille, Kenneth A. and Mark E. Steiner. "The New Jersey Radium Dial Workers and the Dynamics of Occupational Disease Litigation in the Early Twentieth Century." *Missouri Law Review* 62, no. 2 (1997): 281-314.

Irvine, Martha. "Suffering Endures for Radium Girls." *Associated Press*, October 4, 1998.

National Park Service. "Historic American Buildings Survey: U. S. Radium Corporation."

Rowland, R. E. "Radium in Humans: A Review of U. S. Studies." Argonne National Laboratory, September 1994.

Sharpe, William D. "Radium Osteitis with Osteogenic Sarcoma: The Chronology and Natural History of a Fatal Case." *Bulletin of the New York Academy of Medicine* 47, no. 9 (September 1971): 1059-1082.

报刊

American

American History

American Weekly

Asbury Park Press

Buffalo News

Chemistry

Chicago Daily Times

Chicago Daily Tribune

Chicago Herald-Examiner

Chicago Illinois News

Chicago Sunday Tribune

Chicago Sun-Times

Daily News-Herald

Daily Pantagraph

Denver Colorado Post

Detroit Michigan Times

Dubuque Iowa Herald

Flint Michigan Journal

Graphic

Journal of the American Medical Association

Journal of Industrial Hygiene

Journal Star

LaSalle Daily Post Tribune

Newark Evening News

Newark Ledger

New York Evening Journal

New York Herald

New York Sun

New York Sunday News

New York Telegram

New York Times

Orange Daily Courier

Ottawa Daily Republican-Times

Ottawa Daily Times

Ottawa Delivered

Ottawa Free Trader

Peoria Illinois Star

Plainfield Courier

Popular Science

Radium

Springfield Illinois State Register

Star-Eagle

St. Louis Times

Sunday Call

Sunday Star-Ledger

Survey Graphic

Today's Health

Toronto Star

Village Voice

Wall Street Journal

Washington Herald

Waterbury Observer

World

特色馆藏

Catherine Wolfe Donohue Collection. Northwestern University, Chicago, Illinois.

Files on the Orange clean-up operation. Orange Public Library, Orange, New Jersey.

Harrison Martland Papers. Special Collections. George F. Smith Library of the Health Sciences, Rutgers Biomedical and Health Sciences, Newark, New Jersey.

Health Effects of Exposure to Internally Deposited Radioactivity Projects Case Files. Center for Human Radiobiology, Argonne National Laboratory, General Records of the Department of Energy. Record Group 434. National Archives at Chicago, Illinois.

National Consumers League files. Library of Congress, Washington, DC.

Ottawa High School Yearbook Collection and Ottawa town directories. Reddick Public Library, Ottawa, Illinois.

Ottawa Historical and Scouting Heritage Museum, Ottawa, Illinois.

Pearl Payne Collection. LaSalle County Historical Society and Museum, Utica, Illinois.

Raymond H. Berry Papers. Library of Congress, Washington, DC.

Westclox Museum, Peru, Illinois.

网站

ancestry. com (with access to the records of the U. S. Census, town directories, Social Security records, First World War and Second World War draft registration cards, and the Index of Births, Marriages, and Deaths)

capitolfax.com
dailykos.com
encyclopedia.com
examiner.com
fee.org
findagrave.com
history.com
lgrossman.com
medicinenet.com
mywebtimes.com
thehistoryvault.co.uk
themedicalbag.com
usinflationcalculator.com
voanews.com

拓展阅读推荐：D. W. Gregory 的 *Radium Girls* (Dramatic Publishing, 2003), 描写了奥兰治的表盘画工; Melanie Marnich 的 *These Shinning Lives* (Dramatists Play Service, Inc., 2010), 描绘了渥太华的表盘画工。